Can Pazarı

HÜSEYİN ÜZMEZ

TİMAŞ YAYINLARI
İstanbul
2000

Hüseyin Üzmez

1934'de Malatya'da doğdu. İlk ve orta öğrenimini Malatya'da tamamladı. Lise son sınıf öğrencisi iken, Ahmet Emin Yalman olayı sebebiyle tutuklandı ve 20 yıl hapis cezasına çarptırıldı. 10 yıl 3 gün süren mahkumiyet süresinin 1,5 yılı, aynı olaya karıştıkları iddiasıyla Malatya'ya getirilen Necip Fazıl Kısakürek ve Osman Yüksel Serdengeçti ile birlikte geçti. Hapishanede iken İzmit Lisesi'ni, mahkumiyet sonrası ise Ankara Üniversitesi Hukuk Fakültesi'ni bitirdi.

Gıda, Tarım ve Hayvancılık ile Sağlık ve Sosyal Yardım bakanlıklarında müşavir olarak görev yaptı. Halen serbest avukat olarak çalışmakta ve Akit gazetesinde günlük yazılar yazmaktadır.

Yayınlanmış eserleri:

- *Çilenin Böylesi*
- *Şu Bizimkiler*
- *Cumhuriyetin Tosuncukları*
- *Malatya Suikastı*
- *Öldürücü ve Güldürücü Gerçekler*
- *Deli Deli Esintiler*
- *Can Pazarı*

Soğuk, donuk, bulutlu, ağır bir hava... Burası kimilerinin "Enkara" dedikleri, Ankara... Atatürk Bulvarı'nda acı bir siren sesi var. Trafik her zamanki gibi yoğun... Ambulans bir türlü yol alamıyor.

Kocatepe ve Maltepe camilerinde yatsı ezanları okunuyor. Dalga dalga göklere yayılan bu ilahi sesler, görünmeyen ufuklarda kucaklaşıp birbirine karışıyor. Bir ambulans durmadan siren çalıyor. İçinde, intihara teşebbüs eden bir genç kız var. Onu bir an önce Numune Hastanesi'ne yetiştirmek için acele ediyor. Kimsenin hayatı, kimsenin umrunda değil... Sirenler çaldıkça kimi ürperiyor. Kimileri de "Öf be!.." diyerek surat ekşitiyor. Son model özel arabaları içinde kaykıla kaykıla oturan bazı sürücülerse, daha değişik tepki veriyorlar: Çatladın mı bee?.. Tamam anladık işte!" diyerek... Camlarını açıp, ambulans şoförünü azarlıyorlar. "Geçiş üstünlüğü"ymüş... Kim dinler?..

Ambulansın içinde ölü gibi yatan genç kızın başucunda iki hanım var. İkisi de ağlıyor. Orta yaşlı olanı:

– Ah güzel kızım!.. Fidan boylum! Gülnihal'im benim!.. Bu çileli anneni bırakıp nereye gidiyorsun? diye çırpınıyor.

Sessiz sessiz ağlayan öbür hanımsa, genç bir kız...

Bir taraftan gözyaşlarını siliyor, bir taraftan da onu teskin etmeye çalışıyor:

– Kendini bu kadar harap etme anneciğim! Allah'tan ümit kesilmez, diyor. Bu sözler ana yüreğini daha çok yakıyor.

Hasta, üniversite öğrencisi bir genç kız... Selçuk Üniversitesi'nde bir fakültenin son sınıf öğrencisi... Gözleri kapalı... Her şeyden habersiz yatıyor. Belli belirsiz nefes alıyor. Başucunda beyaz gömlekli, yakışıklı bir genç adam var. Doktor olmalı... İşini son derece dikkatle, biraz da telaşla yapıyor. Yanındaki hemşireden durmadan bir şeyler yapmasını istiyor. "Şöyle yatır... Böyle çevir... Serumu getir... Oksijeni aç..." gibi şeyler... Hemşire, doktoru hiç böyle görmemiş gibi... "Görevimi senden mi öğreneceğim" dercesine ara sıra gözlerine öfkeyle bakıyor. İçinden de: "Bu kızla neden bu kadar ilgileniyor" demekten kendini alamıyor.

Ambulansın içinde, asık suratlı bir adam daha var. O da hademe olmalı... Canı yerinden kıpırdamak istemiyor. Mutsuzluğunun hıncını hastalardan alıyor gibi... Kendisine söyleneni gönülsüzce ve adeta zorla yapıyor. Biri hastanın annesi, öbürü ablası olan iki hanımı azarlamak için adeta fırsat kolluyor. İkide bir bu dertli insanları tersliyor:

– Ne yaygara yapıp duruyorsunuz be, diyor. Ölmez korkmayın, ölmez! Çekilin şöyle de görevimizi yapalım!..

Sanki amir kendisi... Burnundan kıl aldırmıyor. Ne doktor, ne hemşire dinliyor. Başına buyruk bir adam... Tam bir sinir küpü... "Gecenin bu saatinde, bu pislikler de nereden çıktı" dercesine kafasını o yana bu yana sallıyor. Görevini severek değil angaryaymış gibi yapıyor. Ara sıra kendi kendine homurdanıyor:

– Şimdiki kızlar böyle işte... Gidip birine âşık olurlar. Yüz bulamayınca da avuç avuç hap içerek zıbarırlar, diyerek sağa sola hırlamadan duramıyor. Bereket ki hasta yakınları söylediklerini duymuyorlar.

Doktor dakikalardır kızın yüzünden gözlerini ayıramıyor. Kumral saçlı... Selvi boylu... Nefes kesecek kadar güzel bir üniversite öğrencisi... İpek gibi bir teni var. Elleri, ayakları fildişi beyazlıkta. Balık etinde... Eski Yunan heykellerini kıskandıracak bir güzellikte... Doktor, kızın gözlerini merak ediyor. Eli gayri ihtiyari gözkapaklarına gidiyor. Sanki muayene ediyormuş gibi, onları aralıyor. Büyük bir hayranlıkla gözlerine bakıyor. Mavi, yeşil karışımı, iç içe halkalar halinde... Hareli, harikulade gözler... Kız tam antik ve helenistik kusursuz bir heykel... Onların canlısı... Bu harikulade eşsiz varlığın bir an önce kendine gelmesi için... Alışılmışın ötesinde... İnsanüstü bir gayret sarf ediyor. Bunu görmezlikten gelmeye çalışan hemşire, laf olsun diye... Anneyi biraz rahatlatmak istiyor:

– Merak etmeyin! Şimdi midesini yıkarlar. Arkasından serum takarlar. Biraz sonra kendine gelir, diyor.

Hademe hemşireye ters ters bakıyor. Çok geçmeden ambulans "Acil Servis"in önünde duruyor. Arka kapıyı açıyorlar.

İçerden sedye getiriyorlar. Genç kızı üzerine uzatıp, içeriye götürüyorlar. Acilde üç nöbetçi doktor var. Hepsi asistan. Ambulansla gelen doktor:

– Hocayı çağırın, diyor.

Çağırıyorlar. Yeniden nabız, kalp, tansiyon...

"Hoca" dedikleri uzman doktor, kızı yeniden muayene ediyor. Birdenbire suratı karışıyor. Kendi kendine:

– İnşaallah geç kalmamışızdır, diyor.

Kalbi güçlendirici bir iğne yapmalarını istiyor. Sonra serum takıyorlar. Hasta korkulacak derecede hareketsiz... Hiçbir hayat belirtisi yok... Çenesi kilitlenmiş gibi... Avuçları ise sımsıkı kapalı... Dışarıda ağlayarak bekleyen annesini çağırtıyor doktor.

– Kızınızın sarası var mıydı, diye soruyor.

– Yoktu...

– Avuçları neden böyle kapalı?..

Nereden bilsin zavallı?.. Zorla ellerini açıyorlar. Sağ avucunda buruşuk bir kâğıt parçası çıkıyor. Uzman doktor açıp okuyor. Çok küçük el yazısıyla yazılmış kısa bir mektup... İçinde şunlar yazılı:

"Gülnihal, ben seni sevmiyorum! Hiçbir zaman da sevmedim! Bazı iltifatlarımı sahi sanarak sen kendi kendine gelin güvey oldun. Çok söyledim. Anlamak istemedin. Beni bu mektubu yazmaya mecbur ettin. İşte şimdi gidiyorum. Nereye gittiğimi sorma... Beni arama... Şu kadarını söyleyeyim ki, dönüşü olmayan bir yoldayım. Beni ebediyyen göremeyeceksin. Gençsin... Güzelsin... Her erkeği mutlu edersin... Git kendine göre birini bul... Onunla evlen... Mutlu bir yuva kur... Herkes gibi çoluk-çocuğa karış... Kendi hayatını yaşayarak, mesud olmaya çalış... Benden sana hiç hayır yok... Hakkını helal et. Elveda!.."

Alt köşede bir imza vardı. Fakat okuyamadılar. Hastanın ablası mektubun kime ait olduğunu anlamıştı. Artık hiç şüphesi kalmamıştı. Gülnihal o adamı seviyordu. Bu çılgınlığı onu kaybettiği için yapmıştı.

Tabii ki annesine söylemedi. Hem kardeşini bu duruma düşüren o kalpsiz adamın ismini anmak istemiyordu. Hem de annesinden çekiniyordu. Allah saklasın... Kardeşine bir şey olursa... Onun bu sırrını gizlemenin hesabını, ailesine ve vicdanına nasıl verecekti?

Hastayı yoğun bakıma aldılar. Sabaha kadar ne gerekiyorsa, hepsini yaptılar. Ambulanstaki doktor hiç başından ayrılmadı. Birkaç saat sonra kapılar açıldı. İçeriden o tanıdık doktor çıktı. Hiçbir şey söylemeden hocayı çağırmaya gidiyordu. Anne, abla perişandılar. Doktorların ağzından bir tek kelime alamadılar. Kendilerine sadece "bekleyin" diyorlardı. Hasta kapısında beklemek bir azaptı. Gözyaşları kurumuştu.

İçlerinden dualar ediyorlar. Umutsuzca içeriden gelecek haberi bekliyorlardı. Saatler bir türlü geçmiyordu. Sanki bir asır geçti. Nihayet kapı açıldı. Doktorlar çıktılar. Açıklamayı hoca yapacaktı. Öbürleri kaçarcasına uzaklaştılar. Hoca, "Biz elimizden geleni yaptık. Bundan sonra yapacağımız hiçbir şey yok... Allah'tan ümit kesilmez" diyordu... Tavanlar annenin başına çökmüş gibi oldu. Bunlar nasıl sözlerdi? Bu "Kızınızdan ümit yok... Ölecek..." demek değil miydi? Zavallı anne olduğu yere yığıldı, hastane personeli koşuştular, ellerini kollarını kolonyayla ovdular, burnuna ilaç koklattılar... Kadın yavaş yavaş kendine geldi. Abla daha şimdiden gizli bir azap içindeydi. Annesinin artık ağarmaya başlayan saçlarını okşayarak buşucunda ağlıyordu, anne gözlerini açtı.

İlk sözü: "Gülnihal'imden bir haber var mı?" oldu. Yalan bazen hayat kurtarırdı. İşte kızı da o hayırlı yolu seçti.

– Merak etme anne... Kardeşim hayati tehlikeyi atlattı, dedi.

Sanki Allah söyletmişti. Tam o esnada yoğun bakımın kapısı açıldı. İçeriden bir doktorla hemşire çıktı.

– Hadi geçmiş olsun! Kızınız tehlikeyi atlattı, dediler.

Anne-kız, sevinç çığlıkları atarak birbirlerine sarıldılar. Dakikalarca hıçkırdılar. Gözyaşları birbirine karıştı. Bunlar sevinç gözyaşlarıydı. İçlerindeki korku, endişe ve dayanılmaz bekleyiş sona ermişti. Acabalar cehenneminde kavrulan ruhları, bu gözyaşı selleriyle tertemiz yıkanıyordu. Kalplerinin en derin, en karanlık dehlizlerinde bile, bir damlacık kuşku zehiri kalmıyordu.

Müjdeyi veren doktor sözlerine devam etti:

– Üç gün sonra gelip hastanızı alabilirsiniz, haydi tekrar geçmiş olsun...

Annenin içinden doktorun ayaklarına kapanmak geliyordu. İnançlı kadındı. Birden kendini toparladı. Doktorların elinde ne vardı? Bunların hepsi sebepti. Şifayı veren yalnız Allah'tı. Ve O'na yönelmeliydi. O da öyle yaptı. Anne- kız... Kalplerinde şükürlerle, dillerinde dualarla bir taksiye atladılar. Buruk bir neşe içinde evlerine döndüler.

İki gün sonra... Akşam geç vakit... Kapıları çalındı. Anne içeride sarhoş kocasıyla meşguldü. Kapının sesini duymadı. Bu saatte kim olabilirdi? Abla, annesine haber vermeliydi. Ya kötü bir şey olduysa... Ya Allah saklasın, kardeşi... Gerisini getiremedi. Başı dönüyordu. Düşüp bayılacak gibi oldu. Eli mandalın üzerinde... Kapıyı ürpererek açtı. Karanlıkta karşısında bir karartı duruyordu. İnsan mıydı, yoksa bir başka yaratık mı, seçemedi. Karartı konuşmaya başladı:

– Gülnihal'in evi burası mı, diyordu.

Gökler ablanın başına yıkıldı. Herhalde kardeşine bir şey olmuştu. Kapıya tutunarak:

– Evet, burası... Bir şey mi oldu, diyebildi.

– Kendisini görmek istiyorum...

Abla bu sözleri duyar duymaz dünyası aydınlandı.

Yüreğinden bir kurşun dağı kalktı. Kuş gibi hafifledi. Endişe ve korkudan, yakmayı unuttuğu ışığı yaktı. Karşısında kıvırcık sakallı, başı kalpaklı, oldukça uzun boylu, dal gibi bir delikanlı duruyordu. İçeriye buyur etti. Adam:

– Çok uzaklardan geldim. Hiç zamanım yok, diyordu. Bir iki saat Adapazarı'ndaki aileme uğrayıp, tekrar geldiğim yere döneceğim. Gülnihal kardeşimi mutlaka görmem lazım... Ona şu defteri kendi elimle vermeliyim. Bir şehidin emaneti... Vasiyeti öyle... Başkasına veremem. Buralara sırf bunun için geldim...

– Gülnihal hastahanede...

– Hastahanede mi?.. Ne zaman çıkacak?..

– İnşaallah iki gün sonra...

Peki bana müsaade... Ben yine gelirim.

Delikanlı bunları söyler söylemez biraz da tedirgin gözlerle etrafı kollayarak, karanlıkta süzülüp kayboldu. Abla bundan hiçbir şey anlamamıştı. Gencin geldiği "çok uzak yer" neresi olabilirdi? O şehid kimdi? Defter neyin nesiydi? İçinde ne yazılıydı? Bütün bunların, ölümle pençeleşen kardeşiyle ne ilgisi vardı? Bunu onunla konuşacaktı.

Annesi hâlâ sarhoş babasıyla uğraşıyordu. Onlara hiçbir şey söylemedi. Bir taraftan maddi sıkıntı... Bir taraftan babanın sorumsuzluğu ve annenin çilesi... Ablayı bunaltıyordu. Ancak yapılacak bir şey yoktu. Ailenin bütün yükü onun sırtındaydı. Özel bir şirkette çalışıyordu. Aldığı paranın yarısından çoğunu kardeşine gönderiyordu. Kendisi de güzel bir kızdı. Birçok kısmetleri çıkmıştı. Kardeşi fakülteyi bitirinceye kadar evlenmeyecekti. Böyleydi işte hayat... Kimine saadet, kimine dert düşerdi. Kendi payına fedakârlık düşmüştü. Hiç olmazsa baba adam olsaydı. Dedesinden kalan üç beş parça araziyi satıp satıp içkiye, kumara, kadınlara veriyordu. Şimdi de son ümitleri olan gecekonduyu satmaya kalkmıştı. Allah'ım, sen akıl ver!.. Abla çektikleri sıkıntıyı kardeşinden gizliyordu. "Hiç olmazsa onun kafası rahat olsun da okusun... Hayatını kurtarsın..." diyordu. Güzeller güzeli kardeşi... Güzel olduğu kadar da zekiydi. Sınıflarını birincilikle geçiyordu. Sıkıntılarını ondan ne kadar gizlerlerse gizlesinler... Sezmemesi mümkün değildi. Her fırsatta gönderdikleri paranın kendisine çok geldiğini söylüyordu. Abla da anlayış ve incelikte ondan geri kalmazdı. Bir gün faydalı yalanlarından birine başvurmuştu. O aydan itibaren maaşının yarı yarıya arttığını ayrıca yılda dört maaş tutarında da ikramiye alacağını söylemişti. Halbuki durum tam tersineydi. Ülkenin ekonomik durumu çok bozuktu. Büyük holdingler bile arka arkaya iflas ediyordu. Kendi çalıştığı şirket de sarsıntı geçiriyordu. Bazı çalışanların işlerine son verebilirlerdi. Kendisi de onların arasında olabilirdi. Ancak, ablanın güzel bir huyu vardı. Felaket gelmeden geleceğini düşünmezdi. Ona davetiye çıkararak hayatını zehir etmezdi. Hayata daima iyi tarafından bakardı. Hiç ummadığı bir durumla karşılaşınca da çabuk toparlanırdı. Her zorluğa, Allah'a sığınarak göğüs germeye çalışırdı. En büyük günahı ara sıra mecburen söylediği yalanlardı. Mesela kardeşine çok para aldığını söylemesi gibi... Bunları düşüne düşüne yatmaya gitti.

Ona göre yalanın da bir değeri vardı. Arif olanlar, yalancının iç dünyasının uydurduğu yalanlardan anlardı. Gerçek her zaman istediğimiz gibi olmayabilirdi. Yalancı, "olan"ı değil "olması gereken"i söyleyen insandı. "Olması gerekenler" de, çok defa içimizden geçenlerdi. Gönlümüz neyin nasıl olmasını istiyorsa... Yalanı da ona göre uydururduk. Yani "yalan" insan ruhunun bir çeşit aynasıydı. İçimizde gizli olan niyetleri, istekleri, özlemleri kendi dilimizden dışarıya yansıtırdı. Herhalde bu yüzden olacak faydalı yalanlar bazen "mübah" sayılırdı. Onu söyleyenler de genellikle temiz kalpli olurlardı. Bazen çok içki içenler arasından da iyiler çıkabildiği gibi... İçki belki de içlerindeki kötülükleri, üzerlerine kezzap dökülmüşcesine, yakıp temizliyordu. Acaba bunun için mi bazı harabiler: "Kâh giderim medreseye ders okurum hak için... Kâh giderim meyhaneye dem çekerim aşk için" diyorlardı. İnsanın kendinden kötüsünü göremeyişi "irfan" demekti. Bazı alkolikler de acaba böyle miydi?.. Hayır hayır!.. Bütün bunlar yanlıştı. "İnsan dışkısı da gübre olabilir" diye... Kim onu avuçlayıp da çiçek saksısına koyabilirdi? Şu sarhoş babasının kendilerine yaptığı neydi? Ondan az mı çekmişlerdi? Daha da çekeceklerdi. Ancak Allah'ın helâl kıldıkları güzeldi. Haramlarda hayır aranmazdı. Bu, domuz karnında inci armaya benzerdi.

Dünya iyisi abla... İşte böylesine, felsefi düşünceler içinde, yatağında sızıp kalmıştı.

Sabah oldu.

Hastahaneye koştular. Anne bitkindi, aşağıda oturdu. Abla yukarıya çıktı. Kardeşini yoğun bakımdan çıkarmışlardı.

Bir odada tek başına yatıyordu. Saçları dağınık, yüzü perişandı. Kurtulduğuna hiç sevinmemişti. Ablasını görünce boynuna sarıldı. Sarsıla sarsıla ağlıyordu.

– Ah ablacığım! Beni niye kurtardınız? Onsuz olduktan sonra hayatın ne tadı var? diyordu.

Ablası "o kim?" diye soramıyordu. Çünkü kim olduğunu az çok tahmin ediyordu. Onu yakından tanımıştı. Kendisi, kardeşi ve o... İki gün boyunca, gündüzleri beraber olmuşlardı. Gülnihal'in ona nasıl hayran hayran baktığını birkaç defa yakalamıştı. Ama anlamazlıktan gelmişti. Görünüşte çok iyi bir insandı. En pahalı lokantalarda yemek yemişlerdi. Ankara'nın en güzel yerlerine gitmişlerdi. Kendilerini yeni aldığı, pırıl pırıl özel arabasıyla gezdiriyordu. Kızılcahamam... Kurtboğazı... Çubuk ve Bayındır Barajları... Atatürk Orman Çiftliği... Hayvanat Bahçesi... Bütün buralara gitmişlerdi. Kardeşi ona ne kadar yakın görünse de o hiç oralı olmuyordu. Belki de ruhundaki fırtınaları iradesiyle bastırıyordu. İçinde sakladığı dayanılmaz ateşi küllemeye çalışıyordu. Çünkü kardeşiyle aralarında çok büyük yaş farkı vardı. Onun babası yaşındaydı. Gönül ferman dinlemez amma kim böyle bir aşkı normal sayabilirdi? Belki o da kardeşini seviyordu. Fakat hiç renk vermiyordu. Herhalde gülünç duruma düşmekten korkuyordu. Şöhretli bir yazardı. Böylesi genç ve taze tutkulara doymuş bir hali vardı. Kardeşi kadar güzel olmasalar bile nice genç kızların kendisine karşı duydukları hayranlığı aşk sandıklarını düşünecek durumdaydı. Abla bu iki günlük beraberlikten çok mutlu olmuştu. İçten içe ona biraz hayran kalmıştı.

Bunu kendi kendine bile itiraf edemiyordu. Bu adamda sanki şeytan tüyü vardı. Herkes tarafından seviliyordu. Bir anda insanı etki altına almasını biliyordu. Zavallı kardeşi de belki buna aldanmıştı.

Şimdi ne yapmalıydı? Akşam gelen o genç ne demek istemişti?

Şehit kimdi? Son arzusu neydi? O defterde ne vardı?.. Annesi yukarıya çıkmadan... Bütün bunları kardeşine söylemeli miydi? Kararsızdı. Kafası karmakarışıktı. Ne edeceğini, ne söyleyeceğini bilemiyordu. Şimdilik işi sonraya bıraktı. Ve önce kardeşini dinlemeye karar verdi.

Zavallı Gülnihal!.. Utangaçlığı bir yana bırakmıştı. Eski mahcup saflığından ve temizliğinden hemen hemen hiç eser yoktu. Gözyaşları içinde ablasına her şeyi olduğu gibi anlatıyordu.

– Onu çok sevdim ablacığım, çok çok sevdim... Elbette durumunu biliyordum. "30 yıllık karını bırak da benimle evlen" demedim. Yuvasını dağıtmasını dillere düşmesini istemedim. Ondan hiçbir şey beklemiyordum. İstediğim sadece ufacık bir ilgi ve bir avuç sevgiydi. Onu da esirgedi benden. Bana bir mektup yazarak, aşkımı reddetti. Beni kendi elleriyle ölüme sürükledi. Bu sevgide onun suçu yoktu amma... Her şeyi biliyordu.. Bana sık sık: "Öte dünyada bütün insanlar aynı yaşta olacaklar" diyordu. Adeta "hevesini o tarafa sakla" demek istiyordu. Bu, bana ümit vermek değil miydi? "Bu dünyada olmazsa, ahirette beraber oluruz" anlamına gelmez miydi?.. Onun da beni sevdiğini göstermez miydi? Meğer hepsi yalanmış... Bile bile duygularımı beslemiş. Bundan o korkunç benliğine bir övünme ve gurur payı çıkarmış... Ben bir daha kendimi toparlayamam. Artık ayakta duramam... Şimdi yaptıklarıyla övünebilir. Ah zalim ahhh!.. Benden ufacık bir ilgiyi esirgedi. Ahiret hayalini bile çok gördü. Bir kerecik olsun... "Ben de seni seviyorum" deseydi. Bu söz bana sonsuza kadar yeterdi. O benden önce ölse bile değişen bir şey olmazdı. Ona kavuşacağım günün hayaliyle yaşardım. Bir an önce ecel sıramın gelmesi için Allah'a gece-gündüz yalvarırdım. Beyaz kefenim gelinliğim olurdu. Tertemiz ruhumla onun güçlü kollarına atılmak için çırpınıp uçardım. Ölüm, yepyeni bir hayatın giriş kapısı... Ebedi beraberliğin başlangıcı... Dünya bana zindan oldu. Bu kadar acı yetmiyor mu? Neredesin güzel ölüm?.. Onsuz ahiret de bana kapkaranlık geliyor. Ne yapacağım ablacığım?.. Ben şimdi ne yapacağım?.. Hiçbir şey bana teselli vermiyor!..

Mutlu bir akşamdı. Soğuk ve sağlam bir rüzgârın saçlarımla onun yüzünü okşadığı, bir erken bahar akşamıydı. Kuğulu Park'ta oturuyorduk. Etraf çok tenhaydı. İlk defa bana yaslanacak kadar yaklaşmış ve pancar gibi kızaran ellerimi avuçlarına almıştı. Büyük bir coşku içindeydi. Şiir gibi konuşuyordu. O sıcak ve yakıcı nefesiyle kulağıma şu sözleri fısıldıyordu:

– Gaybı Allah bilir amma... Herhalde öbür tarafa ben senden önce gideceğim. Bu senden ayrılacağım anlamında değildir. Tam aksine... Ruhum daima seninle beraber olacak... Sen beni görmeyeceksin amma ben hep yanında olacağım. Benden sonra mutlu olduğunu göreceğim. Cıvıl cıvıl çocuklarını sevip okşayacağım. Belki işte o zaman... Günah duygusundan uzak senin o ipek saçlarını tel tel öpeceğim. Sıcak nefesimi yüzünde hissedeceksin. Onu ılık bir bahar rüzgârı sanacaksın. Birden çook derinlere dalacaksın. Belki de bu anı hatırlayacaksın. Gözlerin dalacak... O güzel dudaklarında belli-belirsiz bir gülücük dolaşacak. Garip bir şekilde benimle dolacaksın. Ve tıpkı şimdiki gibi çok mesut olacaksın...

Heyecan içinde kendisine:

– O mutluluğu şimdi neden yaşamıyoruz? Aramızda buna engel olan ne var, diyecek oldum.

Yüzüme tiksinerek baktı.

– Gözümde alçalma!.. Nefse ve şeytana teslim olma!.. Aşkımızı kirletmek isteyen sen de olsan asla müsaade etmem! Günah yaşayanlar içindir. Ölüler günah işleyemezler. Bunu bilmiyor musun, dedi. Ve bir uykudan uyanmış gibi ellerimi bıraktı. Binbir tövbe ederek yanımdan uzaklaştı. "Haydi gidiyoruz! Vakit geç oldu!.." diyerek ayağa kalktı. Ve tatlı bir bahar rüzgârının arkasından gelen çığ gibi... Bana şu acı sözleri söyledi:

– Çok günahkârım amma... Alçak değilim. Senin gibi saf ve tecrübesiz bir tazeyi, nefsime alet etmek istemem. Neden melekler kadar tertemiz kalmaya razı olmuyorsun? Seni böyle bilmezdim. Çok yazık!..

O bunları söylerken, bilsen ne kadar utandım. O anda yer yarılsaydı da içine girseydim!.. Ahhh ablacığım!.. Onun bir tek "seni seviyorum" sözüne, neler vermezdim. Bu aşk değil, kara sevda... Diliyle bana sevdiğini söylemedi amma... Haliyle hep söylüyordu. Seven hiç aldanır mı?.. Duygularımı bile bile besledi. Bana ümit verdi. Sonra da eskimiş bir çorap gibi ayağından çıkartıp attı... Ben buna nasıl dayanayım ablacığım?.. Çok mutsuzum, çookkk!.. Dünyam bomboş. Ahiretim karanlık. Onsuz iki taraf da bana cehennem... Bundan daha korkunç bir azap olur mu?.. Beni bu azaptan kim kurtaracak?..

Bunları söyler söylemez bir hıçkırık krizine tutuldu. Gürültüye gelenler oldu. Bir hemşire ablayı azarladı. "Hastayı bunalıma itiyorsunuz" dedi. Kendisini resmen kovdu. O sırada anne gelmişti. Onun da kızıyla konuşmasına müsaade etmedi.

– Siz bu kızcağızı öldürmek mi istiyorsunuz, diyordu. Daha bir gün önce, hayatla ölüm arasında bocalıyordu. Kimbilir kaç defa öbür tarafa gidip gidip geldi. Sizde hiç vicdan yok mu?..

Abla bu sözlere kızmadı. Kafası allak bullaktı. Annesinin koluna girdi. Gözyaşlarını ondan gizlemeye çalışarak, evin yolunu tuttular.

Anne kızını iyi görmüştü. İçi rahattı. Durmadan dualar ediyordu.

Üçüncü günün sabahı Gülnihal'i hastahaneden çıkarmak için gideceklerdi. Sabah erkenden telefonları çaldı. Biri, "Kızınız ağır bir kriz geçirdi. Acele hastahaneye gelin!" diyordu. Anne: "Öldü mü yoksa?.." diye bir çığlık attı. Karşıdaki ses, "Hayır, kriz geçirdi" dedi. Zavallı anne buna nasıl inansındı? Telefonu fırlattı. Kendini yerlere attı. "Gitti fidan boylum!.. Gitti melek yavrum!.." diye dövünüyordu. Abla telefonu aldı. "Kardeşim hayatta mı, yoksa öldü mü?" diye sordu. Karşıdaki: "Eh bee!.. Sizi avutmaya mecbur muyuz? Acele gelin! İşte o kadar!.." diye bağırdı. Ve telefonu kapattı.

Hademelerin çoğu, hayat kurtarmaya alışık personelden farklıydı. Ağır işleri, düşük ücretleri, binbir dertleri onları biraz katılaştırmıştı. Ölüm haberini bile ürpermeden vermeye alışıklardı. Santralda görevli telefoncunun yaptığı da oydu. Kızı öldü de, kendisinden saklıyorlar sanıyordu. Abla onu zor teskin etti. Hemen toparlanıp hastahaneye koştular. Gözyaşları ve telaş içinde Gülnihal'in yattığı servise daldılar. Ohh... Çok şükür. Yaşıyordu. İlk gün onu ambulansla götüren genç ve yakışıklı doktor yine başındaydı. Mermer gibi beyaz ve pürüzsüz bileğini tutmuş, nabzını sayıyordu. "Merak etmeyin! Müsekkin verdik. Şimdilik uyuyor. Biraz sonra kendine gelir" diyordu.

Hasta bir isim sayıklıyordu. Abla bunu duyunca bozulur gibi oldu. Bu, kendisinin tanıdığı adamdı. Annesine günlerce onun iyiliğinden bahsetmişti. Şimdi ne diyecekti? Bereket kadıncağız kızının derdindeydi. O acı içinde bir şey anlayacak durumda değildi. Gülnihal'in ne sayıkladığını anlayamadı.

Abla araya laf karıştırdı. Bir faydası olmadı. Anne de işin farkına vardı. Binbir ümit ve çileyle okuttuğu yavrusunun sonu böyle mi olacaktı? O güne kadar gizli kalan sırrı daha yeni öğreniyordu. İçine bir acı yayıldı. Ablanın kulağına eğildi. "Nazlı meleğimi bu hale koyan kim?.." diye sordu. Abla yine yalana başvurdu. Her suçlu gibi annesini susturmak istiyordu.

– Nereden bileyim anne?.. dedi. Ben buradayım! O Konya'da... Sana bile söylememiş. Bana söyler mi?..

Doktor bu krizin "Biyolojik" değil, "Psikolojik" olduğunu söylüyordu.

– Kızınızın bir saplantısı var. Onu bundan mutlaka kurtarmalısınız. Aksi halde, sonuç bir felaket olabilir, diyordu.

Anne bu sözlerden hiçbir şey anlamadı. Abla içinden kararını verdi. Kardeşini bu hale düşüren "o adam"a gidecekti. Olup bitenleri bir bir anlatacaktı. Eğer aralarında çok ileri bir durum varsa... Hatasını tamir etmesini isteyecekti. Kardeşini göz göre göre ölüme terk edemezdi. Tanıdığı kadarıyla o, iyi bir insandı. Çoluk çocuğu vardı. Taş yürekli olamazdı. Felakete ittiği, zavallı kızın haline elbet bir çare bulacaktı. Ancak kardeşiyle konuşmadan giderse. İşleri daha fazla karıştırabilirdi. Önce onunla konuşmaya karar verdi.

Çok geçmeden Gülnihal kendine geldi.

– Bana ne oldu? "Çok halsizim" diyordu. Kriz geçirdiğini bilmiyordu. Abla bir türlü fırsat bulup da kendisiyle konuşamadı, bunu sonraya erteledi.

O akşam geç vakit kapıları çalındı. Anne içeriden ablaya seslendi:

– Kızım kapıyı aç!.. Herhalde baban geldi, diyordu.

İçinden de, "İnşaallah yine sarhoş değildir" diye dua ediyordu. Abla kapıyı açtı. Gelen birkaç gün önceki sakallı delikanlıydı. Bu sefer kalpağını çıkartmıştı. Sanki bir acelesi vardı. Kuşkulu gözlerle etrafa bakıyordu.

– Gülnihal kardeşim hastahaneden çıktı mı? dedi.

– Hayır çıkmadı... Yeni bir kriz geçirdi.

Delikanlı elindeki bir paketi, aceleyle ablanın eline tutuşturarak...

– Bunun içinde bir defter var. Bunun kardeşinize ulaştırılması bir şehidin son arzusudur. Belki onun derdine derman olabilir. Allah rızası için siz okumayın! Başkalarına da vermeyin! Ben artık gitmeliyim. Kendi elimle kardeşinize vermek isterdim amma... Olmadı. Peşimdeler... Beni her an yakalayabilirler. Hemen gitmeye mecburum. Allah'a emanet olun! Hakkınızı helâl edin!..

Bunları söyledi. Ve bir anda karanlıkta kayboldu.

Anne içeriden soruyordu:

– Kimdi o kızım?..

– Gülnihal'in bir arkadaşıydı. Ziyaretine gideceklermiş de... Yattığı yerin adresini sordu.

– İçeriye alsaydın kızım...

Çok ısrar ettim, girmedi. Vakit epeyce geç olmuştu.

İkisinin de uykusu yoktu ama... Yalnız kalmak istiyorlardı. Baba henüz gelmemişti. Belki yine sarhoş gelecekti. Çileli anne, o gelinceye kadar bekleyecekti.

– Haydi kızım, sen git yat... dedi.

Abla defteri gizliyordu. Sanki elinde bir bomba vardı. Ha patladı. Ha patlayacak. Ya da bir fıçı barut... Bir kıvılcımla ateş alacaktı. Sır tutmak kolay değildi. Defter iplerle sarılarak paket yapılmıştı.

Açsa mıydı? Açmasa mıydı? Bu konuda kararsızdı. Bazen açmak istiyor, bir türlü eli varmıyordu. Birkaç defa alıp alıp bıraktı. Çok huzursuzdu. Bir türlü uyuyamıyordu. Acaba içinde ne vardı? Sabah yaklaşıyordu. Hâlâ uykusu yoktu. Nihayet dayanamadı. İplerin altında başka bir kâğıt vardı. Onu çıkardı. Açtı. Okudu.

"Bu defteri bulan okumasın. Aşağıda bir adres var. Mümkünse oraya ulaştırsın. Mümkün olamıyorsa, Allah rızası için yırtıp atsın. Bu, Kutsal Kafkas Dağları'na can vermek için giden, yaşlı bir günahkârın aşkıdır. Adı adreste yazılı olan meleğin, onun yorgun kalbinde tutuşturduğu dayanılmaz bir ateşin hikâyesidir. O benim mutlu dünyamı nasıl harap ettiğini hiç bilmiyor. Kendisini ümitsiz bir aşkla nasıl çılgınca sevdiğimden de habersiz... Çok acılar çekti. Sevilmediğini sanıyordu. Açmadım kalbimi ona... Bir türlü açamadım. Aramızda uçurumlar vardı. Hem ona acıyor, hem Allah'tan korkuyordum. Sonunda kurtuluşu, ulvi bir dava uğrunda canımı feda etmekte buldum. Bir gün ölüm haberimi alırsa kimbilir nasıl üzülecek? Sevilmediğini zannederek, ne hallere düşecek? Onun hüsran, hicran ve ızdırabı beni mezarımda bile rahatsız edecek... İşte bunu göze alamıyorum. "Ayrılık ölümden beter" sözü, ne kadar doğruymuş... Ölüm deryasının kıyısında olduğum şu anda, bu sözün mânâsını daha iyi anlıyorum. İstiyorum ki, çektiğimiz acılar, dillere düşmesin. Yalnız Allah ile bizim aramızda kalsın. Onun için bu defteri ondan başka kimse okumasın... Yırtmak zor geliyorsa Allah rızası için yakıp küllerini göklere savursun... Allah'a ve ahiret gününe inanan, bu son arzumu yerine getirsin... Bu sırrımız bütün gözlerden nihan, yalnız Allah'a âyân olarak sonsuza kadar gizli kalsın..."

Abla bu satırları gözyaşları içinde okumuştu.

Adrese baktı. Kardeşinin ismi yazılıydı. Birden içi aydınlandı. Onun istediği zaten bu değil miydi? Şu satırlar bile onu hayata döndürmeye yetmez miydi? Defterde kimbilir, daha ne itiraflar vardı?

Adresten sonra da şu satırlar yazılıydı: "Eyy deli rüzgâr!.. İçimi kavuran şu ahlarımı, al uzaklara götür! Kafkas Dağlarından aşır!.. Kutsal Anadolu'nun yanık bozkırlarında, belki de beni düşünen Gülnihal'ime ulaştır! Onun o ipek saçlarını hayalen tel tel öpeyim!.. Ve yeşil, mavi gözlerini son kez göreyim!.. Göreyim de ölüme rahat gideyim!.. Garip bir duyguyla o da beni hatırlasın! Yaşanmamış bu kutsal aşkımız bir gün efsaneleşsin. Sevenler dilek tutsunlar sayfalarında... Çektiklerimiz dilden dile dolaşsın... Halden bilen ârifler bizi hayırla ansın. Aşkımızın meşalesi sonsuza kadar sönmesin! Ve bu tertemiz hikâyemiz nesillerden nesillere hatıra kalsın...

Ey bu defteri elinde tutan fani!.. Bir gün sen de öleceksin!.. Herkesin gittiği yere gideceksin! Orada hesaplar görülecek... Kul hakkı herkesten alınacak. Elimin yakanda olmasını istemiyorsan bu defteri yerine ulaştır. Bu bir günahkârın son arzusudur. Önce Gülnihal'im okusun... Sonra istiyorsa, yırtıp yaksın... İstiyorsa gelecek nesillere "acı bir aşk hikâyesi" olarak bıraksın!..

Bir şehid, son nefesinde, cennete ne kadar hasretse ben de şu anda sevdiğime öylesine hasretim!.. Affet günahımı, ey merhametlilerin en merhametlisi olan, yüce rabbim!..

Sanki gönül ateşiyle, gözyaşıyla yazılmıştı bu satırlar... Ablanın bu kutsal emaneti yerine ulaştırmaya mecali var mıydı? Yarın bu ateşten demeti kardeşine verecekti.

Acaba vermeli miydi?

Kardeşi sık sık, "Bana bir defa 'seni seviyorum'deseydi, hayat benim için bu kadar çekilmez olmazdı..." demiyor muydu? Onu intihara sürükleyen sevildiğini bilmemek değil miydi? Ve sevdiği adam, şu kâğıtlarda: "Yaşanmamış temiz kutsal aşkımız efsaneleşsin" dememiş miydi? Bundan daha büyük bir itiraf olur muydu? Demek ki o da kardeşini seviyordu. Hem de derin bir aşkla... Bunu bilmek ona hayat vermez miydi? Belki de bu krizler devam edecekti. Ve güzel kardeşi göz göre göre gidecekti, İnşaallah bu defterde yazılı olanlar, ona yeni bir yaşama sevinci verecekti. Onu eski şen şakrak hayatına iade edecekti. Bu iyiliği ondan nasıl esirgerdi? Sevildiğini bilmek hakkı değil miydi?

Bir ara defteri baştan sona okumak istedi. Ya adamın anlattıkları "acı son"la bitiyorsa... Kardeşi yeniden dayanılmaz bir bunalıma düşecekse... "O zaman hali ne olacak" diye düşündü. Geçmiş, unutulmuş, sönmüş, küllenmiş bir aşk için bu doğru olabilirdi. Halbuki bunlarınki henüz yepyeni, taptazeydi. Daha birkaç gün önce kardeşi intihara teşebbüs etmemiş miydi? Bir gün önce de büyük bir kriz geçirdi. Bu gidişin sonu hiç de iyi görünmüyordu. Zavallı kardeşi taptaze bir gül fidanı gibi pörsütülerek kenara itilmişti. Bundan daha kötüsü olabilir miydi? Ayrıca, yaşlı bir adamın bu kadar sevilebileceğine de pek inanamıyordu. Bir sevgi uğruna ölümü göze almaya değer miydi? Defterde yazılanları okumaya karar verdi. Ancak, daha bu düşünce aklından geçer geçmez, iliklerine kadar titredi. Onların mahremiyetine girmeye ne hakkı vardı? Aşk iki sevgili arasında büyük bir sırdı. Çok defa da yıkılış, yok oluş, delilik ve çılgınlıktı. Ancak yaşanırdı. Onu bugüne kadar anlatabilen çıkmamıştı. Bilmekle olmak ayrı şeylerdi. Şarap ne kadar güzel anlatılırsa anlatılsın, kimse dinlerken sarhoş olmazdı. Aşkın kabı, kalıbı, tarifi yoktu. O herkese göre değişirdi. Büyük Mevlânâ: "Aşkı anlatmakta akıl çamura saplanmış eşşeğe döner" dememiş miydi? Herkes kabiliyeti, derinliği, genişliği nisbetinde severdi. Aşk yasak ve ayıp tanımazdı. Kimseyi dinlemezdi. Kimseden utanmazdı. "Onun damarı edepten dışarı atar"dı. "Mezhebi 72,5 milletin mezhebinden başka"ydı. "Âşık daima rezil rüsvay"dı. Vuslattan başka çaresi olmayan, ulvi bir hastalıktı. Öyle bir hastalık ki, hastalar hallerinden memnun, "Leylâ Leylâ!.." diye diye Mevlâ'yı bulurdu. Şehevi ve behimi hislerden uzaktı. Yunus'a göre de, "Ha demeden, hayran olan bir gönüldü..." Aşkın sihirli dünyasına akıl ve mantıkla girilemezdi. Orada hesap kitap yapılmazdı. Orası "Can Pazarı"ydı. Can alınır, can verilirdi.

Abla kutsal ortamda, çarpılma korkusuyla ürperen bir günahkâr gibiydi. Defteri okuma kararından vazgeçti. Oldukça soğukkanlı görünmeye çalışarak kardeşinin yattığı odaya girdi. O kendinde değildi. Alnı domur domur terliyordu. Kumral saçlarını alnına yapıştırmıştı. Sapsarı bir yüzle yatıyordu. Yastığı hafifçe ıslanmıştı. Ter damlaları pembe yanağından aşağıya doğru süzülüyordu. Cebinden bir mendil çıkardı. Yavaşça terini sildi. Kardeşi her şeyden habersizdi. Belki uyuyordu. Belki de baygındı. Ne olursa olsun, uyandırmaya cesareti yoktu. O adama ne kadar kızarsa kızsın... Farkında olmadan defteri kalbinin üzerine bastırarak getirmişti. İçindeki sıcaklık, manevi bir dalga gibi, kendi ruhunu da sarmıştı. Onu yavaşça yastığın üzerine bıraktı. Ve ayaklarının ucuna basarak çıkmak istedi. Sanki şu defter, sıradan bir aşkın hikâyesi değildi de bir ateş yumağıydı. Yaklaşanı yakacak gibiydi. Abla garip bir his fırtınasına tutulmuştu. Kendini büyük bir felaket olacak duygusuna kaptırmıştı. Tir tir titriyordu. Bir an önce oradan uzaklaşmak istiyordu. Uzaklaşmak ve zavallı kardeşini derdiyle başbaşa bırakmak... Sonuçta, milyarlarla insanın bulunduğu şu dünyada herkes yalnız yaşamaz mıydı? Kardeşi için yapabileceği ne vardı? Gözleri yaşararak terli alnını öptü. Ve, "Allah yardımcın olsun kardeşim" diyerek kapıya yöneldi. Tam çıkacağı sırada onun sesini duydu:

– Nereye gidiyorsun ablacığım? Ben hâlâ yaşıyor muyum, diyordu.

Sonra: "Ne zaman geldin?" diye sordu. Sormak istediği başkaydı. Aklında daima o vardı. Hayatı da, ölümü de (haşa) onun elindeydi. Bir uçurumun tepesinde gibiydi. Kendini atıp atmama arasında gidip gidip geliyordu. Onsuz dünya bomboştu. Ölüm belki kurtuluştu ama... O tarafta da onunula olmayacaktı. Çünkü: "Herkes sevdiğiyle beraber olur"du. Halbuki o kendisini sevmiyordu. Bu dünyada, hiç olmazsa, cılız da olsa bir ümidi vardı. İkisi de henüz hayattalardı. Birbirlerini görmeseler de, şu gök kubbenin altında birlikte yaşıyorlardı. Aynı havayı soluyor, aynı yıldızları seyrediyorlardı. Tıpkı aynı aynaya bakan iki insan gibilerdi. Belki bir gün bakışları karşılaşırdı. Allah bir kapı açar'da kavuşurlardı. Pişman olur gelirdi. Bir selâm salardı. Haber yollardı. Karşısına çıkan herkesten bir müjde bekliyordu. Yakınları ondan haber getirsinler istiyordu. Gelen kendisinin sağlığını soruyordu. Yere batsın böyle sağlık... Onsuz nasıl yaşardı? Daha fazla dayanamadı. Bugün bir haber alacağı, sanki içine doğmuştu. "Ondan bir haber var mı?" diye sordu. "Haberden fazlası var" dedi, ablası...

– Ne diyorsun abla?.. Beni kandırmıyorsun ya!..

– Ne kandırması!.. İşte yazıp gönderdiği defter yanında... Aç oku!

Kulaklarına inanamadı önce. Defteri yastığının üstünde buldu. Aldı. Korku dolu bir ümitle gelişigüzel açtı. Murat'ın elyazısını hemen tanıdı. Gerçekten ondandı! Sayfaları elleriyle okşuyor, yüzüne gözüne sürüyor, öpüp öpüp kokluyordu. Gözyaşları, sevinç, heyecan ve ümit fırtınaları içindeydi. Ne yapacağını bilemiyordu. Sayfaları öpüp koklamaya, yüzüne gözüne sürmeye doyamıyordu. Kendi kendine konuşmaya başlamıştı. "O güzel ellerin bu beyaz sayfalara değdi, değil mi?" diyordu. Kanatlanmış gibiydi. Göklerde uçuyordu. Sonsuz maviliklerde onunla kucaklaşıyordu. O yıldızdan, o yıldıza konuyordu. Murat'la kol kola ufukları dolaşıyordu. Bir yandan da ona sitem ediyordu: "Ah sen sen!.. diyordu. Sen bana neler yaptın? Uykularımı kaçırdın! Dünyamı zindan ettin! Ruhumu alıp götürdün! Cesedimi bıraktın! Olmuyor ahhh, olmuyor! Sensiz olamıyorum! Yaşamayı çoktan unuttum! Hayatı sırtımda bir yük gibi taşıyorum! Aylardır bu günü bekliyordum! Niye bu kadar geç kaldın?.. Ah zalim ahhh!.."

Abla defteri verdiğine pişman olmuştu. Bereket ki "şehid olmak istediğinden bahseden ve son arzusu olduğunu belirten" diğer kâğıtları vermemişti. Kardeşini hayalleri, mutluluğu ve sevdiğiyle baş başa bırakarak yavaşça çıktı. O bunun farkına bile varamamıştı. Hâlâ sayfaları o güzel yüzüne sürüyor, öpüyor, kokluyor ve durmadan ağlıyordu. Gözyaşları yazıları bozuyor, yer yer akan mürekkepler satırları karıştırıyordu. Bunu neden sonra fark etti. Biraz toparlanmaya çalıştı. Az-çok kendine geldikten sonra, defterin birinci sayfasını açtı. Bir solukta baştan sona kadar okuyacaktı. İlk sayfada, "Sevgilim, hayatım, bir tanem!.." gibi sözler bekliyordu. Yazıda başlık bile yoktu. Damdan düşer gibi başlıyordu. Bu kendisinin ilk hüsranı oldu. Ancak çabuk toparlandı. Kendisini sevmeseydi, koskoca defteri yazıp da gönderir miydi? Önemli olan onunla birlikte olmaktı. Bu şimdilik kendisine yetmiyor muydu? Buruk bir sevinç sonsuz bir umut, derin bir merak ve dayanılmaz bir heyecanla defteri okumaya başladı.

II

O gün imza günümdü. Şubat ayının ağır, puslu ve bulutlu havası içinde birden çıkan bir bahar güneşi gibiydin. Bir anda gönlümü aydınlattın. İçimi ısıttın. Gözlerimi kamaştırdın. İlahi bir güzelliğin vardı. Türbanını başında mukaddes bir emanet gibi taşıyordun. Mağrurdun. Kendinden emin görünüyordun. Daha ilk görüşte beni büyüledin. Elinde bir demet çiçek vardı. Son derece saygılı bir yakınlıkla onları bana verdin. Halbuki ben çiçeği dalında sever, dalından koparanlara da kızardım. Bunu nereden bilecektin?

Gençler sıraya girmişlerdi. Durmadan kitap imzalıyordum. Bazıları kendileri için özel bir şeyler yazmamı istiyorlardı. Kıramıyordum. Seninle konuşacak zamanım yoktu. Işıktan ayrılamayan bir pervane gibi... Etrafımda dolaşıp duruyordun. Sorduğun her soruya kısa kısa cevaplar veriyordum. İçimde garip bir huzursuzluk vardı. Bir an önce yanımdan uzaklaşmanı istiyordum. Adresimi sordun. Söyledim. Bu sana: "Artık git" demekti. Ama anlamadın. Bana hayran hayran bakıyordun. Bir türlü yanımdan ayrılamıyordun. Belki de bir gün benim gibi ünlü bir yazar olmayı düşlüyordun. O gün, günlerden salıydı. Bana çok garip bir hâl olmuştu. Bizans gibi çökmüş, Istanbul gibi fethedilmiş hissediyordum kendimi... O gece sabaha kadar uyuyamadım. Seni içimden atmaya çalışıyordum. Fakat ne mümkün?.. Adını sormuştum. "Gülnihal" demiştin. Ne kadar güzel bir isimdi. Gülnihal... Gülnihal... Bu isim bana hiç yabancı gelmiyordu. Birden hatırladım. Sık sık içli mektuplar yazan üniversiteli bir kız vardı. Sen o olmalıydın. Gelen mektupları genellikle saklardım. Çünkü sahipleri bir gün çıkıp gelirler ve onları geri isterlerdi. Kalktım dolabımı karıştırdım. Senin mektuplarını buldum. Yeniden tek tek okumaya başladım. İlk yazdıkların sıradan şeylerdi. Merhabalarla başlıyor, dualarla bitiyordu. Zaman zaman sıkıntılarından bahsediyordun. Seni oldukça imanlı, fakat biraz da bunalımlı bulmuştum. Bazı cümlelerin altını kırmızı kalemle çizmiştim. Bu sefer biraz daha dikkatli okuyordum. Baktım ki sıradan mektuplara benzemiyor. Herbiri güneşin doğacağını haber veren şafak yeri gibi ümit, heyecan dolu mektuplardı. Israrla sana mektup yazmamı istiyordun. Yazık ki hiç zamanım yoktu. Mektupların giderek sıklaştı. Her hafta iki mektubun geliyordu. Kendi kendime "bu kız ne yapmak istiyor?" diyordum. Çok geçmeden niyetini sezmeye başladım. Artık mektuplarında İlâhi aşklardan, masum alâkalardan, temiz sevgilerden bahsetmeye başlamıştın. Kendini daha fazla bana kaptırmadan seni ikaz etme ihtiyacı duydum. Ve bir gün istemeye istemeye sana telefon ettim.

– Kızım, ben oldukça yaşlıyım. Saçlarım kırlaşmış, kafamın üst kısmı harman yerine dönmüş, kart bir herifim. Yaşım 60'ı geçti. Senin o tertemiz duygularını anlamakta güçlük çekiyorum. Bana öyle geliyor ki, kendini boşu boşuna yoruyorsun. Dünyalarımız çok ayrı... Ne sen kendini bana anlatabilirsin. Ne de ben seni anlayabilirim. "Davul bile dengi dengine" demişler. Derslerinle meşgul olsan, ya da seni anlayacak genç bir arkadaş bulsan, daha doğru yapmış olmaz mısın? Sakın yanlış anlama... Ben senin mutlu olmanı istiyorum... dedim.

Birden sesin değişti:

– Bütün kitaplarınızı okudum. Gazetedeki yazılarınızı da her gün okuyorum. Sizi televizyonlarda da görmüştüm. Rakip konuşmacılar karşısında yaşlı bir arslan gibi kükrüyordunuz. Doğrusu sizi 18 yaşındaki gençlere değişmezdim. Yazık ki aldanmışım. Bu kadar anlayışsız olacağınızı hiç düşünmezdim. Üzülmeyin. Artık sizi rahatsız etmem, dedin. Ve hıçkırarak telefonu yüzüme kapattın.

Çok üzülmüştüm amma... Yapılacak bir şey de yoktu. Ben kendimce en doğru olanı yapmıştım. Seni unutmaya çalışacaktım.

Aradan aylar geçti.

Bir gün bir mektup getirdiler. Üzerinde kalp resimleri vardı. Tabii bir sezişle, senden olduğunu hemen anladım. Biraz heyecan, biraz özlem, biraz sevinç, biraz da endişeyle zarfı açtım. O telefondan sonra neler yazabileceğini çok merak ediyordum.

"Yeni bir mektupta, yine merhaba" diye başlıyordun. Aramızda kırgınlık geçmemiş gibi, kendinden bahsediyordun." Eski kırgınlıklarım yok ama, yine de halimden memnun değilim diyordun. İstediğim gibi olamıyorum. İşin garibi, buna gayret bile etmiyorum. Çok kızıyorum kendime... Toparlanırım inşaallah yine" dedikten sonra, şöyle devam ediyordun:

Siz beni bir köle gibi kendinize bağladınız. Bunda sizin bir suçunuz yok. Ben size çok önceden bağlanmıştım. Sebebini bilmiyordum. İstesem de sizden kopamıyordum. Sanki görünmez birtakım bağlar, hatta zincirler, beni size bağlıyordu. Belki size tuhaf gelecek ama... Kendimi size kaptıralı tam 3 yıl oluyor. Sizi tanımam şöyle oldu: Bir gün gazeteyi karıştırıyordum. Tevafuken sizin yazınızı okudum. Çok hoşuma gitti. Tekrar tekrar okudum. Bana bir şeyler oluyordu. Yazdıklarınız belki sıradan şeylerdi ama... Beni başka türlü etkiliyordu.

Sanki kaleminizde bir sihir vardı. Anlatılmaz, çok tatlı bir duygu, bütün benliğimi sarıyordu. Çok çok evvelden... Belki Bezm-i Ezel'den, tanışıyor gibiydik. Ruhlarımız birlikte yaratılmıştı. Daha o gün sensiz olamayacağımı anladım. Artık sen diye hitab edeceğim. Diyeceksin ki: "Bu ne sür'at?.." İyi mi, kötü mü?.. Nefis mi, kader mi?.. Bilmiyorum. Sana daha ilk yazında tutuldum. O günden sonra gazetenin tiryakisi oldum. Yazılarını okudukça, sana daha fazla bağlanıyordum. Bu halime bir isim de bulamıyordum. Beğeni miydi? Sevgi miydi? Hayranlık mıydı? Aşk mıydı?.. Her anımda sen vardın. Ben sen olmuştum. Sende yok olmuştum. Anlatılmaz acayip bir hâl... Artık seninle yiyip, seninle içmeye, gece- gündüz seni düşünmeye, nefeslerimi bile seninle almaya başlamıştım. Bazen hasta olduğumu düşünüyordum. Bu halim annemin de gözünden kaçmamıştı. O zaman henüz Ankara'ya taşınmamıştım. "Sen bu adamı seviyorsun" diyordu. Ancak işi pek ciddiye de almıyordu. Bunun geçici bir heves olduğunu sanıyordu. Haklıydı annem... Benden hiç haberi olmayan birini nasıl sevebilirdim? Daha sonra duydum ki kitapların da varmış. Hemen hemen bütün üniversiteli arkadaşlarım seni gıyaben tanıyorlarmış. Ben çok geç kalmışım. Dersleri mersleri bir yana bıraktım. Kitaplarını bulup aldım. Okumaya başladım. Çok akıcı bir üslubun vardı. Daha ilk sayfalarda, beni sarıp sarmaladın. Hayalimin saçlarından tutarak 40 yıl evvelki çocukluk yıllarına götürdün. Yaşadığın bütün olayları, sevinçleri, sıkıntıları, bana da yaşattın. Elime aldığım kitap bitmesin istiyordum. Yazık ki en kalını iki günde bitiyordu. Benimkine okuma denmezdi. Adeta aç kurtlar gibi kitapları çiğnemeden yutuyordum. Her olayı tekrar tekrar okuyordum. Artık gecelerim seninle geçiyordu. Yorgun düştüğüm zamanlarda da bir başka türlü mutlu oluyordum. Ufacık bir dalışta başım göğsünde oluyordu. O sımsıcak ve yumuşacık ellerinle saçlarımı okşuyordun. Bana yazmadıklarını anlatıyordun. Bütün sırlarını benimle paylaşıyordun. Uyumamı istiyordun. Kulaklarıma ninniler söylüyor, şarkılar mırıldanıyordun. Artık senden bir parça olmuştum. Herkese seni anlatıyordum. Aileme, çevreme, arkadaşlarıma... Tanıdık, tanımadık herkese. Her önüme gelene... İsmini söylemeye doyamıyordum. Çok defa: "Murat!.. Murat!.." diyerek sayıklıyordum. Annem halimden endişe ediyordu. Ancak bana karşı, bu aşkı ciddiye almıyormuş gibi davranıyordu. Ona seni soruyorlardı. İşi şakaya vurarak: "O bizim damat" diyordu. Ahh... Keşke öyle olsaydı. Bana yıldızlar kadar uzaktın. Seninle tanışmayı hayal dahi edemiyordum. Kendi kendime "olmaz!" diyordum. Diyordum ama, gönlüme söz geçiremiyordum. Yorganı başıma çeker çekmez seninle oluyordum. Neler düşünüyor, nice hayaller kuruyordum. Geceleri rüyamda göreyim diye az mı Allah'a yalvardım. Dualarım yerine ulaşmıyordu. Rüyalarda bile sana erişemiyordum. Kendime kızıyordum. Susuzluktan bağrı yanan bir insan, rüyasında şakır şakır akan pınarlar görmez miydi? Yoksa ben geçici bir tutkuyu aşk mı sanıyordum? Seni düşündüğüm kadar sevmiyor muydum? Ben bir yalancı mıydım? Bu şüphe beni çıldırtıyordu. İçimden bir ses: "Sen kendini bilmiyor musun?" diyordu. Sonra kendi kendime söyleniyordum: "Keşke sevmez olaydım. Sevmiyorsam, bu hasret, bu ızdırap, bu ateş ne?.. Niçin geçmiyor onsuz geceler?.. Ve neden bütün bu işkenceler? Hayır! Hayır! Bu aşkın da ötesinde bir kara sevda?..! diyordum. Aşkımdan emindim. Halimden memnundum! Bu dertten kurtulmak da istemiyordum.

Sonra ne olursa olsun... Sana yazmaya karar verdim. Oturup uzun bir mektup yazdım. Kitaplarınızı basan yayınevine gönderdim. Aradan üç ay geçti. Bir haber çıkmadı. Artık ümidimi kesmiştim ama... Yine de yazmaya devam ediyordum. Ümitsiz aşk, daha bir kutsal oluyordu. Ancak çok cılız da olsa, bir ümidim vardı. "Belki bir gün şu yazdıklarım eline ulaşır. O da beni hayal eder" diye düşünüyordum. Evde olmadığım bir gün beni yayınevinden aramışlar. (Zaten ne zaman evde bulunmazsam, mutlaka önemli bir yerlerden aranırım.) Telefon edenler, bütün mektuplarımın sana ulaştırıldığını söylemişler. Telefona çıkan kardeşime senin adresini de yazdırmışlar. Birden bir tuhaf oldum. Şaşkındım. Kararsızdım. Sevinçle keder arasında bir haldeydim. Ağlamam mı gerekiyordu, gülmem mi?.. Bilemiyordum. Benden haberdar olmana delicesine seviniyordum. Aramayışına da kahrolurcasına üzülüyordum. Senin tarafından düşünülmek güzeldi. Ya benden iğrendinse... Niye iğrenecektin? Tatlı sözden kim hoşlanmazdı? Sevilmek, hem de delicesine sevilmek kimin gururunu okşamazdı? Mektuplarım birer ateş parçası gibiydi. O kadar hararetin karşısında taş olsa erirdi. Halbuki senden bir ses çıkmamıştı. Demek ki en ufak bir ümit yoktu. O gün, ne kötü bir gündü. Sanki bütün gökler tepeme indi. Yatakların, yastıkların dili olsaydı da söyleselerdi. Sabahlara kadar az mı gözyaşı döktüm? Az mı ah edip ızdırap çektim? Hapishanelerde yata yata kalbin artık taşlaşmıştı. Kimbilir etrafında benim gibi nice hayranların vardı? Birkaç hafta mektuplarıma ara verdim. Seni unutmaya çalışıyordum. Fakat yapamadım ahhh, yapamadım. Yeniden yazmaya başladım. Onurumu, gururumu ayakların altına attım. Sana kanlı gibi yalvarıyordum. "Bir tek satırlık olsun... Bana mektup yaz..." diyordum. Aşk öyle güçlü bir duygu ki... Onun yanında, diğer bütün duygular Güliver'in cüceleri gibi kalıyor. "Aşkta gurur olmaz" derlerdi de, inanmazdım. Şimdi ne hallere düşmüştüm. Sızlanmalarım, gözyaşlarım sana hiç kâr etmiyordu. Oralı bile olmuyordun. Felaketimi, basit bir oyun gibi seyrediyordun. Ahhh, kalpsiz adam!.. Artık dünyam kararmıştı. Bu yara dikiş tutmazdı. Yaşamanın da bir anlamı kalmamıştı. İntiharın imansızlık olduğunu bilmeseydim, çoktan öbür tarafa gitmiş olurdum. İnancım beni bu dünyada tuttu. Hayat sırtımda taşınmaz bir yük olmuştu. Onu gidebileceğim yere kadar sürüklemeye çalışıyordum.

Gece-gündüz Allah'a yalvarıyordum: "Artık takatım kalmadı! Bir an evvel canımı al!.." diyordum. Tam ümidimi kesmiştim ki, sen telefon etmişsin o sırada komşudaydım. Kardeşim nefes nefese geldi. Senin beni aradığını ve telefonda beklediğini söyledi. İnanamadım. Yeminler etti. Ne yapacağımı şaşırdım. Bir taraftan koşuyor, bir taraftan da ağlıyordum. Senin tarafından aranmak, ne harika bir mutluluktu! Ahizeyi titreyerek aldım. Sendin, gerçekten sendin! Sesini hemen tanıdım. Seni TV'de izlemiştim. Sanki mucizevi bir el, aylardır yuvarlandığım uçurumdan beni tutup çıkartmak istiyordu. Allah'ım, ne büyüksün! Umulmadık zamanlarda ne kapılar açıyorsun? Sesin şefkat doluydu. İpek gibi konuşuyordun. Yazık ki sözlerinin anlamı çok sertti. Aşkımı reddediyordun. Bana en küçük bir ümit ışığı bırakmıyordun. Hayal kurmamı bile çok görüyordun. Bir de "senin mutlu olmanı istiyorum!" diyordun. Sözlerin bir kurşun dağı gibi içime oturdu. Beni per perişan, darmadağın etti. O anda gözüme bir idam mahkumunu teselli etmeye çalışan bir cellât gibi görünüyordun. Ya da tekbir sesleri arasında, keskin bıçağını kurbanın gırtlağına dayayan acımasız bir kasap gibi... Ahhh, ne zalimdin!

Telefonun başına yığılıp kalmışım. Telaşla koşuşmuşlar, yüzümü, gözümü yıkamışlar.

Kolonyalar dökmüşler, elimi, kolumu hareket ettirmişler. Ayılmışım...

Bir pençe vurdun. Yerlere serdin beni!.. Bir türlü toparlanamıyorum. Doğrulup kendime gelemiyorum. Bir yığın enkaz halindeyim, yaşayan ölü gibiyim.

İşin garibi, canıma kıymaya da cesaretim yok... Maalesef, seni hâlâ çok çoook seviyorum.

Üzerinde sen yaşadığın için bu yalan dünyadan kopamıyorum. Halimi anlatamıyorum. Çünkü tıp kitaplarında adı yok bu derdimin... Bu satırları, sana değil... Kendime yazıyorum.

Ahhh ferman dinlemeyen gönül!.. Nice cihangirleri yerlere vurdun!.. Nice açılmamış gülleri soldurdun!..

"Lügat bir isim ver, bana halimden...
Eski esvaplarım, tutun elimden...
Aynalar, söyleyin bana, ben kimim?.."

Bu büyük şairin dediği gibi, kelimeler halimi anlatmakta âciz kalıyor. Buna rağmen bu kâğıtların nasıl olup da tutuşmadığına şaşıyorum.

Aşkın, sevdanın dille anlatılamayacağını... Kalemle yazılamayacağını, bile bile yazmaya devam ediyorum. Tıpkı zonklayan bir yaradan, cerahat akıtırcasına... Yazdıkça rahatlıyorum. Sevda değil, bu sanki bir hışım... "Kalpten kalbe yol var" derler. Güneş ışınları yansımazsa, ay parlar mı?.. İklimini bulmadan çiçekler açar mı?.. Karakış gelmeden göçmen kuşlar başka diyarlara uçar mı?.. Sen bu kadar katı kalpli olamazsın. Eğer gerçekten kaya gibi duygusuzsan... Bu bendeki hal ne?.. Saksı çiçekleri bile sevildiklerini bilip dururken... Ben boşuna mı, bu kadar yanıp tutuştum? Güçlü bir mıknatısın demir tozlarını çektiği gibi... Beni mütemadiyen kendine doğru çekiyorsun. Sonra da kalkıp, mutlu olmamı istediğini söylüyorsun. Tutuşturuyorsun. "Yanma!" diyorsun. Uçurumlardan aşağıya fırlatıyorsun. "Düşme" diye haykırıyorsun. Bu nasıl olur? Diyeceksin ki: "Benim suçum yok!.. Ben mi sana sev dedim?" Doğru... Denizler de sulara "gel" demez amma... Bütün akarsular denizlere akar. Sen de onlar gibi seni sevenlere kucak açıyorsun. Sonra da onları bağrına basıp yok ediyorsun. Ah zalim!..

Sevinçler, umutlar, mutluluklar, hepsi senin olsun!.. Benim Murat'ım yalnız sensin!.. Al işte, hayatım da senin!.. Bu dünyada olmasa bile, öbür dünyada, benimle olmayı istemez misin?.. "Kişi sevdiğiyle beraberdir." Beraberlik mutlaka bedenen olan değildir. Ve Allah zulümden münezzehtir.

Sonu mutlulukla bitmeyecek olsaydı, beni bu derde atar mıydı?..

Cehennem Ateşi'nden bin beter bu ateşlerde yakar mıydı?.. Herkes cehenneme gitmemek için çalışıyor. Bense cehennemi içimde taşıyorum. Bundan büyük azap olur mu?.. Allah bir kuluna taşıyacağından fazla yük yükler mi?.. Bu, kader bir gün bana da gülecek demek değil mi?..

Ateşi Hz. İbrahim'e güllük, gülistanlık eden Allah!..

Onun sonsuz merhameti biter mi?

Ben de kulu değil miyim?

Öyle bir kul ki, aklı başından gitmiş, kıblesini şaşırmış...

Nereye baksam, orada sen varsın. (Hâşâ) secdelerde bile sanki karşımdasın! Seninle olmaktan Rabbimle bile baş başa kalamıyorum!.. Fırtınaya kapılmış kuru bir yaprak gibiyim! Kader nereye sürüklüyorsa, oraya gidiyorum!

Akıl irade, tedbir... Belki küçük dertler için bunlar birebir... Ama bu korkunç cehenneme bütün bunlar ne yapsın!

Rahman ve Rahim!..

Kadir ve Muktedir!..

Gaffar ve Settar olan yalnız sensin Allah'ım!..

Hüküm senin, mülk senin!.. Başka bir yer yok ki, oraya gideyim. Başka sultan yok ki, ona yalvarayım. Günahlarımla sana geleceğim. Elbet bu aciz kulunu bağışlarsın!

Tekrar merhaba ve elveda!.. Seni Allah'a havale ediyorum. Cehennemde de senin yerine ben yanmak istiyorum!.. Elveda elveda!.."

İşte mektubun bu acı sözlerle bitiyordu. Günlerce tesirinden kurtulamadım. Canlı bir ceset gibiydim. Sen her şeye kararlı gibi görünüyordum.

Telefon ederek ya da mektup yazarak, kurmaya çalıştığın, yeni dünyanı bir daha başına yıkamazdım. Seni kendi haline bıraktım. İlham damarlarım kurumuştu. Yazamıyor, okuyamıyor, konuşamıyordum. Hırçın, sinirli, geçimsiz bir adam olmuştum. Espriyi, mizahı, gülmeyi unutmuştum. Ancak yazıhanemde kendimle başbaşa kalabiliyordum. Kimseyi içeriye almıyordum. Gelenler kapıdan dönüyordu. Böylece günler, haftalar, aylar geçti.

Bir gün yine yazıhaneme bir enkaz halinde gelmiştim. Kapıyı açmaya çalışıyordum. Baktım telefon çalıyor. Senin olabileceğini düşündüm. Alelacele açtım. Terlikle bile girmediğim özel odama, ayakkabılarımla girdim. Ahizeyi kaptım, arayan sendin. Kulaklarıma inanamıyordum. Önce: "Mektubumu aldın mı?" diye sordun. Sonra uzaklıktan şikâyete başladın. Beni etkilediğinden o kadar emindin ki... Soğuk, fakat vefâlı ve sâdık 40 yıllık bir dost gibi konuşuyordun. "Böyle olmuyor... Olmuyor" diyordun. "Ya beni oraya aldırsan... Ya da sen buraya gelsen." Şaşırdım. Afalladım. Yine de mutlu oldum. Bu sıcak sözlerin içimi rahatlattı. Cayır cayır yanan yüreğim birden serinledi. Kendimi bırakmak istemiyordum amma... "Acaba bu kız beni gerçekten seviyor mu? Yoksa hayranlığını sevgi mi sanıyor?" diye düşünmekten de geri durmuyordum. Ne haldeydim, ben de bilmiyordum. Bir yandar senden uzaklaşmak istiyor, bir yandan da sana koşuyordum. Beni nasıl da derinden etkilemiştin? Sözlerin kulaklarımda çınlıyor, hasretin ılık ılık içime doluyordu. Telefonda her şey söylenmiyor. Yazmak istiyordum. Yazık ki ona da cesaretim yoktu. Aynalara düşman olmuştum. Benim neremi sevecektin? Duygularım gözlerimden yaş olarak akmaya başladı. Akıl ne derse desin, gönül ferman dinliyor mu?.. Ah!.. Neden bedenimiz böylesine yıpranıyor da... Duygularımız hâlâ taptaze kalıyor? İnsanüstü bir gayretle karşında açık vermemeye çalıştım. İlk sarsıntıdan kurtulmuş gibiydim. Ama biliyordum ki, artçı depremler ard arda devam edecek. Sensizliğe daha ne kadar dayanabilirdim?

Sen telefonu kapadıktan sonra, kendi kendimden kaçacak bir yer arıyordum. Gayrı ihtiyari radyonun düğmesini çevirdim. Güzel bir program vardı. Halk Türküleri söyleniyordu. Senin için bir niyet tuttum. Ne geldi, biliyor musun?.. "Yare tel çekem dedim... Tel derdim iletmiyor..." İşte bu türkü geldi. Senin de dediğin gibi: "Kalpten kalbe yol var" buyurmuyor mu, Allah'ın sevgilisi?.. Sevenler hâl diliyle konuşurlar. Dumansız yanarlar, kanatsız uçarlar. Sessiz çığlıklar atarlar. Onların ellere, dillere, tellere ne ihtiyacı var?..

Bir hapishane ranzası gibi, hergün üzerinde yazılar yazdığım sedire sırtüstü uzandım. Ellerimi başımın altına alarak seni düşünmeye başladım. Telefonda adeta feryat ediyordun: "Neden bu kadar kötüsün? Bana en küçük bir ümit vermiyorsun. Ayaklarına kapanmamı mı istiyorsun? Küçücük bir ümit ışığı için daha ne bekliyorsun? Bizim birbirimizi sevmemize engel olan ne var?.." diyordun. Allah'ın emirleri var kızım! Talihsizlik, şanssızlık ve kader var! Daha ne olsun? Ben beni kaybetmişim. Kendimi bulamıyorum. Bir köpek gibi iç yaralarımı yalayarak iyileştirmeye çalışıyorum. Sen gelip yarama tuz basıyorsun. Hem bu zalim nefsimden şikayetçiyim. Hem de onun kölesiyim. Beni bu durumdan kurtar Yarabbi!..

Bu nasıl bir duygu ki, insanı cayır cayır yakıyor? Acaba aşk denilen ateş, sevginin alev haline gelen şekli mi?.. Ateşe pislik dayanır mı? Bunun için mi cehennem onunla dolu?.. Ve günahları yakıp kül ederek temizleyen bir yer?..

Benden hâlâ ısrarla, sana "iki satırlık mektup" yazmamı istiyordun. "Onu yüzüme, gözüme süreceğim. Ellerin değen kâğıtları binlerce defa öpeceğim... Öpüp koklayacağım. Gözyaşlarımla ıslatıp, hohlayarak kurutacağım. Ve onları ömrümün sonuna kadar saklayacağım!.." diyordun.

Bunlar ne ateşli sözlerdi? "Ene"mi bu kadar okşamakla bana iyilik mi ediyorsun? Yoksa kötülük mü?.. Bu yorgun kalbimle niçin böyle pervasızca oynuyorsun? Ben senden beterim. Ne diyebilirim?.. Çenem kilitli... Dilim lâl... Ömrümün sonbaharında bana bu eşsiz duyguyu tattıran güzel melek, artık hoşça kal!.. Seni içimden atmak için nasıl çalıştığımı... Çabaladıkça battığımı... Unutmak istedikçe yandığımı... Belki de hiçbir zaman öğrenemeyeceksin. Beni bana bırak!.. Bu tatlı hayal içinde. Ben yalnız öleyim!

Derdimi seninle paylaşmamak... Ve yalnız ölmek...

Bu söz takıldı kalemime?..

Bir romancı: "Herkes yalnız ölür" demişti. Sanki milyonlarca insanın arasında bile, hep yalnız değil miyiz? Şu üç günlük dünyada bu kadar çırpınmalarımız, kendimizi unutmak için değil de... Ne için?.. Sanıyorum Peyami Safa'nın da "Yalnızız" adında bir romanı vardı! Kim bu alemde yalnız yaşamadı? Yalnızlık!.. Ruh dünyamızı Allah inancıyla coşturan o ulvi duygu... Kimi onu meyhanelerde köreltir. Kimi tekkelerde parlatır. Şu harabat ehli arasında kimbilir veliliğe namzet nice günahkâr kul, heder olup gidiyordur? Bilmiyorum bana ne oldu? Sanki dünyam alt- üst oldu. Günahla sevap... Günahkârla günahsız... Hepsi birbirine karıştı. Hepimiz senin kulların değil miyiz Yarabbi?.. "Vaadimden dönmem" diyorsun. Elbette öyle... Ama dönsen bile... Sana haşa hesap sormak kimin haddine?.. Rahmetin her şeyi geçmişken... Günahlardan bu kadar titremek niye?.. Hacı Bayramı Veli gibi haykırmak geliyor içimden:

"Bayramım imdi!.. Bayramım imdi!..
Bayram ederler yâr ile şimdi!..
Ne oldu bu gönlüm!.. Ne oldu bu gönlüm!..
Derd-ü gamınla doldu bu gönlüm!.."

Konya... Âşıklar Sultanı Mevlânâ diyarı. Orada ben de mi böyle yanıp tutuşacaktım? Acaba ilâhi aşka giden yol böyle mi başlıyor?

Tutuşmaya hazır bir kav gibiydim. Küçücük bir kıvılcım bekliyordum. Nereden ufkuma doğdun. Bir yanardağ gibi üzerime geldin. Ve beni lavlar içinde boğdun...

Gerçek misin?.. Hayal mi?.. Melek misin, şeytan mı?.. Ne olursan ol!.. Bana bugüne kadar tatmadığım bir duyguyu tattırdın. Bir yığın sapı tutuşturmuş gibi oldun.

Yanıyor canım.. Tutuştu harmanım... Yaşamak güzel... Hayat tatlı... Her olana "ha demeden" hayranım!..

Ne diyor büyük Mevlânâ: "Ben senin gamını çekiyorum, sen gam çekme!.. Ben sana yüz babadan daha yakınım!.." Ve Allah'ın sevgilisi: "Muradına erişmek isteyen, sırrını saklasın" buyurmuyor mu?.. Bizim sevgimiz de bu sınırlar içinde kalmasın mı?.. Seni kalbimin içinin içinin içinde saklamak, kollarım arasına almaktan bin defa daha hayırlı değil mi?..

Yine telefon çaldı. Yine sensin. Sesini duyunca niçin böyle oluyorum. Yaramaz bir çocuk gibi: "Ben suçsuzum!.." diye haykırasım geliyor. Halbuki öyle mi?.. Suçlu yalnız sen misin? Sana bilerek çanak tutmuyor muyum? Bilsen, kendi gözümde ne kadar küçülüyorum? Aynaya bakmaktan korkuyorum. Karşımda hep yalancı ve sahtekâr bir yüz görüyorum. Ben hiç böyle olmamıştım. Şaşkınlıkla telefonu kapatmışım. Bu sefer ben açtım. Çok şükür sen çıktın. Bana öyle şeyler anlattın ki aklım durdu. Bu kadar cesur olabileceğini düşünemezdim doğrusu... Baban yaşındaki bir adamı sevdiğini, kendinden dahi uzun süre gizleyeceğini sanıyordum. Halbuki sen bu sahada hızla yol alıyorsun. Ailenle, çevrenle, bir ahtapot gibi beni her tarafımdan sarıyorsun. Yukarlardan kopan bir çığ gibi üzerime geliyorsun. "Ablam sırdaşımdır. Benim her şeyimi bilir. Sen onun gözünde mitolojik bir ilâhsın. Çekinme!.. Her şeyi anlat!.." diyorsun. Seni gördüğüm andan beri, küllemeye çalıştığım içimdeki ateşi, durmadan körüklüyorsun. Keşke merhametin de sevgin kadar büyük olsaydı. Çelik gibi iQrademi unufak ettin! Beni gizli günahların dayanılmaz hazzına doğru sürüklüyorsun. Ne diyeceğimi, ne yapacağımı bilemiyorum. Ömrümde hiç bu hale düşmemiştim. Altın sarısı, balarısı tatlı hayallerim, hergün bir gül bahçesine doğru uçuyordu. İlâhi aşk türküleri söyleyerek her çiçekten bal topluyordu. Birden her şey altüst oldu. Kendimi senin ayaklarının dibinde buldum.

Aramızda tam 40 yıl yaş farkı var. Sen: "Olsun..." diyorsun. "Hz. Peygamber"le Hz. Aişe arasında da o kadar yaş farkı yok mu?.."

Ahhh!.. Her zaafımıza İslâmi bir kılıf uydurmak!.. Bu işlenen günahdan daha korkunç... "Onlar Peygamber, Ayşe idi... Biz nerenin itiyiz?" diyemiyordum. Büyük tutkular ya insanı olağanüstü çılgınlıklara sürüklüyor. Ya da ayaklar altında süründürüyor. İşte şu anda ben o durumdaydım. Cesaretim, yiğitliğim, mertliğim Kaf dağlarının ardına kaçmıştı. Dilimin ucuna gelen gerçekleri suratına haykıramıyordum. Seni kırmaktan değil, kaybetmekten korkuyordum. Yavaş yavaş dilsiz şeytan oluyordum. "Bu kalbimi yerinden söküp köpeklere atarım da... Yine bir kadının ayakları altına atmam!" diyen ben miydim? Ne kadar cahilmişim! Şimdi senin ayakların altında sürünüyordum. "Kurtar beni yarabbi!.. Ben bu yükü taşıyamam!" bile diyemiyordum. Ancak her zaman olduğu gibi... Her şeyi Allah'a havale ediyor ve "Rabbim isterse neler olmaz" diyordum. Elbette öyleydi. Ama Allah kendi sünnetine aykırı emirler vermezdi. Mesela gece bitmeden güneş doğmazdı. Beni senden 40 sene önce dünyaya getiren kader, zamanı durduramazdı. Seni hızla yaşlandırıp bana kavuşturmazdı. Bu, Allah'ın sünnetine uymazdı. Mutlak bir yasa yoktu ama... Olmazdı işte, olmazdı. Demek ki kavuşmamız bizim mahşere kaldı. Öyleyse bu âciz durumdan, bu kölelik ruhundan mutlaka kurtulmalıydım. Yine Allah'tan başka kimseden perva etmeyen, başı göklerde, korkusuz Murat olmalıydım.

Kanat açıp özgürlük ufuklarına doğru, vahşi bir kartal gibi süzülmeliydim. Boş ümitlerini kırmalı, seninle olan son bağlarımı da koparmalıydım. Bu benim için bir ölüm- kalım meselesiydi. Sen Allah'la aramda perde oluyordun. Beni beşikle mezar arasındaki kısacık, daracık ömür zindanına kapatıyordun. Hamam böcekleri misali orada çırpınıp durmaya... Ebedi Hayatı yok sayıp unutmaya mahkum ediyordun. Bu kadar zulüm olur muydu? Bizim yetiştiğimiz şartlarda yetişenler, bu zulme katlanabilir miydi?

Biz ki, hayattaki ilk dersimizi, daha çocukluk çağımızda, bu büyük kainat kitabından almıştık. Hiç farkına varmadan İlâhi sırlarla donanmıştık. Bütün yaratıkların dilinden anlardık. Yaz geceleri, çatısız damlarda yatarken, Samanyolu'ndaki gezegenlerle oyunlar oynardık. Hayalimiz evrenden daha geniş olurdu. Onunla meçhul sonsuzluklara uçardık. Özgürlüğe ve ölümsüzlüğe alışıktık. Allah'ın kainattaki sıfat tecellilerine aşıktık. Geceleri gök kubbeyi yorgan yapardık. Rüyamızda meleklerle kucaklaşırdık. Yokluklar, yoksulluklar bize vız gelirdi. Kendi manevi dünyamızda krallar gibi yaşardık. Serin seher yellerinin saçlarından tutarak Kâbe'ye uçardık. Orada 72 milletle namazlar kılardık. Yıldızlarla secdelere kapanırdık. Balıklar nasıl karada yaşayamazlarsa... Kartallar nasıl denizlere dalamazsa... Biz de özgürlüksüz ve imansız yaşayamazdık. O'na ortak da koşamazdık. Halbuki senin sevgin beni altüst etmişti. Gözüm senden başkasını görmüyordu. Mümin miyim, müşrik miyim, bilmiyordum. Bir an için olsun, seni içimden atamıyordum. Allah'la aramıza kalın bir perde gibi inmiştin. İnandığım ne varsa, beni hepsinden ayırmıştın. Taklitçi ve adi bir maymun durumuna düşürmüştün. İbadetlerden hiç zevk alamıyordum. Secdeler bile o harikulade ulviliklerini kaybetmişlerdi. Namazları mekanik bir alışkanlıkla kılıyordum. En ufak bir heyecan ve ürperti duymadan yatıp yatıp kalkıyordum. Ramazan'ım, perhiz ayı olacaktı. Şayet Allah nasip ederse, Hacc'a da turist gibi gidecektim. Biz böyle yaşayamazdık.

Allah'la aramıza çektiğin bu kapkara perdeyi bir hamlede yırtmalıydım. Ruhuma vurduğun zincirleri kırmalıydım. Senden mutlaka kurtulmalıydım. Haydi, ya Allah!.. Ya Bismillâh!..

Telefona gittim, seni aradım.

Başkası çıkmasın diye dua ediyordum. Sen çıktın. Heyecanlıydın... Sevinçliydin... Sımsıcaktın... Senden özür dileyeceğimi sanıyordun. Belki de: "Ben sensiz yaşayamam" dememi bekliyordun. Tahminin doğruydu. Evet yaşayamazdım. Ama "sensiz" değil, "seninle..."

Sesini duyunca, yumuşamamak, gevşememek, yaralı bir kuş gibi yeniden ayaklarının dibine düşmemek için, insanüstü bir gayret sarf ediyordum. Birden bütün cesaretimi topladım. Ve Otello edasıyla:

– Ben seni sevmiyorum! Hiçbir zaman da sevmedim! İster beni öldür, ister kendini!.. İşte bütün çıplaklığıyla acı gerçek bu. Zerre kadar onurun varsa, bırak yakamı!.. Gözümde daha fazla küçülme!.. dedim.

Ve... Ne tepki göstereceğini beklemeden, telefonu kapattım. Ardından sen açtın. Ellerim, kafam, kalbim otomatiğe bağlanmış gibiydi. Suratına kapattım. Yine aradın. Yine kapattım. Bir daha... Bir daha... "Alo" demene bile fırsat vermeden, her seferinde kapatıyordum. O günden sonra, her gün, akşamlara kadar telefonum açılıp kapanıyordu. "Alo!" diyordum. Ses çıkmıyordu. Biliyordum ki sensin. Hiç çalışamıyordum. Artık bıkmıştım. Mesai saatlerinde telefonun fişini çekmeye başladım. Arayanlar beni bulamıyordu. Dünyayla temasım kesilmişti. Sana çok kızıyordum. İstiyordum ki, beni daha fazla taciz edesin de, bu bıkkınlığım ve kızgınlığım nefrete dönüşsün. O zaman seni unutmak, bir kanser uru gibi içimden kazıyıp atmak daha kolay olacaktı. Kendimi senin çok adi ve onursuz olduğuna inandırmaya çalışıyordum. Yazık ki aklım da, kalbim de, vicdanım da irademe ayak uydurmuyordu. Hele hayalim, senden başkasına doğru uçmuyordu. Ve zavallı gözlerim senin için yaş dökmekten kan çanağına dönüyordu.

Çok geçmeden, o süslü zarflarda gönderdiğin (belki de) son mektubun geldi. Artık "merhaba"sız başlıyordun. Sana çok görmüyordum. Hiç hak etmediğin halde seni insafsızca aşağılamıştım. İntihar etmek için uçurumun tepesine çıkan bir ruh hastası gibiydin. Kendini aşağıdaki engin denizin, azgın dalgalarına bırakacaktın. O anda da: "Şöyle estetik bir atlayış yapayım" diye düşünemezdin herhalde... Satırların, ruh halini yansıtıyordu. Eğri büğrü, karma karışık yazmıştın. Ve şöyle başlıyordun:

"Demek buraya kadardı ha!.. İlk gençliği elinden zorla alınan ve şimdi, ikinci gençliğini yaşamak için çırpınan benim aksaçlı kar çiçeğim! Seni ben büyüttüm, etraftaki karlara aldırmadan. Oysa benim karlarım tertemizdi. Ona hiçbir ayak basmamıştı. Kendim aldım seni içime...Ve attım ruhumun mümbit toprağına... Aramızdaki büyük yaş farkına, senin kardan daha soğuk anlayışsızlığına ve buzdan daha katı kabalığına rağmen... Ana şefkatiyle büyüttüm seni... Hiçkimse senin kadar güzel görünmedi gözüme... İnanır mısın? Televizyonda ilk gördüğümde vuruldum sana... Sanki seninle sözleşmişiz gibi... Nasıl da beklerdim telefonlarını... Ve bir gün şaşırıp da bu yana düşecek yollarını... Aşkımı bir sır gibi sakladım. Kimselere söyleyemedim. Beni senden koparırlarsa, seni içimden çekip alırlarsa diye korkuyordum. Her telefon çalışta... Zavallı kalbim kapana kısılmış bir kuş gibi çırpınırdı. Her araba sesinde pencerelere koşardım. Her kapı çalışında sen geldin zannederdim. Bir gelseydin dünyalar benim olacaktı. Gecelerim gündüze dönecekti. Hasretinden buz kesilen şu garip gönlüm, alev alev tutuşup yanacaktı. Yazık ki gelmedin ahhh!.. Bir kerecik olsun gelmedin! 'Prensiplerin vardı' senin... Çalışmadan duramazdın. 'Yolun sonuna geldim' diyordun. Bana zaman ayıramazdın. Ne olurdu ahhh!.. Aşkın karşısında her şeyin boş olduğunu anlasaydın. Ve sen de benim binde birim kadar yansaydın!

Büyük Sahra gibi kalbin... Bir türlü zaptedemediğim bu gözyaşlarım bile kâr etmiyor. Bir ot yeşermiyor. Bir yaprak oynamıyor. Boy boy, nakış nakış ümit çiçekleri açmıyor içinde... Gönül kapılarını bütün güzelliklere kapamışsın. Hiç yeşertme gayretine düşmüyorsun içindeki, uçsuz, bucaksız kupkuru çölleri... Üstelik de, kökünden söküp atmaya çalışıyorsun, binbir emek ve itinayla, yetiştirip yeşerttiğim gönlümdeki o tertemiz gülleri...

Bu dört yıl içinde, tam dört yüz yıl bekledim. 'Belki bir gün duygularıma karşılık verir' dedim. Yazık ki o gün hiç gelmedi. Kader bir kerecik olsun yüzüme gülmedi. Bütün ümitlerim boşa çıktı.

Sen uzaktan bahar güneşi gibisin. Tatlı, ılık ve sıcak... Ama yaklaşınca insanı cayır cayır yakıyorsun. Dört mevsim sende içiçe... Cennetle cinnet bir arada... Bir öfkelendin mi, her şeyi yerle bir ediyorsun. Moğol İmparatoru, Hülagü Han gibisin. İnsanın 'tahammül mülkü'nü yıkıyorsun. Ruhum senden çok ağır yaralar aldı. Bana çok şey kaybettirdin. Her şeyimi alıp gittin. Aklımı, irademi, yakıp kül ettin. Sevaplarımı, günahlarımı, ümitlerimi, hayallerimi... Her şeyimi silip süpürdün. Beni çırıl çıplak bıraktın. Bir türlü toparlanamıyorum. Sana ah da edemiyorum. Ben yalnız seni sevdim. Sonsuza kadar da seveceğim. Sen sevmek zorunda değildin. Yine de değilsin. Git, başucun göl, ayak ucun çemen olsun. Ne yapalım, demek ki buraya kadarmış. Zorla güzellik olmaz ki... Bu yürek az çekmedi, senin elinden... Belki daha da çekecek. Sen bunları bilmesen de olur. Bundan sonra dert yanacak kimsem de yoktur. İçten içe tutuşan, bir kömür yığını gibi ben kendi kendime yanacağım. Köle ettin beni kendine... Ben senden kopamıyorum. Bari sen azat et artık... Ak saçlı, kardelen çiçeğim benim!.. Son olarak hoşça kal!.. Kızgınlıkla söylediğim sözlere bakma!.. Onları ölümcül bir hastanın hezeyanları say!.. Bu belki sana yazdığım son mektup olacak. Sen ne gençlere ne güzellere lâyıksın. Bana gelince... Bırak ne olursam olayım. Takma kafana... Eğer beni unutmazsan... Senede bir gün ismimi ansan... O da bana yeter.

Hayalimde hep o erişilmez insan olarak kalacaksın. Cesur, yiğit, mert ve sert... O haşin görünüş altında, hassas ruhunu, derin acıma hissini, sonsuz sevme kabiliyetini ve altın kalbini herkesten gizlemeye çalışan, benim asil şövalyem!.. Daha ne zamana kadar hayatı kendine ve sevenlerine cehennem edeceksin? Ve bu Tragedya aktörlüğünü, daha ne kadar sürdüreceksin?

Son olarak sana 'elveda!..' diyorum.

Ve gözyaşları içinde, o kartal bakışlı gözlerinden öpüyorum!

Ümitlerim söndü. Hayallerim solup pörsüdü. Yapabileceğim hiçbir şey kalmadı.

Ey kader denilen, bilinmez, sonsuz ve dipsiz deniz!..

Bir dilim karpuz kabuğu gibi kendimi senin azgın dalgalarına terk ediyorum! İster beni meçhul kıyılara götürüp kayalara çarparak parçala, istersen saadet sahillerine ulaştır!

Artık hiçbir şeyin önemi yok!

Seni dünya gözüyle son bir defa görüp de, sonra ölsem!..

Ya da mutluluk ve çılgınlık dolu, geçmişimi bir unutabilsem!.."

III

Ya benim geçmişim?.. Ben ondan nasıl kurtulacağım?

Vazgeç güzelim bu sevdadan... Ben günahların, insanı nerelere sürükleyeceğini, ilk gençlik günlerimden bilirim. Aşkın yolları ızdırap dikenleriyle döşelidir.

Bundan 40- 50 yıl önceydi. Sen o zaman daha ruhlar aleminde, sevimli bir kelebek gibi uçuşuyordun. Ve ipek kanatlarında, kaderin sana biçtiği hayatın binbir renkli izlerini taşıyordun. Belki annenle baban bile henüz dünyaya gelmemişlerdi. Ben 15- 16 yaşlarında bir gençtim. Erkek olduğumun farkına varalı, daha bir iki yıl olmuştu. Saftım, toydum, bilgisizdim. Beklenmedik birtakım gelişmeleri, ruhumdaki ve bedenimdeki ani değişmeleri, bir namus lekesi gibi gizliyordum. Çocukluktaki o hayal dünyam, birden başıma çökmüştü. O enkazın altında eziliyor, bağırıyor, çırpınıyor, bir türlü kurtulamıyordum. Tıpkı bazı kâbuslarda olduğu gibi... Yanı başında yatan bir yakınının seni uyandırmasını istersin. Fakat ona sesini duyuramazsın. İşte öyle bir çırpınış...

O zamanlar şehre çok yakın bir çiftlikte otururduk. Anam harman zamanı tarlalarda çalışırdı. Buğday biçer, harman yapardı. Harmanlar kalktıktan sonra da afara süpürürdü. Yere dökülen başakları tek tek toplardı. Tozdan, topraktan ayırdığı, başaklardan çıkardığı buğdaylarla bizim kışlık nafakamızı hazırlardı. Kışın yama yapar, çorap örer, önceden hayvan tersinden yaptığı tezekleri azar azar yakarak bizi üşütmemeye çalışırdı. Her ilkbahar onun için yeni bir meşakkat yılının başlangıcı sayılırdı. Kazanacağı üç beş kuruşla, gazyağı, sabun, kibrit, mum gibi ihtiyaçlarımızı karşılamaya çalışırdı. Tarlalarda çapa yapardı. Bağlarda, bahçelerde, sebze meyve toplardı. Bizi kimseye muhtaç etmemek için, yaz- kış, gece- gündüz demeden, bir karınca gayretiyle hiç durmadan çalışırdı. Güneş yanığı yüzü, buram buram terli... Topukları şerha şerha yarık... Elleri katmer katmer nasırlı olurdu.

Biz dört kardeştik. Bir ablam, iki erkek kardeşim vardı. Yazın damda yatardık. Koyu lacivert zemin üzerine, gümüşten çiçekler gibi serpilmiş yıldızlı gökler, bizim yorganımız olurdu. Bazen yıldızlardan biri, ateşten izler bırakarak, kayıp giderdi. Onu yeni ölen bir mutlu insanın cennete giden ruhu zannederdik. Birbirimize: "İşte şu anda, dünyanın kimbilir neresinde, iyi bir insan daha öldü" derdik. Açıkça söylemesek bile, biz de onlardan olmayı isterdik. Günah pisliklerinden henüz çok uzaktık. Gönlümüz sonsuzluğa açık, hayalimiz çok yüce, içimiz tertemizdi. Bedenimiz sanki bir kafesti. Orada bir ömür boyu çırpınan ruhumuz, bir gün sessizce uçarak, altın renkli, ipek kanatlı melekler arasına karışacaktı. İlerideki günahlardan habersizdik. Bize göre her insan, Allah'a dönmek için, "Ecel" denen o mutlu anı, hasretle beklerdi. Biz de öyleydik. Bir gün şu yıldızlar gibi kayarak cennete gidecektik. Ölüm bizler için hasret kavuşturan bir kara trendi. O bizi asıl sılamıza götürecekti. Ve biz orada sonsuza kadar saadetler içinde yaşayacaktık.

Etrafımız kendilerine "Cahal" diyen âriflerle doluydu ama... Bize bunları öğreten yoktu. Bizde iman doğuştandı. Onu kalın ciltli kitaplardan, ak sakallı dedelerden değil, hayatın ve kainatın kendisinden öğrenirdik. Yağmurun yağması, kuşun uçması, çekirgenin sıçraması, gülün açması, arının bal toplaması ne kadar tabii ise... Bizde iman öyleydi. Gece ve gündüz bu büyük kainat kitabının her gün açılıp kapanan ve kıyamete kadar devam edecek olan yapraklarıydı. Neye inanacağımızı bize o öğretirdi. Yerler, gökler, karalar, denizler, aylar, mevsimler, ağaçlar, kuşlar, güneşler bizim hocalarımız olurdu. Mesela bize göre, ay âşık bir genç adamdı. Güneş de altın saçlı genç kız... Bunlar birbirlerini çılgınca severdi. Ancak hiçbir zaman kavuşamazlardı. Biri geldi mi, öbürü gitmiş olurdu. Ay, aydınlıkta, güneş karanlıkta kaybolurdu. Bu onları ümitsizliğe düşürmezdi. Arayış ve kovalamaca sonsuza kadar devam edecekti. Bize göre, kavuşmak, günaha girmek demekti. Ayla güneş kavuştu mu, kıyamet kopardı. Gerçek âşıklar da onlar gibi olmalıydı. Bu dünyadaki acı, gözyaşı, ayrılık ve hasretin karşılığı, öbür dünyada cennet olacaktı. Sevenler orada kavuşacaktı. Acılara katlanmakta ilâhi bir güzellik vardı. Allah sevenleri severdi. Onun için sevmekten değil, günah işlemekten korkardık.

Canlı olanlar yalnız insanlar değildi. Tabiatta ne varsa, hepsi canlıydı. Ağaçlar, çiçekler, kuşlar, böcekler, çayırlar, çimenler, yaptığımız her şeyi görürlerdi. Ağlar, sızlar, büzülürlerdi. Biz onların sevinçlerini de, üzüntülerini de anlayamazdık. Yanlarında bir günah işleyeceğimiz zaman tir tir titrerlerdi. Sessiz sessiz gözyaşı dökerlerdi. Tıpkı her şeyi duyup anladığı halde, yerinden kıpırdayamayan, sesini çıkartamayan felçli bir anne gibi... Uçuruma sürüklenen bizleri tehlikeden kurtaramazlardı. Tertemiz sabahlarda, yemyeşil yapraklar üzerindeki çiğ damlacıklarını biz onların gözyaşları zannederdik. Havadaki sisler de ahlarının dumanıydı. Yapraklar, dua için göklere açılan ellerdi.

Hayvanlar da dilsiz dostlarımızdı. Onların en makbul olanları süt verenlerdi. Mesela koyunlar... Herkes bayram ederken, onlar Allah yoluna kurban giderdi. Tabiatta varlığı anlamsız hiçbir mahluk yoktu. Her kanatlının bir görevi vardı. Ağustos böcekleri: "Aman günah işlemeyin!" diye çığlıklar atardı. Baykuşlar viranelerde öterlerdi. Sanki bize: "Bir zamanlar buralarda da sizler gibi gafiller yaşardı" derlerdi. Atlar, kediler köpekler, duyarlı hayvanlardı. Bize felaketleri önceden haber verirlerdi. Kargalar en sadık habercilerimizdi. Onlar öttüğü zaman: "Hayırlara öt!.. Hayırlara öt!.." derdik. Bülbüller bize aşk şarkıları söylerdi. Onları mutluluk içinde dinlerdik. Canlı-cansız bütün varlıklarla işte böylesine bütünleşmiştik. Bize göre yeryüzünde bir karışıklık boş yer yoktu. Kainatın dilinden iyi anlardık. Ondaki her değişimi ve oluşumu, Allah'ın bir muradı ve günahkâr kullarına bir mesajı sayardık. Allah'tan korkar, bütün yarattıklarından utanırdık. Bizce kendiliğinden olan hiçbir şey yoktu, Her şey yerli yerinde ve büyük bir şuurla yaratılmıştı. Herşeyin bir hikmeti vardı. İşte biz bütün bunları "bu Kitab-ı Kebir-i Kainat"tan öğrenirdik.

Bizce görünür-görünmez, canlı-cansız bütün varlıklar Allah' ı zikrederdi. Allah insanları, melekleri ve Cinleri kendisine kulluk etsinler diye yaratmıştı. Melekler iyiydi. cinlerin iyileri de, kötüleri de vardı. Şeytansa kötünün kötüsüydü. Görevi bize Allah'ı unutturmak ve günah işletmekti. İnsanoğlu Allah'ın emirlerine uyarsa meleklerden üstün olurdu. Şeytanın peşine takılırsa, hayvanlardan, hatta necasetten daha aşağılara düşerdi. İşte böylece, iyi- kötü, görünür- görünmez her türlü varlıklarla kuşatılmıştık. Her an bir tehlike, ya da imtihanla karşı karşıyaydık. Besmelesiz bir adım atamazdık. Her an Allah'la olurduk. Bazen helâya gitmekten bile utanırdık. Biz Allah'ı görmesek de o bizi görürdü. Onun melekleri de görürlerdi.

Onun için bir insanın ancak sığabileceği kadar kapalı yerlerde yıkanırdık. Bir günah işledik mi, yer- gök ağlardı. İçimiz sanki Mitolojik Olimpos Dağı'ydı. Orada iyiliklerle kötülükler, durmadan savaşırdı. Kainat bizim ana kucağımızdı. Ondaki bütün varlıklar, içleri titreyerek bizim hal ve hareketlerimize bakardı. Bir günah işledik mi, gözlerinden ılık ılık yaşlar akardı. İşte bu halimizle, bir büyük şairimizin dediği gibi: "Duygularımız bile günahdan uzak" olurdu. Bu mübarek Anadolu'nun bir özelliğiydi. Çocuklarını, bağrına bastığı evliyaların himmetlerine lâyık evlatlar olarak yetiştirmek isterdi.

Bu durumda 12-13 yaşlarımda, bedenimdeki o garip gelişmeleri ve acaip değişmeleri kime açabilirdim? Yastıkların içimden geçenlerden iğrendiğini, yorganımın buruş buruş bana surat astığını görür gibi oluyordum. Halbuki yaratılış meşru yatağını bulamazsa, mutlaka bir yerden patlak verip akacak güçlü bir kaynaktı. Üzerine Himalaya Dağları'nı yığsanız, akışını durduramazdınız. Bu yüzden gençliğe ilk adım, bizler için çok zor bir geçiş olurdu. Birden bire tatlı bir rüyadan uyanmış gibi olurduk. O sımsıcak hayal dünyamız, hayat dolu bir ilkbahar misali kısa zamanda geçip giderdi. Kendimizi uçsuz, bucaksız, ıpıssız bir çölün ortasında bulurduk. Yalnızlığımız ve çaresizliğimiz bizi, Allah'a yöneltirdi. Sonsuz göklerin yakasına sarılırcasına dualar ederdik. Biz ekmeksiz yaşayabilirdik. Fakat imansız yaşayamazdık. İman bizde fıtridir. Yani doğuştan vardır. Sadece inanmakla yetinmeyiz. İnandığımız gibi yaşamak isteriz. Bunun için Batı menşeli, uyduruk sistemleri bir türlü kabullenemeyiz. Balıklar için deniz neyse... Canlılar için oksijen ne anlama geliyorsa... İman da bizim için öyledir.

Ortaokulu henüz bitirmiştim. Liseye gidiyordum. Çok zeki olduğumu söylüyorlardı. Çok da çalışkandım. Her sene sınıflarımı birincilikle geçerdim. Arkadaşlarım arasında çok sevilen bir lider durumundaydım. Kız arkadaşlarıma kardeş gözüyle baktığım o tertemiz yıllar epeyce gerilerde kalmıştı. İçimde rahatsız edici bir şeyler kıpırdayıp duruyordu. Ruhum bir harp meydanına dönmüştü. Günahlarla sevaplar orada devamlı çarpışıyordu. Garip ve rezil bir duygu, beni şeytanın safına çekmek istiyordu. Bunun zorlu ve zalim "Nefs" olduğunu çok yıllar sonra anlayacaktım. Kız arkadaşlarımla eskisi gibi rahat konuşamıyordum. Onlar da öyleydi. Sanki birbirimizden bir şeyler saklıyorduk. Tertemizliğimiz, saflığımız uçup gitmişti. O çocuksu, aydınlık dünyamıza kara bulutlar çökmüştü. Birbirimizden utanıyor, kaçıyorduk. Ve o kara bulutların arkasına gizlenmeye çalışıyorduk.

Rüzgâr gibi geçmişti, zemzemle yıkanan o tertemiz yıllarımız... Ruhlarımız da kara kara kılların delik deşik ettiği vücudumuza dönmüştü. Kaf dağından aşağıya yuvarlanan ümitsiz dağcılar gibiydik. Tutunacak dal bulamıyorduk. Kalbimize söz geçiremiyorduk. Olduğumuz gibi görünemiyorduk. Yavaş yavaş kendi gözümüzde birer yalancı ve sahtekâr durumuna düştük. Acaba gençlik bunalımı dedikleri bu muydu? Çocukluğumuzun altın tozu bulutlar içindeki o mutlu günlerine bir türlü dönemiyorduk. O samimiyet ve o sevgiler ne kadar güzeldi?.. İçinde çalı-çırpı, yanan bir ocağın başında... Büyüklerimiz bize askerde öğrendikleri okuma- yazma ile, kekeleye kekeleye ne hoş hikâyeler okurlardı. Kerem, Aslı için cayır cayır yanardı. Ferhad, Şirin için dağları delerdi. Mecnun: "Leyla!.. Leyla!.." diye diye Mevlâ'yı bulurdu. Sefalet içinde geçen çocukluğumuzun, bulutsuz gökyüzü kadar berrak yıllarında... Uzun kış gecelerinde, biz hep bu hikâyeleri yaşayarak uyurduk. Rüyalarımızda bile sabahlara kadar onlarla beraber olurduk. Şimdi nerede o güzel geceler?.. Büyüklerimiz o sevdalara "İlâhi Aşk" derlerdi. Temiz kalabilen aşklar güzeldi. Bize böyle neler oldu? Kalbimize bu yılanlar, çıyanlar, akrepler nereden gelip doldu? Niçin arzularımıza dizgin vuramıyoruz? Neden eskisi gibi olamıyoruz? Ah, neden neden?.. Kıpır kıpır sinsi duygularımız bizi birbirimizden uzaklaştırıyor. Acemi aktörler gibi durmadan rol yapıyoruz. Sevmekten ve hele bunu açıkça söylemekten korkuyoruz. Yaratılıştan gelen bu duygu sellerini, utangaçlık, çekingenlik ve korku barajlarıyla zaptetmeye çalışıyoruz. Halbuki mümkün mü? Uykusuz geçen bir gecenin sabahında, bu korkunç sel, beni bir saman çöpü gibi sevdiğim kızın kapısına sürükledi.

Demiştim ya... Ortaokuldayken çok çalışkan bir öğrenciydim. Sınıf arkadaşım olan zengin çocuklarına kendi evlerinde ders verirdim. Kapılarına gittiğim Nuran da o ailelerden birinin kızıydı. Ailesi beni tanırdı. Üstelik de çok takdir edip severlerdi. Hiç tereddüt etmeden kapıyı çaldım. Nuran'ın açacağını sanıyordum. Annesi açtı. Neden geldiğimi sordu. Hemen bir yalan kıvırdım. Hiç alışık değildim. Kulaklarımın dibine kadar kızardığımı hissettim.

– Tarih hocamız bir ödev verdi. Nuran ile birlikte hazırlayacağız... Dedim. Annesi beni çok sıcak karşıladı.

– İçeriye gel evladım, kendisiyle konuşun, dedi.

Girsem mi, girmesem mi?..

Çorabım yırtıktı. Parmaklarım dışarı çıkıyordu. İçeriye ayakkabı ile giremezdim. Çıkarsam yırtığı göreceklerdi. Çok utanıyordum. Birden Nuran geldi. Yüzü solgundu. Bukle bukle simsiyah saçları darmadağındı. Hasta olduğu için o gün okula gidememişti.

– Girsene içeriye... Ne bekliyorsun? dedi.

Girdim. Ayakkabılarımı da çıkardım. Dışarıya çıkan parmaklarımı unutmuştum. Fakirlik övünülecek şeyim olmalıydı. O zaman bilmiyordum ama... Allah Rasûlü de böyle dememiş miydi?

Annesi, çay, börek filan getirmek için ikide bir içeriye girip çıkıyordu. Fırsattan istifade birkaç kelime konuşmak istiyor, fakat ikimiz de beceremiyorduk. Nihayet sessizliği o bozdu:

– Böyle sabah sabah sana ne oldu? dedi.

– Ne olmadı ki, diyebildim.

Bütün cesaretimi topladım.

– Sensiz olamıyorum, dedim.

– Ben de sensiz, dedi ve kaçıp içeriye girdi.

Annesi gelince hemen kalktım. Okula yetişeceğim bahanesiyle, elini öpüp çıktım.

O gün okula gidemedim. Onun olmadığı her yer bana bomboş geliyordu. Kaçıp içeriye girmesine bir anlam verememiştim. Tatlı bir rüyada gibiydim. Uyanmaktan korkuyordum.

Üç gün okula gelmedi. Kendisinden hiçbir haber alamamıştım. İçim yanıyordu, geceleri uyuyamıyordum.

Dördüncü günün sabahı oraya gittim. Çıkmasını bekleyecektim. Şayet yine çıkmazsa, bir bahane ile kapılarını çalacaktım. Evlerinin karşısındaki bir kahvede bir türkü çalınıyordu:

"Yâr saçların lüle lüle...
Yâr benziyor beyaz güle...
O gül benim hayatımdır...
Ölürüm de vermem ele..."

Tam ben hayallere dalmışken, lüle lüle ve bukle bukle saçlarıyla Nuran kapıdan görünmesin mi? Dünyam birden aydınlandı. Okula babasıyla birlikte gideceklermiş. Gözle kaş arasında bana şu sözleri fısıldadı:

– Yıllardır şu yüreğimde senin sevgini taşıyorum. Başta küçük bir kıvılcımdı. Git gide bir yanardağa döndü. Nihayet patladı ve beni yataklara serdi, diyordu.

Kulaklarıma inanamıyordum. Kelimeler gırtlağımda düğümlendi. Bir tek söz söyleyemedim. Babası geldi. Ben ayrıldım. Bu inanılmaz rüyadan hiç uyanmak istemiyordum.

Ben önden hızlı hızlı uzaklaşırken, o arkamda bana şu sözleri fısıldıyordu:

– Seni seviyorum, anlıyor musun? Çok seviyorum, diyordu.

Hiç beklemediğim bu kolay itiraf, benim için uğruna bin canım olsa rahat rahat verebiliceğim sonsuz bir mutluluktu.

O gün derslere kendimi veremiyordum. Hocalarım bunun farkına vardılar. Hatta Türkçeci bana : "Bu gün nerelerdesin Murat?" demişti.

Suçüstü yakalanmış gibi, çok utanmıştım. Yüzümüz içimizden geçenleri dışımıza yansıtan bir ayna olsaydı, iki günde kararıp kıpkızıl bir bakır tepsiye dönmez miydi?

Yüz kızarmasının ne demek olduğunu daha o gün anlamıştım.

Son dersteydik.

Zil çaldı. Çantasını kapan dışarıya fırlıyordu. Son dersler her zaman böyle olurdu. Kimi servis arabasına, kimi otobüse, kimi arkadaşına ya da sevdiğine yetişmek için koşardı.

O gün ben de acele edenler arasındaydım. Çıkış kapısında Nuran'ı bekleyecektim. Onunla bir iki söz etmeye, hiç olmazsa uzaktan görmeye o kadar ihtiyacım vardı ki... Biraz sonra iç kapıdan göründü. Yanında kız arkadaşları, bir de biyoloji hocamız vardı. Konuşamayacağımızı anlamıştım. Önümden geçerlerken, bana doğru yaklaştı. Ve yavaşça:

– Akşam bize gel, dedi.

Bu kadarını beklemiyordum. Birden şaşırdım. İçim sevinçle dolmuştu. Babasının eve ne zaman geleceğini bilmiyordum. "Saat kaçta geleyim" diye soramadım. Fırsat olmadı. Ama erken gitsem herhalde iyi olacaktı. Öyle yaptım. Kapıyı yine annesi açtı. İçeriye girdim. Nuran benden heyecanlıydı. Oturup biraz soluklandıktan sonra, göz kaş işaretiyle, beni neden çağırdığını sordum. Hiç cevap vermedi. Ve annesine yalvarmaya başladı; benim akşamları bir arkadaşımıza ders verdiğimi söylüyordu. "Ne olur babama söyle... Yarın ben de gideyim!"

diyordu. Bana da gizliden göz kırptı, hiçbir şey anlamamıştım. O devam etti:

– Çok geç kalmadan gelirim. Murat beni eve bırakır. Ne olursun anneciğim, müsaade et gideyim, diyordu.

– Babana söylemeye hiç lüzum yok... Git ama çok geç kalma... Baban zaten bir ay boyunca yok.

Ben yutkunarak;

– Yarın mı buluşacağız, dedim.

– Yarın...

– Nerede? Hangi arkadaşımızın evinde?..

Bana gizlice "sus" işareti yaptı.

– Her gün Semiha'ya ders vermiyor musun? Beni de oraya götür, dedi.

Semiha adında bir arkadaşımız yoktu. Ne demek istediğini anladım ama... Ertesi gün Ramazan'ın ilk günüydü. Bunu kendisine açıkça söyledim.

– Olsun, dedi. İftardan sonra buluşuruz. Teravih bitmeden geliriz...

Her sene bu ay, babası memlekete gidermiş. Bütün Ramazanı hasta annesinin yanında geçirirmiş. İş çok kolaylaşmıştı. Demek ki bir ay boyu her akşam buluşacaktık. Annesi:

– Bazı geceler de gelir, burada çalışırsınız. Her zaman başkasının evinde olmaz, diyordu.

Bu mübarek ayda, önümde tatlı bir günah kapısı açılmıştı. Ne gaflet bilmiyorum. Buna tövbe edeceğime, içimden seviniyordum. Ertesi akşam buluşmak üzere çıktım.

Kanatlanmış gibiydim. Eve adeta uçarak gidiyordum. Gider gitmez yatağa gömülecek, yorganı başıma çekecek ve o gün olanları yeniden yaşamak için o pürüzsüz hayal dünyama dalacaktım. Aç olduğumu bile unutmuştum. Tam yatağa girmeye hazırlanıyordum ki... Anacığım işten geldi.

– Oğlum yarın mübarek Ramazan'ın ilk günü... Bugün teravih kılınacak. Sen namaza gitmeyecek misin? dedi.

– Hiç gitmez olur muyum anacığım? Bu gece benim gecem... Niçin şükreden bir kul olmayayım? Hayatımın en unutulmaz gecesi... Bugün Allah'ıma sanki daha yakınım. Hiç başım secdeden kalkar mı? Bundan sonraki halim ne olursa olsun, başım her fırsatta secdede, gönlüm daima kıblede olacak...

Tabii ki bunları içimden söylüyordum.

Anama kısaca:

– Elbette gideceğim. Hiç gitmez olur muyum? Çamaşır değiştirmek için geldim, dedim.

Halbuki teravihe gitmek aklıma bile gelmemişti.

İnsan mutlu olunca, yalanı bile rahatça kıvırıyor. Demek ki bu yüzden bazı politikacılar, o kadar yalancı oluyorlar. Ancak ben mukaddes sırrımı anamdan bile gizlemek için yalan söylemiştim. Çıkar için söylenen yalanla, bu bir mi?..

Gürül gürül ezanlar okunuyordu. Teravihe gittim, cami tıklım tıklım doluydu. Hava çok güzeldi. Ancak dışarıda kendime bir yer bulabildim.

Bir hoca kürsüde konuşuyordu. Hoperlördeki sesi, ortalığı zangır zangır titretiyordu. Ruhumuza değil de, aklımıza hitap ediyordu. Daha doğrusu, bir mantık tokmağını tepemize tepemize indiriyordu. Bu kadar öfkeyi anlayamıyorduk. Rahmet ayetlerini bile, korkutarak anlatıyordu. Adamdaki ağız değil, cehennemin kapağıydı. Açtıkça etrafa alevler saçıyordu. Ne diyordu bu adam be?.. Sanki hiç insan olmamıştı. Sevinçleri, acıları, ümitleri, hayalleri, hataları, günahları, arzuları, ihtirasları yoktu. Ona göre insan bir makineden farksızdı. Dilediğin zaman bir düğmeye basardın. İstediğin şekilde çalışırdı. Ya da bir emme- basma tulumbaydı. Şurasına basarsan su çıkar; burasına basarsan bu çıkardı. Halbuki sadece bilmekle olur muydu? Şeytan da çok biliyordu. Neye yaradı? Lanetli olmaktan kurtulabildi mi? "Şu kadar ibadet edersen, cennetin şurasında olursun... Bu kadar edersen burasında olursun..." Bu müjdeli haberleri, o zamanki kafama göre pazarlık konusu yapıyordu. Onu dinledikçe, kendimi pazara çıkmış bir yahudi gibi hissediyordum.

– Verdim işte, bedelini... Ver bana şu malı...

Hiç böyle olur muydu?

Kiminle pazarlık ediyorduk?

Onun ibadetimize mi ihtiyacı vardı? Yoksa sonsuz rahmeti, gözyaşları içinde yalvarmamız halinde mi coşardı? İçimizi cayır cayır yakan bir ateş olmalıydı... Odun bile yanmadan odunluktan kurtulamazdı. Yanıp yanıp kül olması için küçücük bir kıvılcım gerekirdi. Önce dumanlara boğulacak ki, sonra kömür gibi kararsın... Daha sonra da içten içe tutuşarak, alev alev yansın... Böylece tövbenin, ihlasın, teslimiyetin ve gözyaşının pırıl pırıl pınarlarında yunup yıkansın... En sonunda da yığın yığın altınlar misali, kor haline gelsin... Ve günahkâr kalpleri ateşe versin.

Bilgi dedikleri acaba bir cevizin dış kabuğu mu? Neden bazı ilim sahipleri onu kırıp da öze inemiyorlar? Onları dinledikten sonra kendimize bakıyoruz. Anlattıklarıyla aramızda hiç benzerlik kuramıyoruz. Spor yapar gibi mekanik hareketler, hiçbir işe yaramıyor. İçimiz ısınmıyor. Kalbimiz ürpermiyor. Kendimizi aldattığımızın farkına bile varamıyoruz. Ruhlar tutuşmadan, dualar yerine ulaşmıyor.

İbadeti küçümsemek, ne haddimize?..

Allah Rasûlü'nün fazla ibadete ihtiyacı mı vardı? Bazı geceler, sabahlara kadar mübarek ayakları şişinceye kadar namazlar kılardı. Sebebini sordukları zaman da: "Rabbime şükredici bir kul olmayayım mı?" derdi.

İşte ibadet böyle olur.

"Bir kez Allah dese aşk ile lisan...
Dökülür cümle günah misli hazan!.."

Kim Allah'ın huzuruna hak sahibi olarak çıkabilir? Öyle sanıyorum ki, bütün ibadet ve taatlar, birer işaret taşlarıdır. Ya da yön gösteren işaret levhaları... Onları takip ederek, gide gide Allah'ın rahmet kapılarına varırız. Gözyaşı selleri ve hıçkırıklara boğularak, bin pişmanlık içinde... Boynu bükük, günahkâr, rezil, mahcup o kapılara yüz süreriz. Ve o sonsuz rahmet denizlerinin coşmasını bekleriz.

Ertesi günü Nuran'la buluşacaktık.

Kararlaştırdığımız yere gittim. O, benden önce gelmişti. İkimiz de heyecan içindeydik. Bu bizim ilk günahımız olacaktı. Bir türlü konuşamıyorduk. Bir ağacın dibine çöktük. El ele tutuştuk. Yutkunup duruyorduk. Daha iftarımı açar açmaz buraya koşmuştum. Yasaklarda insanı mıknatıs gibi çeken gizli bir kuvvet vardı. Kolay kolay karşı koyamıyorduk. Hele de o yaşlarda... Tek tük söylediğimiz sözleri duyamıyorduk. Esasen kelimeler kafamızdan silinmişti. Söyleyecek söz de bulamıyorduk. Birbirimize daha fazla sokulmaya da utanıyorduk. Belki de korkuyorduk. İlk günah ne kadar zor oluyordu. Yüreğimiz kanatlarından tutuşan bir kuş gibi havalarda uçuyordu. İkimiz de biliyorduk ki, bunun sonu hüsran olacak... Ne hüsran, ne hicran... Şimdi bunları düşünecek zaman değildi. İşte birlikteydik ya... Bu mutluluk bize yetiyordu. Sesimiz çok yakında akan bir derenin şırıl şırıl sesine karışıyordu. Karanlıklar bizi kucaklıyordu. Koyu lacivert bir yorgana bürünmüş gibiydik. Gece sırdaşımız olmuştu. Bizi kem gözlerden saklıyordu. Etrafımızda ateş böcekleri uçuşuyordu. Ve yıldızlar yaprak aralarından bize göz kırpıyordu. Ruhumuzdan fışkıran kıvılcımların bizi yakıp kül edeceğinden korkuyorduk. Daha önce kaç defa birbirimize rahatça söylediğimiz sözleri, şimdi söyleyemiyorduk. Gecenin ve gizliliğin kendine has bir büyüsü vardı. Onu bozamıyorduk. "Seni seviyorum" diyebilmek için tutuşuyorduk. Fakat bir türlü cesaret edemiyorduk. Galata Kulesi'nin tepesine çıkıp haykırabileceğimiz sözleri bile, burada ağzımıza alamıyorduk.

Bu yalnız korkudan değildi. Sanki hududu aşarsak her şeyimizi kaybedecektik. Günah işlemek elimizdeyken, ondan kaçınmanın ulvi güzelliği içindeydik. Mukaddes bir sırdan söz eder gibi, fısıl fısıl konuşuyorduk. Temiz gizlilikte her zaman, sıcak, samimi, özel ve ilâhi bir güzellik vardır. İşte biz şimdi, o güzelliği, yudum yudum içiyor, nefes nefes yaşıyorduk. İnşaallah daha ileriye gitmeyecektik. Kendimizden geçip de, yasakları çiğnemeyecektik. İkimiz de bunları, birbirimizin yüzüne karşı içimizden haykırıyorduk. En güzeli de birbirimizi anlıyorduk. Geçen her saniyenin, gecenin ıssızlığından ve sessizliğin çığlığından başımız dönüyordu. İlk buluşmamız böyle geçti.

Eve geldim. Anam daha yatmamıştı. Teravihden dönmemi bekliyormuş.

İnşaallah bir şey sormazdı da, yalan söylemek zorunda kalmazdım. Ne yazık ki sordu.

– Cemaat kalabalık mıydı, dedi.

– Çok kalabalıktı.

– Kadınlar da var mıydı?

– Vardı tabii... Olmaz mı? Çıkışta gördüm. Teravihi arka tarafta kıldılar.

– İyi... Yarın beraber gideriz.

Birden telaşlandım.

Anam gelirse Nuran'la buluşamazdık. Hemen bir yolunu buldum:

– Biz, arkadaşlarla sözleştik. Her gece bir camiye gideceğiz. Böylece 30 gün Ramazan'da, ayrı ayrı camilerde, teravih kılmış olacağız. Sen komşu kadınlarla gidersin. Zaten cami şuracıkta, dedim.

– Olur oğlum. Sen arkadaşlarından ayrılma... Allah namazını kabul etsin. Size dert yüzü göstermesin. İki cihanda azizlerle beraber eylesin...

Derdin en çekilmezi başımızdaydı. Bu dünyada fakirliğin ateşten gömleğini giymiştik. Şehre geldikten sonra anam fabrikaya işçi olarak girmişti. Küçük kardeşim çoktan ölmüştü. Öbür kardeşim el kapılarında sürünüyordu. Anam işe gidince komşuların eline kalıyordu. Ben de okul zamanı arkadaşlarıma ders vererek, okumaya çalışıyordum. Tatillerde de boş durmuyordum. Ne iş olsa yapıyordum. Garip anam, bütün bu çileleri dert saymıyordu. Her sözün başında: "Allah Kur'an'dan imandan ayırmasın" diyordu.

Ne tuhaf!.. Senin her şeyin var, mutlu değilsin! Öbürünün yiyecek ekmeği ve giyecek gömleği yok ama çok mutlu. Acaba "İlahi Adalet" bu gariplikte mi gizli?.. Mutluluk zaten tatlı bir hayal değil mi? Her şeye sahip olan hayal kurar mı?

Geleceğin bu günden farklı olacağı ümidi olmazsa, yaşamanın tadı kalır mı? Ümitsiz ve hayalsiz bir gelecek, her gün biraz daha yıpranan ve nefes nefese mezara yaklaşan bir faniye hangi heyecanı, hangi yaşama sevincini verecek? Onlar son nefeslerine kadar, doğmamış torunlarının, doğmamış çocuklarına milyarlar hazırlamakla meşguller. Manevi dünyaları kupkuru bir çöle dönmüş. Sağır, dilsiz ve kör olmuşlar. Artık dönmezler. Halbuki fakirler öyle mi? Bu tarafta olmazsa bile... Öbür tarafta, kendileri için kurdukları saadetlerle dolu, apaydınlık, tertemiz bir dünyaları var. Şükreden zenginler dahi, sahip oldukları her şeyi bir gün kaybedecekleri korkusu içinde yaşarlar. Sabreden fakirler ise, güzelliği hayalden güzel, yepyeni bir aleme koşarlar. Bunun ikisi bir mi? Anam da işte bunlardandı. Bütün ümidini öte dünyaya bağlamıştı. Kefenini bile hazırlamıştı. Dualarla katlayıp, tek serveti olan gelinlik sandığının, temiz bir köşesine itinayla yerleştirmişti. Cuma akşamları, kandil geceleri, okuyup üfleyerek sandığını açardı. Avuçlarına gül suları dökerek, tertemiz kefenini, öz yavrusunun ipek saçlarını okşarcasına okşardı. Sılasına dönmeye hazırlanan gurbetçilerin tatlı heyecanı içindeydi. Büyük yolculuğuna her an hazırdı. Son duraktan bir önceki istasyonda, hasret kavuşturan kara treni bekleyen bir garip yolcu gibiydi. Her konuşmasının sonunda: "İşte geldik, gidiyoruz. Yalan dünya kime kalmış" derdi. Her haline şükrederdi. Ve mübarek bir misafiri beklercesine, ölüm meleğini beklerdi.

İşte bu inançla hayatın bütün dert ve çilelerine göğüs geriyordu. "Halimize şükür... Hiç olmazsa sağlığımız yerinde... Bizden daha kötü durumda olan nice insanlar var. Allah onlara da yardım etsin" diyordu. Kalbi huzur doluydu. Kanaatkârlığı ona kanat olmuştu. Her zaman ulvilik ufuklarına doğru uçuyordu. Küçücük dünyasında, işte böylesine mutluydu.

Babam 65 yaşında ölmüştü. Anam 14'ünde evlenmiş, 28 yaşında dul kalmıştı. Bir daha evlenmedi. Saçını süpürge ederek, bizi büyütüp yetiştirdi. Elbet o da bir insandı. Ara sıra isyan hudutlarına dayanırdı. "Şu fani dünyada bir gün görmedim" derdi. Hemen arkasından bin tövbe ve istiğfar ederdi.

Korkarım ki Gülnihal'im, bir gün sen de öyle olacaksın.

"Büyük günahlara giden yol, küçük günahlardan başlarmış" demiştim. Bizim aşkımız da öyle oldu.

İlk geceki buluşmamızdan sonra o masum utangaçlık kalmadı. Çok şükür pek ileriye gitmedik ama bunun hayal ettiğimiz gibi ilâhi bir aşk olmayacağını, ikimiz de anlamıştık. İnancımız nikah düşen bir kızla bir erkeğin bir arada yalnız başlarına kalmalarına bile geçit vermiyordu. Çünkü nefse güven olmadığından ateşle barut bir arada durmazdı. Bu imtihandan yüz akıyla çıkmak oldukça zordu. Çıkışta ne kadar berrak olursa olsun, kaynaktan uzaklaştıkça, en temiz sular bile yavaş yavaş kirleniyordu. Taşların, kuşların, ağaçların, otların, böceklerin, rüzgârların, suların, şu duaya açılmış eller gibi yemyeşil yaprakların, kollarını açmış bizi bekleyen şu kara toprakların, keşke canlı olduklarını bilmeseydik. Halini inancına uydurmayan insan mutlu olabilir mi? Biz de işte öyleydik. Bütün mahlukat hâl diliyle Allah'ı zikrediyordu ve yaptığımız her şeyi görüyordu. Sanki hepsi utancından ağlıyordu. Ve sanki bütün mevcudat yüzümüze tükürüyordu. Bunu ikimiz de hissediyorduk. Yazık ki bir türlü nefsimizi dizginleyip de, birbirimizden uzak kalamıyorduk. Şeytanın atına binmiş gibiydik. Dolu dizgin bir felakete doğru gidiyorduk. Bu hâl bizi kahrediyordu.

Her ayrılışta, "Bir daha buluşmayalım" diye, yeminler ediyorduk. Akşama kadar tövbe ve istiğfar dilimizden düşmüyordu. Daha iftarımızı açar açmaz yeminimizi bozuyorduk. Bozuk bir saat pandülü gibi, günahlarla pişmanlıklar arasında gidip gidip geliyorduk. Bir kararda duramıyorduk. Kimseye derdimizi açamıyorduk. "Allah günahlarımızı affeder" desek bile. Elimizi açıp da O'na can-ü gönülden yalvaramıyorduk. Allah affetmeyeceği kulunu kendine yalvartmazdı. Bunu biliyorduk ama... Yine de korkuyor, utanıyor, sıkılıyorduk.

Göz göre göre, birbirimizi yaka paça cehenneme sürüklüyorduk. Yan yana gelmemiz, gizli gizli buluşmamız bile suçtu. En iyisi bir daha buluşmamak olacaktı. Onda da başarılı olamıyorduk. Ne yapsak, ne etsek, gömüldüğümüz o korkunç bataklıktan kurtulamıyorduk. Bu böylece tam 22 gün devam etti. Orucumuz yaş oldu gözlerimizden aktı. Ve mübarek Ramazan ateş olup bizi cayır cayır yaktı. Üç hafta boyunca, gündüz ağladık, geceleri yandık. Kabul edileceğini hiç ummadığımız dualarla Allah'a yalvardık.

Her eve dönüşümde anamı bekliyor bulurdum. Hiç lüzumu yokken, su dökünüp yıkanırdım.

İçinde bulunduğum manevi pisliğin, şu su damlaları gibi üzerimden akıp gitmesi için Allah'a yalvarırdım.

"Bu mübarek günlerde yıkanmak, çok sevapmış" diyerek, o melek anamı kandırmaktan da hiç utanmazdım. Yatsı namazını nafile namazlar gibi kılardım. Namaza doyamadığımı sanan anam, sevinç gözyaşları dökerek bana dualar ederdi. Onu kandırdığım için Allah'tan utanırdım. Küçücük bir yavru, şefkat dolu ana kucağına nasıl muhtaçsa... Ben de rabbime öyle muhtaçtım. Günahların insanı Allah'a yaklaştıran gizli bir büyüsü vardı. Hem emirlerini tutamazdınız. Hem de rahmetine koşardınız. Gidecek başka bir kapı mı vardı?

Utancımdan kahroluyordum. Namaz mı, kılıyordum? Kendimi mi aldatıyordum? Secdelerin insanı bir incecik zar kadar Allah'a yaklaştıran o ilâhi tılsımı sanki yok olmuştu. Bin pişmanlık içindeydim ama... Her yere kapanışta, ertesi akşamki buluşmamızın hayallerini kuruyordum. Hangi sûreleri okuduğumun bile farkında değildim. Otomatiğe bağlanmış gibiydim. Aşksız, vecdsiz bir akrobattım sanki... Durmadan yatıp yatıp kalkıyordum. Allah'ın huzurunda değildim de... Yine o ağaçların altındaydım. Nuran'la beraber oluyorduk. Yasaklara meydan okuyorduk. İcabet makamı ile aramızdaki o incecik zarın yerini, kara kuru sıra dağlar almıştı. Artık secdelerde bile, rabbimden çok çok uzaklardaydım. "Allah'ım, beni bu halden kurtar!" diye yalvarıyordum. Dilim yalvarıyordu. Kalbim yeni yeni planlar kuruyordu. Neredeydi, o eski coşkulu secdeler?.. Ve kendimi Rahmet Kapılarının eşiğinde hissettiğim huzur dolu geceler?.. hayalen cennetlere giderdim. Orada Allah Resûlü'nün ayaklarını öperdim. Bunları hatırladıkça gözyaşlarına boğulurdum. Nuran da yanımda olurdu. İdamlık bir mahkûmla, celladı gibi ikimiz birden hıçkıra hıçkıra ağlardık. Şefkat ve merhamet dolu bir ses, sanki bizi teselli ederdi: "Allah bütün günahları affeder! Yeter ki, gerçekten tövbekâr olun!" derdi. Bu sözler gözyaşlarımızı sel haline getirirdi. İkimiz de yerlere kapanırdık. Günahkâr yüzlerimizi, Allah Resûlü'nün mübarek ayaklarına sürerdik. Gözyaşlarımızla onları yıkar, saçlarımızla kurulardık. O şefkat dolu ilâhi ses, biraz daha yükselerek:

– Kalkın artık, yeter! Bir damla gözyaşının söndüremeyeceği hiçbir ateş yoktur! Allah'ın rahmeti sonsuzdur! Onun karşısında sizin günahınız, sonsuz bir ummandaki küçücük bir kum tanesi kadar bile değildir, derdi.

Bir anda, kirli, çamurlu, pis ve karanlık ruhlarımız, ümit güneşinin o ilâhi ışıklarıyla pırıl pırıl yıkanırdı. Bu büyüklük ve af, bizim için korkunç bir ceza olurdu. Kuşku bize merhamet edileceğine... Etlerimiz lokma lokma doğransaydı. Sinirlerimiz iplik iplik çekilseydi. Belki o zaman bu maddi acılar, manevi işkencelerimizi biraz olsun hafifletirdi.

Çok defa namaz bittikten sonra da, secdelere kapandığım olurdu. Kaybettiğim eski halimi gözyaşlarında arardım. Dudaklarımdan ateş gibi kelimeler dökülürdü. İçten içe yanarak, sarsıla sarsıla ağlayarak, Allah'a yalvarırdım:

– Sultanlar Sultanı sensin!.. Hüküm senin, mülk senin! Dilersen kıyamete kadar işlenen bütün günahları affedersin! Şeytanı zincire vurursun! Cehennemi söndürürsün! Cennetin kapılarını bütün günahkâr kullarına açarsın! Sultanlığın yüce şanına yakışan da bu değil mi?.. Bizim ibadet ve taatımızdan, günah ve isyanımızdan ne büyüklüğüne bir zerre eklenir. Ne de ondan bir zerre eksilir. Sen hiçbir şeye ihtiyaç duymayansın! Noksanı, fazlası olmayansın! Ekmel Kudretsin! Her şeyden müstağni ve münezzehsin! Kıyamete kadar işlenen bütün günahları affetsen, sonsuz rahmetinden bir zerre mi noksanlaşır? "Rahmetim her şeyi geçti! Rahmetimden ümit kesmeyin!" diyen sen değil misin?

Bu sözleri yüksek sesle söylemiş olacağım ki, anam beni omuzlarımdan tutup kaldırmak istedi.

– Yeter artık kalk! Ağlama!.. diyordu. Allah Gafuru Rahimdir!

Birden kendime geldim.

Nuran yanımda yoktu. Demek ki gördüklerim çok defa olduğu gibi hayalmiş... Tıpkı dünyevi zevklerimiz gibi... Anam sevinçten uçuyordu.

Kendisine böylesine aşklı, vecdli, hayırlı bir evlat verdiği için Allah'a sonsuz şükürler ediyordu. Onun bu saflığı benim utangaçlığımı, mahcubiyetimi ve ızdırabımı daha çok artırıyordu. Zavallı bilir miydi ki, temiz ve günahsız olanlar bu kadar yanıp tutuşamazlar. Böylesine gözyaşı dökemezler. Hâşâ Allah'ın yakasına sarılırcasına dualar edemezler.

Üç gün sonra mübarek Kadir Gecesi'ydi.

"Ne olursa olsun... Artık Nuran'a gitmeyeceğim" diyordum. Zaten her ayrılışta buna birlikte karar vermiyor muyduk? Bu sefer tam kararlıydım. Öleceğimi bilsem gitmeyecektim.

– Gitmeyeceğim!.. Gitmeyeceğim!.. diye bağırmışım.

Zavallı anam, şaşkın şaşkın yüzüme bakıyordu.

– Nereye gitmeyeceksin yavrum? diye sordu.

– Okula dedim, okula... Bayrama kadar evde ders çalışacağım.

– Sen bilirsin. Nasıl istersen öyle yap... Kardeşin komşu kapılarında perişan oluyor. Hiç olmazsa birkaç gün ona bakarsın, dedi.

Yazık ki daha iftarımı açar açmaz, kendimi sokakta buldum. Sanki güçlü bir el, boynuma bir yular takmış, beni günah uçurumuna sürüklüyordu. İçimde binbir hayal, heyecan ve ürpertilerle Nuran'a gidiyordum. Biliyordum ki, o da beni aynı duygularla her zaman buluştuğumuz ağacın altında bekliyordu. Gittim. Mutluluk ve pişmanlık karışık bir halde beni karşıladı. Ağlamaklı bir sesle:

– Ohhh, iyi ki geldin!.. diyordu.

Etrafımızdaki canlı-cansız, görünen-görünmeyen bütün varlıkların gözü önünde... Hepsinden önemlisi de her yerde hazır ve nazır olduğuna yürekten inandığımız, Allah'ın huzurunda... Ve aynı günahların eşiğinde arzu, heyecan ve ihtiras ateşleri içinde yanıyorduk. Zerrelerden kürrelere, kainatta ne varsa sanki bekliyordu ki, ilâhi yasakları tam çiğneyelim de, hepsi birden yüzümüze tükürsünler. Boynu bükük ağaçlar, yemyeşil çimenler, otlar, yapraklar, topraklar, Ateş böcekleri, gece kuşları bizden uzaklara kaçıyordu. Kimbilir kaçıncı defa bir daha günah ortamımızda yapayalnız kalmıştık. Koyu lacivert gökler, sırdaş bir yorgan gibi üzerimizi örtüyordu. Ve karanlık geceler, bizi gözlerden gizliyordu. Ancak her şey kullardan nihan, Allah'a ayandı. Ve ruhlarımız, o gece de, korku, heyecan ve hasret cehennemlerinde yandı. Bu kaçıncı defa tövbemizi bozmamızdı? Halimizi, dilimize uyduramıyorduk. Artık kendi gözümüzde küçülmüştük. İradesiz yalancılar durumuna düşmüştük. Birbirimizin yüzüne bakmaya utanıyorduk.

Hz. Mevlânâ: "Gel gel!.. Kâfir olsan, putperest olsan, tövbeni bin defa bozmuş olsan, yine gel!.. Bizim dergâhımız, ümitsizlik dergâhı değildir! Burada ümitsizlere ümit verilir!" demiyor muydu? Ancak bizde gidecek yüz mü kalmıştı? Kendi kendimize yalan söyleye söyleye yalama olmuştuk. Bizim gibi döneklere o ulvi dergâhlarda yer var mıydı?

Gaflet ne büyük Rahmet!..

Hem Allah'ın seni her an gördüğünü bileceksin. Hem de bir saniyelik zevk için, bütün rezillikleri yapmayı göze alacaksın! Nuran da benim gibi düşünüyor olmasaydı, İlâhi hudutları çoktan çiğnemiş olmayacak mıydık? Kötülüğe niyetlenip korkudan yapamamak... İçin de, dışın da temiz olmazsa, hangi yüzle "müminim" diyebileceksin? Neylersin ki biz öyleydik işte...

Zaman zaman bir ses: "Allah içinden geçenleri bilmiyor mu? Onları on yaşındaki bir çocuk bilse, yüzüne bakamazsın. Bu halinle nasıl namaz kılıyorsun? Allah'ın huzuruna hangi yüzle çıkıyorsun? Sen büyük bir yalancısın! Bir sahtekârsın! Belki de gerçekten inanmıyorsun da, kendini aldatıyorsun!"

Aman Allah'ım, ben sensiz olamam!..

Aç kalırım! Susuz kalırım! Şu yeryüzünde sürüm sürüm sürünürüm amma... Sensiz olamam! Dünyanın bütün servetlerini, şöhretlerini, saltanatlarını verseler... Sensiz bir tek adım atmaya, bir tek nefes almaya razı olamam! Defol başımdan kör şeytan!.. Senin verdiğin vesvese, beni yolumdan çeviremez! Bütün bu yaptıklarım, imanımın zayıflığından değildir. Tam aksine... Allah'a görür gibi inanmış olmamdandır. Fakat neden bir türlü kendimi aşamıyorum. Kozamı delip sonsuzluklara uçamıyorum! Toprağa düşen sert bir tohum gibi, kabuğumu çatlatıp da, yeryüzüne çıkamıyorum. Ben bu kara topraklar altında, doğmadan ölmeye, sert kabuğu içinde çürüyüp yok olmaya mı mahkûmum? Bu soruya "evet" desem, suçu "kader"e yüklemiş olurum. Halbuki ben kendimi biliyorum. Bir kav misali, küçücük bir kıvılcımdan ateş almaya hazırım!

"Allah'ın istediği gibi bir kul olamayacağım" diyordum. İçimden geçenlerden iğreniyor, Allah'tan utanıyordum. "Nasıl olsa, ölümden kurtuluş yok... Allah'ın huzuruna ha yüz sene sonra gitmişsin, ha bir saniye sonra, ne fark eder" diyordum. İnatçı bir eşşek gibi sırtıma yüklendiğim bu günahlardan, bir an önce kurtulmalıydım. Kendi ellerimle, kendi hayatıma son vermeliydim. Yaramazlık yapıp yapıp da, annesinin kucağına sığınan şımarık bir çocuğa dönmüştüm. Sanki çenem kilitlenmiş, kollarım yanıma düşmüştü. Ne ellerimi göklere açıyor, ne de dua edebiliyordum. Gün geçtikçe, içi boş bir bidon gibi, zirvelerden, zırvalara, dangır dungur yuvarlanıp duruyordum.

En kısa zamanda öbür tarafa gitmeliydim. Kendimden kurtulmamın başka yolu yoktu.

Derler ki: "Allah'tan ümit kesenler intihar ederler. Ve intihar edenler, imansız giderler..." Bu söz tartışmasız olarak doğrudur ama... İstisnası yok mudur? Acaba böyle diyenler ömürlerinde bir defa olsun kendi elleriyle hayatlarına son vermeyi düşünmüşler midir? Hiç sanmıyorum. Ben ölüme karar verdiğim zaman imanla doluydum. Bir saniye bile sürmeyecek olan bir acıdan sonra, pırıl pırıl bir ebedi hayata gözlerimi açacağıma, bütün kalbimle inanıyordum. Ve kendimce, bir an önce Allah'ın sonsuz rahmetine koşuyordum. Önce azap da çeksem, sonuçta mutlaka cennete gidecektim. Çünkü bu konuda Allah ve Resûlü'nün vaadleri vardı. Ölmek bana nefsine dizgin vurmaktan daha kolay geliyordu. Ancak korkaklar işin kolayına kaçarlardı. Ben korkunun nasıl bir duygu olduğunu bile bilmezdim. Tek bir korkum vardı. O da Rabbimin beni bırakmasıydı. O beni bırakmasındı da... İsterse cehenneme atsındı. Böyle her düşünce beni adım adım intihara sürüklüyordu. Sonra birden kendime geldim. Peygamberlerden başka, herkes günah işlerdi. Günah inananlar içindi. İnkârcılar günahkâr olamazdı. Bir anlamda o da müminler için bir imtiyazdı. Günahkâr; istemeden Rabbine isyankâr olan, iradesi zayıf, zavallı bir müminin, onun karşısında rezil, mahcup ve boynu bükük bir hale düşmesiydi. Allah haddini bilenleri, pişman olanları, tövbe edenleri, kötülükte ısrar etmeyip doğru yola girenleri severdi. İyilik ve kötülük, insanın yaratılışında vardı. Günah işlenmeyecek idiyse, cehennem niye yaratıldı? Orası, azap, adalet, tedip, tazir yeri olduğu kadar da, müminler için günah pisliklerinden arınma yeri değil miydi? Günahkâr müminler de cezalarını çektikten sonra, Allah Resûlü'nün yüce huzuruna gitmeyecek miydi? Bir ipek kâğıt gibi lekesiz ve tertemiz olmadan oraya gidilir miydi? Orada sonsuza kadar kalacak olanlar, kâfirler ve müşriklerdi. Ateşten daha güzel bir temizleyici var mıydı? Müminler ana kucağı kadar şefkat ve hararet dolu, onun azarlaması kadar yumuşak ve tatlı alevler içinde yunup yıkandıktan ve gözyaşından daha berrak ve temiz bir hale geldikten sonra Makamı Mahmud'a çıkacaklardı. Orada Allah sevgilisinin nur saçan mübarek ayaklarına kapanacaklardı. Dünyada hayal dahi edemeyecekleri sonsuz mutluluğu orada bulacaklardı. Ağaçları altında, gümüş dereler akan cennetlerde sonsuza kadar kalacaklardı. Günahlarım kadar çektikten sonra, ben de aralarına karışacaktım. Bu inanç olmasaydı, sahabelerin bile günah işlemelerini nasıl izah edecektik?

Baktım horozlar ötüyor.

Sabah olmuştu.

İçimdeki karanlıklarla birlikte dışarıdaki karanlıklar da dağılmak üzereydi. Her tarafta ezanlar okunuyordu. Ezan sesleri birbirine karışarak, karşı dağlarda yankılar yapıp tekrar bize dönüyordu. Sanki kainat birden değişti. Belki değişen o değildi de, benim ona bakışımdı. Sabah oldu. Güneş doğdu. Bir gelin duvağının altın telleri gibi ışınlar, yüzlerimi okşuyor, gözlerimi kamaştırıyordu. Kuşlar daha neşeli, gökyüzü daha berraktı. Kötü düşünceler ilk defa yakamı bıraktı. Her şey birden değişti. Hayat daha bir güzelleşti.

Dayanamadım. Hemen evimizin alt tarafında akan dere boyuna koştum. Kuş sesleri suların şırıltısına karışıyordu.

Biraz sonra... Bal arıları çiçeklere konacak, ağustos böcekleri yavaş yavaş serenatlar söylemeye başlayacaktı. İşkence çektiren fikirlerin cenderesi haline alışık dar kafam, birden gök kubbe kadar genişlemişti. Kendime, duygularıma, tabiata ve bütün kainata, daha bir sevgi ve anlayışla bakıyordum. Sanki bir gecede, bir başka adam olmuştum. Ölüme kılpayı yaklaşmayanlar, yaşamanın değerini anlayamazlar.

Sonsuz maviliklere dalıyordum, derin derin... Ve tatlı bir rüzgâr saçlarımı okşuyordu, serin serin... Güneş ise altın tüller içinde taze bir gelin... Bu, anamdan doğalı tanıdığım dünya değildi.

Hayalim beni ışıktan daha hızlı bir çabuklukla, galaksilere taşıyordu. Birden bana bir haller oldu. Ruh gibi, rayha gibi olmuştum. Ve tüm evrene dağılmıştım. Her yerde ve her şeyde kendimi görür gibi oluyordum. Bulutların boz renginde... Kuşların kafesinde... Okyanusların sesinde... Her tarafta ben vardım. Sanki kainat ben olmuştum. Yoksa çıldırıyor muydum? Bereket ki sadece bir an... Bir saniyenin belki de milyonda biri kadar kısa bir zaman sürdü bu hâl... Anladım ki, Allah'ın kudretini, bir nebze idrak dahi muhâl... Görünen her şey, görünmeyenin tecelligâhı... Bize düşen kudretine, azametine teslim olmak... Saltanatına ve ihtişamına sadece hayran olmak... Şunu da anladım ki, Allah'ı mutlak şekilde inkâr etmek mümkün değildir. Dil inkâr etse de, vücuttaki dönen atomlar, onu tekzip, Hakk'kı teslim ve Allah'ı tesbih ederler. Tıpkı bir kasetin: "Beni dolduran yok!.. Beni dolduran yok!.." demesi gibi ahmakça bir iddia... Onu kim ciddiye alır. "Kâfir" de zaten "gerçeği bilmeyen" değil, "onu örten" demek değil midir?

Bu düşüncelerle tekrar kendime geldim.

Biraz önceki büyüklük ve azamet karşısında, küçüldüm küçüldüm, mikroskopla dahi görülemeyecek kadar bir zerrecik oldum. Yüce Allah, yere, göğe sığmayan zebanilerini, şu küçücük zerrecik için mi seferber edecekti? O korkunç gazabıyla bizleri mi kahredecekti? Günahkârlar olmasaydı, sonsuz rahmeti neye yarardı? Onu kimlerin üzerine yağdıracaktı? Merhametlilerin en merhametlisi olduğunu kim görecekti?.. Allah Resûlü, 10 yakınının daha sağlıklarında cennete gireceklerini müjdelemedi mi? Onlar da insan değil miydi? Hiç mi hata yapmadılar? Hiç mi günah işlemediler? Aynı müjdeyi bizlere de vermedi mi? "Allah birdir diyenler cennette kavuşacak" demedi mi? Dünya hayatı boyunca, onun mübarek iki dudağı arasından "Allah'ın murat etmediği bir tek söz" çıkmış mıydı? O'nun her söylediği Allah'ın muradı değil mi? Allah vadinde hilaf eder mi? Öyleyse, inananlar için korku var mı? Şüphesiz ki, onlar dünya ve ahirette mahzun da olmazlar.

Evet Allah yolunda canımı verecektim. Fakat, kendi hayatıma, kendi ellerimle son vererek değil... Bir gün bu günahları ayaklarımın altına alarak... Ve onların üzerine çıkıp, afv-ü mağfiret kapılarına yükselerek. Bence inandığı yolda ölmeye hazır olmayanların, inandıkları biçimde yaşama hakları yoktu. Onlar sürü olmaya ve başkaları tarafından yönetilmeye mecburdu. Yalnız günlük ve perakende ibadetlerle bu günah dağlarını sırtımdan atamazdım. Toptan hesap görmeliydim. Allah yolunda hiç gözümü kırpmadan canımı vermeliydim. Ve bu korkunç günahları, bütün benliğimle bir defa: "Allaahhh!" diyerek... Buz dağı gibi bir nefeste eritmeliydim. Bu da ancak "şehidlik"le olurdu. Artık kendimi ona hazırlayacaktım.

Rahmetli dayımın tabancasını sakladığı yeri biliyordum. Bir gün gidip onu aldım. Yanında bir torba da naylonlara sarılmış mermi vardı. Onları da aldım. Şehir dışına çıktım ve atış talimlerine başladım. İnandığım yolun korkusuz bir fedaisi olmaya iyi hazırlanmalıydım. Elbet bir gün, ölmenin ve öldürmenin zamanı da gelecekti. Böylece aylar geçti.

Nuran'dan ayrılmaya karar verdiğim gecenin sabahı, tabancayı almıştım. Bahçede gömülüydü. Çıkartmak için yerleri kazarken, ellerim kan içinde kalmıştı. Bu da inançlarım uğruna döktüğüm ilk kan olmuştu. Etrafta bir sürü başıboş köpek vardı. Sabah sabah boğuşup oynaşıyorlardı. İkisi çok çirkin bir durumdaydı. Onların edepsizliği ile kendi günahlarım arasında, acayip paralellik kurdum. Ve derin düşüncelere daldım. Kendi kendime şöyle diyordum:

– Tutalım ki köpeklerin şu halini sahipleri gördü. Bundan dolayı onları ayıplar mı? Köpekden başka ne beklenir? Yiyecek, içecek, havlayacak, çiftleşecek... Ama aynı köpek, sahibine kurtlar saldırdığı zaman canını ortaya atsa... O kurtlara kendini parçalatsa... Canını feda edip sahibini kurtarsa... Sahibi için hâlâ adi bir köpek olarak kalır mı? Sadık ve fedakâr bir dost durumuna yükselmez mi? Sahibinin gözünde unutulmayacak kadar yücelmez mi?..

Onları gördükten sonra, şöyle düşünmekten kendimi alamadım:

– Tut ki sen de adi bir köpeksin. Sahibinin uğruna canını feda etmeye hazır olmalısın. O zaman köpeklikten kurtulursun. Sahibinin gözünde yücelirsin. Bu can senin değildir. Ondan sana bir emanettir. Emaneti yerine vermekten niçin çekiniyorsun? Bir anda kendi gözümde bambaşka bir insan olmuştum. Nefsimin pislikleri arasında debelenmekten kurtulup, sanki göklere yükselmiştim. Dava, iman ve ideal insanlar içindir. Onlara sahip olmaya gayret etmeyenlerin iki ayaklı hayvanlardan ne farkı kalır?

İşte sevgili meleğim!..

Bundan sonra yazacağım bütün çılgınlıkların altında yatan temel fikir ve inanç budur. Zaten kabıma sığamıyordum. Rabbim iki hayvanı vesile ederek bana ışık tutmuştu. Önüm aydınlanmıştı. Günah, inanan içindi. Allah Gafuru Rahim'di. Kötülükte zaten ısrarım yoktu. Artık kimse beni tutamazdı. Bilmem günahlara neden çok fazla önem vermediğimi ve çılgınca taşkınlıklarımın asıl sebebini şimdi daha iyi anlayabildin mi?

IV

Bir gün korkunç bir cinayet haberiyle uyandık. Ben o zaman ortaokula gidiyordum. Bir kuyuda baltayla parçalanmış bir ceset bulmuşlardı. Cinayetin aşk yüzünden işlendiği söyleniyordu. Herkes kendine göre bir hikâye anlatıyordu. Çoğunluk ölene rahmet okuyordu. Bazıları da öldürenlere acıyordu. Katiller birbirlerini delice seven, orta yaşlı bir kadınla, 18 yaşında bir gençti. Suçlarını itiraf etmişlerdi. Her biri: "Onu ben öldürdüm" diyordu. Öldürülen de kadının 50 yaşlarındaki kocasıydı. Üç çocukları vardı. Babaları toprağa, anneleri hapishaneye düşen bu zavallı yavrular, ortada kalmışlardı. Akrabalar namus lekesi kendilerine de bulaşmasın diye ilgilenmiyorlardı. Konu komşu yardım etmeye çalışıyordu. El insana kaç gün bakabilirdi? Devreye hatırlı insanlar girdi. Çocukları sokaktan kurtarmak istiyorlardı! Akrabalara gittiler. İki tarafın akrabaları da hiç yumuşamıyordu. Kadın tarafı adamın gül gibi kızlarını dile düşürdüğünü söylüyordu. Öbür taraf da "asil aile kızıdır diye aldık. Namusumuzu, şerefimizi iki paralık etti. Kaltak..." diyorlardı. Onlara göre çocuklar belki de piçti. Bu namuslu dünyada, (hiç de günahları olmayan) piçlere kim sahip çıkardı. Hakk'ka göre düşünen yoktu. Herkes kendini halka göre ayarlıyordu. Ömürlerinde hiç aşkı tatmamış ot gibi insanlar da onlara hak veriyordu.

Âşıklarsa, her şeyi unutmuşlardı. Tek bir hasretle yaşıyorlardı. Ah ne olurdu, arasıra birbirlerini görebilselerdi! Yazık ki hapishanede buna imkan yoktu. Kadın-erkek koğuşları ayrıydı. Onun için duruşma günlerini heyecanla bekliyorlardı. Mahkeme belki ikisini de ipe gönderecekti. Bu, umurlarında bile değildi. Duruşmalar sırasında kaçamak bir bakış, bir an göz göze geliş, onlar için dünyalara değiyordu. Sanki hakim karşısında değil de... Cennet kapısındalardı. Birbirlerinin seslerini ilâhi bir musiki gibi vecdle dinliyorlar, gözleriyle anlaşıyorlar, ruhlarıyla kucaklaşıyorlardı. Belli belirsiz bir gülücük, karanlık dünyalarını aydınlatıyordu. Bu yasaklarla dolu, kısacık beraberlikler, bir dahaki duruşmaya kadar onları mutlu etmeye yetiyordu. Ölüme giden insanlar ne kadar mutlu olabilirlerse... Onlar da o kadar mutlu oluyorlardı. Sanki hiç suç işlememiş olanlar da aynı yere gitmiyor muydu? Ölümden kurtuluş var mıydı? Ha hayat dolu iken boynuna ip takıp götürmüşler, ha kuştüyü yataklarda nefes nefes bitirmişler... Ne fark ederdi?

Suçu birisi üzerine alsa, öbürü kurtulacaktı. Bunu ikisi de biliyordu. Hapishanedeki eski kurtlar sürekli kendilerine anlatmışlardı. Ancak herbiri: "Önce ben gideyim. Öbür tarafta seni beklerim" diyordu. Sevgilinin olmadığı bir dünya onlara bomboş geliyordu. Ölüm Allah'ın emriydi. Bu şekilde gelişi ise onların kaçınılmaz kaderiydi. Biri gittikten sonra, öbürü hayatta kalacaktı da, ne olacaktı? Kadın bir gün koğuş arkadaşlarına sormuştu: "Acaba ikimizi aynı dar ağacına çekmezler mi?" demişti. Sanki aynı ipte sallanırlarsa, ruhları kol kola girip de, cennetlere uçacaktı?.. "Ölüm dahi bizi ayıramasın. Öbür tarafa birlikte gidelim" diyorlardı. Daha ortada öldürme fikri yokken, bunun üzerine binlerce defa yemin etmişlerdi. Onlarınki aşk değil, bir çeşit çılgınlıktı.

Kadın ilk ifadesinde şöyle demişti: "Ben kocamdan nefret ediyordum. Beni ona zorla verdiler. Parasıyla, mevkisiyle ailemden kopartıp aldı. Bana hiçbir zaman insanca yaklaşmadı. Mutluluğu tattırmadı. Her seferinde tecavüzcü bir canavarla karşı karşıya kalırdım. Daha ilk gece bekâretimle alay etmişti. "Tecrübesiz bir karıyı ne yapayım?" demişti. Daha o anda küçücük, fakat kutsal dünyam alt-üst oldu. Namusa, aileye, topluma, kadere ve (haşa) Allah'a olan inancımı kaybettim. Kocam çocuk da istemiyordu. Vücudum bozulmasın diye ilk çocuğumu sezeryanla aldırmamı istemişti. Öbürlerini de "doğurma" diyordu. Her ne kadar inancımı kaybetmiş olsam da... Yine de ana rahmindeki bir yavruya kıyacak kadar canavar değildim. Çocuklarımı istemeye istemeye doğurdum. Ali'yi görünceye kadar boş bir çuval gibiydim. Onunla karşılaştıktan sonra, bende büyük bir değişiklik oldu. Dünya bir anda güzelleşti. Kalbim ışıdı. Ruhum aydınlandı. Hayata bakış açım değişti. Önümde ümitlerle dolu yepyeni bir dünya belirdi. Hayat yaşamaya değerdi. Ama çok kısaydı. İnsan ömrü göz açıp yumuncaya kadar geçiyordu. Böylesine kısa bir zamanda nasıl mutlu olabilirdik? Yaşamaya doyamıyordum. Aşkım beni tekrar hayatın sonsuzluğuna inanmaya zorladı. Saadet ebedi olmalıydı. Geçici olan heyecanlar, ümitler, beklentiler kimseyi mutlu edemezdi. Gerçek olmayan bir aşk, insanı böylesine derinden sarsıp kendinden geçiremezdi. Daha doğrusu ben zaten kendimi kaybetmiştim. Aşkım beni dünyaya iade etti. Varlığı-yokluğu çok düşündüm. Yazık ki düşünmekle olmuyordu. Akıl duygulara, tutkulara, heyecanlara çare bulamıyordu. Birçok sorular havada kalıyordu. İhtiras geldi mi, irade kül oluyordu. Akıl kapıdaki bir köpek gibi ruhsal olayların dışında kalıyordu. Bıraktım aklı... Hissettiğim gibi yaşamaya başladım. "Sonu nereye varırsa varsın" diyordum. O zaman anladım ki, mutsuzluk ve çaresizlik beni inkâra yöneltmiş. Allah'a inanmamak mümkün değildir. İnançsız bir hayat işkencedir. Allah'a ve O'nun "İnan" dediği her şeye, zorunlu olarak tekrar inandım. Başımı örttüm. Namaza başladım. Secdelerde, rükularda, sanki Ali'yle beraberdim. Küçücük dünyamda, (ihaneti düşünmeden) hayallerle avunuyordum. Kocam içkisini ve zulmünü daha fazla artırdı. Adeta kudurdu. Başörtümden tutup başımı duvarlara vuruyordu. Secdelere kapandığım zaman kafamı tekmelerle ezmeye çalışıyordu. Çok defa namazdan kan revan içinde çıkıyordum. Bununla da kalmıyordu. Çocukların da kendisinden olmadığını söylüyordu. Akrabalığa ve kan bağına inanmıyordu. "İnsanın kendi çocuklarına düşkünlüğü, basit bir alışkanlıktan başka bir şey değildir" diyordu. Durmadan "seks özgürlüğü" diye bir şeyler anlatıyordu. "Kadın mal değildir. Kimsenin tapusunda olmamalıdır. İnsanlar, suyu, havayı, güneşi, baharı, yazı, kışı özgürce paylaşıyorlar. Kadını neden paylaşmasınlar" diyordu. Birkaç defa akrabalarıma sığınmak istedim. Üç çocukla beni kim kabul ederdi? Duygusuzluklarını, kuru bir namus iddiası arkasına gizlediler. "Senin o kapıdan ancak ölün çıkar" dediler. Vaktiyle ben de onlar gibi düşünüyordum. İçimde durmadan kötülük fırtınaları esiyordu. Nefis ve şeytan en yakın arkadaşlarımdı. İçim çıfıt çarşısıydı. Dışardan beni melek gibi görüyorlardı. Sırf vücudumu nikahlı kocama sakladığım için kendimi namuslu sanıyordum. Şimdi anlıyorum ki o bir kuru gösterişmiş. Halbuki ruhen her türlü kötülüğü yapmaya... (Duyulmamak kaydıyla) hoşuma giden herkesle yatmaya hazırdım. Namuslu olmak bu mudur? Hayatta nice namuslu fahişeler, nice de zorla o yola itilmiş asil bahtsızlar var. Şu anda hapishanede, bir genelev kadınıyla beraberiz. Ben ondaki ruh temizliğini hiçbir zaman yaşamadım. Sıradan bir namuslu kadının yaşamış olabileceğini de sanmıyorum. "Hikmetin başı Allah korkusudur" ancak inanan ve seven namuslu olur. Sevenin gözünde, sevdiğinden başka bütün insanlar birer kukla, ya da biblodan farksızdır. Bu, erkek için de, kadın için de böyledir. Bunu bu gün daha iyi anlıyorum.

Biz Ali'yle birbirimizi sonsuz bir aşkla sevdik. Ama aşkımızı hiçbir zaman kirletmedik. Günah işleyerek ayağa düşürmedik. Allah kendini bize hiç unutturmuyordu. Sanki her an onunla beraberdik. Onun izniyle bu tertemiz aşkımız sonsuza kadar sürecekti. İki saniyelik zevk için onu bu dünyada kirletip de... Öbür tarafta, ebediyyen birbirimizden mahrum kalmayı göze alamıyorduk. On yaşındaki bir çocuğun yanında yapamayacağımız bir kötülüğü, Allah'ın bizi gördüğüne inana inana nasıl yapabilecektik? Yapsaydık, başımıza bu iş gelmezdi. Kocam zaten öyle istiyordu. Bir zamanlar bana sarhoş arkadaşlarına meze hazırlatıyordu. Hatta hoşuma gidenlerle yatmaya zorluyordu. Kendisi de gizlice anahtar deliğinden bizi izleyecek ve heyecan duyacakmış. Öyle anlatıyordu. O zamanlar inandığım için değil de... İğrendiğim için dediğini yapmıyordum. Ama o, bir gün yapar diye ümitle bekliyordu. Ben Allah'a inandıktan sonra ümidi boşa çıktı ve başıma canavar kesildi. Yaptığı baskı, hakaret ve zulümlere dayanamadım. İnsan sabrının da bir hududu vardır. Olay gecesi içip içip sızmıştı. Kendime hakim olamadım. Baltayı alıp kafasına bir vurdum. Beyni dışarıya fırladı. Daha ilk vuruşumda pişman olmuştum ama... Artık iş işten geçmişti.

Kocamı öldüren benim. Ali'nin bunda ne suçu, ne günahı, ne de haberi var. Suçu tek başıma işledim. Pişmanım amma... Vicdan azabım, pişmanlığımdan daha büyük... Her türlü cezaya razıyım. Bir an önce kararınızı verin. Ve beni bu dayanılmaz acıdan kurtarın. Ölüm benim için bir kurtuluştur. Ali'm bu dünyada benim yerime de yaşasın. Onu öbür tarafta hasretle bekleyeceğim, diyordu.

Adli Tıp Raporu, söylediklerini kısmen doğruluyordu. Ancak çok açık taraflar vardı. Mahkeme böyle bir cinayetin tek başına işlenebileceğine inanamıyordu. Ağır Ceza Reisi kadının son sözlerine kızdı. Belki o da vicdanında duyduğu "merhamet" seslerini susturmaya çalışıyordu. Aksi halde, merhamet adaleti bastırabilirdi. Kadına bağırdı:

– Sen ne biçim müslümansın? Hiç insafın ve merhametin yok mu? Şehvetin uğruna o canavarca suçu işlerken, çocuklarını hiç mi düşünmedin?

Kadın mahcup, pişman, çaresiz... Önüne bakarak ağlamaklı bir sesle bu soruya şöyle cevap verdi:

– Çok şükür müslümanım. Yazık ki günahkârım. Rabbimin afv ve merhametine sığınıyorum. Sizlerden hiçbir şey beklemiyorum. Bir koyundan iki post çıkmaz. Bu dünyada cezamı çekersem, öbür tarafta inşaallah kurtulurum. İlâhi adaletten bunu umuyorum. Şehvet uğruna suç işlediğime gelince... Bu doğru değil. Yukarıda da söylemiştim. Kocam beni teşvik ediyordu. İstediğim sarhoş arkadaşıyla yatmaya zorluyordu. Ben namusdan sözettikçe de: "Bunun namusla ne ilgisi var? Yüksek tabakanın düğünlerini görmüyor musun? Kaç defa seninle birlikte balolara gittik. Onlar karılarını birbirlerinden kıskanıyorlar mı?"

Ona göre ailenin hiçbir kutsal yanı yoktu. Üstelik yeni heyecanlara koşmanın yollarını tıkıyordu. Dedim ya... Daha ilk gecede inançlarımı kaybetmiştim. Yukarıda kuru namusa inanmadığımı da söylemiştim. Onun dediklerinin daha fazlasını da yapabilirdim. Ancak içimde bir arzu yoktu. Kocam beni insanlığımdan da, kadınlığımdan da soğutmuştu. Ayrıca onun söyledikleri yaratılışıma da çok ters düşüyordu. "İbadet de gizli, kabahat de gizli" derler. Bir türlü yapamadım. Eğer yapsaydım şimdi başka konumda olacaktım. Hem kucaktan kucağa dolaşacaktım. Hem de toplumda saygı görecektim. Çocuklarıma gelince... Anayım. Elbette yavrularım için yüreğim yanıyor. Ama ne yapabilirim? Olan oldu bir kere... Kader bizi ayırdı. Allah merhametlilerin en merhametlisidir. Ve kullarının rızıklarına kefildir. Boynu bükük öksüzlerimi O'nun sonsuz merhamet ve himayesine emanet ediyorum.

Kadının bu son sözleri, yine dinleyenlerden bazılarını ağlattı.

Sıra Ali'nin savunmasına gelmişti.

O da şöyle diyordu:

– Fatma'nın kocasıyla bir içki aleminde tanıştık. Biz gençler Çarmuz'da, bir bahçede toplanmış, kendi aramızda eğleniyorduk. Yanımıza temiz giyimli birkaç adam geldi. Buyur ettik. Onlar da biraz ilerideki bir pınar başında içiyorlarmış. Ben iyi türkü söylerim. Saz da çalarım. Sesimi duymuşlar. Bu kadar güzel söyleyen kim acaba diye gelmişler. Ehh... Hoşgeldi, sefa geldiler. Tanıştık. Hoş beş ettik. Kendilerine izzet ikramda bulunduk. Fatma'nın kocasıyla ilk karşılaşmamız böyle oldu. Ondan sonra sık sık görüşmeye başladık. Hep kendisi arıyordu. Halkevinde üst düzey bir yöneticiymiş. Arkası kuvvetli, kolu uzunmuş. Her tarafta itibarı varmış. Sesimi ve sazımı çok beğendiğini söylüyordu. "Seni Halk Türküleri Korosu'na yazdıracağım" diyordu. Orası benim can attığım bir yerdi. Dostluğumuz gittikçe ilerledi. Çok sık görüşmeye başladık. Demiştim ya... Hep o beni arıyordu. Ara sıra da içki alemlerine çağırıyordu. Bu kadar alâkaya bir anlam veremiyordum amma... Yine de halimden memnundum. Onlara saz çalıp türkü söylüyordum. Adam çok zengindi. Su gibi para harcıyordu. Bazen onun da bizim toplantılarımıza katıldığı olurdu. Bütün masrafları çekerdi. Bize hiç para harcatmazdı. Sık sık cebimize harçlık koyardı. Onunla tanıştıktan sonra hiç parasız kalmadım. Arkadaşlar bu kadar yakınlığa bir mânâ veremiyorlardı. Doğrusu adamdan huylanıyorduk. Bir cinsi sapık olabileceğini düşünüyorduk. Beni ısrarla evine davet ediyordu. Arkadaşlar git diyorlar fakat ben gitmiyordum. "Ters bir durum olur. Başımıza belâ alırız" diye korkuyordum. O beni evine çağırdıkça ben: "Hani Halk Türküleri Korosu ne oldu?" diye soruyordum. "Acele etme. Her şeyin bir zamanı var" diyordu. Artık ona inanmıyordum. Ve kurtulmak istiyordum. Ancak yakamı bir türlü bırakmıyordu. Her seferinde bir vesile bulup beni arıyordu. Reddedemiyordum. Hayvan değildik ya... Az-çok iyiliklerini görmüştük. Bu şekilde görüşmelere de epeyce devam ettik. Dostluğu yeniden tazeledik. Hemen hemen her gün görüşüyorduk.

Bana bir gün ailesinden bahsetti. Üç çocuğu varmış. Karısı çok güzelmiş. "Seni ona anlattım. O da görmek istiyor" dedi. Bunları duyunca çok sevindim. Arkadaşlarıma da anlattım. Şüphelerimiz bir anda silindi. Demek ki adamın günahını almıştık. Herbirimiz ona yakın olmak istiyorduk. Hepimiz gençtik. Ancak o yalnız bana değer veriyordu. Kısa zamanda senli-benli olduk. Kendisiyle en mahrem meseleleri konuşmaya başladık. Anlamadığım konulardan söz ediyordu. Füröyt-Müröyt deyip duruyordu. Sonunda her şeyi getirip cinsel olaylara bağlıyordu. Kendi içimden "demek ki aydın olmak buymuş" diyesim geliyordu. İlk günler epeyce sıkılıyordum. Sonradan ben de açıldım. Aramızda gizli, saklı kalmadı. Artık en mahrem konuları konuşuyorduk. Bana durmadan karısını anlatıyordu. Kendisine artık heyecan vermezmiş. Bal yiyen baldan bıkarmış. Bu adama şaşıyor, ne demek istediğini hiç anlayamıyordum.

"Ahhh, ağzı sıkı bir delikanlı bulabilsem... Karım da, ben de mutlu oluruz" dedi. Başımdan aşağıya bir kazan kaynar su dökülmüş gibi oldu. Hemen bırakıp gitmek istedim.

"Ne kızıyorsun? Senin namusuna dil uzatmadım ki... Kendi karımdan bahsediyorum..." dedi. O konuda çok tartıştık. "Evlilik baş belâsı bir sosyal kurumdur. Her kadını bir erkeğe, her erkeği de bir kadına sadık kalmaya mahkûm eder. Kimse de birbirine sadık kalmaz ama... Bu komedi devam edip gider" diyordu. Batılıların bu çekilmez monotonluğa çok çareler bulduklarını söylüyordu. Faşigenlerden, festivallerden, cinsel özgürlüklerden, hatta bazı çevrelerde eş değiştirmelerden bahsediyordu. "Bunlar, insana yepyeni ve taptaze heyecanlar verir. Cinsel arzuları kamçılar. Karı koca arasındaki yeknesanlık biter. Herkes hayalindekiyle dilediği gibi yatar. Böylece her iki taraf da mutlu olur. Evlilik bir işkence olmaktan çıkar. Yepyeni sürprizlerle dolu olarak problemsiz yürür. İşte mutluluk budur. Çağdaşlık insanın mutlu olmasıdır. Cinsel özgürlüğü olmayanın, tinsel özgürlüğü olur mu? Biz bu yüzden bunalımlı bir toplumuz. Gerici inanç ve geleneklerin dayanılmaz baskısı altında yaşıyoruz. Bu baskılardan kurtulmadıkça adam olamayız. Batı, dini dünyadan ayırdı. Onu götürüp kiliseye kapattı. İnançları da vicdanlara hapsetti. Anlamsız ahlâk zincirlerini kırdı. Ondan sonra dünyaya hakim oldu. Biz de öyle yapmalıyız" diyordu.

Bu sözlerin çoğunu anlamıyordum. Anladığım bir tek şey vardı: Bu herif düpedüz karısıyla ilişkiye girmemi istiyordu. Bu durum benim de hoşuma gidiyordu ama... Acaba karısı ne diyecekti? Hayalim alevlenmişti. Heyecanlar, ümitler, ürpertiler içindeydim. Evine gitmeye çoktan hazırdım. Fakat, bir türlü götürmüyordu. Herhalde benim söylememi bekliyordu. Ben de söyleyemiyordum. Aramızda artık karısından başka bir konu yoktu. Bir araya geldiğimiz zaman ben de ondan bahsetmesini istiyordum. Utanmayı sıkılmayı bir yana bırakmıştım. O gece karısıyla neler yaptığını açıkça sorabiliyordum. O da doğru-yanlış bir şeyler anlatıyordu. İkimiz de konunun tiryakisi olmuştuk. Ancak o cinsel heyecanlar peşindeydi. Halbuki ben daha görmeden karısına âşık olmuştum. Bir gün: "Neden beni evine götürmüyorsun?" dedim. Karısının doğum gününü bekliyormuş.

"Seni o gün götüreceğim. Karıma doğum günü hediyesi olarak takdim edeceğim. Üçümüz baş başa oturup kafa çekeceğiz. O da seni heyecanla bekliyor. Sonra sizi baş başa bırakacağım. Göreceksin... Üçümüz de mutlu olacağız" dedi.

O günü heyecanla bekliyordum. Nihayet gittik. Kapıyı karısı açtı.

Birden çarpılmış gibi oldum. Kadın herifin anlattığından da güzeldi. Gözlerim kamaştı. Beni davetkâr bir tebessümle karşıladı. Anlaşılan kocası onu da hazırlamıştı. Hiç konuşmadan anlaştık. Ruhen kaynaştık.

Fatma çok güzel bir sofra hazırlamıştı. Adını dahi bilmediğim, yemekler, içkiler, mezeler vardı. Adam iki de bir bir takım bahanelerle yanımızdan ayrılıyor, bizi baş başa bırakarak konuşmamıza fırsat veriyordu. Bizi birbirimize öylesine anlatmıştık ki... Kırk yıllık dost gibi olmuştuk.

Fatma gizlice sofra örtüsünün altından elime bir kâğıt tuşturdu. O sırada herif yalpa vurarak odadan çıktı. "Biraz uzanacağım" diyordu. Birden ne yapacağımızı şaşırdık. Belki dakikalarca, belki de saatlerce yutkunarak birbirimize bakıp durduk.

Daha sonra herif geri geldi, gramafona bir plak koydu. Dans müziğiymiş...

– Haydi kalkın dans edin, dedi.

– Ben dans bilmem, dedim.

İkimizin de kolundan tutup çekti. Bizi yerimizden kaldırdı. "Sarılıp kucaklaşmayı da mı bilmiyorsunuz?" diyordu. Kendi eliyle bizi kucaklaştırdı.

– İşte böyle... Biraz adam olun.

Sıcacık gözyaşlarının göğsümden aşağıya süzüldüğünü hissediyordum. Mutlu muyduk? Bedbaht mı? Hiç bilmiyorum. Bütün dünyayı unutmuştuk. Ne gelecekten endişemiz vardı, ne geçmişi düşünüyorduk. Sadece o anı yaşıyorduk. Çalan müzik değildi de, göklerde mutluluğumuzu kutlayan binlerce meleğin kanat sesleriydi. Evrenle bütünleşmiş gibiydik. Yıldızlar gibi kendi eksenimiz etrafında dönüp duruyorduk. Bir çocuk sesiyle kendimize geldik. Fatma'nın dört beş yaşlarındaki ortanca kızı Çiğdem ağlıyordu. Çocukların odası koridorun ta öte başındaydı. Oradan nasıl kalkıp gelmiş?.. Bir şeyler istiyordu. Gürültüden anlamıyorduk. Müziği susturduk. Kızcağız "acıktım" diye ağlıyordu.

O akşamdan sonra çok geceler Fatma'yla sabahlara kadar başbaşa kaldığımız oldu. Çok şükür her seferinde temizliğimizi koruyabildik. Kendi kendime düşünüyordum: "Acaba Fatma'yla evlensem, gerdeğe girebilir miydim?" Tertemiz aşkım beni böylesine yıkayıp pisliklerden arındırmıştı. Bunu kendisine de söylemek istiyordum. Ancak erkeklik gururuma yediremiyordum. Tekrar sızma numarası yapan kocasını koltuğunda yalnız bıraktık. Biz arka taraftaki çocukların odasına gittik. Neye gittik? Niçin gittik? Hangi duygu bizi oraya sürükledi? Hiç bilmiyorum. Fatma'nın ipek saçlarını okşayarak müsaade istedim. Bana minnetle bakıyordu. Sanki "Allah'ın huzurunda ikimiz de temiz kalabildik" diyordu. Gözleriyle bana: "Gitme ne olur, kal!.." der gibi yalvarıyordu.

Çiğdem'i kucağına aldı. Yan üstü yatağa uzandı. Fildişi kolunda onu uyutmaya çalıştı. Yatağın kenarına iliştim.

Kocasından çekindiğimiz yoktu. Allah'tan korkuyorduk. Onun yasaklarına karşı gelirsek, sanki ebediyyen birbirimizden ayrı kalacaktık. İşte bunu göze alamıyorduk. Günah korkusu ruhlarımızı sarmıştı. Fatma:

– İlk defa böyle oluyorum. Allah'ı hiç bu kadar derinden hissetmemiştim. Sanki onu görür gibi oluyorum. Ne olur kendimize hakim olalım... Allah'ın bize nasip ettiği bu tertemiz aşka ihanet etmeyelim, dedi. Ne diyeceğimi bilemiyordum.

"Biz onu görmesek de... O bizi görüyor..." diyebildim. Laf olsun diye kaç yaşında olduğumu sordu. "On sekiz..." dedim. "Oooo aramızda çok büyük yaş farkı var" dedi. Ve hemen arkasından ilave etti:

– Yılların ne önemi var? Ben daha bugün doğdum. Git artık çok geç oldu. Aşkımız kainatı kucaklayan güneşin ta kendisi... Hiçbir günahın pisliği onu karartamaz. Ama sen yine de git... Ne olur-ne olmaz?.. Nefse güven olmaz! Ah zaman bazen nasıl da şimşek hızıyla geçiyorsun?..

O anda neredeyse ayaklarına kapanacaktım. Beni kapıya kadar geçirdi. Dışarısı zifiri karanlıktı. İçimdeki ışık, yolumu aydınlatıyordu. Son bir defa bakıştık. Gözlerinden dökülen inci tanelerini toplayıp koyacak yerim yoktu. Onları yüreğime koyabilirdim. Yüreğim de kendisinde kalmıştı. Sonsuz mutluluğa doğru uçan efsanevi bir kuş gibiydim. Kanat seslerim arasında onun şu sözlerini duyuyordum:

– Telefon numaramı kâğıda yazdım. Beni aramayı unutma! Artık sensiz olamam!.. diyordu.

Vakit çok geçti. Gökyüzü kara bulutlarla sıvalıydı. İnsan her sevincini, başkalarıyla paylaşmak ister. Bense onun yalnız bana kalmasını istiyordum. Ehrama girercesine karanlıklara büründüm. Bir ummana dalarcasına onun bağrına dalıp gözlerden kayboldum. Karanlıklar... Nice günahkârların ana kucağı, nice çaresizlerin sır dolu sığınağı... Ve gece... Kimileri için sadece eğlence, "Allah" diyenler için tek iki hece... Arifler için de tıpkı kömürün bağrında ateşi sakladığı gibi, insanı Allah'a götüren, nice nurlu yolları içinde gizleyen bir ilahi bilmece... Her şeyi setreder: İyilikleri kötülükleri, günahları sevapları... İçten yalvarışları ve Hakk'a varışları...

Sanık, yaşadıklarını işte böyle, sade ve yalın bir dille anlatıyordu. Usta bir aktör gibi konuşuyordu. Tüm dinyeyiciler etkilenmişti.

Başkan sözünü kesti:

– Ezberledin mi bu sözleri?.. dedi.

– Ne ezberlemesi hakim bey? Dert insanı ağlatır, aşk insanı söyletir, derler. Romancılar, yaşamadıklarını yazarlar. Bizse yazılamayanları yaşarız. Derdi ancak çekenler bilir...

Bu söz hakime biraz dokunmuştu. Hafif yollu sinirlendi. Ve sordu:

– O geceden sonra ne oldu? Bırak hikâyeyi, asıl onu anlat! Sadede gel! Adamı nasıl öldürdünüz? İşte bunu söyle, dedi.

– Yukarıda da arzetmiştim ya... Birçok geceler beraber olduk. Bazen gündüzleri de buluşuyorduk. Ufuklarda kucaklaşan yerle gök gibiydik. Günah konusunda birbirimize yerle gök kadar uzaktık. Hiçbir kötülük yapmadık. Sadece, dertleri, hüzünleri, hıçkırıkları, ahları, eninleri, gözyaşlarını paylaştık. Birbirimizin olmadık. Aşkımızı kirletmedik. "Bu dünyada kavuşmamız mümkün olmazsa... Mahşerde buluşuruz" diyorduk. Ve hiçbir zaman ilâhi hudutları çiğnemeyi düşünmüyorduk.

Fatma melekler kadar temizdi. Onun vecd dolu dindarlığı, bana da sirayet etti. Kocası beraberliğimizi açıkça istediği halde, biz yine de onunla gizli buluşuyorduk. Bu belki aptalca bir şeydi ama gizlilikte huzur, güven, sır ve mutluluk vardır. Hayat ikimize de çok kısa geliyordu. Göz açıp yumuncaya kadar geçecekti. Ebedi beraberliğin öbür tarafta olacağına inanıyorduk. Buluştuğumuz geceler, gözyaşları içinde namazlar kılıyor, Allah'a sonsuz bir ümitle yalvarıyorduk.

Başkan tekrar sözünü kesti:

– Kocası istese bile nikahlı bir kadınla beraber olmanın günah olduğunu bilmiyor muydunuz? dedi.

– Hiç bilmez olur muyduk? Bazı günahların, nice gurur, kibir ve gösteriş dolu ibadetlerden çok daha yüce ve huzur verici olduğunu ancak günah işleyenler bilir... Bir gün Fatma'yla yapayalnızdık. Her zamanki gibi bakışlarımızla anlaşıyorduk. Sevenlerin "hal dili"yle konuşabileceklerine, tanışıncaya kadar ikimiz de inanmazdık. O gün artık irademiz kül olmak üzereydi. Sanki gizli bir ses bize: "Cehennemin ateşi, şu anda çektiğiniz azaptan daha korkunç değildir. Yeryüzünde günahsız insan mı var? Niçin kendinize bu kadar işkence ediyorsunuz? Allah'ın huzuruna ibadet gururuyla mı gideceksiniz? Dünyada bundan daha büyük günah olur mu? 'Allah'ın rahmeti her şeyi geçmedi mi?' Kâfirler için günah var mı? Günah müminler için değil mi?.. Öyleyse hâlâ ne duruyorsunuz" diyordu.

İdrakimiz de sanki durmuştu. El ele tutuşarak yatak odasına gittik. Artık şeytanı sevindirecektik. Tam yatağa gireceğimiz sırada... Fatma'nın kundaktaki çocuğu, ciğerine kurşun yemişcesine ciyak ciyak bağırmasın mı?.. Bu masum çığlık, Allah'ın bize ihtarıydı. Kendimize geldik. Aşkımızı kirletirsek, öbür tarafa beslediğimiz bütün ümitler sönecekti. Bunu ikimiz de göze alamadık. Fatma ağlayarak çocuğa koştu. Ben hıçkırıklar içinde secdeye kapandım. Bebek içeride ağlıyordu. Böylesine gözyaşı sellerine hangi ateş dayanabilir? Pişmanlıktan dökülen gözyaşları neden cehennem ateşlerini söndürmesin? Rahmet kapıları her zaman ardına kadar açık değil mi? Son anda çocuğun sesini duymasaydık, belki de şeytana uyacaktık. İşte bunun için ikimiz de ağlıyorduk. Gözyaşları içinde rabbimize yalvarıyorduk: "Bizi bize bırakma!.. Biz zayıfız! Biz günahkârız!" diyorduk. Boynu bükük, gözü yaşlı, rezil, mahcup, pişman bir haldeydik. Ne ağlamaya, ne yalvarmaya doyuyorduk.

Birden dış kapı yavaşça açıldı. Bunu ikimiz de duymuştuk. Fatma'nın kocası gelmişti. Kimbilir ne heyecanlar içindeydi. Ayaklarının ucuna basa basa yatak odasının kapısına yaklaştı.

Fatma birden üzerine saldırdı:

– Bırak ulan beni pezevenk!.. Senden boşanmak istiyorum, diye bağırdı.

Benim de kan beynime sıçramıştı. Sinirimden tir tir titriyordum.

Adam son derece sakindi.

– Niye boşanacaksın? Seni özgür bırakıyorum işte... Neden hâlâ anlamıyorsunuz? Üçümüzün de mutlu olmasında ne kötülük var, dedi.

Sonra bana döndü:

– Anlaşıldı... Sende iş yokmuş. Karıyı rahibelere çevirdin, diyerek bana hakaret etti. Gırtlağına sarıldım. Bir kafa attım. İkimiz birden yere yuvarlandık. Biz boğuşurken, koridorun öbür başındaki çocuklar uyandı. Fatma aradaki kapıları kapatarak yanlarına koştu. Artık gürültümüzü işitmezlerdi. Biz yerde debeleniyorduk. Nereden buldu, bilmiyordum. Elinde bir bıçak vardı. Tam beni vuracakken... Elinden aldım ve göğsüne sapladım. Garip bir hırıltı çıkartarak, yere yığıldı. Raporda da belirtildiği gibi... Bıçak kalbine saplanmıştı. Bu sebepten öldü. O sırada Fatma içeriye girdi. Bana: "Çabuk kaç! Cinayeti üzerime alacağım!" dedi. Onu tek başıma ben öldürdüm. Pişman değilim. Fatma'nın bu cinayetle uzaktan yakından bir ilgisi yok... Cinayeti tek başıma işledim. Fatma'nın çocukları el kapılarında sürünüyor. Onu bırakın gitsin. Öldüren benim. Her türlü cezaya da razıyım.

Cumhuriyet Savcısı: "Suçu müştereken ve teammüden işledikleri"ni iddia ediyordu. İdamlarını istedi. İkisi de, "Suçlu benim" diyordu. Müstakil fail meçhul kalıyordu. Sonunda ikisine de idam cezası verdiler. Ancak Ali 18 yaşını bitirmişti ama 21 yaşına girmemişti. Yasaya göre onun cezasını 30 yıla indirdiler. Dosya Yargıtay'a gitti. Orası da kararı onayladı. Fatma'yı hapishanede tek bir hücreye kapattılar. O sırada ünlü bir romancı aynı hapishanedeydi. Bu olaydan koskoca bir oyun çıkardı. Karılar Koğuşu.

Aradan aylar geçti. Fatma hücresine çoktan alışmıştı. Ölüme de kendini hazırlamıştı. Sevgilisi hayatta kalacağı için mutlu bile sayılabilirdi. Gece-gündüz namazlar kılıyor, günahlarına tövbe ediyor, gözyaşları içinde Allah'a yalvarıyordu: "Öbür dünyada beni Ali'mden ayırma Yarabbi!" diyordu. Onun hâlâ aynı hapishanede olup- olmadığını bile bilmiyordu. Belki de sürmüşlerdi. Suratsız kadın gardiyan ondan hiç haber vermiyordu. O gün her şeyde sanki bir olağandışılık vardı. Duaları beton beton tavanlara çakılıp kalıyor, onları delip de göklere yükselemiyordu. Şu isli duvarlar da taş kesilmişti. İçinde garip bir önsezi vardı. Bir ses kendisine: "Bu gece son gecen!.. Ebedi yolculuğuna artık hazırlan!" diyordu.

Kimse kendisine bir şey söylememişti. Akşam yemeğini getiren kadın gardiyan, her zamankinden daha suskundu. Suratında, ancak bir idam mahkumunun sezebileceği, merhametle karışık bir soğukluk vardı. Her gün sihirli bir ayna gibi geçmişin tatlı hatıralarını karanlık hücresine yansıtan, küf kokulu beton duvarlar da bugün kapkara kesilmişti.

Havada hiç alışmadığı bir gariplik, bir ağırlık vardı. Yine de pek emin değildi. Acaba bu gerçekten dünyadaki son gecesi miydi? Dışarısı da öyleydi. Her zamanki gürültüler gelmiyordu. Sanki dünyaya sağır bir sessizlik hakimdi. Ne rüzgârın uğultusu duyuluyor, ne bir yaprak oynuyordu. Hızlı giden bir trende gibiydi. Sanki tren duruyordu da... Her şey geriye doğru kendisinden kaçıyordu. Tatlı anılar da uçup gitmişti. Bir tekini yakalayıp da avunamıyordu. Ucunu açacak onu rahatlatacak tek bir ümit ışığı yoktu. Hayatı aniden kararan bir televizyon ekranına dönmüştü. Meçhul bir karanlığa doğru sürüklenip gidiyordu. Bu bir kader treniydi. Hücresi de kompartımanı... İçinde tek başınaydı. O olduğu yerde duruyordu da... Dünya ayakları altından kayıp gidiyordu. "Beni bırakma Yarabbi!" diyordu.

Belki de bu sabaha karşı, her şey bitecekti. Birisi: "Durdurun dünyayı, inecek var!" diyecekti. Bütün bu hayaller, gerçekler, korkular, ümitler kendisini terk edecekti. Bir uçurumun tepesinde gibiydi. Önünde dipsiz, korkunç ve karanlık bir boşluk vardı. Ölümden ziyade o boşluğa düşmekten korkuyordu.

İnançlı bir kadındı. Kocasını baltayla paramparça etmiş olmasına rağmen içi merhamet ve şefkat doluydu. Tıpkı aç yavrularını doyurmak için av aramaya çıkan ve insanoğlunun hain kapanına yakalanan yırtıcı bir hayvan gibiydi. İnsanlar keyif için avlanırlardı. Halbuki onu bu yola sürükleyen kaderin o karşı konulmaz kudretiydi. Acımasız bir el kendisini sevdiklerinden zorla koparıp alıyordu. Ağlamak, dövünmek faydasızdı. Uyumak istiyordu. Uykusu gelmiyordu. Uyuyabilmek... Ve annesinin şefkat dolu kucağına sığınırcasına her şeyi unutmak... Bu onun için şimdi ne büyük bir saadet olurdu. Bir soluklık uyku... O bile yoktu. Kafasının içinde yılanlar, çıyanlar kaynaşıyordu.

Zindan suratlı kadın gardiyanın getirdiği akşam yemeği, sadece bir tabak kuru fasülyeydi. Onu da hiç konuşmadan demir kapının altından sürüp gitmişti. Fatma tahta kaşığıyla yemeğini yemeye çalıştı. Lokmalar boğazına diziliyordu. Yiyemedi.

Çocukları geliyordu gözlerinin önüne... Hayalleri zincire vuracak bir zulüm henüz icad edilmemişti. Parmaklıklar arasından bir ruh gibi süzüldü. Yavrularının yuvasına kondu. Birbirlerine sarılmış ağlıyorlardı. Yardım etmek istedi. Yapamıyordu. Hayallerin maddeye hükmedecek gücü yoktu. Ayrıca çocuklarıyla arasında kırmızı yakalı cüppeler giyen adamlar vardı. Onlar kendisine engel oluyordu. Sanki ipe çekecekleri kendisi değildi de... Yavrularıydı. Şu toprak damlı tek hücrede kucaklaşıp ağlaşan, öksüz, yetim masum yavruları. Hıçkırıktan boğulacak gibi oldu. Kimse onlara merhamet etmiyordu. Birden birileri çıktı ortaya... Sağa-sola emirler verdiler. Yavrularını bir çukura attılar. İzbandut yapılı bir takım adamlar üzerlerine toprak kümelemeye başladılar. Çocuklarının merhamet dilemek için açılan ağızlarına toz, toprak doluyordu. Etrafı kesif bir toz bulutu kapladı. Çocukları o bulutun içinde çırpınıp duruyorlardı. Yüreklerinde acıma hissinin zerresi bulunmayan izbandutlar, görevlerini yapmanın huzuru içindelerdi. Üzerlerine kürek kürek toprak atılan yavrularının çığlıkları kulaklarından gitmiyordu. Yumuk yumuk ellerini uzatarak: "Anne kurtar bizi. Ne olur kurtaaarrr..." diye ağlaşıyorlardı. Hayal, Allah'ın kullarına en büyük hediyesiydi. En çaresiz insanlar onunla mutlu olabilirlerdi. Hiçbir gerçek, hayal edildiği kadar güzel olamazdı. Kötü şeylerin hayal edilmesine de can dayanmazdı. Mutlu olmak istiyorsa, iyi şeyler düşünmeliydi insanoğlu. Acaba bunun için mi Allah: "Ben zannı gibiyim kulumun... Umun, benden zannınız nasılsa öyle umun..." buyurmuştu. Fatma'nın hayalinde izbandut gibi zebaniler, masum çocuklarını gömmeye çalışmaya devam ediyordu. Çocukları ağlayıp yalvarıyordu. Yardımlarına gidecek oluyordu. Gidemiyordu. Demir parmaklıklar bırakmıyordu. Gözyaşları, yalvarışlar, hıçkırıklar kâr etmiyordu. Bu soğuk demirler yumuşamıyordu. Fatma oradan çıkamıyordu. Çıldıracak gibi oldu. Hayal meleğinin kanatlarını kırdı. Gelip tekrar zindan hücresine düştü. Tevekkülden başka çare yoktu. Kader ağlarını örüyordu. "Kimse Allah'tan daha merhametli olamaz" diyordu. Ve kimsesiz yavrularını onun sonsuz merhametine emanet ediyordu.

Yukarıda söylemiştik ya... Ayakları kayan bir bandın üzerinde gibiydiler.

Ağladılar, sızladılar, çırpındılar. Toz duman bulutları içinde, gittikçe uzaklaştılar. Küçüle küçüle birer nokta haline geldiler. Önce sesle duyulmaz oldu. Sonra da kendileri kayboldular. Her taraf zifiri karanlıktı. Fatma'nın ana yüreğinden fışkıran bir ışık sütunu, yavrularını, ta ufuklara kadar izledi. Bir kâbustan uyanır gibi oldu. Kendini tekrar karanlık ve küflü hücresinde buldu. Yavruları üzerine toprak atan izbandutların kürek şakırtıları hâlâ kulaklarında gibiydi. Acayip bir hal... Görünmeyen gökler devasa bir beyaz perde olmuştu. O perdede onların hareket halindeki gölgelerini görüyordu.

Karanlık bir gecede, hele de bir hücrede, insanların bir avuç gökyüzüne hasret oldukları bir yerde böyle bir şey mümkün müydü? Hayal miydi bu, rüya mı, kâbus mu?..

Birden bire her şey durdu. Görüntüler kayboldu. Aklı ile birlikte, her şey yerli yerine oturdu. "Hesapta seri olan Allah" bu aciz kullarına, bir saniyede bin yılı neden yaşatmasındı?

Hücrenin küf kokulu duvarları, acıklı bir romanın son sayfaları gibi Fatma'nın hayalleri üzerine kapandı.

Bu sefer de karşısında Ali'nin hayali canlandı. Nereye baksa onu görüyordu. O da salıncak gibi sallanan bir kafes içindeydi. Kâh kendisine yaklaşıyor, kâh uzaklaşıyordu. Ona ellerini uzatıyordu. Ali de aynısını yapıyordu. Elleri bir türlü kavuşamıyordu. Aradaki demir parmaklıklar engel oluyordu.

Yaklaştılar, uzaklaştılar... Yaklaştılar, uzaklaştılar... Kaç defa kavuşacak gibi oldular. Fakat hayır!.. Bir türlü el ele tutuşamadılar.

Sararmış çınar yaprakları misali, havalarda savrulup duruyorlardı. Ha kavuştuk, ha kavuşacağız diyerek... Olmayacak bir ümit içinde... Kendi kendilerini taştan taşa vuruyorlardı. Hapishanede aynı çatı altındalardı. Birbirlerine hem çok yakın, hem çok uzaktalardı. Aralarında yasalar, yasaklar, demir kapılar, kalın yapılar vardı. Haberleşmeleri bile yasaktı.

Dışarıda belki "Dağ dağa kavuşur"du. Ama burada "insan insana kavuşamaz'dı. Ne var ki düşünce ve hayal engel tanımıyodu.

Kopan bir filmin kaldığı yerden başlaması gibi, Fatma da bıraktığı yerden tekrar hayal kurmaya başladı. Ali'yle karşılaşıncaya kadar sanki hiç yaşamamıştı. Bu sözü birbirlerine kaç defa söylemişlerdi. O da kendisini çılgınca seviyordu. Karşılıklı olan sevgi, sevenleri bir potada eritiyordu. Tek beden, tek ruh gibi olmuşlardı. Aynı acıları çekiyorlar, aynı şeylerle mutlu oluyorlar, belirli olaylar karşısında aynı şeyleri düşünüyorlardı. İşte Ali yine karşısındaydı. Ebedi ayrılığı hissetmiş gibiydi. O güzel yüzlü başını demir parmaklıklara vura vura ağlıyordu. "Ben sensiz bir dünyada nasıl yaşarım? Bırakma beni Fatma'm!.." diyordu. Ne yapsındı zavallı? Kader ve ecel bir gün bütün sevenleri ayırmıyor muydu? Ümitler ahirete kalmıyor muydu? Bu dünyaya gelmek elimizde miydi ki, gitmemek de elimizde olsun?.. Kader rüzgârları önünde hazan yapraklarından farksız değil miydik? O bizi nereye sürüklerse, oraya gitmiyor muyduk? Akıl, irade ve tedbirden başka neyimiz vardı? Ancak bunlar yetseydi, ne dünyada zindanlar olurdu, ne de ahirette cehennemler... Her şey yaradanın elindeydi. O dilerse kaderi de değiştirirdi. Yoksa dualar neye yarayacaktı? Bu konuda bize düşen, aklımızı, fikrimizi, inancımızı, düşüncemizi, ümitlerimizi, hayallerimizi, arzu ve isteklerimizi, kısaca bütün yeteneklerimizi doğru bildiğimiz yolda seferber etmekti. Buna rağmen ters bir durumla karşılaştığımız zaman da: "Şöyle yapsaydım, böyle olurdu... Böyle yapsaydım şöyle olurdu" dememektir. "Rabbim böyle istedi böyle oldu" demektir. Tam bir tevekkül içinde kadere teslim olmaktır.

Bazen teslimiyet kâr etmiyordu. İnsanoğlu tam yol giden bir geminin içindeki ahmaklar gibi... Geminin direklerine sarılarak onu durdurmaya, hiç olmazsa yavaşlatmaya çalışıyordu.

Bunun mümkün olup olamayacağını ise hiç düşünmüyordu. İşte şimdi ikisi de bu haldelerdi. Kader gemisini ters istikamete çekmeye çalışıyorlardı. Bunu yapamayınca da ruhlarında fırtınalar kopuyordu. Fatma Ali'yi teselli etmek istiyordu. Fakat ağzını açamıyordu. Açsa da sesi çıkmıyordu. Zorlamaları, çırpınmaları boşunaydı. Olan olmuştu. Onu olmamış yapmaya Allah'tan başka kimsenin gücü yetmezdi. Gırtlağını patlatırcasına: "Bizim kavuşmamız mahşere kaldı Ali'm!" diye bağırmak istiyor, nefesi çıkmıyordu. Ali kendisini duymuyordu. Birden bir kasırga dalgası geldi. Toz duman bulutları içinde Ali de bir şeyler söylüyordu. Simsiyah saçları rüzgârda uçuşuyor, biçimli ağzına toz toprak doluyordu. Yine de onun şu sözlerini duyar gibi oldu: "Kavuşmamız bizim, mahşere kaldı! Sensiz bana bu dünya haram olsun!.. Bekle beni orada!.. Er-geç, bir gün geleceğim!.." diyordu. Bunları gerçekten Ali mi söylüyordu? Yoksa kendi düşünceleri onun hayalinde mi yansıyordu? Pek farkında değildi. Aşk, hasret, hayal, gerçek, madde, mânâ her şey... Birbirine karışmıştı. Her oluş ve geçiş anı gibi... Şu hücrede ölümü beklemek de ölümün kendisinden daha beterdi. Tam kendine geleceği sırada tekrar Ali'nin sesini duydu: "Seni sonsuza kadar seveceğim" diyordu. Boğulmak üzere olan insanların ümitsiz çırpınışları içindelerdi. Ali'nin bu son sözleri de hücre duvarları arasında bir süre yankılandı. Sonra perde perde alçalarak kayboldu: "Seni sonsuza kadar seveceğim!.. dar seveceğim!.. Seveceğim!.. Veceğim!.. ceğim!.. mmm!.."

Kader treni son durağa doğru, bütün hızıyla gidiyordu. Koca dünya... Şu güzellikler... Tanıdıklar, bildikler... Hiç bitmeyecek sandığı hayat. Korkular, emeller, ümitler, hayaller... Her şey kendisinden uzaklaşıyordu. Allah'tan başka tutunacak bir dalı yoktu. Buruşuk, fakat huzur dolu seccadesine sığındı. Namazlar kıldı. Dualar etti. Saatlerce gözyaşı döktü.

Cehennemden değil, önündeki karanlık, dipsiz, korkunç boşluktan korkuyordu. Ona ahireti anlatanların hangisi oraya gidip de gelmişti?.. Ah kör şeytan! İmana en çok muhtaç olduğumuz anda, insana nasıl da vesvese veriyordu? Şefkatli, merhametli bir kadındı. Daha önceleri: "Acaba Allah cehennemi neden yarattı?.." diye çok düşünmüştü. Cehennemi onun sonsuz merhametine yakıştıramamıştı. Zaman zaman isyan hudutlarına kadar dayandığı bile olmuştu. İslam'ın anlamaktan ziyade teslimiyet olduğunu daha o zamanlar anlamıştı. Şimdi Allah, şeytanın vesvesesiyle bu itikad zayıflığının intikamını mı alıyordu? Her ne kadar bir ismi "müntakim" olsa da... O kullarına zulmetmekten münezzehti. "Zalim"leri sevmezdi. Kâfirlere bile zulmetmezdi.

Fatma için "yokluk" ve "boşluk" cehennemden bin beterdi. Öldükten sonra gideceği bir yer bulunsundu da... O yer isterse cehennem olsundu. Hiçbir cehennem yokluktan ve boşluktan daha korkunç olamazdı. Bütün hayatı, bir sinema şeridi gibi, bir anda gözlerinin önünden geçti. Bir salisenin binde birinden daha kısa bir zaman içinde 40 yıllık hayatını yeniden yaşadı... İbadetleri bile halka göreymiş. Ve şekilden ibaretmiş. Kafasında bir şimşek çaktı. Her şeyinin sahte olduğunu o anda anladı. İnsanlar, genellikle gafildi. Boş çırpınışlar içindelerdi. Biribirlerine temiz görünme peşindelerdi. Çoğunun inançları bile göstermelikti. İşin garibi kendilerini samimi sanıyorlardı. Başkalarına söyledikleri doğrularla sadece kendi kendilerini kandırdıklarının hiç farkında değillerdi. Maalesef kendisi de bütün bunları yapmıştı. Bin türlü yalan, riya, hile, desise ve dedikodulara karıştığı halde... Yine de kendisini Allah'ın sevgili ve imtiyazlı bir kulu sanmıştı. İhlas ve teslimiyet olmadıktan sonra... Namaz neye yarardı? Oruç tutmanın, aç kalmanın dışında ne anlamı vardı? Suudiler müsaade etse, bütün turistler de kutsal topraklara giderdi. Kıldığı namazların, tuttuğu oruçların, ettiği duaların, döktüğü gözyaşlarının altında hep farkına varmadığı kendi hasis çıkarları vardı? Ahhh!.. Bütün bunları şimdi anlıyordu. Meğer o güne kadar oyun oynuyormuş. Kendini rolüne öylesine bir kaptırmış ki... Bütün yaptıklarını, Rızayı İlahi'ye uygun zannetmiş. Halbuki onların hepsi, kendi kendinden ve gerçeklerden kaçışmış... Kabir azabını yumuşatmak ve ölümü munisleştirmek için boş birer çırpınışmış... Bütün yaptıkları kendini rahatlatıp emniyete almak içinmiş. İnsanlardan gizleyebildiği kötülüklerini günahdan saymamış. Allah'a Ahiret Günü'ne, istese bile inkâr edemeyeceği şeksiz, şüphesiz bir imanla hiçbir zaman inanmamış. Müslümanlığı araba sahibi olmak, yalılarda oturmak, erkeklerden ayrı plajlarda denize girmek, İslâm Sosyetesine dahil olarak, toplumda itibar görmek gibi lüks bir hayat tarzı sanmış. Güçlü olduğu zamanlarda yaptıklarının doğru olup olmadığını hiç düşünmemiş. Nasıl çıkarına uygunsa öyle davranmış. Helâl-Haram ayırmamış. Elinden ne geliyorsa yapmış. Her türlü kazancı nasip kısmet saymış. Allah'ı şahsi menfaatlerinin yardımcısı sanmış. Ondan daima kendi lehine iltimas, koruma ve yardım beklemiş. Gücünün yetmediği işlerde ise, ona adeta sitem etmiş. Alemlerin Rabbi olduğunu hiç düşünmemiş. Rahman olanın yardımlarını yalnız kendisi gibi olanların üzerine yağdırması gerektiğini düşünmek küstahlığına düşmüş. Çok derine dalınca da, "kader" diye geçiştirmiş. Kaderin yenilmezliğine güya inanmış amma... Çıkarının olduğu yerlerde ona en küçük bir pay ayırmamış. İşin en feci yanı da, namaz ve niyazlarıyla Allah'a iyilik yaptığı zannından kendini hiçbir zaman kurtaramamış.

Ömründe ilk defa olarak İslâm'ın sosyete işi bir lüks ve fantezi olmadığını işte o gece anlamıştı. Bütün hayatı, gençliği, ömrü, yalnız para kazanmak için geçen... Son anda istif ettiği bütün paraların sahte olduğunu anlayan, yahudi bir tüccar gibiydi. Daha şimdi acı gerçeklerle burun buruna geliyordu. Yıllarca "inanıyorum" diyerek etrafı ve kendi kendini aldatmıştı. Hele "kader" hayatı boyunca hiçbir zaman bu kadar hakikat olmamıştı. Şu demirler bir gün eriyebilir, şu taş duvarlar un ufak olabilirdi. Ama insanoğlu, ömrü boyunca dört elle sarıldığı şu yalan dünyanın boşluğu, dayanılmaz ızdıraplarla karşı karşıya kalmadan kolay kolay anlayamazdı. Anladığını zannetse bile, idrak edip kavrayamazdı. "İmtihan dünyası" dedikleri, işte bu olmalıydı. Çektiği acılar, yaşadığı mutluluklar, tanıdıklar, yârenler, dostlar, yakınlar, çoluk çocuk, ana- baba, akraba... Bütün sevdikleri ve kendini sevenler... Hatta namazlar, niyazlar, dualar, gözyaşlarını içen seccadeler, göklere açılan eller... Ve rahmet beklediği sonsuz gökler... Bunların hepsi, duvarlarda asılı güzel manzaralar misâli sessiz, faydasız, anlamsız, çoğu da dışa dönük eşya ve hadiseler gibi kalmıştı. Ortada tutunacak bir tek dal yoktu. Sanki kader kendisinden intikam alıyordu. Onu başdöndürücü bir hızla korkunç bir boşluğa yuvarlıyordu. Kurtulmak için o kadar çırpındığı, namazlar kıldığı... Secdelere kapandığı... Kendisini atmasın diye gece-gündüz Allah'a yalvardığı... Ve bir zamanlar onun şanına yakıştıramadığı... Cehennem'e bile şimdi hasret çekiyordu. Kur'an'da geçen "Azabün Elim" şu anda çektikleri olmalıydı. Bu korkunç karanlıktan ve sonsuz boşluktan daha büyük bir azap düşünemiyordu. Cennetten zaten pek ümidi yoktu. "Tek şu boşluktan kurtulayım da, cehenneme gideyim" diyordu. Ne de olsa, cehennem de bir ümitti. Orada günahları kadar yanar, sonra sevdiklerine kavuşurdu. Yavrularını bağrına basar, annesinin bağrında hıçkırırdı. Belki Ali'yle de buluşurdu. Allah Resûlü: "Herkes sevdiğiyle beraberdir" buyurmamış mıydı?

İşlediği günahların dayanılmaz vicdan azabından kurtulmak için bazen her şeyi inkara çalışmıştı. Fakat gücü yetmemişti. En basit bir lazımlık bile kendiliğinden var olamazken...

Bu sonsuz kainat, insanlar, hayvanlar, bitkiler, elementler, sesler, kokular, renkler, canlılar, cansızlar, sıvılar, gazlar, görünen-görünmeyen bunca varlıklar nasıl kendiliğinden var olabilirdi? İnanmayan insanlar sayısız problemlerle karşı karşıyalardı. Çoğunu çözecek güçleri yoktu. En inatçı dinsizler bile... Sık sık yaradanı kabul etmek mecburiyetinde kalırlardı. Ancak iman bir Allah vergisiydi. Herkese nasip olmazdı. Küfrün dayanılmaz azabıyla baş başa kalırlardı. İçleri akreplerle, yılanlarla, çıyanlarla dolu olurdu. Kafaları, ruhları, vicdanları delik deşikti. Bir türlü huzur bulamazlardı. Akılları, nerede, hangi taklayı atacağı belli olmayan bir cambazdı. Ve idrakleri acayip bir hokkabazdı. Bütün dünya kendilerinin olsa ne yazardı? Mutluluk onlara haramdı. Fuhuşları, işretleri, bütün rezillikleri, bir anlamda Hakk'tan ve hakikatten kaçmaktan başka bir şey değildi.

Aklı Fatma'yı inanmaya zorluyordu. Kalbi, vicdanı, ruhu, bundan büyük bir haz duyuyordu. İman da aşk gibi bir duyguydu. Onun da izahı yoktu. Sanki bir can pazarıydı. İnsanlar o pazarda seve seve can verirlerdi. Her şeyden önce biz, kendi vücudumuza bile hakim değildik. İç organlarımız, sindirim, dolaşım, sinir sistemlerimiz, bizim irademizle mi çalışırdı? Dünyaya kendimiz mi gelmiştik? Gitmemek elimizde miydi? Boyumuzu, posumuzu, rengimizi, ırkımızı, yüzümüzü, şeklimizi kendimiz mi seçmiştik? Her istediğimizi yapabiliyor muyduk. İstemediklerimizi yapmamak, her zaman elimizde miydi? Öyleyse, sevgiler, kinler, nefretler... Vicdan azapları, pişmanlıklar, tövbeler... Ağlamalar, sızlamalar, gözyaşları... Bütün bunlar neydi? Kainata iman gözüyle bakan bir mümin zerrelerden kürrelere kadar her varlıkta Yaradan'ın sıfat tecellilerini görmez miydi? Bütün bunlar nasıl yalan olabilirdi?

Geceyi bu düşünceler içinde geçirdi. Saatin kaç olduğunu bilmiyordu. Bakmak da istemiyordu. Zaman dursun istiyordu.

Hapishane civarındaki evlerden horoz sesleri gelmeye başladı. Biraz sonra gökyüzünü dalga dalga ezanlar sardı. Şimdi müminler namaza kalkacaklardı. Camilere koşup saf tutacaklardı.

Allah'a olan sarsılmaz imanlarını kim bilir kaç bininci defa olarak, bir daha tazeleyeceklerdi.

"Yardımlarımızı yalnız Sen'den isteriz! Ve biz yalnız sana kulluk ederiz!" diyeceklerdi. Uykusuz gecelerin nice sırlarına vakıf âşıklar, asırlarca sürmesini istedikleri secdelerde gözyaşı dökeceklerdi.

Rahmet kapılarının açılacağı zamandı.

Dualar, bentleri zorlayan seller gibi o kapılara dayanacaktı. Boşuna mıydı, bütün bu yalvarışlar, çırpınışlar ve ihtiyaçlar? Olmayan bir şeye insan ihtiyaç duyar mıydı? Ekmeğe, suya inanmasanız da, onlara ihtiyaç duyardınız. Tat neydi? Lezzet ne?.. Onları göremiyoruz diye inkâr edebilir miydik? Koklama duygumuz olmasaydı, gülün öbür çiçeklerden farkını bilecek miydik? Gözsüz yaratılsaydık, renklerden haberimiz olacak mıydı? Siyah, beyaz, mavi, kırmızı, yeşil, pembe, mor... Nasıl bilirdi bütün bunları, gözsüz yaratılan bir kör?.. Bırakın gözsüz yaratılmayı... Anadan doğma bir âmâ renkleri anlayabilir mi? Bütün dünya anlatsa, anlar mı? Herkes var dediği için o da "var" der ama idrak edebilir mi?.. İnsan var olmayana ihtiyaç duyar mı? Hatta, fıtraten varlığını kabul etmediği bir şeye "yok" bile demez. İnsanoğlu milyonlarca yıl oksijenin varlığından habersizdi. Nefes almadan mı yaşadı? Yemeyi, içmeyi bize ihtiyaçlarımız öğretmedi mi? İhtiyaç olmasaydı, beslenmeyi ve nefes almayı nerden bilecektik? Hayvanlar, bitkiler, görünen görünmeyen bütün canlılar da öyle... Allah onları da ihtiyaç içinde yaratmamış olsaydı, ne balıklar yüzer, ne kuşlar uçar, ne karıncalar kışlık hazırlar, ne de arılar petek petek bal yaparlardı. Öyleyse ihtiyaç Allah'ın varlığına sayısız delillerden biridir. İnsanoğlu daha yeryüzüne ayak basar-basmaz, yaradanını aramış. Onun için Allah ilk insana varlığını haber vermiş. Sonra da kendisini bir hazine gibi gizlemiş. "Aklınız, iradeniz, duygularınız, aşkınız, sezişleriniz ve bütün kabiliyetlerinizle arayıp beni bulun" demiş. O bize muhtaç değil... Biz O'na muhtacız. Bütün insanlar ona iman etseler, büyüklüğüne bir zerre ilave edilmez. Onu inkâr etseler büyüklüğünden bir zerre eksilmez. O, noksanı, fazlası olmayandır. "Mükemmel"in de üstünde, "Ekmel" olandır. Hem "Vahid"tir hem de "Ehad". "Kebir"dir, hafta "Ekber". Bu sıfatların (Arapça dışında) hiçbir karşılıkları yoktur. O, sonsuz merhamet sahibi, bir Zatı Zülcelâldir. Bir Sultanı Samedani'dir. Sen şu küçücük aklın ve aciz idrakinle O'na inanmaya çalışacaksın da, O kendisini sana bildirmeyecek... Bu mümkün mü? Bildirmeyecek olsaydı, sana istetmezdi. İstetip de vermemek O'nun yüce şanına yakışır mı? Hayvanlardan ayrı olarak bize "akıl" ve "irade" vermiş. Onu da yine kendi külli iradesine bağlamış. Vermezse alamayız. İstemezse isteyemeyiz. Akıl ve irade elimizde körün değneği gibi... Biz zavallı kullar, onlarla O'nu bulacağız öyle mi?.. İlâhi cilve işte... Tarih boyu nice eşsiz filozoflar, kendi iradeleriyle, akıl uçurumundan, inkâr cehennemine yuvarlandılar. Karar ve irade sahibi yalnız O... Ve her şey O'nun elinde... "Ol!" der. Her şey olur. Bize düşen hayretler ve hayranlıklar içinde O'nun sonsuz kudretine teslim olmaktır.

Kudretine teslim olmaktır.

Fatma hiç böyle olmamıştı. O güne kadar bunları düşünmemişti.

Evet günahkârdı. Ama içinde bir ümit vardı. Günahkârlar olmasaydı, rahmet denizlerinin coşması ne işe yarardı?

Onun rahmeti her şeyi geçmişti. O'ndan ümit kesilmezdi.

Şu anda ezan sesine koşanlar hiç mi günah işlemez, hiç mi gaflete düşmezlerdi? Aslında "gaflet" de bir rahmet değil mi?.. Allah'ın her şeyi bildiğini, gördüğünü, bize "Şah damarımızdan daha yakın" olduğunu, zaman zaman unutmasaydık, yaşamak nasıl mümkün olurdu? Gaybı bilmemek de öyle değil mi? Allah öleceğimiz günü bize bildirseydi de... Mesela bin yıl ömür verseydi. O zaman geçen her gün bize zehir olmayacak mıydı? Her sabah doğan güneş, bize "Ömür defterinden bir yaprak daha eksildi!" diye haykırmayacak mıydı? Ve biz: "Eyvaahhh! Ölüme bir gün daha yaklaştık" diye dövünmeyecek miydik? Halbuki şimdi hiç ölmeyecek gibi değil miyiz?

Fatma kendi kendini ölüme hazırlamaya çalışıyordu. "Farzedeyim ki ben de beş yüz sene yaşadım diyordu. Ve yarın sabah ömrüm sona erecek. Bunda korkulacak ne var? En geç yüz sene sonra, şu anda yeryüzünde yaşayanların hepsi, ölümü tatmayacaklar mı?.." Namazı bir an için kendinden kaçış sayıyordu. Allah'a sığınmak için camilere koşanlar, çok defa kendi kendilerinden kaçamıyorlar mıydı? Kendisi de yıllarca böyle olmuştu. Ama şu an durum başkaydı. İçi cehennem gibi yanıyordu. Bu yangına taşıma su kâr etmezdi. Küçük, alışılmış ezberlenmiş dualar yetmezdi. Bütün benliğiyle Allah'a dönmeliydi. Öyle yaptı. Günahkâr ellerini göklere açtı. Gözyaşları ve hıçkırıklar içinde şöyle yalvardı: "Sen varsın Allah'ım varsın! Doğmadın, doğrulmadın! Ezelisin! Ebedisin! Rahmansın! Nimetlerini kâfir kullarından bile esirgemezsin! Rahimsin! Günahkârlara merhamet edersin! Sana inanan kulunum! Kapına geldim! Kendimi bildim bileli sana tapınageldim! Bugün anlıyorum ki ibadetlerimin hepsi nefsim içinmiş. Senin için hiçbir şey yapmamışım! Affet beni! Bir kırıntı yeter kereminden!.. Esirgeme bunu benden!.. Ey sultanlar sultanı!.. Kör, kötürüm, sağır, dilsiz bir dilenciyi boş çevirmek sultanlara yakışır mı?.. Kıyamete kadar gelecek olan bütün günahkârları affetsen, sonsuz rahmetinden bir zerre mi eksilir? Sevgilinin yüzü suyu hürmetine!.. Bütün sevenleri bağışla..."

Birden gökler aydınlandı. Hücrenin kapkara duvarları, son nefesini veren bir Allah dostunun mübarek yüzü gibi tatlı bir hal aldı.

Sabahın bu seher vaktinde... Rahmet kapıları eşiğinde... Gözyaşları içinde... Ve yağmur gibi yağan melekler eşliğinde... Fatma secdelere kapandı.

Ya kainat kendisi kadar küçüldü. Ya da kalbi kainat kadar büyüdü. Sanki kainat oldu.

Bütün yaratıklar onunla birlikte secde ediyordu. Yedi renkli ebem kuşağı, gök kubbeyi çepeçevre sardı. Yıldızlar sema dönüyordu. Göklerde nur kanatlı melekler uçuşuyordu.

Büyük bir ahenk içinde bütün mevcudat, ilâhiler söylüyordu.

Ve Fatma'nın kulağına kainatı ürperten Kur'an sesleri geliyordu. Bu inanmak değil, imanda yok olmaktı. Bilmek değil, olmaktı.

Ölümün bir adım berisinde... Karanlık ve nemli bir zindan hücresinde... Sonsuz mutluluğu bulmaktı. Gerisi artık ona vız gelirdi. Cennet de hak, cehennem de haktı.

Tevhid inancı kendisini ebedi azaptan kurtaracaktı.

Allah Resûlü: "Allah birdir diyenler, cennete kavuşacak" dememiş miydi? Onun mübarek iki dudağı arasından Allah'ın murat etmediği bir tek kelime çıkmış mıydı? Öyleyse Cehennem müminler için geçici bir azap yeriydi. Orada ebediyen kalacak olanlar, münafıklar, kâfirler ve müşriklerdi. İnanan oraya gönüllü gitmeliydi. Ateşten daha etkili bir temizleyici var mıydı? Cehennemin alevleri arasında, tertemiz yıkanıp arınmadan cennet kapıları açılır mıydı? Fatma uçuyor gibiydi. Sabah namazının rekâtlarını karıştırmıştı. Esasen hangi vaktin namazını kıldığını da bilmiyordu. Zamanı, mekanı unutmuştu. Kıyamlar, rükular, secdeler, gözyaşları içinde ard arda geliyordu. Fatma bugün namaza doyamıyordu. "Mümin her an huzurda... Gönül her an secdede..." diyordu. Kılıyor kılıyordu. Sanki gafletle geçen yıllarını unutmaya çalışıyordu. Rahmete boğulmuştu. Cenneti de, cehennemi de unutmuştu. Affı, mağfireti bile düşünmüyordu. Ölümle arasında, bir ilmeklik mesafe kalan şu dakikalarda bir ananın can çekişen evladına yandığı gibi, kendi kendine acıyordu. Yağlı ipin boğazına geçtiği anda, Allah'ın cemalini kendisinden esirgemeyeceğini umuyordu. Koca Tur Dağı bile O'nun tecellisine dayanamamıştı. Sen nasıl dayanacaksın zavallı?.. Şu yalan dünyayı bütün pislikleriyle baş başa bırakıp öbür tarafa bir an önce gitmek istiyordu. Yağlı ilmek boğazını sıkacak ve iki saniye sonra özlediği iklime uçacaktı. Bu hasretle adeta yanıp tutuşuyordu. Gurbete çıkan bir gezgin gibiydi. Sevmemişti bu istasyonu... Trenin kalkması için hareket memurunun düdüğünü bekliyordu.

Tam o sırada bir şangırtı duydu. Hücrenin demir kapısı açılıyordu.

İçeriye iki gardiyan, müdür, savcı ve bir hoca girdiler. Savcı Bey: "Vakit tamam..." dedi. Hocaefendi dini telkin yapmak istedi. Hepsi Fatma'ya acıyan gözlerle bakıyorlardı. O da onlara acıyordu. Hiç ölümü düşünmüyor gibiydiler. Sanki kendisi gidecekti de, onlar bu dünyaya kazık çakacaklardı. Dört elle sarıldıkları bu fani alemin bir gün kendilerini de bırakacağını hiç düşünmüyorlardı. Beyaz idam gömleğini giydirdiler. Üzerine karar özetini astılar. Fildişi kollarına kelepçeler vurdular. Müdür odasına götürdüler. Orada kendisine ceza veren mahkemenin bir hakimi oturuyordu. Fatma'dan gözlerini kaçırmaya çalışıyordu. Herkes susmuştu. Sanki bir yerlerden bir mucize, ya da emir bekleniyordu. Savcı Bey sessizliği bozdu. Bir isteği olup olmadığını sordu. "Ali'yi dünya gözüyle son bir defa görmek istiyorum" dedi. Resmen karı-koca değillerdi. Üstelik cinayeti birlikte işlemişlerdi. Müsaade etmediler. Hapishane aracına bindirdiler. Hükümet Konağı Meydanı'na götürdüler.

Fatma'nın şafakla asılacağını bütün mahkumlar akşamdan duymuşlardı. Sabaha kadar uyumadılar. Fatma'yı götürürlerken, hepsi pencerelere yığıldılar. Ali üst kat koğuşun penceresine oturmuştu. Beyaz kefeni içinde beyaz güvercinini kan renkli arabaya tıkarlarken... Aldı sazı eline... Yanık yanık bir türkü söylemeye başladı. Sesi çatallaşıyor, kelimeler gırtlağına diziliyordu. Fatma türkünün bir iki mısrasını duydu. Ağladığını acı acı anladı. Ah keşke, "ağlama Ali'm!.. İnşaallah öbür tarafta beraber oluruz!" diyebilseydi. O da ağlamaya başladı. Bütün mahkumlar ağlıyordu. Daha o anda yaktığı türküde Ali şöyle diyordu:

"Kınalı kekliğim!..
Düştüm yollara!..
Kırıldı kanadım!,,
Yollarda kaldım!..
Yâr eylen eylen!..
Yâr eylen eylen!.."

Fatma ancak bu kadarını duyabilmişti. Gözlerinden sicim gibi yaş akıyordu. Eylenmesine fırsat vermediler. Bir astsubay emir verdi. "Ne bekletiyorsunuz? Götürün orospuyu!.." diyordu. Jandarmalar apar topar cezaevi arabasına tıktılar. Görev tamamdı. İş şofördeydi. Araba hareket etti. Onu Hükümet Meydanı'na götürdüler. İdam sehpası akşamdan hazırlanmıştı. Bir sandalyenin üzerine çıkardılar. Son sözünü sordular. Yine Ali'yi görmek istediğini söyledi. Savcı Bey kızdı. Cellata işaret etti. Fatma'nın son dileği karşısında cellat bile yumuşamıştı. İnsan yüreği, yasalar kadar sert ve acımasız değildi. Savcının işaretini görmezlikten geldi. Aleme ibret olsun diye

Fatma'yı asacaklardı. Etrafta büyük kalabalık vardı. İnsan eliyle insanlar nasıl öldürülür? Bunu merak ediyorlardı. Suratsız cellada, Azraile bakar gibi bakıyorlardı. Fatma ilmeğin altında bile huzur içindeydi. Güzel dudakları kıpır kıpırdı. Kimbilir nasıl dua ediyordu. Ölüm yepyeni bir hayatın başlangıcıydı. Bu şuura daha birkaç saat evvel varmıştı. Meraklılara göre felaket olan bu olay, onun için saadetti. Ölümle burun buruna gelmeseydi, belki de bunu hiçbir zaman bilemeyecekti. Karanlıklar aydınlanmış, boşluklar yok olmuştu. Fatma hayattan, ebedi hayata geçiyordu. Ölüme birkaç nefes kala, kurtulmuştu. Karşıdaki kalabalığı görmüyordu bile... İçinden Allah'a şükrediyordu.

Savcı Bey ikinci defa işaret etti. Cellat boğazına ipi geçirdi. Ölümden daha soğuk olan nursuz suratının altında, onun da bir insan kalbi taşıdığını kim düşünecekti. Fatma mutluydu. Sütbeyaz idam gömleği içinde, gerdeğe girmeye hazırlanan taze bir gelin gibiydi.

Savcı cellada son bir defa işaret etti. Cellat sandalyeye bir tekme vurdu. Fatma sehpada asılı kaldı. Cesedi sağa- sola dönüyordu. Sanki herkesten helallık diliyordu. Birkaç saniye sonra... Acıklı bir roman gibi yarım kalan hayatını, bitmeyen ümitlerini, tatlı hayallerini bu yalancı dünyada bırakarak, öbür tarafa sessiz sedasız uçup gitti. Artık orada sevdiklerini bekleyecekti. Dili çıkmamıştı. Bunu onun günahsız olduğuna verdiler.

Halbuki Fatma günahkâr olduğunu biliyordu. İdam kararı verildikten sonra, yakınlarına: "Keşke bana Kur'an'daki kısası uygulasalar" diyordu. Kısası tam olarak bilmese bile... Onun çok ulvi bir anlamı olduğunu ferasetiyle seziyordu. Kısas, hem cezaydı. Hem de katilin büyük günahtan ve öte tarafta sorguya çekilmekten kurtulmasıydı. Bir koyundan iki post çıkmazdı. Halbuki çağdaş hukukta ölüm cezası caydırıcı olsun diye uygulanıyordu. Dünyada bundan daha saçma bir mantıksızlık olur muydu? Güya idam, kalanlara ibret olacaktı. Görenler korkup suç işlemeyecekti. Neden hâlâ suçların ardı arkası gelmiyordu? Allah'tan korkmayan insanlar yasalardan mı korkacaktı? Toplumların inançlarıyla irtibatlı olmayan ceza nasıl caydırıcı olabilirdi? Her vicdana bir polis dikebilir miydin? Her köşede gözün kulağın olabilir miydi? Suçları önlemenin Allah korkusundan daha etkili bir yolu var mıydı?..

Fatma'yı da işte bu gerekçe ve mantıkla idam ettiler. Ne kimse ibret aldı. Ne giden geri geldi. Sadece ölü birken, iki oldu o kadar... Değişen hiçbir şey yoktu. Yine dünya dönüyor, mevsimler değişiyor, yapraklar dökülüyor, kuşlar süzülerek uçuyor, rengarenk çiçekler açıyor, masmavi gökler kâh kapanıp, kâh açılıyor, rahmet yüklü boz bulutlar, yeryüzünün şurasına burasına bereketli yağmurlar taşıyordu. Kısacası "Alem yine ol alem... devran yine ol devran..."

Bu acı olayları işitmemiş, görmemiş, yaşamamış olsaydım, belki senin duygularına karşılık vermek daha kolay olurdu. Halbuki şimdi, sevmek bana sonu mutlaka acı, hüzün ve facia ile bitecek bir macera gibi geliyor. Hele bu yaştan sonra... Bu yorgun kalbim buna dayanabilir mi?

İşte bunu göze alamıyorum. Korkum acılarla dolu geçmişimden geliyor. İlk gençliğimde onu yenmeye çok çalıştım. Sevdim sevildim. Yazık ki hiçbir mutluluğun sonunu getiremedim. İçimde alevlenen duygular, beni ya felaketlere sürükledi. Ya da tam okunmamış bir kitap gibi yarıda kaldı. Her şey bir fırtına gibi gelip geçti. Hem de arkasında yıkılmış kulubeler, kırılmış dallar, dağılmış harmanlar bırakarak... Onun için sevmekten korkuyordum. Hayatımın sonuna yaklaştığım şu günlerde, sana her şeyimi anlatmak istiyorum. Belki o zaman beni daha iyi anlarsın. Ve kimbilir kaç yıl sonra, affederek, hayır dualarla anarsın...

Ali'yi merak ediyorsun değil mi?

O sabah Fatma için yaktığı türkü, yıllarca dillerden düşmedi. Hâlâ da Malatya ve Adıyaman ellerinde söyleniyor. Onun nasıl yakıldığını, hangi dertli gönülden süzülüp geldiğini, bugün o türküyü yanık yanık söyleyenler bile bilmiyorlar. Diyeceksin ki: "Bizim umutsuz aşkımızla bu olayın ne ilgisi var?.." Hiç olmaz olur mu?.. Aynı kaynaktan fışkıran suyun değişik olduğu görülmüş mü?

Dünyada aşk, gözyaşı, dert ve ızdıraptan daha büyük bir mektep var mı? Bugün benim memleketimde, Beydağları eteklerinde, Fırat boylarında, Tohma kenarlarında, Karahan geçidinde, Kömürhan köprüsünde... Adıyaman'a Maraş'a Elaziz'e kadar her yerde... Hâlâ Ali'nin o yanık türküsü söylenir:

"Kınalı kekliğim, düştüm yollara...
Kırıldı kanadım, yollarda kaldım...
Yâr eylen eylen...
Yâr eylen eylen!.."

V

Batılı bir romancı: "Samimiyet daima şüphecidir" diyor. İnsanın kendi samimiyetinden şüphe etmesi başka... Kıskançlıktan gelen şüphe başka... Belki birincisi bir erdem ama, ikincisinin aşırıya kaçanı, tam bir felaket... Yani kıskançlıktan gelen şüphe, korkunç bir hastalık, bir ateş, bir kor... Bir defa insanın içine düştü mü, kolay kolay da çıkmaz. Aklı, iradeyi etkisi altına alır. En masum ilişkilerden, olmadık ihanetler çıkarır.

İşte ben de en mutlu olmamız gereken bir zamanda kendimi bu korkunç hastalığa kaptırmıştım. Nuran'dan şüphe ediyordum. "O, benim neyimi sevsin?" diyordum. Kendimi hiçbir bakımdan ona lâyık görmüyordum. Her şeyden önce yoksulduk. Her yoksul gibi ben de onuruma çok düşkündüm. Her ne kadar: "İmtiyazsız, sınıfsız kaynaşmış bir kitleyiz" marşlarını bize öğretiyorlarsa da... Her sahada sınıf farkı göze çarpıyordu. Mesela cumhuriyet bayramları bize zehir olurdu. Çünkü tertemiz giysiler, pırıl pırıl boyalı ayakkabılar isterlerdi. Nereden bulacaktık? Resmi geçitlerde, büyüklerimizin göz zevkleri bozulmasın diye o zamanlar fakir çocuklara yardım ederlerdi.

Sınıfımızda zengin çocuğu, şımarık bir arkadaş vardı. Adı (diyelim ki) Zahit'di. Adeta parayla oynar, su gibi para harcardı. Çok da yakışıklıydı. Aptal değildi ama, tembeldi. Ara sıra espriler de yapardı. Sigara içtiğini, kafa çektiğini, kötü yerlere gittiğini, kadınlarla, kızlarla gizli alemler yaptığını utanmadan gelip okulda anlatırdı. Arkadaşların gözünde bir çeşit Donjuan'dı. Maceraları dilden dile dolaşırdı. Kız arkadaşlarımız, teneffüs aralarında, onun yaptıklarını birbirlerine gizli gizli anlatarak, kikir kikir gülerlerdi. Bazen Nuran'ın da onlarla fısıldaştığını görürdüm. Herhalde o arkadaşı konuşuyorlar diye kıskançlıktan ölürdüm. İşte Nuran'a karşı içimdeki korkunç şüphe o günlerde oluştu. Kendi kendime: "O kadar güzel kız beni neden sevsin ki? Çalışkanlığımdan ve ataklığımdan başka ne özelliğim var? Üstelik Zahit kadar yakışıklı da sayılmam" diyordum. Buna kendimi inandırmaya çalışıyordum. Kafam da ona lâyık bir sevgili arıyordu. Birden Zahit takıldı aklıma... Kafası olmasa da, parası vardı. Hafif meşrep bütün kızlar etrafında pervane olup dönüyorlardı. Nuran çok ciddi bir kızdı ama... Niye o da bir gün duygularına yenilmesindi? Ben de ciddi değil miydim? Üstelik de terbiyeli, çalışkan ve inançlıydım. Sonunda ne oldu? Bunlar beni tutabildi mi? Duygularıma yenik düşmedim mi? Nuran'ı çılgınca sevmedim mi? Şimdi o bana öl dese, ölmez miyim? Sevginin mantığı var mı? O niye Zahit'i sevmesin?.. Gerçi öbürleri gibi, yılışıp cıvımıyordu. Zahit'ten oldukça uzak duruyordu ama... Bu da onunla çok ilgilendiğinin bir delili olamaz mıydı? İnsan değer verdiğinden niçin kaçsın? Akşamlara kadar onu düşünüyordum. Ders çalışamıyordum. Namazları bile aksatmaya başlamıştım. Uyku bana haram olmuştu. Sinir küpüne dönmüştüm. Bir dokunsalar patlayacaktım. Nuran'ı unutmaya karar verdim. Fakat ne mümkün? Elimde olsaydı, zaten baştan sevmezdim. Bir türlü unutamıyordum. İçimden söküp atamıyordum.

Evlerinin tam karşısında bir kahvehane vardı. Her akşam oraya gitmeye başlamıştım. Laf olsun diye bir çay içer, sonra gözlerimi Nuran'ın oturduğu evin penceresine dikerek saatlerce bakardım. Onu görmeden eve gidemezdim. Kendimce hasret dindiriyordum. Böylece daha kolay unutacağımı sanıyordum. Bu alışkanlık zamanla tutku haline geldi. Ona duyduğum sevgi, git gide çoğaldı. Ve kısa zamanda bir alev gibi bütün benliğimi sardı. Ondan uzak olduğum yerlerde bile onunla dolu oluyordum. Çarşıda, pazarda, sokakta, caddede, bağda, bahçede... Her yerde o vardı. Nereye gitsem karşımdaydı. Kendimi ondan kurtaramıyordum. Geceleri yorganı başıma çekip hayallere dalıyordum. Sonra kendi kendime utanıyordum. "Hani hak âşıkları gibi, tertemiz duygularla sevecektim" diyordum. Şu rezil hayaller neyin nesi oluyordu? Kendimden iğreniyordum.

Hayatımda alnımın secdeye gelmediği bir tek gün yoktu. Ama şimdi? Sanki inançlarımdan çok uzaklara düşmüştüm. Namazlardan bile zevk almıyordum. Sık sık tövbeler ederek, gizli gizli ağlıyordum. Anam hıçkırıklarımı duymasın diye yüzümü yastıklara gömüyordum. İçi boş bir çuvala dönmüştüm. Canlı olduğumun delili, sadece gözyaşlarımdı. Hiçbir şeyin tadı kalmamıştı. Eski yaşama sevincim, hayallerim, heyecanım uçup gitmişti. Göklere açılan ellerimde artık karıncalanmalar olmuyordu. Ve dua ettiğim zaman, gökler parça parça avuçlarıma dökülmüyordu. Günahlarıma tövbe ederken bile... Yeni yeni günah planları kuruyordum. Bana ne olmuştu böyle?.. Shakespeare'in bir sözü zihnimde dönüp duruyordu. Kendisine ne kötülük yaptığını soran sevgilisine, roman kahramanı şu cevabı veriyordu: "Sen benim uykularımı kaçırdın Ofelya!" diyordu.

Kahvehane bende artık alışkanlık haline gelmişti. Koca bir sonbahar böyle geçti. Kış gelmişti. İçeride oturmaya mecburdum. Kahvenin camları, sık sık buğulanıyordu. Mendilimle siliyordum. Tekrar aynı hale geliyordu. Bir süre sonra silmek fayda etmiyordu. Camlar dış taraftan buz tutuyordu. Nuran'ın evinin penceresini göremiyordum. Sırtımda palto yoktu. Dışarıda duramazdım. Nice akşamlar bir elektrik direğinin dibinde... Okul elbiseleri içinde... Ellerim ceplerimde... Onu görmeye çalışırdım. Sık sık da titreyerek, cılız sokak lambasının dibine giderdim. İsterdim ki Nuran da beni görsün. Ne o pencereye çıkardı, ne de ben onu görebilirdim. Çok defa, kime ait olduğunu bilmediğim bir gölgenin cama vurmasıyla avunurdum. "Bu mutlaka onun gölgesiydi" derdim. Çok geceler, hiç olmazsa o gölgeyi görmeden eve gidemezdim.

Bir sabah uyur gezer gibi okula gidiyordum.

Baktım Nuran aynı elektrik direğinin dibinde... Zil çoktan çalmıştı... Neden okula gitmediğini sordum.

– Seni bekliyordum, dedi.

Böyle bir durumda sevenlerin aklına önce iyi şeyler gelirdi. Birden içimde bir sevinç fırtınası koptu. Beni ha?.. Demek beni bekliyordu. O soğuk gecelerde, bir defa gölgesini göreyim diye, taş duvar diplerinde süründüğüm Nuran, beni bekliyordu. Allah'ım!.. Bir türlü inanamıyordum. Konuşmak istiyordum. Bütün kelimeler kafamdan uçup gitmişti. Ağzımı açamıyordum. Ne yapacağımı da bilemiyordum. Kimbilir ne kadar yutkunup durdum. Sessizliği yine o bozdu.

– Ne oldu sana? dedi.

– Ne olmadı ki, diyebildim.

Kimbilir kaç bininci defa... Fakat bu sefer açıkça:

– Seni seviyorum, seviyorum seni, diyebildim.

– Bende seni, dedi ve kaçıp eve girdi.

Bu neyin nesiydi?.. O gün okula gidemedim. Onun olmadığı her yer bana bomboş geliyordu.

Günlerdir konuşamamıştık. Kaçıp eve gidişine bir anlam veremedim. Ama çok mutluydum. Ondan uzak duruşumun sebebi, kendisini serbest bırakmaktı. Korkarak sevmek olmazdı. Beni seviyorsa, hiçbir baskı altında kalmadan sevmeliydi. Aşk da, iman da zorla olmazdı. Baskı seveni yalancı, inanmayanı münafık yapardı.

O gün benim için önemli bir gündü. Şöyle, ya da böyle... Habis bir kanser uru gibi beynimi kemiren bu şüpheden mutlaka kurtulacaktım. Önce onunla her şeyi açık açık konuşmayı düşündüm. Ama hayır! Bu olmazdı. Zahit'i seviyorsa, bana nasıl söylerdi? İşte bir kanser uru daha... Öyle bir yol bulmalıydım ki bu şüphelerim kökünden silinsin. Hayatla ölüm arasında bir çizgide gibiydim. Bu merakımın sonunda ya büyük bir mutluluk vardı, ya da manen ölüm... Geçmişimiz bir sinema şeridi gibi tekrar tekrar gözlerimin önünden geçiyordu. O beni sevmiyor olamazdı. Böyle düşündüğüm zaman öfkem birden dağılıyor, gözlerim dolu dolu oluyordu. Gıyabında ondan özürler diliyordum. Hiç öyle bir melekten şüphe edilir miydi? Kendi kendime kızıyordum.

Son karşılaşmamızda gözüme çok solgun görünmüştü. Hasta mıydı acaba?.. Yoksa benim şüphelerim içine mi doğmuştu? Ya da yol ayrımına mı gelmiştik? Öyle olsaydı, beni sevdiğini söyler miydi? Kafam allak bullaktı. Doğru dürüst düşünemiyordum. Deliler gibi kendi kendime konuşuyordum:

Saz benizli meleğim!..
Sensin benim dileğim!..
Sevdiğini bileyim!..
Yollarında öleyim!.. diyordum.

Şüphe, korku, öfke, ümit... Bu zıt duygular beni şair yapıyordu. Kendime şaşıyordum.

Okulun dağılmasından sonra, bir bahane ile evlerine gidecektim. O saatte babası evde bulunmazdı. Annesine de nasıl olsa bir yalan uydururdum. Sevdiği uğruna, yalan söylemek zorunda kalmayan bir tek insan var mıdır? Gizli kusur ve günahların yalansız olması mümkün müdür? Büyük Mevlânâ: "Âşık her zaman rezil-ü rüsvâdır" derken acaba İlâhi Aşk'a gitmesi gereken bu yolun ilk adımlarındaki bu bataklıktan mı söz etmek istiyordu? Bu düşüncelerle kendimi Nurangilin kapısı önünde buldum. Zili çaldım. Annesi açtı. Kalbim yerinden fırlayacak gibi çarpıyordu. Alışık olmayanların yalan söylemesi ne kadar zordu. Bunu düşünecek zaman değildi. Hemen bir yalan kıvırdım:

– Tarih hocamız bir ödev verdi. Nuran'la birlikte yapacağız, dedim.

Annesi beni çok sıcak karşıladı.

– İçeriye gir evladım... Kendisine söylersin, dedi.

Girsem mi, girmesem mi? Çorabım yırtıktı. Parmaklarım dışarı çıkıyordu. Ayaklarım çamurdu. İçeriye ayakkabıyla giremezdim. Çıkarsam, yırtığı göreceklerdi. Çok utanıyordum. Birden Nuran pencereye çıktı. Soğuk kış gecelerinde, saatlerce bir gölge kıpırtısı görmek için beklediğim pencereye... Gül yüzü solgun, bukle bukle saçları darmadağındı. Bu da ona ayrı bir güzellik veriyordu.

– Gelsene içeriye!.. Ne bekliyorsun? dedi.

Sahi ben buraya niçin gelmiştim? Nuran'a ne söyleyecektim? Haaa... Zahit... "Zah"ı gitmiş "İt"i kalmış, o zibidi için gelmiştim. "Onu seviyor musun?" diye soracaktım. Hayır hayır! Tam aksine... Kendisinden şüphe ettiğimi ondan gizleyecektim. Öyle bir yol bulacaktım ki, ya haklı olduğumu, ya da yanıldığımı anlayayım da, beynimdeki şu kanser urundan kurtulayım. Bunun yolu bu muydu? Bugün burada ne işim vardı? Annesi çay, börek getirmek için mutfağa girip çıkıyordu. Bir ara Nuran elimi tuttu ve: "Seni çok seviyorum, anlıyor musun? Çook çok!.." diye fısıldadı. Ah bir inanabilseydim!

Şeytan bana: "Suçunu örtmek için böyle söylüyor" diyordu. Şehrimizde başka kahvehane mi yoktu? Zahit denilen o it, neden hep şu karşıdaki kahveye geliyordu? Oyun kağıdı, domino, tavla yalnız orada mı vardı? Belki de karşıdan karşıya işaretleşiyorlar, gizli gizli buluşuyorlardı. Bu şüphe bir alev gibi bütün ruhumu sardı. İçim bir anda yangın yerine döndü. Çayı beklemeden bir bahane ile kalkıp çıktım. Annesi de, kendisi de şaşırmıştı.

O gece sabaha kadar uyuyamadım.

İğneli fıçıya dönen yatağımda, bir o yana, bir bu yana dönüp duruyor, kendimce birtakım planlar kuruyordum. Önce onları göz hapsine almalıydım. Bütün hareketlerini gizli gizli izlemeliydim. İpuçları yakalamalı, sonra tepelerine binmeliydim. Günlerce izledim. Hiçbir şey elde edemedim. Birbirlerine karşı anormal derecede ilgisiz görünüyorlardı. Sanki birbirlerinin hiç farkında değillerdi. Bu beni daha fazla kuşkulandırdı. Bu kadar "anormallik" normal miydi? İnsan bir kedi yavrusuna, ya da bir köşede duran bir eşyaya bile bu kadar ilgisiz kalamazdı. Şüphelerim gittikçe dayanılmaz bir hal aldı. Hastanın ateşi 40 dereceyi geçti mi, sayıklamaya başlardı. Ben de öyle olmuştum. İçimdeki şüphe cehenneminin dayanılmaz ateşi başıma vurmuştu. En tabii davranışları bile bana hesaplı, planlı ve gayrı tabii geliyordu.

Nuran sınıfın, belki de okulun en güzel kızıydı. Benden ne kadar korkarsa korksun... Hatta beni sevdiğini bilse bile... Zahit iti ondan böylesine uzak durabilir miydi? Neden onu da flörtler listesine almasındı? Hayır hayır... İşin içinde iş vardı. Onlar birbirlerini seviyordu. Bunu en kısa zamanda anlamalıydım. Ve bu azaptan kurtulmalıydım. Mademki benden korktukları için bu kadar çekingen davranıyorlardı. Öyleyse, korku zail olduğu zaman her şey ortaya çıkardı. Çok düşündüm. Sonunda çaresini buldum.

Zahit okul saatleri dışında, genellikle Nurangilin karşısındaki kahvede olmaz mıydı? İşte oraya gidecektim. Hiç yoktan onunla bir kavga çıkartacaktım. Ondan güzel bir dayak yiyecektim. O zaman ikisine de cesaret gelecekti. Varsa gizli aşkları ortaya çıkacaktı. Ondan sonrası için Allah kerimdi.

Düşündüğüm gibi yaptım.

O kahvehaneye gittim. Bir bahane ile Zahit'i dışarıya çıkardım. Orada kendisine hakaretler yağdırmaya başladım. Çocuk: "Ne yapmışım? Ne suçum var?" dedikçe, daha da fazla öfkeleniyor ve kendisini itip kakıyordum. Ne yapacağını şaşırmıştı. Korkudan titriyordu. Bir türlü bana karşılık vermiyordu. Öfkeden çıldırıyordum. Mütemadiyen alttan alıyordu. "Biz kardeşiz" diyordu. Bana adeta yalvarıyordu. O öyle yaptıkça, benim kolum kalkmıyordu. Ama şüphelerim daha fazla artıyordu. Nurangil karşı evin ikinci katında oturuyorlardı ya... Gözucuyla oraya baktım Nuran pencereye çıkmıştı. Tüllerin arkasından bize bakıyordu. Kendimce Zahit'in neden bu kadar alttan aldığını anlamıştım. Onun karşısında dayak yiyip de mahcup duruma düşmek istemiyordu. Niyetimin başka olduğunu nereden bilecekti? Kurduğum plan şeytanın bile aklına gelmezdi. Kim sevdiği kızın karşısında bile bile dayak yemek isterdi? Zahit durmadan bana yalvarıyordu. Bir köpek bile bu kadar alçalamazdı. Ona el kaldırmak mertliğe yakışmazdı ama... Kavganın tam zamanıydı. İşte Nuran tartıştığımızı görüyordu. Sonradan kimbilir ona ne yalanlar uyduracaktı? Belki de benimle kavga etmeye tenezzül etmediğini söyleyecekti? Birden gözlerim karardı. Kan beynime sıçradı. Nuran bu alçağın neresini seviyordu? Suratına bir tokat attım. Korkmuş gibi davranıyordum ki cesareti artsın. Düşündüğüm gibi oldu. Kavga etmek üzere olduğumuzu gören birkaç yalakası, içerden çıkıp yanımıza geldiler. Bizi ayırmak istiyorlardı. Birine bir yumruk attım. Öbürleri beni tutmaya çalışıyordu. Zahit araya girdi. "Siz karışmayın! O benim arkadaşım!.."

diyordu. Ortalık birden karıştı. Ben rastgele yumruk sallıyordum. Birden Zahit'le karşı karşıya geldik. Hâlâ alttan alıyor, "Kardeş yapma!.. Biz arkadaşız! Ayıptır!" diyordu. O arada da beni tutmaya çalışıyordu. Sanki bana vurmuş gibi kendimi yere attım. Yollar çamurdu. Kalktım üzerine saldırdım. Yumruklarımdan korunmak için, elini, kolunu bilinçsizce sallıyordu. Tam kavga görüntüsüne girmiştik. Nuran 200 metre ileride bizi seyrediyordu. Etraf kalabalıktı. Olup bitenleri tam olarak göremezdi. Zahit'ten yumruk yemiş gibi bir daha yuvarlandım. Kalkmak için bacağına tutundum. O benden kurtulmaya çalışırken, tekrar yuvarlandım. Güya doğrulamıyordum. O da cesarete geldi. Belli-belirsiz kafama bir tekme attı. Şöyle yarım yamalak doğrulacak gibi yaptım. Suratıma bir yumruk attı. Sırtüstü çamurlara uzandım.

Kahve tamamen boşalmıştı. Bizi seyrediyorlardı. Benim cüretimi ve küstahlığımı bilirlerdi. Her birinde bir kuyruk acısı vardı. Çünkü ben kız arkadaşlarımıza takılanın aynı anda hesabını görürdüm. Burnumun kırılmasını istiyorlardı. Hepsi Zahit'ten yana olmuştu. "Vur!.. Vur!.." diye el çırpıyorlardı. O da üzerinden korkuyu atmıştı. Durmadan bana yumruk sallıyordu. Bazen boşa giden yumruktan bile yere yuvarlanıyordum. Kimse numaranın farkına varmıyordu. Onlar arka çıktıkça, Zahit açılıyordu. Tekme, tokat, yumruk, bana girişiyordu. Ayakta duramıyor gibi yaptım. Bir de tokat attı. Burnum hafifçe kanamıştı. Etraftaki tezahürat ayyuka çıktı. Sanki bir boks maçı seyrediyorlardı. Ben nakavt olmak üzereydim. Serseri takımı keyifliydi. Zahit'se iyice açılmıştı. "Allah yarattı" demiyor, mütemadiyen vuruyordu. Böylece yılların hıncını çıkartıyordu.

Benim için genel kanaat vardı. "Ona tokat vurulmaz. Bir tokat vuran, onu öldürmelidir. Aksi halde, o kendisine tokat vuranı öldürür" derlerdi. Bugün de öyledir. Çocukluğumda da öyleydi. İki mahalle çocukları karşılıklı toplu kavga edecekleri zaman, benim tarafsız kalmamda anlaşırlardı. Gönlümce bir kavga edemezdim. Kendilerince bir yenilmezin, saman çuvalı gibi yıkıldığına şahit oluyorlardı yarını hiç düşünmüyorlardı. Dakikalardır dayak yiyordum. Çamurların içinde debelenmekten vahşi bir zevk duyuyordum. Zahit'in attığı her yumruk, yangına sıkılan su gibi içimi ferahlatıyordu. Rolümü iyi oynamıştım. En geç yarın sabah ruhumu kasıp kavuran bu korkunç şüpheden kurtulacaktım. Ondan sonra Allah ya bana verecekti, ya onlara...

Kin acayip bir güçtür. Ruhu öldürür, insanı insanlıktan çıkarır. Ama bedeni de dokuz canlı bir canavar gibi dimdik ayakta tutar. Öylesine vahşi ve gizli bir kuvvettir. İşte ben şu anda öyleydim. Yarın kendisine acımayayım diye... Kendimi tamamen Zahit'in insafsız ellerine bırakmıştım. Daha doğrusu ayakları altına atmıştım. Vahşi bir zevkle çamurlar içerisinde debelenmeye devam ediyordum. Bununla öfkem ve kinim daha fazla bileniyordu. Sonunda kumarcı, esrarcı takımı bile insafa geldi. "Yeter artık, vurma!.." diyorlardı. Beni Zahit'in ayakları altından kurtardılar. Herkes kendisine hayran hayran bakıyordu. Nuran tülü açmış, hâlâ bizi seyrediyordu. Yüzünde sevinç mi vardı, keder mi? Seçemiyordum. Zahit bir günde kahraman olmuştu. O artık bir Samson ya da Herkül'dü. Nurangilin penceresine muzaffer bir şövalye edasıyla, korkusuzca bakıyordu. Eğer onu seviyorsa, artık gizlemezdi. Sevgilerini bütün dünyaya rahat rahat haykırabilirlerdi.

Evet evet... Onlar birbirlerini seviyorlardı. Bunda şüphe yoktu. Öyle olmasaydı, Nuran sonuna kadar pencerede kalabilir miydi? Ve Zahit ikide birde oraya bakar mıydı? Birden içimi bir alev sardı. Bir yandan da sırtımdan bir dağ yıkıldı. İçimden: "Sabah ola, hayır ola" diyordum. "Hele yarın o zillinin de tavrını göreyim de... Ondan sonra kendileriyle hesaplaşırız..."

Bütün acılığına rağmen, içimde zehirli bir rahatlama vardı. Garip bir hal içindeydim. Ertesi günü, Nuran'ın hiçbir şey olmamış gibi davranmasından korkuyordum. İstiyordum ki, bana hakaret etsin. Yüzüme tükürsün. Kinimi azaltacak her tavır, benim için ölüm demekti. Bir şeye karar veren insan, ne kadar sabırlı oluyordu. Beynimdeki zehirli yılanlar artık beni çok fazla rahatsız etmiyordu. Nasıl olsa yarın sabah her şey apaçık ortaya çıkacaktı. Ya mutlu olacaktım. Ya da intikamımı alacaktım. Her iki halde de bu dertten kurtulacaktım. Şüphe ve kararsızlık... Birbirinden tehlikeli, iki zehirli yılan... Bunların dağ gibi delikanlıları nasıl yerlere serdiğini, ilerideki çile yıllarımda, kimbilir kaç bin defa tekrar tekrar görecektim. O gece rahat uyku çektim. Bu daha ilk dersti. Hayat bizi adım adım yudum yudum eğitecekti.

Sabahleyin okula gittim.

Nuran'ın gözkapakları şişmiş, gözleri kan çanağına dönmüştü. Beni görür görmez hıçkırmaya başladı. Kimseye aldırmadan boynuma sarılmak istedi. Elimle göğsünden ittim. Bana ihanet ettiğine kendimi öylesine inandırmıştım ki... Samimiyeti bana sahte gibi geliyordu.

– Madem ki o itle başa çıkamayacaktın, neden kavga ettin, diyordu.

Üzülebileceğini hiç düşünmemiştim. Kulaklarıma inanamıyordum. Demek ki, kin ve kıskançlık yalnız insanın gözünü kör etmekle kalmıyor, aklını da dumura uğratıyordu. Beni seven arkadaşlar etrafıma toplandılar. Olayı hepsi duymuştu. Büyük zaferine rağmen Zahit ortalarda yoktu. Bir anda yapayalnız kalmıştı. "Sabahleyin geldi. Kimse yüzüne bakmayınca, çekip gitti" diyorlardı.

Nuran okulda duramadı. İzin alıp gitti. "Hastayım" diyordu. Gözlerinden akan yaşları, nezle oluşuna veriyordu. Halbuki herkes gerçeği biliyordu. Çünkü sevgimiz dillere düşmüştü. Artık açık açık konuşuluyordu. Öğretmenler, öğrenciler Nuran'a acıyordu. Edebiyat hocamız, Şükran adında bir arkadaşımızı evlerine gönderdi. Durmadan ağlıyormuş. Benim için "Onu o halde göreceğime, ölseydim daha iyi olurdu" diyormuş. Aşkımızı annesinden bile gizlemiyormuş. O ne kadar üzülüyorsa, ben o kadar seviniyordum. Adeta göklerde uçuyordum. İçimden: "Üzülme güzelim! Bu akşam bütün bu acılardan kurtulacaksın. O zaman da sevinç gözyaşları dökeceksin" diyordum. Zahit sipsivri ortada kalınca, doğru kahveye koşmuştu. Yazık ki orada da kimseyi yanında bulamamıştı. Herkesin içine acayip bir korku girmişti. Bir felaket bekliyor gibilerdi. Zahit'in bütün bunlardan pişman olduğunu sanmıyordum. Olmamasını da Allah'tan istiyordum. Ya gelip özür dileseydi ve karşımda boynunu bükseydi, ben ne yapacaktım? İntikamımı nasıl alacaktım? Aman dileyene kılıç kalkar mıydı? Çok şükür ki pişman değilmiş. Burnu havalardaymış. Kahvedeki zibidiler de kendisine yağ çekiyorlarmış. "O baş belasını nasıl yerlere serdin" diyorlarmış.

Okul çıkışında Nuran'a haber saldım.

– Biraz sonra pencereye çıksın, dedim. Kapısına tekme atarak kahveye girdim. Zahit sıvışmak istedi. "Dur bakalım! Seninle hesabımız var!" diyerek kolundan tuttum.

– Aynı yerde, dünkü kavgamızın rövanşını yapacağız. Silahı sen seç!.. İster tabanca, ister bıçak, ister yumrukla... Neyle istersen öyle çık karşıma... Avanen de sana yardım edebilir. Bu hesabı bu akşam kapatacağız. Allah ya sana verir, ya bana, dedim.

Yerler bir gün öncekinden daha berbattı. Karşı karşıya geldik. Neyle çarpışacağız?" dedim. "Yumrukla..." dedi. Ceketleri çıkardık. Zibidi arkadaşları kahveden çıkmaya bile cesaret edemediler. Ben de benimkilere: "Üzerime kaç kişi gelirse gelsin. Allah'ını seven karışmasın", dedim. Boksa çalışırdım. Antremanlıydım. Korku nedir bilmezdim. Nuran pencereye çıkmıştı. Artık beni kim tutabilirdi? Evvel Allah, Zahit gibi on çakalı rahatça tepelerdim.

Dövüşeceğimiz meydan bir anda tıklım tıklım doldu. Kahveler boşalmış, çoğu beni tanıyıp seven etraftaki esnaf da gelmişti.

Birbirimize girdik.

Zahit daha elini kaldırır kaldırmaz kendini sırtüstü yerde buldu. Çenesine öyle bir yumruk atmıştım ki... Ayakları yerden kesildi. Toparlanıp kalktı. Grogi halindeydi. Beni görmeden üzerime geliyordu. İki kureşe, bir aparkat, bir de kafa... 1.80 uzandı. Zorla toparlanıp, kalktı. Gardını almasını bekledim. Güya bana yumruk atacaktı. Bir sağ direkle işini bitirdim. Ağzı burnu birbirine karışmıştı. Her tarafı kan içindeydi. Bu akşam çamurlarda debelenme sırası ondaydı. Bütün gücüyle kalkmaya çalışıyor, bir türlü kalkamıyordu. Sonunda çamurlar içine sırtüstü uzandı. Kolları yana düştü. Hareketsiz kaldı. İşi tamamdı.

Nuran'ın yanında birkaç kız arkadaşımız da vardı. Onun aşkı bana güç veriyordu. Onun aşkı ve Rabbim'in yardımıyla kazanmıştım döğüşü...

Nurangilin penceresine sanki güneş doğmuştu. Artık elinde mendil yoktu. Gözyaşlarının yerini sevinç almıştı. Kız arkadaşlarıyla kucaklaşıyordu. Öyle sanıyordum ki, bana da hayran hayran ve minnetle bakıyordu. Bir gün önce, Zahit'i alkışlayan kart serseriler, sanki taş kesilmişlerdi. Ağızlarını bıçak açmıyordu. Hâlâ kanlar içinde yatan Zahit'e yardım bile edemiyorlardı. Arkadaşlarımın galeyana gelip de kendilerine bir meydan dayağı çekmelerinden korkuyorlardı.

Karakol yakındı. Polisler geldiler. Herkes benden yana konuştu.

Hiçbir şey demediler... "Kaldırın şu serserileri yerden" diyerek, çekip gittiler.

Nuran çok sevinçliydi. Arkadaşlarına bir şeyler anlatıyordu. Bana gizli bir öpücük gönderdi.

Sanki ruhumla o anın fotoğrafını çektim. Ve onu yıllarca kalbimde taşıdım. Ta ki kader yollarımızı ayırana kadar...

Aradan iki yıl geçti.

Artık lise son sınıfa gidiyorduk. Nuran daha fazla serpilip gelişmiş, herkesin dikkatini çeken çok güzel bir kız olmuştu. Dalga dalga simsiyah saçları omuzlarına dökülüyordu.

Okula gidip gelirken, bir grup serseri kendisini rahatsız ediyormuş. Bana söyledi. Daha durur muydum? Her sabah erkenden kalkıp, evlerinin önüne koşuyordum.

Bu, bende kısa zamanda bir alışkanlık haline geldi.

Geceleri ortalığın aydınlanmasını sabırsızlıkla beklerdim. Hele de kış geceleri ne kadar uzun olurdu.

Külüstür bir masa saatimiz vardı. Her akşam onu kurardım. Sonra yorganı başıma çeker, uyumaya çalışırdım. Düşünceler, hayaller, heyecanlar bırakmazdı ki uyuyayım. Sabahlara kadar yatakta kıvranıp dururdum. Saat zilinin çalmasını beklerdim. Bir türlü çalmazdı. Sanki zaman durmuş olurdu. O uzun kış geceleri daha da uzuyor, ezanlar okunup, sabahlar olmuyordu. Oysa ben saati, ezandan önceye kuruyordum. Sabah namazını Nurangilin yakınındaki camide kılmak istiyordum. Ama olmuyordu. Uykusuzluk bir işkenceydi. Ölümcül bir hasta, sabahı nasıl beklerse... Ben de öyle beklerdim, ezanı... Tam okunacağı sırada da dalıp giderdim. Hemen her sabah böyle olurdu. O camide bir sabah namazı kılmak bütün kış boyu bana nasip olmadı. Uyanınca bir de bakardım ki, güneş doğmak üzere... Alelacele namazımı kılarak akşamdan hazırladığım kitaplarımı kaptığım gibi yollara düşerdim. Bir ağacın duldasında... Bir çeşmenin başında... Bir sokak lambasının altında... Ya da kapılarını rahatça görebileceğim bir köşede, kendime bir yer seçerdim. Hep aynı yerde beklemek de olmazdı. Dikkat çekmemek için her gün yer değiştirirdim. O saatte kimseler olmazdı. Sanki bizim için çalınıyor gibi duygulanırdım. Söylenen her şarkı ve türkü o andaki ruh halime öyle uygun düşerdi ki... İster istemez manevi bir himaye altında olduğuma inanırdım. İnsan gençlikte, nasıl da kendini kainat merkezi gibi görüyor? Hey gidi gençlik heeyy!..

Çocukluğumdan beri acayip bir huyum vardır. Tevafuken duyduğum bir sözden, ya da karşılaştığım basit bir rastlantıdan, kendime göre mânâlar çıkartırım. Bana göre "tesadüf" yoktur. "Tevafuk" vardır. Her tesadüf bir tevafuktur. İlerideki hapishane yıllarımda bunu daha iyi anlayacaktım. Ve tecrübeyle öğrenecektim. Yazsam uzun olur. Onun için geçiyorum.

Bir gün yine Nuran'ı bekliyordum. Önümden geçen iki kişi kendi aralarında konuşuyorlardı. Birisi: "Bu gün hava çok kötü. Bir fırtına kopacağa benziyor" dedi. Bu benim için İlahi bir uyarı demekti. O adamın diliyle, "Vazgeç bugün Nuran'la birlikte gitmekten! Başınıza bir iş gelecek" demekti. Mesajı almıştım. Ancak ona nasıl söyleyecektim. Söylersem korkuyorum, sanmaz mıydı? Yine de söyledim:

– Bugün okula başka bir yoldan gitsek olmaz mı? dedim.

– Nedenmiş o? diye sordu.

– Bilmiyorum. İçimde bir sıkıntı var. Sanki başımıza bir iş gelecek...

– Aaaa!.. Korkuyor musun? Sonunda çok şükür, senin de korkabileceğini öğrenmiş olduk. Çılgınca cesaretin beni nasıl korkutuyordu, biliyor muydun? Seninle birlikte olduğumuz zaman, bir uçurumun tepesinde yürüyor gibi oluyorum. Ha düştük, ha düşeceğiz... Endişesinden kendimi kurtaramıyorum. Biraz korkak olman için, gizli gizli Allah'a az mı yalvardım? Demek ki dualarım kabul edildi.

Bu sözleri çok ağrıma gitmişti.

Artık ısrar etmeyecektim. Çünkü onun sözleri de ilâhi bir işaret olabilirdi. Ne pahasına olursa olsun, gidecektik.

Öyle yaptık...

Biraz ileride bir grup serseri bizi bekliyordu. Beş altı kişilerdi. Başlarında ünlü bir kabadayı vardı. Bütün memleket onları tanırdı. Kalabalık bir çete kurmuşlardı. Yapmadıkları rezillik yoktu. Şunun bunun karısına, kızına laf atarlar, ondan-bundan haraç toplarlardı. Anlattıklarına göre, emniyette de adamları varmış. Zaten öyle yerlerde arkaları olmayanlar, o kadar itliğe cesaret edebilirler miydi? Namuslu, namusundan korkar, namussuz da zanneder ki kendinden korkar... İşte çete de öyleydi. O zaman, bizim memlekette hapishane, şehrin en işlek caddesi üzerindeydi. Zavallı kader kurbanlarından birkaçı, pencerenin kalın demirlerine tutunmuşlar, dışarıyı seyrediyorlardı. Bu kadarcık bir imkan bile kimbilir onlar için ne büyük mutluluktu? Bunu sonraki yıllarda daha iyi öğrenecektim.

Çetebaşı, mahkûmlara bağırarak içerideki bir adamını soruyordu. Aklı sıra bana gözdağı veriyordu. Çok gürültü vardı. Araçlar geçiyordu. Mahkûmların ne dedikleri anlaşılmıyordu. Gerçekten de bu serserilerin içeride daima fedaileri bulunurdu. (Şimdilerde onlara "tetikçi" diyorlar.)

Serseriler güruhuyla, hapishanenin tam caddeye bakan tarafında karşılaştık. Çetebaşı bana, küstahça:

– Gel buraya! dedi. Nuran birden telaşlandı. Adımlarını sıklaştırdı.

– Sakın cevap verme... Yürü, diyordu.

Sonunda ölüm olacağını bilsem, yine gitmezdim. Korku nedir bilmezdim. "Ölüme her an hazır olmayan insanların, yaşamaya hakkı yoktur" diye düşünürüm. Şu serserilerden korkup kaçarsam, bir daha Nuran'ın yüzüne nasıl bakardım? Nasıl "Ben de adamım" diye gezerdim? Ve şu dünyada nasıl yaşardım?

Çetebaşı tekrar etti:

– Duymadın mı ulan? Sana söylüyorum! Gel buraya, dedi.

– Çok lazımsa sen gel, diye karşılık verdim.

Herif hiç bu cevabı beklemiyordu.

Nuran ceketimin kolundan tutmuş, çekiyordu.

– Yürü! Yürü! Onlarla dalaşma!.. Ne olur yürü, diye yalvarıyordu.

Serseri yanıma kadar sokuldu. Sabah soğuğunda, burnundan boz dumanlar çıkıyordu. Ayı gibi bir herifti. Yumruklarını sıkıyor, dişlerini gıcırdatıyordu. Hapishane deyimiyle, "safi poz"du. Ve "fos numara" yapıyordu. Nuran kolumu bıraktı. Araya girdi. Beni ellerinden kurtarmaya çalışıyordu. Çetebaşı:

– Senin bu kızla gezdiğini, bir daha görmeyeceğim, dedi.

Der-demez de burnunun üzerine yumruğu yedi.

Nuran'ı kolundan tutup kenara fırlattım.

Adam daha kendine gelemeden, suratına bir yumruk daha patlattım.

Neye uğradığını şaşırmıştı.

Avanesi bana doğru koşarken... Bir de kafa attım. Yere uzandı. Onun işi tamamdı. Şimdi sıra öbürlerindeydi. Ne yapıp edip, ellerine düşmemeliydim. Boksa çalışır kavga etmesini bilirdim amma... Beş kişiye bir kişi ne yapabilirdi? Hepsi birden üzerime saldırdılar. Mahkûmlar pencerelerden bağırıyordu:

– Bırakın ulan!.. Bırakın gençleri kahpeleeerrr!..

Daha o günden onlara karşı içimde bir sempati uyanmıştı. Nuran yoldan geçen herkese:

– Ne olur ayırın, şunları ayırın, diye yalvarıyordu.

Kimsenin aldırdığı yoktu. Çirkefe bulaşmak istemiyorlardı. Hızlı hızlı oradan uzaklaşıyorlardı. Aslında serserilerin benden çok yardıma ihtiyaçları vardı. Bir ona, bir ona vuruyor. Allah'ın izniyle elimin ulaştığını yere seriyordum. Toplu halde üzerime geldiler. İyice birbirimize girmiştik. Beni bir türlü kıstıramıyorlardı. Kafa, yumruk, tekme... Sanki bütün organlarım otomatiğe bağlanmıştı. Yanıma yaklaşan kendini yerde buluyordu. Balonları sönmüş, beş paralık olmuşlardı. Çetebaşı, yerlerde kıvranıyor, kalkmaya çalışıyor, fakat bir türlü doğrulamıyordu. Bende hiç yara yoktu. Vurdukça açılıyordum. Kanatlanmış bir kartal gibiydim. Yetiştiğimi yere seviyordum. Mahkûmlar:

– Arslan delikanlı!.. Vur vur, diye bağırıyorlar onlara da:

– Elbet bir daha buraya düşersiniz, ulan kahpe dölü çakallar, diyorlardı.

Birden sağ bacağımda büyük bir acı duydum. Ne olduğunu anlayamamıştım. Ayağımı yerden kaldıracak oldum. Sanki bacağıma bir kurşun dağı asılmıştı. Kıpırdayamadım. Ayakta zor duruyordum. Olduğum yere çakılıp kaldım. Onların üzerime gelmelerini beklemekten başka çarem yoktu. O anda Nuran'ın çığlığını duydum:

– Arkana bak, arkana, diye bağırıyordu.

Zorla yarım dönebildim.

Çetebaşı elinde bir bıçakla bana doğru koşuyordu. Yüzü, gözü kan içindeydi. Kudurmuş bir köpek gibiydi. Mahkûmlar bağırıyor, Nuran:

– Can kurtaran yok mu? diye ağlıyordu.

Sağ bacağım beni yere çivilemişti. Kıpırdatmam mümkün olmuyordu. Gayrı ihtiyari elim belime gitti. Tabancayı çektim ve herifin ayakları dibine iki el ateş ettim. Olduğu yere çakılıp kaldı. Ne kıpırdıyor, ne de kaçabiliyordu. Pabucun pahalı olduğunu anlamışlar, çil yavruları gibi dağılmışlardı.

Cezaevi kulelerindeki jandarmalar, üst üste düdük öttürüyorlardı. Arabalar hızla geçiyordu. Mahkûmlar sevinç çığlıkları atıyordu. Çetebaşı olduğu yerde donup kalmıştı. Bıçağı elinden düşmüş, korku dolu gözlerle bana bakıyordu. Birilerinin araya girmesini bekliyor:

– Kıyma bana ağam! Delikanlı delikanlıya kıymaz, diyordu.

Delikanlılık şimdi aklına geliyordu.

Nuran hıçkıra hıçkıra ağlıyordu:

– Bırak o tabancayı elinden!.. Ne olur bırak, diye yalvarıyordu.

Çetebaşının hayatı onun iki dudağı arasındaydı.

– Vur, deseydi, herif gitmişti.

Bunu çok iyi anladı ve yeniden köpekleşti:

– Kıyma bana!.. Hemşeriyiz!.. Arkadaşız!..

Hapishanede gardiyan olarak çalışan bir komşumuz vardı. Çok ünlü eski bir pehlivandı. Tam bir insan azmanıydı. Cumhuriyet Bayramlarında dolu bir kamyonun iki tekerini çıplak karnının üstünden geçirir, döğme bakırdan sinileri kâğıt gibi yırtardı. Azıcık çatlak da olsa... Çok iyi bir adamdı. Koşa koşa yanıma geldi.

– Yaralı mısın? Yaran ağır mı, diye sordu.

– Bilmiyorum, dedim.

Öbürlerinin bana ateş ettiklerini sanıyordu.

Birden elimde tabancayı gördü.

– Sen mi sıktın, dedi.

– Ben sıktım...

– Ver onu bana, ver ver! Deli misin sen? İstikbalini mahvedeceksin! Sana yazık değil mi?

Tabancamı aldı ve olduğu yerde zehir yutmuş it gibi titreyen serseribaşının üzerine gitti. Kanlı suratına bir tokat patlattı. Kıçına da bir tekme attı. Herif yere uzandı. Bıçağını Pehlivana uzattı.

– Al babacığım, biz kanunlara saygılıyız, dedi.

Lisanı hal ile ona şükranlarını sunuyordu.

O gelmemiş olsaydı, şimdi kendisi kimbilir ne halde olurdu?

Tabanca seslerini herkes duymuştu. Kulelerdeki nöbetçiler de silahı benim attığımı görmüşlerdi. Benim bu serserilerle silahlı bir çatışmaya girebileceğime hiç ihtimal vermiyorlardı. Bana, "Şikayetçi misin?" diye soruyorlardı. Benim yerime Nuran cevap verdi:

– Hayır hayır, şikayetçi değiliz. Fakat arkadaşım kan kaybediyor. Çabuk hastahaneye yetiştirin!

O anda farkına vardım. Dizimden aşağıya doğru ılık ılık birşeyler akıyordu. Pantolonum ıslanmış, bacağıma yapışmıştı. Ayakkabımın içi vıcık vıcık kan dolmuştu. Hiç kıpırdatamadığım sağ ayağım, kaldırımlara akan bir kan birikintisi içindeydi. Ve bacağımda müthiş bir acı vardı.

Beni bir arabaya attılar. En yakın hastahaneye götürdüler. Nuran da benimle gelmek istemişti. İstemedim. Polisler de müsade etmediler.

– Sen başka bir arabayla gelirsin, dediler.

Saçları darmadağın, yüzü perişandı. Araba hareket ederken eliyle bana belli-belirsiz bir öpücük gönderdi. Gözlerinden yağmur gibi yaş akıyordu. Hastahanede yaramı sardılar. Dizkapağımdan aşağısını alçıya aldılar.

Taşla yaralanmıştım. Öyle büyük bir taşmış ki... Kaval kemiğimi çatlatmış. Bacağımı onun için alçıya almışlardı.

Biraz sonra hastahane panayır yerine döndü. Nuran arkadaşlarıma haber vermişti. Hepsi dersleri bırakıp gelmişlerdi. Tabii o da aralarındaydı. Ama artık ağlamıyordu. Etrafına gururla bakıyordu.

Bana karşı coşan bu sevgi selinden çok mutlu olmuştu. Gözlerinin içi gülüyordu. Bundan ne kadar büyük bir gurur duyduğunu gizlemeye lüzum da görmüyordu. Her gelen önce bana, sonra da ona "Geçmiş olsun" diyordu. Nuran artık herkesin gözünde benim bir parçam olmuştu. Bundan da büyük bir mutluluk duyuyordu. Yakınları tarafından böylesine sevilmek ve sevilenin de derin sevgisine lâyık olabilmek, ne kadar güzeldi! O taş yarasının izini, o güzel günlerin, unutulmaz bir hatırası olarak hâlâ sağ diz kapağımın altında taşıyorum...

Sonra ne oldu diye merak ediyorsun değil mi meleğim?.. Hiçbir şey olmadı. Gardiyan komşumuz karakolda:

– Kavga edenleri ayırmak için havaya ben ateş ettim, demişti.

Zaten şikayet eden de yoktu. Olayın tahkikat tarafı böylece kapandı.

Aynı günün akşamı, gardiyan komşumuz, tabancamı bana getirdi.

– O itlerle dalaşma... Sen kimsesiz bir çocuksun. İleride inşaallah büyük bir adam olacaksın. Kendi kendinin kıymetini bil... Seni yetiştirmek için saçını süpürge eden... Gece-gündüz demeden, çalışıp didinen zavallı annene acı, diyordu.

Bereket versin ki, anam o hafta gece vardiyasında çalışıyordu. Olaydan hiçbir zaman haberi olmadı. Benim okuyup adam olmam onun en büyük ve en masum arzusuydu. Halbuki benim başımda daha o yıllarda kavak yelleri esiyordu. Dağlardan akıp gelen coşkun bir sel gibi önüme çıkan her engeli yıkıp geçiyordum. Yazık ki sular tersine akıtılamıyordu.

Ve her gelen gün geçeni aratıyordu. Demek ki dert ve çile bizim kaderimizde vardı. Onu Allah'tan başka kimse değiştiremezdi. Uzun yıllar böyle geçti.

Şu günlerde... Her yaşlı adam gibi ben de hatıralarımla yaşıyordum.

Giden ve bir daha dönmeyecek olan o güzel günler beni ayakta tutuyordu. Bir gün hep mazide yaşamaktan da usandım. Tam tutunduğum tek dalı da bırakacaktım ki... Kader seni çıkardı karşıma... Ahhh, ne olurdu, ya ben 30 yaş genç olsaydım. Ya da sen 20 yıl önce dünyaya gelseydin...

Sen 19 yaşında, hayatının henüz baharındasın. Bense çoktan ununu elemiş, eleğini asmış yaşlı bir adamım. Yolun sonuna gelmiştim. Günahlarıma tövbe edip ağlamaktan başka bir şey düşünemiyorum. Aramızda ne olabilir? En taş yürekli olanlar bile beni sana yakıştırabilirler mi? Bir gün:

– Çarşafa girerim... Yüzüme peçe takarım. Kalabalıklardan uzak yaşarız. Issız bir yerde... Ya da kimsenin bizi tanımayacağı, kenar bir köyde... Küçücük bir ev yaparız. Mutluluk içinde yaşarız. Hiç dışarıya çıkmam. Sen dışarda işlerini takip edersin. Akşamları iple çekerim. Geleceğin yolları gözlerim. Kimseler bizi görmez. Aramızdaki yaş farkını bilemezler. Sensiz hayat benim için ölüm demektir. Beni buna mahkum etme, ne olur?" diye... Ağlayarak boynuma sarılmıştın. Ben de aynı şekilde davranmamak için kendimi güç zaptediyor ve yaş dolan gözlerimi sana göstermemeye çalışıyordum.

Ahhh! Bütün bunlar bugünkü duyguların!..

Sen imkansızın peşindesin! Açılmayacak kapıları zorluyorsun! Beni gözünde büyütüyorsun. Yüceltiyorsun. Çok yüksekte bir yerlere oturtuyorsun! Sonra bir putperest gibi önümde diz çöküyorsun! Ve kendi ellerinle yaptığın o puta tapıyorsun! Bu fedakarlık ve yok olma duygusu sana gizli bir zevk ve büyük bir heyecan veriyor. Aslında bu yaşta kendi özverine tapıyorsun. Her şey sende başlıyor, sende bitiyor. Ben karşında soğuk ve silik bir ayna gibi kalıyorum. Orada geçici ruh fırtınalarını seyrediyorsun. Aynı heyecanları bende göremeyince, hırçınlaşıyor ve acı çekiyorsun. O korkunç fırtınaları da ilâhi bir aşkın gönlündeki huzur çiçekleri sanıyorsun. Halbuki bu aşkın sonunda huzur ve mutluluk yok!.. Yanlış yoldan doğru yere gidilmez. İkimiz de dolu dizgin bir felakete doğru koşuyoruz. Bunun farkında değil misin? Yol yakınken dönelim.

Hiçbir gerçek, hayal kadar güzel değildir. Ben de şu milyonlarca insandan farksız biriyim. Üstelik senin gibi yeni açılan bir gonca da değilim. Ufak bir sarsıntıda yıkılacak, yaşlı bir çınar gibiyim. Gölgem serin olsa da, içim çürümüş. Bırak hayalindeki gibi kalayım. Daha ilk beraberlikte yıkılmayayım. Bugün hasret gözyaşlarına dayanamıyorum. Yarın pişmanlık yaşlarına nasıl dayanırım? Biliyorum ki, beraberliğimizden çok kısa bir süre sonra şöyle diyeceksin:

– Ahh, uğrunda bu kadar yanıp tutuştuğum, gece-gündüz gözyaşı döktüğüm sabahlara kadar yataklarla boğuşup, uykularımı kaybettiğim adam bu muymuş?..

Pişman olacaksın. Göz göre göre yıkılan hayal dünyanın enkazı altında kalacaksın. Belki de bir gün: "Haydi benim aklım ermiyordu. O niye bile bile duygularımı besledi?" diyeceksin. Benden nefret edeceksin. Öyle bir aşk ki, başı hicran, sonu hüsran!.. Seven için hayal kırıklığına uğramaktan daha korkunç bir acı var mı?.. Bugün sadece bedenen acı çekiyorsun. Yarın manen bir harabeye döneceksin. Himalaya Dağları'nın Everest Tepesi'ne tırmanmak için çırpınan acemi bir dağcı gibisin. Kendince "erişilmez"in peşindesin. Amacına ulaşınca bakacaksın ki, değişen hiçbir şey yok... Gökler yine sonsuz yükseklikte... Ve ufuklar erişilmez uzaklıkta... Bir hayalin peşinden koşuyorsun. Bunu bir gün acı acı anlayacaksın.

"Kendim ettim kendim buldum" da demeyeceksin. Bütün suçu kadere ve bana yükleyeceksin. Bunları yazarken ne büyük acılar çektiğimi biliyor musun? Beni göklerde arıyorsun. Taş gibi duygusuz sanıyorsun. Halbuki ben yerlerdeyim. Üstelik de ayakların altındayım. İşte sana itiraf: "Senin beni sevdiğinin bin misli ben seni seviyorum!" Belki de bu zaafım, beni senin karşında öyle kaba, anlayışsız ve duygusuz yapıyor. Ben öyle davrandıkça, bana daha fazla yanıyorsun. İçten içe kara talihine isyan ediyorsun. Taze bir fidan, kolay kolay alev alır mı? Halbuki ben hayat damarları kurumuş, asırlık bir çınar gibiyim. Küçücük bir kıvılcım, bir anda yanıp kül olmama yetebilir. Onun için direniyorum. Seni görmediğim günler, deli olduğumun hiç farkında değilsin. Bana aşkını anlatmak için durmadan çırpınıyorsun. Şu yaşlı ve yorgun kalbimle, yaramaz bir çocuğun, kristal bir antika vazoyla oynadığı gibi pervasızca oynuyorsun. Sana açık vermemek için nasıl çırpındığımı bir bilseydin! Ama nereden bilecektin?

Ben bu dünyadan çoktan kopmuştum. Karşıma çıkmasaydın, belki de şimdi bir harabeden farksız olacaktım. Sen benim tutunacak tek dalımdın. Çöküşümü kimbilir kaç yıl geciktirdin. Hâlâ da bu hayata seninle tutunmaya çalışıyorum. Bunun farkında değil misin? (Buda soru mu? Farkında olsan kendine bu kadar işkence eder misin?)

Şöyle bir düşünsen... Sen sevilmeyecek kız mısın? Sitem dolu sözlerin hiç durmadan yaş döken gözlerin... İçimdeki yangına su yerine benzin sıkıyor. İlâhi hudutları çiğnememek için, insanüstü bir gayret sarf ediyorum. Ah ben az mı ızdırap çekiyorum?.. Kapkaranlık gecelerin dili olsa da... Bunu sana anlatabilse... Sabahlara kadar neler çektiğime yataklarım şahit... Bir kurutma kağıdı gibi gözyaşlarımı emen yorganım ve hıçkırıklarımı gömerek boğmaya çalıştığım yastıklarım şahit... Hepsinden önce Allah şahit...

Ne yapayım ki, karşımızda yenilmez kader var. Yılları durduramayız. Olanı olmamış yapamayız. Geçmişi geri getiremeyiz. Kul kısmı ne kadar aciz yaratılmış!

Aşk bir çılgınlık! Öyle de tatlı ve kutsal ki... Uğruna canlar verilir. Onsuz iman bile sıradan bir inanç olmaktan öteye gidemez. Can alamaz! Can veremez! Aşkın beşeri olanı bile güzel... Onsuz hayat bomboş. Onsuz da olunmuyor. Onunla da olmuyor. Bu zıtlıklar dualarıma da yansıyor. Bir taraftan: "Beni aşk çılgınlığına mahkûm etme!.." diye Allah'a yalvarıyorum. Bir taraftan da: "Beni o kutsal çılgınlıktan yoksun bırakma" diyorum. Şaşkına çevirdin beni!.. Ne yaptığımın farkında mıyım?..

Belki bir gün bütün bunları öğreneceksin ama... İş işten çoktan geçmiş olacak... Gözyaşları içinde kimbilir neredeki mezarıma geleceksin! Ve orada bir toprak yığınından başka bir şey bulamayacaksın. Tatlı bir meltem, ipek saçlarını okşayacak. Onun benim ruhum olabileceğini hiçbir zaman düşünmeyeceksin. "Kader böyleymiş" diyerek... Sıcacık yuvana döneceksin. Bir süre hayalinde tatlı bir hatıra olarak kalacağım. Sonra unutacaksın. Ve yıllar geçtikten sonra da bu aşkı hiç yaşamamışa döneceksin. Ama ben, ölümden sonra bile seni sevmeye devam edeceğim. "İnsan sevdiğiyle beraber" değil mi? Bu, ne büyük müjde?.. Öbür tarafta herkes 33 yaşında olmayacak mı? İşte ben o mutlu beraberliği hasretle bekleyeceğim. İman ne büyük kuvvet!.. Ona sahip olan hiç bedbaht olur mu?.. Yani mutluluğumuz mahşere kaldı. Bu bile bana yetiyor, fidan boylum!..

Sen daha başındasın. Önünde koskoca bir hayat var. Elbet kendine göre birini bulursun. Evlenir mesud olursun. Bütün bu acıları unutursun. Çoluğa çocuğa karışırsın. Belki, çocuklarından birine de benim ismimi verirsin. Sıradan birşeymiş gibi, benim adımla onu çağırırsın. Dudakların bugünkü gibi yanmaz. O ateşlerin nasıl söndüğüne ve o çılgınlıkların nasıl buruşuk bir mendile döndüğüne sen de şaşarsın. Bugünkü dayanılmaz acıları, o gün çoktan unutmuş olursun. Hatta: "Onu gerçekten sevmiş miydim?" diye kendi kendine sorular bile sorarsın. "O zamanlar ne kadar da toymuşum? O yaşlı herifin nesini sevmişim?" diyerek... Mutluluk şarkıları söylersin. Sesin bir çöl rüzgârı gibi, ruhumdaki ümit çiçeklerini yakıp kavurur. İşte o zaman o güzel dudaklarından benim için bir hayır dua dökülmesini bu kadar yıl boşuna beklediğimi acı acı anlarım. Bütün bu ihtimaller, gün gibi ortadayken... Ben hâlâ neden seni içimden söküp atamıyorum. Kalbimdeki bu dayanılmaz ateşi niçin söndüremiyorum. Andre Gide'nin dediği gibi: "Ah, bu tatmin olmamış duygular, mezarımda bile beni rahatsız etmez mi?"

Her şeye rağmen... Seni öbür tarafta hasretle bekleyeceğim meleğim!

Orada günahlarımız kadar yandıktan sonra, yine beraber olmayacak mıyız? "Herkes sevdiğiyle beraber" değil mi? Sen beni sevmiyorsan, benimle olduğunu elbet bilmeyeceksin. Sen de asıl sevdiğinle olacaksın. Cennet!.. Herkesin dilediğini elde ettiği kutsal mekan!.. Allah'ın günahkâr kullarına bahşettiği en büyük imkan!.. Ve cehennem!.. İnkarcıları sonsuza kadar yakan... Günahkârları ise, bir ana ceylanın yumuşacık diliyle yavrusunu yaladığı gibi, şefkat alevleriyle tertemiz yıkayan... Ve onları Allah Resûlü'nün mübarek ayaklarına kapanacak temizliğe ulaştıran, ilâhi temizleyici... Mümin olan cehennemden niçin korksun?.. Orada yanmak karşılıksız aşk ateşinde yanmaktan daha mı korkunç?.. Hiç sanmıyorum! Günahlar için yanmanın sonunda "vuslat" var. Ümitsiz aşk ateşinde yanmakta ise "firak..." Sevgiliye kavuşmakla, ondan ayrı düşmek bir mi?..

Gönül ehli insanlar, beşeri aşka bile sıcak bakıyorlar.

– Aşk-ı Mecazi, Aşk-ı Hakiki'ye götüren yoldur... diyorlar.

"Leyla!.. Leyla!.." diye, yanıp tutuşanların, sonunda Mevlâ'yı bulacaklarını söylüyorlar.

Ancak bunun bir şartı var: Sevmek... Mümkünse sevdiğini gizlemek... Ve temiz kalabilmek...

Ah ne olurdu? Keşke biz de kendimize hakim olabilseydik! Birbirimize hiç açılmasaydık! Duygularımızı içimize gömseydik! Aşkımızı kalbimizde yaşatsaydık! Mutluluğu ahirete erteleseydik! İkimiz de bu dayanılmaz acıları çekmeseydik!

Keşke düşündüğün gibi "Duygusuz" olsaydım.

O zaman, bu kadar sevilmekten, kimbilir ne büyük gurur duyardım!

Halbuki şimdi?.. Gönlüm akkor haline gelmiş bir kristal cam gibi... Döktüğün her damla gözyaşı onu bin parça ediyor.

VI

Bazı insanların namusları da, onurları da başkalarının görmesi içindir. Kalabalık içinde kendilerine hakaret edildi mi, tahammül edemez görünürler. Gerekçeleri de hazırdır: "Şu kadar insanın içinde bana hakaret etti" derler. Yasalarımızda da durum böyledir. "Alenen hakaret" cezayı ağırlaştırır.

Ben bunun tam aksini düşünüyorum. Kimse bana hakaret etmesin. Ettikten sonra.. Bunu ha yalnız yapmış, ha bin kişinin içinde... Benim için fark etmez. Hatta yalnız yerde yapılan daha çok ağrıma gider. Kendi kendime şöyle düşünürüm: Demek ki bu herif, benim başkaları için onurlu olduğumu sanıyor. Yani demek istiyor ki: "Sen şerefsizin birisin. Yalnız yerde her şeyi sineye çekersin. Başkalarının yanında arslan kesilirsin. İşte burada kimse yok... Ne söylesem bal gibi yutarsın!" Bu ne kadar ağır bir hakaret değil mi? İnsanın kendine saygısı hiç hesaba katılmıyor. Sanki kişi, kendini aldatan sahtekâr bir aktör...

Dalkavukluk hakkında da buna benzer düşüncelerim var.

Bir insan karşıdakinin akıllı, anlayışlı, şahsiyetli biri olduğu kanaatini taşısa, ona dalkavukluk yapmaya cesaret edebilir mi? Herhalde dalkavuk, o adam için şöyle düşünüyor olmalı:

"Nasıl olsa sen hayvanın birisin. Doğruyu yanlıştan ayırma yeteneğinden yoksunsun. Sana bir iki tatlı laf ederim. Biraz da pohpohlarım. İnek gibi peşimden gelirsin!" Namuslu bir insan için bu ne büyük bir hakaret! Acaba "büyük" sandığımız insanlar bu pisliklerle mi beslenmeye alışmışlar ki, etraflarında yağcılar ve yalakalar hiç eksik olmaz. Onlarla halkın arasına aşılmaz duvarlar çekerler. Ve kendilerini büyük sayan aptalları, çadır ayısı gibi tef çalıp oynatırlar. "Lider iyi de etrafı kötü" dediklerimiz, bunlar değil mi? B... çukurunda balarısı aranır mı?

Yalancıların kaba ve kırıcı insanlardan ve dalkavuklardan bir farkı var. İnsan olaylara her zaman hakim olamaz. Yani olanı, olmamış yapmak elimizde değildir. Yalancı, olayları kendi gönlüne göre değiştirerek anlatandır. Başka bir ifadeyle, olanı değil, olması gerekeni söyleyendir. Onun için yalan, yalancının iç dünyası hakkında dinleyene az-çok bir fikir verebilir. Bence yalanların en büyüğü, hiç yalan söylememek iddiasıdır. Onun için Allah Resûlü: "Bana ibadetin en hayırlı ve en kolayını öğret" diyen bir mümine, "Yalan söyleme" buyurmuşlardır. Böylece söylenmesi en kolay, fakat yapılması en zor olanı tavsiye etmişlerdir. Öyle derin bir hikmet ki... İzahı için ciltlerle kitap yetmez.

Dünyada hiçbir şey dıştan göründüğü gibi değildir. Hele de insanların içyüzü!.. Aslolan eşya ve hadiselere "Hüsnüzan" açısından bakabilmektir. Bir köpek leşine bile bu açıdan bakılırsa, ondaki sedef gibi pırıl pırıl dişlerin güzelliği görülebilir.

Görüyor musun meleğim! Olaylara ve insanlara bakışım bile alışılmış kaide ve normlara göre ne kadar aykırı ve ters... Bu durumda ben kendi kendimle... Hatta içinde yaşadığım toplumla bile, uyum içinde olmayan kavgacı bir adamım. Aramızda hiç yaş farkı olmasaydı dahi, yine de seni mutlu edemezdim. Öyleyse bizim beraberliğimiz, bu açıdan da bir hayal...

Antik çağ filozoflarının dedikleri gibi: Sanki "İnsan toplumsal bir hayvan..." İşte ben bu sanal hayvanlığa ayak uyduramıyorum. Kavgacıyım. Çene kırıyorum amma gönül kıramıyorum. Herkesin "İzzeti Nefis" dediği, şu "Erzel nefsime" yiğitliğimden en küçük bir pay çıkartamıyorum. İstemeden gönüllerini kırdığım insanlar için nice geceler sabahlara kadar gözyaşı döküp, vicdan azabı çektiğimi bilirim. Bana öyle geliyor ki Allah'a gerçekten inanan bir mümin için, bir gönül yıkmak, (haşa) Kâbe'yi yıkmaktan zordur. Ah, bizim gibi gafiller, bu zor işi bazen nasıl da kolayca yapabiliyorlar?.. Bunun neresi insanlık?..

Neyse...

O zamanlar belki bunları bu kadar net olarak düşünemiyordum amma... Haksızlığa da bir türlü razı olamıyor ve baskıya boyun eğemiyordum. Kaderin bizi hapishane karşısında karşılaştırdığı çeteciler, ikide bir de bana haber salıyorlardı. "Seni yaşatmayacağız!" diyorlardı. Parmak kadar çocukla başa çıkamamışlardı. Bu kepazeliği hazmedemiyorlardı. Kendimden endişe etmiyordum. Ölüm Allah'ın emriydi. Ondan öteye köy mü vardı? Nuran'a bir kötülük yaparlar diye korkuyordum. Herkes gibi, "Memleketin hükümeti var... Devleti var..." diyemiyordum. Biliyordum ki, arkan yoksa, kim vurduya gidersin. Öyle olmasa bile, yasalar, her şey olup bittikten sonra işlerdi. O zaman da çoktan iş işten geçmiş olurdu. Yasalar suçluyu cezalandırır, fakat ne kirlenen namusu temizleyebilir, ne de öleni diriltirdi. Geceleri bir türlü uyuyamıyordum. Kar kış demeden, birden yatağımdan fırlıyor, Nurangilin mahallesine koşuyordum. Evlerinin etrafında saatlerce dolaşıyordum. Rastladığım gece bekçileri benden kuşkulanıyordu. Sonradan alıştılar. Oralarda sabahladığım çok oldu.

Gece-gündüz fabrika köşelerinde çalışarak beni okutan zavallı anama ihanet ediyor gibiydim. Vicdanım hiç rahat değildi. Bu böyle olmayacaktı. Buna kesin bir çare bulmalıydım. Ve bu kuşkulardan kurtulmalıydım. Şu köpeklere iyi bir ders vermek gerekiyordu. Onlardan uzak kalmak hiç aklıma gelmiyordu. Korkaklık çözüm değildi. Mazlumun korkusu, zalimi daha çok kudurturdu. Üstelik mizacıma uymazdı. "Yiğit bir gün ölür... Korkak her gün ölür..." diyordum. Ne olacaksa, bir gün evvel olmalıydı. Şu köpeklerden bütün mazlumların hıncını almalıydım.

Bu düşünceden yola çıktım. Birkaç günlüğüne okulu bıraktım. Çete hakkında bilgi toplayacaktım.

Kaç kişilerdi? Nerelere giderlerdi? Kimlerle görüşürlerdi? Günleri nasıl geçerdi? Koruyucuları kimlerdi? Ne kazanırlardı? Asıl gelirleri neredendi? Tek tek evleri nerelerdeydi? Adresleri neydi? Ana- babaları, çoluk çocukları var mıydı?

Kısa zamanda bunların hepsini öğrendim. Haklarında tam bilgi sahibi olmuştum. Artık harekete geçebilirdim.

En büyük haracı genelevden alıyorlardı. Her pazar akşamı toplu halde oraya gidiyorlarmış. Etlerini satarak para kazanan o zavallı hayat kadınlarını soyuyorlarmış. Her birinin orada bir dostu varmış. O gece sabaha kadar bütün genelevi kendileri için kapatırlarmış. İçerler, eğlenirler, her türlü rezilliği yaparlar, sabah olunca da tomar tomar paraları alıp giderlermiş.

Orospu parasıyla geçinen kabadayılardı. Onlarla kapışmak benim için artık kaçınılmaz olmuştu. Ya ölecektim. Ya da aziz memleketimi bu pisliklerden kurtaracaktım. Bu benim için kutsal bir görev olmuştu. Tam kararlıydım. Allah'tan başka kimse beni yolumdan çeviremezdi.

O zamanlar pek şuurunda olmasam da... Demek ki kötülerle mücadele azmi daha yeni yeni ruhumda çimlenmeye başlamıştı. İçimde büyük bir huzur ve rahatlık vardı. Kararsızlığın ne büyük işkence olduğunu, daha o günlerde anlamış oluyordum. Gidip kendime göre önlerine çıkacağım yerin keşfini de yaptım. "Yarın akşam... Yatsı namazını kıldıktan sonra... Genelev yolunda... İşte şu sokakta... Karşılarına çıkacağım. Allah ya bana verecek, ya onlara..." diyordum. Nefsime hiç pay ayırmıyordum. Allah'ın bana yardımcı olacağına bütün kalbimle inanıyordum. Bunları düşündükçe, gökyüzü sakinlerinin bana dua ettiklerini duyar gibi oluyordum. Görünür-görünmez bütün varlıklar beni kucaklıyordu. Kainat bağrına basıyordu. Allah'ın bütün yarattıklarıyla bütünleşmiş gibiydim. Yıldızlar alnımı öpüyor, soğuk kış rüzgârları saçlarımı okşuyordu. Yaprakları çoktan dökülmüş ağaçlar... Çatı aralarına tüneyen kuşlar... Kıyıları buz tutan derelerde akan sular... Canlı-cansız bütün varlıklar... Sanki hepsi benimle konuşuyordu. "Anan seni böylesi günler için doğurdu" diyorlardı. İçimden bir ses de, "Bunun basit bir başlangıç olduğunu" söylüyordu. "Sen daha ne büyük olaylara namzetsin!" diyordu. Daha yazamayacağım ne tecelliler. O geceki halimi hiç unutamıyorum. Aynı hali bir daha yaşayabilmek için insan neler feda etmez? Bundan sonra yapacağım her delice hareketin altında işte bu sır gizlidir. Öyle bir sır ki, kesif sisler içinde kaybolan yüce dağ başları gibi, his ve saadet bulutlarıyla yüklü... Tarihte nice büyükler, acaba bu seviyeye yükseleceklerini bildikleri için mi, gül dudaklarında yaprak yaprak açan tebessümlerle, şaşılacak bir huzur içinde ölüme gittiler? Bu yüzden mi, kâfirler için korkunç ve kaçınılmaz olan ölüm, müminler için tercih, saadet ve sevgiliye vuslat sebebi oluyor? Bütün bu yaptıklarımız: Namazlar, oruçlar, haclar, zekatlar... Günahlar, sevaplar, pişmanlıklar, çırpınışlar, dualar, tövbeler gözyaşları... Birgün mutlaka karşımıza çıkacak olan, o kutsal ölüm meleğinin ipek kollarına, kendimizi bir tüy rahatlığıyla bırakma ümit ve hazırlığından başka nedir? Bana öyle geliyor ki, Rabbim beni ileride çok daha büyük görevler için hazırlıyor. Zulme karşı çıkma heyecanı... Bu ne büyük bir mutluluktu? O güne kadar hiçbir ibadetimde bu heyecanı tadamamıştım.

Hava yağışlıydı.

Kar yağıyordu. İri iri kar taneleri yanaklarımdan aşağıya doğru süzülüyordu. İkide bir de kirpiklerim üzerinde biriken karları silmek zorunda kalıyordum. İçimde sanki bir volkan vardı. Hiç üşümüyordum. Soğuktan bile olsa, titremeyi sevmiyordum. "Titremek korkakların kârı" diyordum. İçimde fokurdayan lavları dışarıya püskürtmeye mecburdum. Kararımı yeniden gözden geçirmek aklıma dahi gelmiyordu. Sadece yapacaklarımı düşünüyordum. "İnşaalah yarın diyordum. Tam bu vakitler... Allah ya bana verecek, ya onlara!.."

O gece büyük bir huzur içinde eve döndüm.

Anam saat 14-23 vardiyasında çalışıyordu. Çoktan eve gelmiş olmalıydı. Belki de henüz uyumamıştı.

Kara bahtlı anacığım!

Bu kadar üzerine titrediğin şu deli oğlun, kimbilir seni ne kadar üzecekti? Ama sen de benim silik, sünepe, korkak, gevşek, sarsak, "bana değmeyen yılan bin yıl yaşasın" diyen bir "Neme lazımcı" olmamı ister miydin? Şefkat dolu gönlün istese de, çileli kalbin buna razı olur muydu? Beni bir defacık olsun, abdestsiz emzirmeyen, beşiğimi sallarken: "Ya Şehid ol, ya gazi!.." ninnilerini söyleyen sen değil miydin? Sık sık: "Herkes ektiğini biçer" demez miydin? Zakkum isteyen, gül fidanı diker miydi? Binbir zorlukla atılan bir ok, hedefine giderken, insan arkasından gözyaşı döker miydi? Önce sana, sonra da Allah'a asi bir evladın olsun ister miydin? Ağla anam ağla ama!.. Gözlerinden akan yaşlar, sevinç gözyaşları olsun!

Sırtımızda kerpiç taşıyarak yaptığımız iki göz bir damımız vardı. Birini odunluk, kömürlük, kiler gibi kullanırdık. Öbüründe de yatardık. Ne yazdan hazırlanmış, yığınla odun ve kömürümüz bulunurdu. Ne de çuval çuval zahiremiz olurdu.

Gün bulur, gün yerdik. Kışın yorganlara sarılarak tezek ateşinde ısınmaya çılışırdık. Karyolamız yoktu. Yer yatağında yatardık. Bir gaz lambamız vardı. Anam onu sonuna kadar kısmıştı. Yavaşça içeriye süzüldüm. Anamı uyandırmamaya çalışarak... Sessizce soyunup yatağa girdim. Tahmin ettiğim gibi, henüz uyumamıştı. Ya da uyuyamamıştı. "Bu saate kadar neredeydin yavrum?.. dedi. Kimin kimsen yok... Sahipsiz bir çocuksun! Gece yarılarına kadar dışarlarda ne arıyorsun?"

Bu sızlanmaya cevap vermek zordu.

"Sokaklarda zalimlerle çarpışmak için dolaşıyorum" diyemezdim. Deseydim de anlamazdı. Daha o yaşta alın yazımı okuyup ezberlemiş gibiydi. Ben Hak yolunun en edna bir yolcusu olacaktım. Bu inanç içime öylesine yerleşmişti ki... Ondan ne kadar huzur ve heyecan duyduğumu anama anlatamazdım. Hiç sesimi çıkarmadım. Onunla aynı yatakta, başlıkıçlı yatardık. Fakirler bunun faydasını da, anlamını da bilirler. Çatlak topuklu ayaklarını bağrıma bastırdım. Gizli gizli öpüp koklayarak... O gece belki de hayatımın en rahat uykusunu uyudum.

Ertesi gün geç vakit, belirlediğim yere gittim. Önceden yaptığım keşif çok işime yaradı. Onların beni göremeyecekleri bir yere gizlendim. Gelmelerini beklemeye başladım.

Elimde yine dayımın "Karadağ" dedikleri toplu tabancası vardı. Ona: "Çakar-almaz" da diyebilirdiniz. Çünkü her tetik düşüşünde patlamazdı. Ne zaman patlayacağı da hiç belli olmazdı. Bir de patladı mı. Ramazan topu gibi ortalığı ayağa kaldırırdı. 9 mermi alırdı. Topluyu açıp elimle yokladım. Üç delik boştu. Demek ki içinde 6 mermi vardı. Bu sayı benim için çok önemliydi. İmanın Şartı da 6 değil miydi? Bu tevafuk haklı olduğuma bir işaret sayılmaz mıydı? Dünyada bir Allah'tan, bir de haksız duruma düşmekten korkarım. Kimbilir kaç kişi geleceklerdi? İnşaallah altısını da yere serecektim. Her atışta:

– Bu Allah için...
– Bu Melekler için...
– Bu Kitaplar için...
– Bu Resûller için...
– Bu Ahiret Günü için...
– Bu da kaderimiz ve alın yazımız için... diyecektim.

İçimi bir yokladım.

Heyecanımın temelinde, ne öfke, ne kin, ne de şahsi düşmanlığımın zerresi vardı. Hareketim bu basitliklere değil, ilâhi bir inanca dayanıyordu. Hapishane, ceza, sorgu, işkence, hatta bu yolda ölüm bana vız geliyordu. Sanki Allah indinde hayatımın ilk sınavını verecektim. Bu gece onun ilk provası olacaktı. Çok coşkulu duygu selleri içindeydim. O geceki halim, bir gece öncekinden çok daha güzeldi. Daha sonraki yıllarda anlayacaktım ki... Allah yolunda ihlas ile atılan her adım, bir öncekinden daha güzel oluyor. Ve o yoldaki güzelliklerin sonu olmuyor. O gece de ömrümün en mutlu ve huzurlu anlarını yaşıyordum. Allah'ın izniyle ileriki yıllarda daha nice böyle güzellikler yaşayacağımı o anda hiç düşünemiyordum. Her mutluluğun giriş kapısında, nefis, şeytan, gurur, kibir, gizli şirk ve riya, kendini beğenmişlik canavarlarının sinsi sinsi beni beklediklerini tabii ki bilemiyordum. Ahh, o ilk gençliğin tertemiz duyguları!.. Onlar bir başkaydı. O gece ruhumda, ilk defa zemzemi yudumlayacak olan bir günahkârın tatlı ürpertileri vardı. Düşünce kafamızda taş gibi durdukça, bu güzellikleri yaşayamazdık. Akıl en büyük rehber... En güvenilmez kılavuz... Yalnız ona teslim olanların vay haline!.. Kimbilir cehennemin dibi, akıl uçurumlarından yuvarlanan nice bedbahtlarla doludur?..

O geceki provam çok basitti. İşte şu tetiğe birkaç defa basacaktım. Yani kutsal zemzemden birkaç yudum içecektim. İçimdeki pislikler yok olacaktı. Dualarım yerine ulaşacaktı. Nuran'la da yollarımız ayrılacaktı. Çünkü o, bu mutluluklarla aramda perde oluyordu. Günahlardan kurtulacaktım. Tam tövbekâr olacaktım. Böylece ruhum, tertemiz bir gül bahçesine dönecekti.

Orada açan binbir renkli taptaze ümit çiçekleriyle, Allah'ın rahmet kapılarına dayanacaktım. Ondan af ve merhamet niyaz etmeye yüzüm olacaktı.

Hayatlarında bir defacık olsun... Allah için ölümü göze almamış olanlar, ne demek istediğimi anlayamazlar.

İçimde küçücük bir rahatsızlık vardı. Gaye temizse, vasıta da temiz olmalıydı. Rahmet kapısına kestirmeden gitmenin başka yolu yok muydu?..

Şu köpekleri öldürmeye değer miydi? İti vurmaktansa korkutmak daha iyi değil miydi? Adam öldürmenin daha haklı sebeplere dayanması gerekmez miydi? Belki onlar da benim gibilerdi. Nefislerine söz geçiremiyorlardı. Belki de pişmanlardı. Günah insanı kâfir etmezdi. İnkâr kötüydü. Onların da inkârcı olduklarından pek emin değildim.

Ayrıca, bir duvarın arkasına gizlenerek, karanlıkta üzerlerine kurşun yağdırmak bana biraz da kalleşçe geliyordu. Kendimce ne kadar haklı sebep uydursam, yine de olmuyordu. Mertçe ortaya çıkmalıydım. Kozumuzu öyle paylaşmalıydık.

İçimde ufacık bir kuşku daha vardı: "Ölürsem şehit olur muyum?" diyordum. Bundan da çok emin değildim. Şehit olmanın tek şartı: "İlâhi Kelimetulluh uğrunda can vermekti." Bu mesele öyle miydi? Ancak çarpışmadan sağ çıkarsam, iyi bir tecrübe kazanmış olacaktım. Şu vecd ve istiğrak halinin dışında... Günahların üzerine sıyrılmayı öğrenecektim. Allah için olmayan her takıntıdan kurtulacaktım. Yönümü yalnız O'na dönecektim. Gurur, kibir, nefse güven ve bencillik pisliklerinden yıkanıp arınacaktım. Böylece kendimi şehit olacağım o büyük günlere hazırlayacaktım. Bu az kazanç mıydı?..

Kararlıydım. Mecbur kalmadıkça, bu gece adam öldürmeyecektim.

Yukarıda bir gürültü koptu.

Birkaç el silah patladı. Herhalde geliyorlardı. Halk bu rezilleri çok iyi biliyor olmalı ki... Etraftaki evlerin ışıkları tek tek sönmeye başladı. Alçaklar cesareti korkaklardan alırlar. Burada işte onun canlı örneğini görüyordum. Her çekingenliğe bir mazeret bulmak kolaydı. Artık ezberlemişlerdi. "Ne yapalım, çoluk çocuğumuz var" diyorlardı. "Korkunun ecele faydası yok"tu ama... Korkaklar bunu düşünmezlerdi. Belki ecel akıllarına da gelmezdi. Kimbilir belki de "dünyaya kazık çakacağız" zannı içindelerdi.

Gökyüzünde süzülerek ölüme doğru uçmak, özgür kartalların hakkıydı. Solucanlar ayak altında sürünüp ezilmeye mahkumdu. Sonuçta herkes ölecekti. Kimi kartallar gibi göklerde uçarak... Kimi de ayaklar altında sürünüp ezilerek... Allah dağına göre kar verirdi. Kavak da kabak ta bitkiydi ama... Biri göklere uzanırdı. Öbürü yerlerde sürünürdü.

Gürültüler gittikçe yaklaşıyordu. O saatte hâlâ dışarıda olan birkaç mahalleli, kapılarını kapatıp içeriye kaçıyorlardı.

Evi orada olmayanlar da ara sokaklara dalıyordu. Demek ki serseriler o bölgede tam bir hakimiyet kurmuşlardı. Zalimlerin kendilerini en güçlü zannettikleri zamanlar, en zayıf oldukları zamandır.

Yol kavşağında, bir duvarın duldasında bekliyordum.

Biraz ilerideki direkte cılız bir sokak lambası yanıyordu. Işıkları, lağımların karıştığı, pis bir derenin karanlık sularına yansıyordu. Yolla dere paraleldi. Çeteciler tam karşımdaki meydana geldiler. Birden karşılarına fırladım.

– Durun! dedim. Bu gece kozumuzu paylaşacağız! Yiğitseniz tek tek gelin! Hep birden gelirseniz, silahlar konuşur!

Birden neye uğradıklarını şaşırdılar. Elimdeki silahı görmüşlerdi. Onlar zaten boş değildi. Kiminin elinde bıçak, kiminde tabanca vardı. Parlasın da görüp korkayım diye ışığa tutuyorlardı. İşin ciddiyetini anlamamışlardı. Tek başına önlerine çıkan biri, elbet her şeyi göze almış demekti. Bunu düşünemiyorlardı. İtlikleri ve silahları vardı ama... Akılları ve yürekleri yoktu. Çetebaşı seslendi:

– Biz delikanlı adama kıymayız! Gel, aramıza katıl!.. dedi.

Kalleşlik en büyük silahlarıydı. İtlikleri, delilikleri, sarhoşlukları bir anda geçmişti. İnsan gibi konuşuyorlardı. İçlerinden birisi bana doğru geliyordu. Epeyce yaklaştı. Bir elinde bıçak, bir elinde tabanca vardı.

– Bir adım daha atarsan yakarım, dedim.

Dinlemedi, geldi. Tetiğe bastım. Ayaklarına ateş etmiştim. Yerden bir toz bulutu yükseldi.

– Oyy anam, vuruldum! dedi ve yere yuvarlandı.

Öbürleri kaçmaya başladılar. İleride bir evin önünde, kocaman bir taş vardı. Onun arkasını paylaşamadılar. Birbirlerini itip kakarak, gizlenmeye çalışıyorlardı. Daha doğrusu, taşı siper almak istiyorlardı. Can tatlıydı. Ellerindeki silahlar çocuk oyuncağına dönmüştü. Durmadan üzerlerine ateş ediyordum.

Onlar da bir iki el attılar. Sanki mısır patlatıyorlardı. Hiç aldırmadan üzerlerine doğru koşuyordum. Taşı bırakıp kaçmaya başladılar. Bir ikisi pis kokulu dereye yuvarlandı. Meydanda kimse kalmamıştı. Çok karanlıktı. Nerelere gizlendiklerini bilemiyordum. İlk ateş ettiğim, boylu boyunca yerde yatıyordu. Herhalde ölmüş olacaktı. Tepesine dikildim. Kıpırdıyordu. Namluyu kafasına çevirdim. Yalvarmaya başladı:

– Kıyma bana! Ben bu yarayla ölmem!..

Elimi korkak alıştıramazdım. Namluyu havaya çevirdim. Ve bir el ateş ettim. Artık mermilerim bitmişti. Havada kuşlar, cıvıl cıvıl ötüşüyorlar. Ve sağa-sola kaçışıyorlardı. Etrafta köpekler havlıyordu. Kar yağışı dinmişti. Karşı dağların ardında dolunay çıktı. Ayışığı, karlı çatıları, gümüş gibi parlatıyordu. Bembeyaz bulut yığınları, bir gelin duvağı misali, sağa-sola açılıyordu. Kimbilir yolda kalmış nice gariplere yol gösteren dolunay, kâh onların arkasına gizleniyor, kâh açığa çıkıyordu. Çevreyi çok iyi bilirdim. İstiyordum ki ay çıkmasın. Ve bu karanlık gece nice günahkârlar gibi, beni de gözlerden gizlesin.

Bu benim ilk zaferimdi. İçimde gurur ve kibirin zerresi yoktu. Tam aksine... Bana böyle bir görevi nasip ettiği için Rabbim'e karşı şükranla doluydum. Yakalanırsam tahsil hayatım sönebilirdi. Ucuza harcanmak istemiyordum. Aşağı taraflar bağlık bahçelikti. Oralarda izimi kaybettirecek, sonra eve dönecektim. Tahsil de o kadar önemli değildi. Zavallı anamın hayallerini yıkmaktan korkuyordum. Acaba ölen olmuş muydu? Ya da kaç kişi ölmüştü? Hiç bilmiyordum.

İçimden, "İnşaallah hepsi gebermiştir!" diyordum. Sonra da bunun Allah indinde makbul olup olamayacağını düşünüyordum.

Kaçarken beni görenler olmuştu.

Bazıları dayımgilin bahçe komşularıydı. Beni tanımışlardı. Kapı aralarından bakıyorlardı. Bana dua ediyorlardı. Dünya yıkılsa beni ele vermeyeceklerini söylüyorlardı. Bir kadın arkamdan bağırıyordu:

– Anandan emdiğin süt sana helâl olsun yavrum! Allah tırnağını taşa getirmesin!..

Ertesi gün olay bütün memlekete yayılacaktı. Benim yaptığımın bilinmesini istemiyordum. Ancak ok yaydan çıkmıştı. Hemşerilerimin huyunu bilirdim. Artık ismim bir efsane kahraman gibi, gizliden gizliye ve dilden dile dolaşacaktı. Şundan emindim: Kimse gidip aleyhimde şahitlik yapmayacaktı.

Yarabbi!.. Beni bana bırakma!.. Gurur ve kibirin korkunç bataklığına atma!.. Münafıklar, müşrikler, kâfirler kervanına katma!.. Bu günahkâr kulunu, kitap ve sünnet yolundan ayırma!..

Olan olmuştu. İnşaallah da güzel olmuştu. "Şöyle yapsaydım böyle olurdu... Böyle yapsaydım şöyle olurdu" demenin hiç anlamı yoktu. Kader böyle istedi. Böyle oldu. Sana teslimim Allah'ım!..

Epeyce uzakta bir göl vardı. Yarısı bataklıktı. Oraya kadar koştum. Tabancayı gücümün yettiği kadar ileriye fırlattım. Artık kimse bulamazdı. Ortadaki tek delil de yok olmuştu. Dayım tabancasını benim aldığımı bilmeyecekti. Bilse de önemi yoktu. "Tabanca taşımak yiğit kârıdır" der, geçerdi.

Birden yatsı namazını kılmadığımı hatırladım. (Biz böyleyiz işte... Allah'ı bir an unutmayız da... Emirlerini unuturuz. Tembeliz, ihmalkârız, günahkârız. Çok şükür günahsız olmanın gizli gururundan da fersah fersah uzağız...) Sazlıklar arasında bir abdest aldım. Kıble tahmini yaptım. Ulu bir ağaç mihrabım oldu. Donmaya yüz tutan karları ellerimle düzelttim. Ve dizlerim buz tutmuş karlar üzerinde izler bırakarak namaz kıldım. Öyle bir namaz ki, sanki Kâbe karşımdaydı ve hayalimde mevsim ilkbahardı. Dallarda beyaz beyaz çiçekler vardı. Etrafta böcekler, kelebekler, kuşlar uçuşuyordu. Aylar, yıldızlar, bulutlar, rüzgârlar... Canlı-cansız herşey Mekke'ye yönelmişti. Bütün kainat benimle birlikte secde ediyordu. Dilim varmıyor söylemeye amma... İmamımız bütün insanlığın en büyük önderi, Allah Resûlü'ydü. Onun ayaklarının bastığı yerleri öpüyor gibiydim. Başım secdeden kalkmıyordu. Gözlerimden kaynar sular akıyordu. Yüzüm-gözüm gözyaşlarımla erittiğim karlı çamurlar içinde kalmıştı. Neden sonra kendime geldim. Soğuk bir gecenin koynunda ve kurumuş bir ağacın altındaydım. O bir anlık hayal için bin can vermeye değmez miydi? Allah'a teslimiyetin ne büyük bir mutluluk olduğunu daha o gece anlamıştım. Ona teslim olmaya, hatta ellerimi açıp yalvarmaya bile yüzümüz yoktu ama... O sultanlar sultanı kapısına yüz süreni hiç boş çevirir miydi? Şu halimizle ümitten başka neyimiz var? Titrek ellerim göklere açıktı. Dualar içimde kilitlenmişti. Gözlerimde yaşlar sicim gibi akıyordu. Ancak şöyle diyebiliyordum:

– Ne cehennem korkusu! Ne cennet tutkusu!.. Nerede ve hangi halde bulunursam bulunayım! Yeter ki seninle olayım! Beni bırakma Yarabbi!..

Yine mi hayal görüyordum?

Derinden derine ötüşen kurbağalar, sanki "Amin!.. Amin!" diyorlardı. Ve soğuk esen rüzgâr anamın sıcacık elleri gibi saçlarımı okşuyordu. Şimdi yerinde yeller esen saçlarımı...

Bugün daha iyi anlıyorum ki, ben şimdiye kadar gerçek aşkı tatmamışım. Ufak tefek heyecan ve ürpertilere takılıp kalmışım. Onların beni İlâhi Aşk'a götürecek mecazi aşklar olduğunu sanmışım. Ne kadar!.. Ne kadar aldanmışım! O yüce duygunun eşsiz lezzetini, daha yeni yeni tadıyorum. Ve hüsranla sonuçlanan ümitlerin gittikçe azalan azabını da şimdi çekiyorum. Rezil nefsim kabuk değiştiren bir yılan gibi, şimdilik sessiz ve sakin... Acaba bu gerçekten bir "Geçiş Köprüsü" mü? İlâhi Aşka götüren "Mecazi Aşk" dedikleri, yoksa bu mu?..

Şunu artık itiraf etmeliyim:

Hayatım boyunca hayal ettiğim o ulvi kavşağa, daha yeni yeni geliyorum galiba.

Geliyorum amma, yazık ki dizlerimde derman kalmadı. Bu halimle o sonsuz saadete kendim ulaşsam bile, seni nasıl ulaştırayım? Daha önce de demiştim ya:

Vakit çok geç!..

Heyhaaat!..

Eyvaaahhh!..

Dünyada herkes, para, mevki, şan, şöhret için çalışmaz mı? Nereden gelirse gelsin... Hangi ülkeye ait olursa olsun... Para daima insanların büyük bir kısmının tartışmasız hakimi değil mi?.. Kimini vezir, kimini rezil eden... İnsanları hayvanlaştıran, birbirlerine düşüren... Evler yıkan, namuslar kirleten para... Herkesi peşinden koşturan fettan bir kadın gibi... Ve bütün dünya ona endeksli... Dilimiz bir karış dışarıda... Ağzımızdan salyalar aka aka kuduz köpekler gibi çoğumuz onun peşinden koşmuyor muyuz? Açmadığı kapı, yapmadığı fitnelik mi var?.. Savaşlar bile onun yüzünden değil mi?

Halbuki ne olacaktı?

Sonuçta amaç, bir lokma ekmek, bir avuç mutluluk değil mi?.. Ülkeler zaptetsen neye yarayacak? Karnını en güzel yemeklerle doyursan, kaç gün içinde tutabileceksin? Üç dört saat sonra nereye boşaltacağın belli değil mi?.. İki avuç pislik için bu kadar didişmeye değer mi? İnsanlar niçin böylesi boş şeylerin peşindeler? Mevki, mansıp, şan, şöhret... Sonu ölüm olduktan sonra, bütün bunlar neye yarar? Yaşamak, güç kazanmak (İçlerinden suratlarına tükürmek geldiği halde) mazlumlar tarafından alkışlanmak ve onların iki büklüm sırtlarına binerek iktidar koltuklarına taşınmak... Şu üç günlük dünyada bütün bunlara değer mi?

Kim demiş ki: "Çok Tanrılı dinler devri kapandı... Ve Yarı-Tanrı Poromete'nin çalmak için uğrunda bir ömür harcadığı, Olimpos Dağı'nın Kutsal Ateşi söndü..." Öyle olsaydı, kendilerini üstün varlıklar sayan, şu kavgacı, çıkarcı, hain köpeklerin, boş yere bin parçaya bölünmüş, masum ve zavallı dünya halklarının başlarında ne işleri vardı? Çoğu kendi halinde, köyünde, kentinde sessiz sedasız yaşayan milyarlarca insan, bu tarafta huzur içinde yaşamaktan... Öbür tarafta da bu dünyada elde edemediklerine kavuşarak, sonsuza kadar mutlu olmaktan başka ne istiyor? Nerede insanlık?.. Bunu insanlığa Tevhid dini sağlayacaktı. Fakat ahhh!.. Şimdi Enternasyonal sahtekârlar, onu da yeryüzünden silmeye çalışıyorlar. Bunu AB'siyle, NATO'suyla yapamazlardı. Ah şu para yok mu para?.. Kalplerdeki gizli maraz, öldürücü yara... Kendilerini gerçek mümin sanan çoğu gafiller bunun farkında bile değiller. Sanki iki dinleri var. Allah'a dahi, kendilerini o gizli Tanrı'dan mahrum etmesin diye yalvarıyorlar. Bunu da samimiyet sanıyorlar. "Kıldan ince, kılıçtan keskin" olan ilâhi ölçü, acaba bu noktada mı gizli? Kasalar dolusu paran olsa, ne olacak? Bütün cihana şah olsan ne çıkar?

Ne olacağım demesini bile bilmeyen koca Karun ölmedi mi?

Firavun'un pis leşi piramitlere gömülmedi mi?

Muhteşem Süleyman tac-ü tahtını bırakıp öbür tarafa gitmedi mi?

Ramses'in mumyası kazık gibi kurumadı mı?..

Şehvet tanrıçası Kleopatra, kıvrana kıvrana ölmedi mi?

"Kani mülke benim diyen...
Köşk-ü saray beğenmeyen...
Şimdi bir evde yatarlar...
Taşlar olmuş üstünleri..."

İşte ihtirasların sonu bu değil mi? Bu paraya kanmazlık neyin nesi? Okyanusları içen canavar gibisin! İçtikçe susuzluğun artıyor. Tuzlu sular ciğerlerini yakıyor!

Hiç düşünmüyor musun ki, bir gün bütün bu kazandıklarını geride kalanlara bırakacaksın... Kendin de vebalini yüklenerek, palahsız bir eşek gibi çırılçıplak öbür tarafa gideceksin...

Dünyayı sırtına almışsın. Altında bir sinek gibi eziliyorsun. Halbuki ayaklar altına alsaydın, yıldızlara kadar yükselirdin.

"Ölmeden ölmek..." büyük marifet...

Gönül zenginliği en büyük mutluluk...

Hepsinden güzeli de yalnız Allah'a kulluk...

"Bağ ile bostan istemem!..
Huriyle gılman istemem!..
Mülkü Süleyman istemem!..
Yeter gönül viranesi..."

Mümin elbette çalışmalı... Mümkünse dünyaya hakim olmalı... Ama asla paranın esiri olmamalı... Para cepte kıymetlidir. Kalbe sızdı mı, insanı batırır. Tıpkı içine su sızan bir gemi gibi... Öyle değil mi?

Güneş aleme hayat saçıyor.

Mevsimler birbirini kovalıyor.

Yağmurlar, karlar yağıyor.

Toprak ananın memeleri sütle doluyor.

Bütün canlılar ondan besleniyor.

Sular çağıl çağıl akıyor.

Çiçekler balla doluyor.

Altın sarısı arılar onları topluyor.

Güneş olmazsa hiçbir canlı yaşayamaz. Su da, hava da öyle... Biz bunlara en ufak bir bedel ödüyor muyuz?

"Kıt olan şey kıymetli olur" diyorlar. Ne kadar saçma... Güneşten, sudan, havadan daha bol ne var? Kaçımız bunların farkındayız? Halbuki bir yudum su, bir nefeslik hava hayatın ta kendisi değil mi? Niçin böyle nankörüz? Neden şükretmesini bilmiyoruz?

Bu ne hırs, ne çılgınlık?..

Ne vahşet, ne dehşet?..

İnsan yaratılmışız. Hayvan gibi yaşıyoruz.

Hatta onlardan da aşağıyız. Siz hiç hemcinslerini yiyen hayvan gördünüz mü? Halbuki biz kitleler halinde birbirimizi yemiyor muyuz? Bombalar icad ediyoruz. Milyarlarca insanın ve canlının hayatına kıyıyoruz. Buna da "İlerilik... Çağdaşlık... Uygarlık..." diyoruz. Hangi hayvan bu kadar vahşi ve kudretli...

Mahlukatın "en şereflisi" olarak yaratıldık. Sonra kendi irademizle bu şerefi ayaklar altına aldık. İnsanlıktan uzaklaştık. Hayvandan da, necasetten de aşağıya düştük. "Belhum Adal" olup çıktık. "Gönlü" hesaba katmadık. Her şey akılla olur sandık. Aklın hakimi değil, kölesi olduk. O bize "Hâşâ" Allah'ı bile unutturdu. Onun için böyle canavarlaştık. Bu dünyada insanı, akıl tutsaklığından kurtarıp, onu tekrar yaratılış gayesine uygun olan, şerefli kulluk tahtına oturtmaktan daha kutsal bir görev var mı?

İşte güzelim, ben bu kutsal görevin peşinde olacaktım. O görev "Tebliğ" idi. Fiili ve kavli aksiyondu. Allah ve Resûlü'nün yoluydu. Sonsuzluktu. Kurtuluştu... Var olanda yok oluştu. Bu yalnız soyut (Mücerret) bir "İman"la olur muydu? Allah kitabında: "Ey iman edenler!.." dedikten hemen sonra: "Ve Amel-i Salih işleyenler" demiyor muydu? Ben bu yolda doludizgin koşmaya hazırlanırken... Birden bire nasıl da karşıma çıktın. Ve beni tepetaklak yerlere vurdun!

İman Allah vergisi... Bir mevhibe, bir nimet, bir merhamet... Ve insanoğlu için en büyük rahmet!.. Çaba, çalışma, düşünme, tefekkür ve ceht elbette lazım... Ama yine de inanıp inanmamak elimizde değil... İnanıyorsanız, mutlaka üstünsünüz. Ancak bunda irade ve liyakat payımız, cehdimize parelel olarak sıfır düzeyinde... Aklımızın, irademizin ve nefsimizin bundaki övünme payı işte bu kadar... Bunun için ne kadar şükretsek azdır. Zira Allah imanı dilediğine verir. Ama amel öyle mi?.. Hele de "Ameli Salih" bunlar az- çok irademize bağlı... O da yine nasip meselesi... "Ne yapalım, yapamıyoruz laf değil... İstesek bal gibi yaparız. Allah'ın yasaklarını O'nun huzurunda olduğumuzu bile bile çiğnemiyor muyuz? Halbuki onları 10 yaşındaki bir çocuğun yanında yapabilir miyiz? Öyleyse biz yalancı mıyız? Sahtekâr mıyız? İman zaafı içinde miyiz? Gizli, aşikâr her şeyi Allah'ın gördüğüne, bildiğine, samimi olarak inanmıyor muyuz? Yoksa kendimizi mi kandırıyoruz?

Allah istese, günah işlememize engel olamaz mıydı? Elbette olurdu. Ama o zaman irademizin ve kulluğumuzun ne önemi kalırdı? Bizi imtihan etmesi de öyle... O bizim ne yapacağımızı önceden bilmez mi? Bizi kendi kendimizi bilmeye, O'nun adaleti'nden asla şüpheye düşmemeye, çoktan hak ettiğimiz gazabından, sonsuz af ve merhametine sığınmaya ihtiyacımız var. Yani amaç, bizi bize göstermek.. İyi-kötü, her şeyi biz hak ediyoruz. O halkediyor. Suç ve günah bizim... Lütuf ve merhamet onun. Acaba günah çukurlarına batmak da mı bir hikmet?.. Gurur ve kibirden kurtulmamız için bu da ilâhi bir cilve mi?.. Yine derinlere daldık. Tasmalı bir köpek gibi aklın peşine takıldık. Aşk yolundan ayrıldık. Karanlıklar içinde kaldık. Aşkın mezhebi de, meşrebi de başka... Aşık niyazdan ziyade nazda... Ümidi çok... Usanması da, utanması da yok... Adeta kurbanlık koyunlara eziyet edilmez rahatlığı içinde... O sultanlar sultanının ne kadar merhametli olduğunu biliyor. Hiçbir zaman rahmetinden ümit kesmiyor. Şımardıkça şımarıyor. Meczupta akıl ne gezer?.. Allah her yerdedir. Onsuz bir karış yer yoktur. Kâbe kainatı kuşatmıştır. Yüzü hangi yönde olursa olsun... Gönlü daima Kâbe'ye dönüktür. Mihrabı "Aşk"tır. O sevdiği karşısında daima rezil rüsvadır. İstese de gönül yüzünü başka tarafa dönemez. Canını sevdiğine adamıştır. Beşeri aşklar onun için geçici birer oyuncaktır. Asıl amacı sevgililer sevgilisine varmaktır. Ayakları altındaki akıl, zaman zaman onu şüpheye düşürür. "Bu bile şeytanın bir iğvası olabilir" der. Deliyi korkutmak ister. Ah, bu incelikler! İnsan beynine her noktada saplanan bu kılcal kıymıklar!.. Ne olurdu, beynimizin yerinde de gönlümüz bulunsaydı. Ve Yunus'un dediği gibi: "Ha demeden, hayran olsaydı."

"Az veren candan...

Çok veren maldan" demişler.

Canımızdan başka nemiz var ki verelim?.. Her adımda bir tuzak... Her nefeste bir tehlike... Bizi yaradan da sensin, bu mayın tarlasına atan da... Senden başka kurtarıcımız mı var?

İşte kapına geldik!.. Cennetin de hak... Cehennemin de hak... İster birincisine al... İster ikincisine at... Yeter ki bizi bırakma!..

Çocuklarla delilere mesuliyet var mı?.. Hâşâ cennetin, onlara da sığınacak bir yer bulunmayacak kadar dar mı? Günahkârlar müflistir. Elleri boş olduğundan pazarlıktan uzaktır. Derbederdir. Perişandır. Kendilerini zaaflardan kurtaramazlar ama...

Asıl sevgiliyi de bir an olsun unutmazlar. Çıra olup yanarlar. Pervane olup dönerler. Onlar "Katreyi ummana salanlardır" damla iken deniz olanlardır. Sık sık kendilerini kaybedenlerdir. Ondan başkasını göremedikleri için şaşkına dönüp "Enel Hak" diyenlerdir. Sonra kendilerine gelip, felaketin büyüklüğünü fark edince, yüzsüz dilenciler gibi tövbe kapılarına günde bin defa gidenlerdir. "Eyvah!.. Neler söyledim" diye, bin pişmanlık içinde dövünenlerdir. Herkes kendilerine binbir hakaretle taş atarken, halden anlayanın gül atmasından incinip inleyenlerdir. Allah sevgilisinin yolunda tatlı canlarını verenlerdir. "Gafletin de bir rahmet" olabileceğini düşünenlerdir. Allah'ın huzuruna "İbadet gururu"yla varmaktansa... Mahcup, rezil, boynu bükük, yüzü yerde, gözü yaşlı gitmeyi yeğleyenlerdendir. Bir damla gözyaşının nice cehennem ateşlerini söndürebileceği idrakin içinde olanlardır. Onlarınki "Can Pazarı"dır. O pazarda kal geçmez, hal geçer. Orada can alınır can satılır.

Kainatın özeti olan insan... Dağların, taşların bile kabul etmeye korktuğu, bu ağır yükü nasıl taşıyacak?.. Rahmetin öylesine sonsuz olmasa, bu günahkârlar nasıl yaşayacak?..

İnsan ömür boyu, kendi kendisiyle çarpışan bir savaşçı...

"Eline, diline, beline hakim olacaksın." Yalnız dış görünüşünü değil, içini de temiz tutacaksın. "Duyguların bile günahtan uzak" olacak... Bu kolay mıydı? Öyle bir yola girmeliydim ki, nefsim benimle uğraşmaya fırsat bulamasın. Hayatım savaş içinde ve ateş hattında geçsin. İçimde başkaldıran kötülükler, ayaklarım altında ezilsin. Hayvani duygular, zaptedilmez ihtiraslar, dayanılmaz arzular... Bunlar dağlar gibi olsa da ayaklarım altına almalıydım. Günahların üzerine yükselmeliydim. Artık hamam böcekleri gibi pisliklerle uğraşmayacaktım. Bundan sonra işte böyle olacaktım. Şimdi yolumu bulmuştum. Kendi kendime, "Haydi levent asker, uğurlar ola!.." diyordum. Henüz çok toydum. Dünya silahla düzelir sanıyordum. İşe nereden başlayacağımı bilemiyordum. Kimseyi dinlemiyordum. Korkaklığın adını "Tedbir" koydukların inanıyordum. Burnumun doğrusuna gidiyordum. Doğrusu herkesi de küçük görüyordum. Birden bire kendi gözümde bambaşka bir insan olmuştum. Sanki dünyadaki bütün kötülüklerin vebali benim boynumdaydı. "Uğruna can verilmeyen inanç, iman değildir" diyordum. Camileri dolduran şuursuz kalabalıkları, pazardaki işportacılara benzetiyordum. İnandığı yola canını koymayanların, o davayı savunmaya haklarının olamayacağına samimiyetle inanıyordum. Yıllar sonra öğrendim ki, Allah Yolu'nda can vermek, "yapılacak fedakârlıkların en asgari olanı"ymış. Köpek bile sahibi için can verirdi. Bir köpek kadar da mı olamıyordum. Bütün hiçliğime rağmen, inşaallah ben "Şehit" olacaktım. İşte bu niyetle yola çıktım. Kendimi yücelmiş hissediyordum. Sevinçliydim. Bulutların üzerinde gibiydim.

Çok ünlü bir adam vardı ülkemizde... Dili uzun, kalemi sivriydi. Hep ilericilikten, uygarlıktan, çağdaşlıktan bahsederdi. Söylediklerine hiç de uygun hareket etmezdi. Tam bir inkılap yobazıydı.

Mukaddes dinimiz ona göre "Gericilik, tutuculuk, irtica ve iğrençlik"ti. Durmadan inançlarımıza söverdi. Sırtını Amerika'ya dayamıştı. Her fırsatta onları överdi. Tahsilini orada yapmıştı. Kendisini iyi yetiştirmişlerdi. "Beyaz Enternasyonalin, Türkiye Temsilcisi"ydi. İktidarlar avucunun içindeydi. Dilediği kişiyi bakan yaptırır, dilediğini düşürürdü. Bir tarafta milyonlarca mazlum, öbür tarafta bir avuç saldırgan vardı. Bu adam da onların aslarındandı. Tam bir kölelik düzeni kurmuşlardı. Bu zalim zincirler mutlaka kırılmalıydı. Peki kim kıracaktı? Neden o fedailerin ilki ben olmayaydım? Ölümden öteye köy mü vardı? Onu da çoktan göze almıştım. Başka neden korkacaktım? Tahsil... Kültür... Okuyup adam olma... Bu düzende bunların her biri birer prangaydı. Köleleri bu düzene daha sıkı zincirlemekten başka bir işe yaramazdı. Deyim yerindeyse onları gönüllü köleler yapardı. Bugünkü eğitimin amacı da buydu. "Uysal vatandaş" olacaktın. "Gelen ağam, giden paşam" demesini bilecektin. Onların kafasıyla düşünüp, onların diliyle konuşacaktın. Kendi kişiliğini, tuvalet kağıdı gibi buruşturup atacaktın. Ve bu ülkede sistemin müsaade ettiği nisbette, hür ve mesud yaşayacaktın. Bu, bize göre değildi. Hem günde kırk defa: "Ey Alemlerin Rabbi!.. Biz yalnız sana kulluk ederiz! Yardımlarımızı da yalnız senden bekleriz" diyeceksin. Hem de gidip günde yüz defa inançlarını çiğneyenlere boyun eğeceksin. İşte bu olmazdı! Mukaddes ölüm, ne güne duruyordu? Niçin "Yevmil Mahşer"de, yaralarından taze kanlar akarak, Allah Resûlü'nün mübarek ayaklarına kapanan milyarlarca şehitlerden biri de ben olmayaydım?..

Lise son sınıftaydım.

Okul bana bir sirk çadırı gibi geliyordu.

Bizi orada terbiyeli hayvanlar ve hünerli palyaçolar olarak yetiştireceklerdi. Tahsil hevesi bütün büyüsünü kaybetmişti. Kararlıydım. Bu zincirleri kıracaktım. Bu gönüllü kölelikten kurtulacaktım. Belki çok çile çekecektim. Belki de ipe çekilecek, ya da kurşuna dizilecektim amma... Hiç olmazsa, inanç içinde ve özgür ölecektim.

Zaman zaman zavallı anamı düşünüyordum. O çok üzülecek, çok ağlayacaktı. Ne yapayım? Elimden bir şey gelmiyordu.

Birileri ölümü göze alıp da, "Artık yeter!" demedikçe, bu zulüm sürüp gidecekti. Ve milyarlarca ana ağlayacaktı. Dünyanın bütün nimetleri ayaklarımın altındaydı. Bu adamı öldürürsem, ülkem de, dünya da, kurtulacaktı. Kainattaki bütün kötülüklerin sebebi, bu herifti. Onu gebertip insanlığı kurtarmalıydım. Nasihat, yalvarma, gözyaşı... Bunlar faydasızdı. Laf artık yalama olmuştu. Ben aksiyona inanmıştım. Yayından çıkmış bir ok gibiydim. Bir büyüğün deyimiyle: "Gökteki yıldızdan ateş alan bir barut fıçısı"ydım. İstesem de duramazdım. Allah'tan başkası beni yolumdan döndüremezdi. İçimdeki kutsal ateşi kimse söndüremezdi.

VII

Gülnihal'im!

Hani "Hayat sürprizlerle doludur" derler ya... Bana göre de hayat tevafuklarla doludur.

Hayatımda senin bilmediğin taraflar da vardı.

Mesela ben, Çeçenistan'a adam gönderirdim. Bunu biliyor muydun?

Ben sana kalbimi vermiştim ama... İçindeki sırları kendime saklayarak.

Bir gün kendi kendime sordum: "Ruslarla savaşmaları için Çeçenya'ya nice insanlar gönderiyorum. Ben kendim niye gitmiyorum" dedim. Akıl yok mu, akıl?.. Kötülük yapacağımız zaman çok defa bizi hür serbest bırakan hain akıl... Hemen bir yılan gibi kıvranıp karşıma dikildi. Bir çırpıda sayısız sebepler sıraladı. Hepsinde de haklı görünüyordu.

"Allah isterse her şey olur"du. O'nun kimseye ihtiyacı yoktu. Ben burada hizmet ediyordum. Belki de davaya daha faydalı oluyordum. Hizmete devam etmeliydim..." Daha neler neler söylüyordu, o akılsız akıl bana... Çeçenistan'da canıma ihtiyacı olmayan Allah, burada (hâşâ) benim hizmetime mi muhtaçtı? Bunu söyleyen de akıldı. Şeytan ve nefisle öylesine iş birliği halindelerdi ki... Hangi sözü kim söylüyor, bilemezdin. Tabii ki onlara fırsat veren yine bizdik. Göz kesmeyince, gönül istemeyince, onlar bu korkaklığa ve isteksizliğe binlerce gerekçe bulurlardı.

Bir gün saçı başı ağarmış yaşlı bir adam geldi. Nereden duymuşsa duymuş. Çeçenistan'a adam gönderdiğimi öğrenmiş. "Ben de oraya gitmek istiyorum" diyordu.

– Olmaz, dedim. Sen yaşlısın yapamazsın, edemezsin... Oralara kadar gidemezsin. Gitsen de faydalı olamazsın. Oradaki savaşçılara yük olursun. Çoluk çocuğun vardır. Onlar arkandan ağlayacaklar. Sebep olana beddua edecekler. Ben bu vebale giremem... "Allah yolu" yaşlılara kapalı mı, dedi ve hıçkıra hıçkıra ağlamaya başladı.

– Çoluk çocuğum yok... Hayatta hiç evlenmedim. 15 sene günü gününe hapishanelerde yattım. 30 senedir de dışarılarda sürünüyorum. Bütün ömrümce böyle bir günü bekledim. Oradaki insanlara yük olacağımı ben de biliyorum. Ancak ben oraya keyif etmeye gitmiyorum. Ölmeye gidiyorum. Ölümden öteye köy var mı? Allah şehitlerden cennetini esirger mi? Orada herkes sevdiğiyle beraber değil mi? Acı bana ne olur, diyordu. Kendisini bu saadetten mahrum etmeyeyim diye bana kanlı gibi yalvarıyordu.

Acıdım adama...

Söyledikleri de çok dikkatimi çekti.

Hangi hapishanede ve neden yattığını sordum. Meğer bu adam Adıyamanlı Ali değil miymiş? Birden kafam dank etti. Sanki Allah, "Seni hiçbir şeyden mahrum bırakmadım. Sen bir canını benden esirgiyorsun. Şu ihtiyarın da her şeyini aldım. O, benim yolumda can vermeye koşuyor. Bundan hiç utanmıyor musun?" diyordu. İliklerime kadar titredim. Ve o anda da kararımı verdim. Çeçenistan'a birlikte gidecektik. İkimiz de "Sabıka"lıydık. Bize pasaport vermezlerdi. Kaçak gitmenin bir yolunu bulacaktık. Daha önce gönderdiklerimin de pasaportları yoktu. Onlar nasıl gittilerse, bizde öyle giderdik.

Yasak aşkı idam sehpasında noktalanan Ali... Fatma'nın uğruna canını verdiği o genç adam... Sevgilisinin ardından türküler yakan, o çileli insan... Şu karşımda duran ihtiyar mıydı? Hey gidi zaman!.. 30-40 yılda insanı nasıl da ufalayıp çöp sepetine atıyordu.

Elle mücadele... Dille mücadele... Kalple mücadele...

Birincisi imanın en yüksek seviyesi... İkincisi orta hallisi... Üçüncüsü en düşük derecesi... İlk gençliğimde yükseklerdeydim. Şimdi ise ortalarda kalmıştım.

Bir gazetenin köşesinde, dedikoducu kocakarılar gibi vır vır etmek bana göre değildi. Kalemi bırakıp, silaha sarılmalıydım. Söz yalama olmuştu. Hele bencileyin cahillerin sözlerinden hiçbir hayır çıkmazdı. Şan, şeref, para, şöhret, alkış, gıpta, hayranlık... Hatta sıradan alışılmış, heyecansız müslümanlık... Bunlar beni asla tatmin etmiyordu. Yine arzu, ihtiras, ümit, hayal, heyecan ve heveslerimi ayaklar altına almalı...Bir anda bütün günahlarımın üzerine yükselmeliydim. Toptan hesap görmeliydim. *"Bir kez Allah dese aşk ile lisan! Dökülür cümle günah misli hazan!"* Bense, aşk ile ölecektim. İnşaallah şehit olacaktım.

– Git hazırlığını yap! Ve üç gün sonra bana gel Ali, dedim. Çeçenistan'a beraber gideceğiz!..

Ellerime sarıldı. Kucaklaştık. Ağlaştık... İkimiz de çok sevinçliydik. Üç gün sonra düğüne gidecek gibiydik.

Hopa'dan bir balıkçı motoruna bindik. Hava karanlık, deniz dalgalıydı. Ve Karadeniz'li kaptan, her laz uşağu gibi espriliydi.

Adı Kadir'miş.

– Kadir kaptan diyorum, bu tekneyle Batum sahillerine kadar gidebilir miyiz?

– Hopa'dan yollanduk! Hoop dedük mi, Batum'dayız inşaallah. Korkayisen ilerideki durakta indüreyim seni da... Denizde insanın cesedi kokmaz. Paliklar oni bir günde yok ederler. İskeletün kalir, ha bele, ha bele...

Batum'da bizi yaşlı bir kadın bekleyecek. Onunla sabah namazında, Çarşı Camii'nin avlusunda buluşacağız. O bizi rehberimize teslim edecek. Kadın mı, yoksa kadın kılığına girmiş bir savaşçı mı bilmiyoruz. Bizi önce Gürcistan'a götürecekler. Oradan ver elini Çeçenistan... Kara yolları Ruslar'ın kontrolü altındaymış. Onun için dağlardan gideceğiz. Bana anlatmışlardı. Çeçenler'in adeta dişleriyle tırnaklarıyla kazdıkları bir tünel varmış. Oraya vardık mı, Çeçenistan'a gittik demekmiş. Ah bir varabilsek...

Hopa'dan yola çıkalı, saatler oluyordu. Sahilin ışıkları çoktan kaybolmuştu. Güverteden aşağıya inmek içimden gelmiyordu. Buz gibi bir rüzgâr esiyordu. Ve kader beni vatanımdan koparıp alıyordu. Belki de buralara bir daha hiç dönemeyecektim. Gurbet acısı şimdiden içime çökmüştü. Ara sıra Ali de güverteye çıkıyordu. Sonra soğuk diyerek aşağıya iniyordu. Onunla aramızda tezat vardı. O, sevgilisine kavuşmak için gidiyordu. Halbuki ben, senden kaçıyordum. O, şehadet şerbetini içer içmez, Fatma'sına kavuşacaktı. Bense seni o tarafta kimbilir kaç yıl bekleyecektim? "Ölüm Allah'ın emri... Ayrılık olmasıydı" diye ne güzel bir türkümüz var. Ölüm, en uzak ayrılık... Böylesi ayrılıklar zayıf ateşleri söndürür, güçlü ateşleri daha fazla alevlendirirmiş. Ben senden uzaklaştıkça içimi korkunç bir alev sarıyor. Bilmiyorum, sen nasılsın? Beni iki günde unutacak mısın? Yoksa sonsuza kadar yanacak mısın? O kadar gücün varsa, öbür tarafta beraber oluruz. Yoksa sen bu dünyada mutlu olursun. Benim istediğim de zaten bu değil miydi?.. Elveda güzel sevgili!.. Kafkas dağlarına taşıyacağım, yüreğimdeki sönmeyen ateşi!.. Ebediyyen elveda!..

Bu satırları okuduğun zaman belki de gizli gizli ağlayacaksın. Gözyaşlarını herkesten saklayacaksın. Onu İlâhi bir sır gibi kalbinde taşıyacaksın. Aşk uğruna yanmak bile ne kadar güzel değil mi? Gözyaşları olmasa, duygu dünyasının bu cennet bahçeleri yeşerir mi?..

Hava iyice soğudu. Rüzgâr hızlandı. Yağmur başladı. Gökler yıkılacak gibi gürlüyor. Bir kudret eli bulutları kırbaçlıyor. Şimşekler öylesine parlak ki... Çaktılar mı, ortalık bembeyaz oluyor. Hiçbir şey göremiyorum. Bana, "Gel aşağıya!.. Yıldırım düşer!" diyorlar. Aldırmıyorum. Deniz yavaş yavaş kuduruyor. Patlayan dalgalar daha şimdiden üzerimizden aşıyor. Ali soğuktan titreye titreye beni aşağıya indirmeye çalışıyor. "Acaba batar mıyız?" diyor.

– Ne bileyim kaptana sor, diyorum.

– Sordum... Benimle alay etti. Daha bu ne ki, dedi.

– Senin için pek fazla bir şey değişmez. Nasıl olsa Fatma'na gidiyorsun.

– Acaba gider miyim?

– Şehit olursan gidersin...

Sahilin ışıkları çoktan kayboldu.

Kopkoyu bir karanlık içinde ilerliyoruz.

Yol alıp almadığımız da belli değil... Teknemiz dalgalarla boğuşup duruyor. Bir batıp bir çıkıyor. Bana aynı yerde inip çıkıyoruz gibi geliyor.

Kaptan da güverteye çıktı. Üzerinde başlıklı bir muşamba var. Yağmurdan, yaşlıktan pek etkilenmiyor. Bana bu soğukta ne beklediğimi soruyor.

– Bırak şimdi onu diyorum, neredeyiz?

– Denizdeyüz da...

– Karadan çok uzakta mıyız?..

– Kıyı sağımuzdadur. Pağırsak duyucaklar...

İnanmıyorum. Bir tek ışık yok... Hiçbir şey görünmüyor.

– Emin misin? diyorum.

– Ne Eminü?.. Kadirim da, diyor.

Herif işin gırgırında...

Yalvara yakara beni aşağıya inmeye razı ettiler.

Kaptanın yanındaki bir sandığa iliştim.

Tavanda, oraya buraya çarpan bir gemici feneri sarkıyor. Ya sönecek, ya yangın çıkacak... Kaptan hiç oralı değil. Önünde pusulaya benzer bir alet var. İkide bir de onu yumrukluyor.

– Ha pu meret beni deli edecek... Gelip gelip ha buraya takılayı...

Anlaşılan pusulası da bozuk... Deniz gittikçe kuduruyor. Teknenin içi diz boyu su dolu. Kaptan sesleniyor:

– Alin ha şu tenekeleri boşaltin oni! Yoksa batacayuz!

Tenekelerle boşaltmaya çalışıyoruz. Hamız. Kollarımız yoruluyor. Dondurucu soğuğa rağmen terliyoruz. Ali tenekeyi bir kenara atıyor.

– Benden bu kadar... Çalışacak halim kalmadı...

Kadir Kaptan kızıyor:

– Bıraksan ha o tenekeyi donarsin! Al oni! Elinle beraber çaliş! Bu terle bir rözgar yedin mi, kuyruğun tava sapina döner, ha beyle!.. Çaliş deyrum saa, çaliş!..

Suyu boşaltıyoruz.

Fırtına diner gibi oluyor. Her yanımız sırılsıklam. Bu soğukta kanter içindeyiz. Yatsı namazını henüz kılmadık.

– Kadir kaptan abdest alacak suyun var mı, diye soruyorum.

– Ula bu nasıl soru? Deniz alttan kudurayi... Yağmur üstten bastirayi... Ha sen burada abdes düşüneyisin! Gusül abdesi alaysun da... Kil a beyle namazini!..

Herif tam çatlak. Biraz da işin gırgırında galiba...

– Bırak bu sözleri de!.. Bana biraz su ver!

Tayfalardan birine sesleniyor:

– Ula Hamza!.. Ha ver ona, bir çaydanlık su!.. Allah'in tuzli suyuni beğenmeyi... Sanki burasi Hilton Oteli...

"Tayfalar" dedimse, hepsi iki kişi... Onlar da kaptandan farklı değil. Biz telaşlandıkça adeta seviniyorlar. Fırtınaya aldırdıkları yok.

İnsan zanneder ki ölümü göze alanlar hiç korkmazlar. Bu teorik olarak belki doğrudur. Ama iş başa düşünce durum değişiyor. İçimde o güne kadar tanımadığım bir duygu vardı. "Korku" dedikleri bu olmalıydı. Evet korkuyorduk. Biraz derin düşününce, anladım ki ölümden değil, bu şekilde ölmekten korkuyormuşuz. Biz Allah yolunda şehit olmak için yola çıkmıştık. Bu gidişle Karadeniz'in karanlık sularına gömülerek, balıklara yem olacaktık.

– Kadir Kaptan kıble ne taraf?..

– Gecedür da!.. Ben ne pileyüm kıble ne yanadür? Tekne imam midür ki, dur ha beyle kıbleye doğri diyeyim ona?.. Göreysin işte... Tekne değil. Fadime Gelin!.. Gerdek gecesinde gibi, dalgalarla oynaşip durayi... Dön bir tarafa, kil namazini!.. Allah her tarafa vardür...

Saatlerdir söylediği tek doğru söz buydu. Evet Allah her tarafta var! Her yerde hazır ve nâzır... O'ndan kaçmak mümkün değil. Gazabından Rahmetine sığınmaktan başka da çare yok!.. Aşağıda iki büklüm zor secde edebileceğimiz bir yer bulduk. Her taraf ıslak... Yıkılmamak için sağa sola tutunarak namazı kılmaya çalışıyoruz. Tabii ki cemaat olamıyoruz. Seferilikte en uzun olan namaz, Yatsı Namazı... İki rekat farz... Üç rekat vitir... Seferiydik ya... Allah kullarına kolaylık gösteriyor.

Kudretine, merhametine kurban olduğum!..

İki yatak... Kapkacak... Gıcırdayan bir ranza... Hava soğuk ve karanlık... Fenerimiz ha söndü, ha sönecek... Bu yolculuk ne zaman bitecek?.. Bunu kaptan da bilmiyor. Deniz yeniden kudurdu. Dalgalar teknemizi balyoz gibi dövüyor. İçeride pis bir koku var. Yarabbi bizi kurtar!

Ellerim göklere açık... Dualar gırtlağımda düğümlenmiş. Ümidim kırık... Ve hayalen, Kafkas dağlarının pırıl pırıl tepelerinde kar sularıyla abdest alan kahramanların içindeyim.

Ali tir tir titriyor. Belki soğuktan, belki de korkudan...

– Pişman mısın Ali, diyorum.

– Hayır ama, balıklara yem olmak da istemiyorum...

– Korkma korkma!.. Niyetimiz temiz. Bu yolda ölsek de şehit sayılırız.

Ölümle burun burunayız. Teselli kâr etmiyor. Ali huzursuz, endişeli, üzgün... Bense tam tersine neşeli bile sayılırım. Teknemiz sağa sola yattıkça... Kâh önü, kâh arkası derinlere batıp batıp çıktıkça... Kendimi kanatlanmış kuş gibi hissediyorum. Yığın yığın kara bulutların arkasına gizlenen yıldızların gümüş yüzlerini teker teker okşayarak... Güneşin altın saçlarına sarılmak için meçhul ufuklara doğru uçuyorum. Ve kul olmanın saadetini doya doya yaşıyorum. Korku, ümit, hayal, heyecan, dua, iman hepsi... Bende iç içe... Gönlüm rahmete açık... Kalbim kıbleye dönük... İstemenin tam zamanı... Yazık ki ağzımı açıp da bir tek kelime söyleyemiyorum. Sözle edilecek dualar, duygularımın yanında çok cüce kalıyor. Bir türlü dua edemiyorum. Duayı adeta yaşıyorum. Ali'ye çok şeyler söylemek geliyor içimden. Onları da söyleyemiyorum.

Ne kârlı bir yola çıkmışız! Şehitlik ne ulvi bir gaye!.. Garip Ali nereden takıldı peşime!.. Ben Rabbim'e bir başıma gidemez miydim? Şu karanlık sularda boğulursak... Balıklara yem olursak... Yarın onun hesabı da benden sorulmaz mı?..

Hayır hayır, bunda benim zerre kadar dahlim yok!

İçimdeki koru alevlendiren, biraz da O'nun masum hali olmadı mı?..

O sevgilisine kavuşmak için şehitliği göze alırdı da, ben sevgililer sevgilisine kavuşma yolunda canımı esirger miydim?

Ne kadar inkâr etse de... Bu yola çıktığına pişman gibiydi. Sık sık göğüs geçiriyordu. Kızacağımı anlayınca da:

– Henüz günü gelmedi mi? Bu gurbette daha ne kadar süruneceğim Yarabbi?.. diyordu.

Acelen ne Ali? diyordum. Ters bir dalga gelir, seni Fatma'na kavuşturabilir. Halbuki benim burada olduğumu bilen kimse yok... Sevdiklerime veda bile edemedim. Ölürsem kimsenin haberi olmayacak.

Kadir kaptan da kendini bırakmıştı.

Artık kadere teslimiz... Kadere karşı gelmek elbet elimizde değil... Ama tedbir almak, en doğru olanı bulmaya çalışmak, sonra kadere teslim olmak elimizde... Yoksa insanoğluna verilen cüz'i irade neye yarardı? Ve bizim hayvanlardan ne farkımız kalırdı?

– Kaptan ne yapacağız? dedim.

– Ölmezsek sabahı bekleyeceğuz. Yıldız da yok ki yolumizi bulalum. Ben karışik rüzgârların dilinden de anlamayrum. Mübarekler sanki harman savurayi!.. Ha gelün uşaklar ! Yine su boşaltacağuz!.. Ali sanki felaketin farkında değildi. Ya da akibetine razı olmuştu. Bana şöyle diyordu.

– Her sevgi bir ayak bağıdır: Ve insanı dünyaya çakan bir altın kazıktır. Sevgi zincirlerini kıramayan insan ölümü göze alamaz. "Sevdiklerime veda bile edemedim" diyorsun. Bu durumda nasıl ölüme gidiyorsun? Hangi hasret, hicran ve hüsran seni bu yola sürüklüyor? Doğrusu bunu anlayamıyorum.

Uzun hapishane yılları Ali'yi filozof yapmıştı.

"Sırf dünya zindanından kurtulmak için ölüme gidiyorsan, şehit olamazsın Ali... Şehitliğin tek şartı 'İlayı kelimetullah' uğrunda can vermektir. Bu amaçtan uzaklaşırsan, öte tarafta sevgiline de kavuşamazsın!" diyemedim. Denize düşen insanın elinden can simidi alınır mı? Konuyu değiştirmek istedim.

– Gurbet gurbet deyip duruyorsun. Memleketini bu kadar seviyor idiysen niye gurbete çıktın, dedim.

– Dünya da bir gurbet değil mi? Ben bu gurbetten kurtulmak istiyorum. İntihar günah olmasaydı, şimdi çoktan öbür tarafa gitmiş olurdum. Cehennemi yıllardır içimde taşıyorum. Çok günahkârım. Şöyle geçmişime bakıyorum da, kendimden iğreniyorum. Fatma'yla hiçbir zaman ileriye gitmedik. Bunu Allah'tan korktuğum için yaptığımı (daha doğrusu yapmadığımı) sanıyordum. Şimdi anlıyorum ki o bana fırsat vermemiş. Ben de kendime güvenemememişim. Biraz da onu kendime hayran bırakmak istemiştim. Sözün kısası ben bir sahtekârım...

Çalkalanan bir şişedeki maden suyu, kapağı açılır açılmaz nasıl, birden dışarıya fışkırırsa... Ali'nin dili de öyle çözülmüştü. Çok düşündürücü, derin ve hikmetli sözler söylüyordu. Doğrusu ona gıpta ediyordum. Keşke bende kendime karşı böyle dürüst olabilseydim. Belki espriden anlıyordu ama, hiç hoşlanmıyordu. Günlerdir beraberdik. Bir defa güldüğünü görmemiştim. Hayatı sırtında bir yük gibi taşıyordu. Ölümü, ondan kurtulmak için istiyordu. Bunun için Allah'a yalvarıyordu. Kafesinde bunalan bir kuş gibiydi. Durmadan çırpınıyordu. "Allah bu emaneti ne zaman alacak?" diyordu. Bir ara: "Kendimi mümin saysam da ben bir sahtekârım. Birçok insanlar da öyle ama, farkında değiller. Kendi kendilerini samimi sanıyorlar" demişti. Bu sözü beni derin derin düşündürdü. Gerçekten sahtekâr olan "sahtekâr" der miydi? Onun bu sözünde, tevazunun da üzerinde, büyük bir samimiyet yok muydu? Samimiyet daima şüpheci olmasa insanlar gerçeği bulur muydu? Şüphe, korku ve ümit... Üçü bir arada olursa güzeldi. Koca Hz. Ömer: "Deseler ki 'Dünyada bir kişi cennete girecek...' Acaba o ben miyim diye ümitlenirim. 'Bir kişi cehenneme girecek' deseler... Yine 'ben miyim? diye korkarım" dememiş miydi? Ümitle korku arasındaki şer'i denge, acaba bu muydu? Saz çalıp türkü yakmaktan başka bir hüneri olmayan Ali, bütün bunları nereden bilsindi? Ne kadar saçma bir soru değil mi? Dünyada aşk ve ızdıraptan daha büyük bir mektep var mı? Ali ikisini de çekmişti.

Konuşmaya dalmış, denizi unutmuştuk. Daha doğrusu 'Neolacaksa olsun' diye bekliyorduk. Kadir Kaptan: "Batum Sahilleri'nin işikleri göründü uşaklar!.." diye bağırmasaydı, fırtınanın çoktan dinmiş olduğunu, denizin de uslu bir gelin gibi koyu lacivert bir çarşafa büründüğünü hiç fark etmeyecektik. Karadeniz'in karanlık yüzü birden aydınlandı. Tam "Kurtulduk" diye sevinecektik ki, müthiş bir patlama oldu. Kadir Kaptan:

– Uyyy, yakaladi bizi Ruslar!.. Ha şimdi nereye kaçacağuz? diyordu.

Gayrı ihtiyarî elim tabancama gitti. İki kutu mermim vardı. Sonuna kadar çarpışacaktık. Kaptan durumu fark etti.

– Ha koy oni yerine!.. Sen bizi öldürtecey müsün? Bunlar aç köpeklerdür da... Veririz onlara birkaç dolar. Savariz onları başimizdan... Dolar var midur, dolar?.. dedi.

Ruslar'ın sahil güvenliğine yakalanmıştık. Gemi projöktörleri üzerimize çevrilmişti. Megafonla bir şeyler söylüyorlardı. Anlamıyorduk. Havaya ateş ediyorlardı. Mecburen durduk. Gemiden aşağıya bir filika indirdiler. İçine üç kişi bindi. Bize doğru geliyorlardı. Bizim motora yanaştılar. Maksim Gorki sakallı kart bir herif yanımıza geldi.

Kaptan bana gizlice:

– Dolar var midur? dedi.

– Var dedim ne olacak?..

– Ha ver oni baa...

– Niye vereyim? Dur bakalım ne diyecekler?

Kart Rus el, kol işaretleriyle, kendi kara sularına girdiğimizi anlatmaya çalışıyordu. Bizi tutuklayıp Batum'a götüreceklermiş. Kollarıyla kelepçe işareti yapıyordu. Bir husus dikkatimi çekmişti. Bize ateş edip öldürebilirlerdi. Ya da önlerine katıp motorumuzu limana çekebilirlerdi. Neden bunları yapmadılar da bize adam gönderdiler. Demek ki başka bir niyetleri vardı. Bu da rüşvetten başka ne olabilirdi? Yanımda 500 dolar vardı. 300'ünü gizlice Kaptan'a verdim. Kaptan, Gorki'nin avucuna kıstırdı. Adam gemidekilere Rusça bir şeyler söyledi. Sonra bize bir "Okey" çekerek motordan ayrıldı. Bize ısrarla "geri dönün" işareti yapıyorlardı. Projöktörleri söndürdüler. Orada bekliyorlardı. Peşimizi bırakmaya niyetleri yoktu. Mecburen dönecektik. Biz de öyle yaptık.

– Nereye gidiyoruz kaptan?

– Hop dediler da... Hopa'ya gideyruz.

Halimize şükrediyorduk. Daha kötü durumlara düşebilirdik.

Epeyce yol aldıktan sonra, kayalık bir sahile yanaştık. Soğuk bir rüzgâr esiyordu. Kayalarda parçalanan dalgalar yarım minare boyu göklere yükseliyordu. Sahile çıkmak kolay değildi. Ali yüzme bilmiyormuş. Yine titriyordu.

– Boğulmaktan değil, şehit olamamaktan korkuyorum, diyordu.

– Korkma dedim, suda boğulanlarla ateşte yananlar da şehit sayılırlarmış. Böyle söyleyen alimler de varmış.

Kaptan söze karıştı:

– Madem ki durum boyledür. Sen hiç korkma!.. Rahat rahat ölmene bak!.. Nasil olsa şehitlik garanti da...

Gayrı ihtiyari gülüştük.

Kaptan ıpıssız bir koya yanaştı.

– Neden bizi bu dağın yamacına çıkarıyorsun kaptan, dedim.

– Uyyy, ben da sizinleyum da... Mazotumuz bitti. Nasil yürüteceğum ha bu motori?..

– İyi de... Etrafta in yok, cin yok... Bu dağın başında biz ne yapacağız?..

– Dağ başimidur ha burasi? Cennet gibi bir sahil kasabasidur da... Bir de oteli vardur. Hepimiz orada yataruz. Yarin siz Hopa'ya gidersinuz.

Anlaşılan sözleştiğimiz günde Batum'a varamayacaktık. Hayırlısı olsun. Bu sefer de kara yolunu deneyecektik. Mevlâ görelim neyler?

Önce tayfalardan biri bata-çıka karaya çıktı. Halat attılar. Motoru bir kayaya bağladı. Sonra bir kalas uzattılar. Onun üzerinde yürüyüp çıkacaktık. Kalasın öbür ucu suların altında kalmıştı. Kaptan gidip yokladı. Üzerinde bir iki defa zıpladı. "Bizim rejimden daha sağlamdür" dedi. Başka uygun bir yer yokmuş. Anlaşılan yine ıslanacaktık. Öbür tayfa da çıktı. Sıra bana gelmişti. Ali: "Elimden tut. Beni de götür" diyordu. Kaptan: "Kalas dayanmaz" diye itiraz etti. Ben çıkacaktım. Ali de arkamdan gelecekti. Beline bir ip bağladılar. Denize düşerse tutup çekecektik. Çok şükür bir şey olmadı. En son kaptan çıktı. O önde, biz arkada, vurduk yamaca... Yol mol yoktu. Kaptanın arkasında tek sıra olmuştuk. Bazen çalılardan, kayalardan tutarak... Bazen dallara tutunarak... Bazen de sürünerek... Tepeye çıkmaya çalışıyorduk. Kasaba tepenin arkasındaymış. Çok şükür tepeyi aştık. Kan ter içinde kalmıştık. Kaptan: "Ha buradan hoplayacaksinuz!" dedi. Herhalde bir yardan geçiyorduk. Kazasız belasız onu da atlattık. Kaptan bu sefer: "Sıvayın paçaları!.." diye emretti. Bir dereden geçiyormuşuz. Yarı belimize kadar ıslandık. Düşe kalka, bata çıka, kâh kayalara tırmanarak, kâh yerlerde sürünerek nihayet kasabaya ulaşmıştık. Kaptan bizi yarı han, yarı otel bir binaya götürdü. Alt katta hayvanlar kalıyormuş. Üst katı da otelmiş. Kapıyı çaldık. Bekledik. Açan olmadı. Yumrukladık yine duyulmadı. İçerideki hayvanların ayak sesleri geliyordu. Kaptanın sabrı tükendi. Bir taraftan tahta kapıyı yumrukluyor, bir taraftan da bağırıyordu:

– Ula Dursuuunnn Dursun!..

Sesi karanlıkta yankılar yapıyordu: "Ula Dursuuunnn Dursun!.." Mahalleden uyananlar oldu. Birkaç evde ışık yandı. Nihayet bizim hanın kapısı da gıcırdayarak açıldı. Birisi gözlerini oğuşturarak bizi yukarıya buyur etti. Elinde bir gaz lambası vardı. O önde gidiyor ve bize ışık tutuyordu. Kırık dökük bir merdivenden üst kata çıktık. Otel demeye bin şahit lazımdı. Elektrik yoktu. Bizi sıvaları dökülmüş geniş bir odaya aldılar. Hepimiz bir arada yatacaktık. Çok şükür sağ salim gelmiştik ya... Ona da razıydık. Ortada bir odun sobası vardı. Onu yaktırdık. Üzerine çay suyu koyduk. Çamaşırlarımızı kurutmaya çalışıyorduk. Birkaç bardak sıcak çay içince, tatlı bir uyku bastı. Herbirimiz bir yana devrildik. Ateşin çıtırtısı bana ninni gibi geliyordu. Bir ara dalmışım. Kendimi bir milli bayram gününde buldum. Her taraf ışıklarla donatılmıştı. Yukarıda havai fişekler patlıyordu. Allı morlu bir ışık yağmuru altında yıkanıyorduk. Tatlı bir ezan sesiyle kendime geldim. Odun sobasının çıtırtıları bana havai fişeklerin sesi gibi geliyormuş. Onca yorgunluk ve meşakkatten sonra, o rahatlık bizi çocukluk günlerimizin tatlı rüyalarına götürmüştü. Kasabada bir cami varmış. Ezan sesleri birbirine karışıyordu. Horozlar da sanki müezzinlerle yarışıyordu. Garson bizi uyandırmaya geldi. Hepimiz zaten uyanmıştık. Kaptan: "Biz mazotumuzi alip yola çikacağuz. Namazimizi motorda kilaruz" diyordu. Binamaz olduğunu biliyorduk. Gözümüzün içine baka baka yalan söylüyordu. Bu yalanını yakalayınca, şüpheye düştüm. Acaba Ruslar'a yakalanmamız bir danışıklı dövüş müydü? Yok canım... Pek öyle birine de benzemiyordu. Helâlleştik. Onlar gittiler. Biz de abdest alıp camiye gittik.

Güzel sesli genç bir imam namaz kıldırdı. Tesbihat bittikten sonra Kur'an okudu. Allah'ın 99 ismi, tertemiz ağzından, Karadeniz dağlarının çağlayanları gibi, gürül gürül akıyordu.

– Eyyy yerlerin Rabbi!..

– Göklerin Rabbi!..

– Alemlerin Rabbi!..

İnsan ölümle burun buruna geldiği zaman bütün hayatını bir an içinde yeniden yaşarmış. Ben de şimdi öyle oluyordum. Odun sobasının çıtırtıları beni çocukluğumun bayram günlerine götürmüştü. Bu imamın İlâhi sesi de ilk gençlik yıllarıma götürdü. El'aziz Lisesi'nde okuyordum. Her sabah İzzet Paşa Camii'ne giderdim. Orada nur yüzlü, billur sesli bir imam vardı. Her sabah aynı ayetleri okurdu: "Rabbi, semavati, Rabbil Ardi ve Rabbil Alemin!.." diyerek...

– Eyyy Göklerin Rabbi!..

– Yerlerin Rabbi!..

– Alemlerin Rabbi!..

Bu yakarışlarla bütün gök kapılarının açıldığını zannederdim. Bazen de gözyaşları içinde, Rabbim'den neler neler isterdim! Çok defa da duam şöyle olurdu:

– Ben sensiz yaşayamam, beni bırakma Rabbim! Cehennemlerde yanmaya razıyım! Yeter ki sen beni bırakma ve bana kendini unutturma!..

Bugün de dualarım böyle...

Tam 60 yıl... Dile kolay... Bu kadar zaman durmadan damlayan bir su damlası bile nice sert mermerleri oyabilir. Bu kadar yakarış, gözyaşı ve hasret karşısında Allah'ın rahmet denizleri hiç coşmaz olur mu?.. Vermeyecek olsa, böylesine ısrarla istetmezdi. İstetip de vermemek O'nun yüce şanına yakışır mı?

Her güzellik gibi namaz da çabuk bitti. Ancak bir safı dolduracak kadar cemaat vardı. Hepsiyle teker teker kucaklaştık.

Uzun boylu, kumral sakallı, dağ gibi bir genç, benimle kucaklaşırken kulağıma fısıldadı:

– Rehberiniz benim! Bir kenarda konuşalım, dedi.

Dünyalar benim olmuştu.

Otele doğru gidiyorduk. O devam etti:

– Size ben rehberlik edeceğim! Allah izin verirse Çeçenistan'a kadar beraber olacağız. Şayet birbirimizden koparsak... Ayrı düşersek... Ya da ölürsek... Lisan bilmiyoruz diye hiç tasa etmeyeceksiniz. Allah'ın diliyle konuşacağız. Parolamız: "ALLAH" işareti de: "İLLA HU"dur. Bunu unutmayın, diyordu.

Batum'a deniz yoluyla gitmek imkansızmış. Ruslar kuş uçurtmazlarmış. Önceki güzergâh bir aldatmacaymış. Artık içimiz rahattı. Aradığımızı bulmuştuk. Kendimizi Çeçenistan'da sayabilirdik. Alt kattaki hayvanlar rahat bırakırlarsa akşama kadar derin bir uyku çekecektik.

VIII

Bırak beni Gülnihal'im!

Ne bu senden çektiğim? Ne benim bu perişan halim? Sihirli bir cazibenin korkunç fırtınasına tutulmuş gibiyim. Uzaklaşmaya çalıştıkça, sana daha çok yaklaşıyorum. Bedenim senden kaçtıkça, ruhum sana koşuyor.

İkiye bölünmüş durumdayım. İki parçama da söz geçiremiyorum. Hem memnun, hem mahzunum. Yalnız kalmaktan adeta korkuyorum. Kendimle baş başa kaldığım an, sensiz olamıyorum.

Artık tiryakin olmuşum. Seni yudum yudum içmeden duramıyorum. Senden kaçsam da kurtulamıyorum. Hayalimin kanatlarına ipek bir kement atıyorsun. Beni kendine çekiyorsun.

İplerim ellerinde... Dilediğin kadar uçmama müsaade ediyorsun. Tesir sahanın dışına çıkamıyorum. Beni istediğin gibi çekip çeviriyorsun.

Şu yaşlı yüreğime acımıyorsun. Bana dört mevsimi bir arada yaşatıyorsun. Bütün bunlara dayanabilir mi, dayanamaz mı diye düşünmüyorsun. Umudum, heyecanım, neşem ve hüznüm oluyorsun.

Zamanı durduramıyorum. Gerçeği yok sayamıyorum. Aramızdaki uçurum bir türlü dolmuyor.

Seninle de olmuyor; sensiz de olmuyor. Beni ne hallere düşürdün?.. Benliğime öylesine kök saldın ki... Seni içimden söküp atamıyorum.

Nefes alışımda, secdelere varışımda, Hakk'ka yalvarışımda hep sen varsın.

Aha şuracıkta, yanıbaşımdasın. Namazlarda bile senden kurtulamıyorum. Ne tatlı belasın!

Öyle tılsımlı bir zincire vurmuşsun ki beni... Ümitsiz bir idam mahkûmu gibi onunla sonsuza kadar yaşamaya razıyım. Yeter ki seninle olayım.

Senden kaçışım, senin saadetin için... Belki bunda biraz da çok sevilmiş olmanın gizli gururu var. Bu mutluluğun bir rüya olmasından... Böylesine çılgınca sevilmenin birden bire son bulmasından korkuyorum.

Diyeceksin ki: "Ne kadar bencilsin?.." Zavallı ben, var mıyım ki bencil olayım? Ben, sende yok olmuşum. Yalnız sende yaşıyorum. Sihirli bir aynaya bakarcasına... Kendime baktıkça hep seni görüyorum. Öyle sanıyorum ki kaçışım da boşuna...

O aynayı Kafkas dağlarının kayalarına çalıp bin parça etmek de çare değil... Ben bin parça olsam da, sen her parçamda aynen kalacaksın. Ayna ne kadar küçülse, görüntü aynı kalmaz mı?

Sen bende yaşayacaksın.

Ve şimdi bir iken, o zaman bin olacaksın.

Her hücremde nokta nokta, her zerremde damla damla, her damarımda iplik iplik sen varsın ahhh, sen varsın!

Akşamı beklemek için yarı ahır, yarı han, otelimize döndük. Ali ille de bana günahkârları anlat diyordu.

– Nesini anlatayım? Allah'ın huzuruna, günahsızlık iddiasıyla gitmek cüretinden daha büyük bir günah ve küstahlık olabilir mi? O, bir anlamda (hâşâ) "Senin Rahmetine ihtiyacım yok" demek değil mi? Bırak şimdi bunları... Biraz uyumana bak... Bütün gece dağlarda yol gideceğiz. Sağ kalırsak sana ileride anlatırım. Şimdi sırası değil. Haydi Allah rahatlık versin.

Ali, sözlerimden hiçbir şey anlamamıştı. Konuşmak istemediğimi sanıyordu. Halbuki ben seninle olmak istiyordum. Hiç sesini çıkarmadan sobanın yanındaki minderin üzerine kıvrılıverdi. Kimbilir kafasında yılanlar gibi kıvranan daha nice zehirli sorular vardı? Onlara rağmen uyumaya çalışıcaktı. Uyumasa da, uyuma taklidi yapacaktı. Hayalen maziye dönecekti. Fatma'sıyla yaşadığı günleri, yeniden an be an yaşayacaktı. Öldükten sonra ona kavuşma umuduna sarılacaktı. "Olur mu, olmaz mı" şüphesi içinde, saatlerce kıvranıp duracaktı. Vicdanında suç yükü, gönlünde aşk ateşi taşımak kolay mıydı? Huzur dolu uykular, bizim gibiler için, çoktan Kaf dağının ardına kaçmıştı. İşte şimdi biz de bu son günlerimizde, son bir umutla, onu oralarda yakalamaya gidiyorduk. Canan için can vermeye... Ölümde hayat bulmaya... İçimizdeki bir şeytana göre, "Bir defa kuruyan bir dal, bir daha yeşermezdi. Giden gelmezdi. Ölen dirilmezdi..." Defol lanetli şeytan!.. Rabbimiz bunun aksini söylüyor! Sen Yaratan'dan daha mı iyi bileceksin? Ali böyle diyemiyordu. Şeytanın vesvesesine kapılıp çıkmazlara doğru gidiyordu. İç dünyası karma karışıktı. Fatma'sına kavuşacağından pek emin olamıyordu. Onun için durmadan saçma sapan sorular soruyordu. Onun bu saçmalıkları, bir an için de olsa, beni de "acabalar"la karşı karşıya bırakıyordu. Fırsat vermek istemiyordum. Tozlu bir battaniyeyi başıma kadar çektim. Tam seni düşünmeye başlamıştım ki... Bir soru daha sordu:

– Ölüm benim için bir umut... Fatma'ma kavuşacağım diyorum. Ya kavuşamazsam?.. Ya öldükten sonra korkunç bir boşluğa düşersem... Ya kuruyan bir ot misali, yok olup gidersem...

Şimdi hiç olmazsa, iyi- kötü bir tesellim var. Onu düşünebiliyorum. Kavuşacağımı umuyorum. Bütün umutlarım boşa çıkarsa... Ölüm bu kadarcık mutluluğu da elimden alırsa... İşte bunun için çok korkuyorum, diyordu.

İliklerime kadar titredim. Bunlar nasıl sözlerdi? Kendi içimden: "Eyvah dedim. Bu zavallı daha öldükten sonra dirilebileceğine bile inanamamış. Bu durumda nasıl gidip şehit olacak?.. Ona tabiattan, kış boyu kar altında ölü gibi yattıktan sonra, ilkbaharda canlanan topraklardan... Kuruduktan sonra tekrar yeşeren ağaçlardan, otlardan, yapraklardan bahsetmenin hiç faydası yoktu. Zaten sırası da değildi. "Dön" mü desem?.. Şüphelerini sabırla yok etmeye mi çalışsam? Taşıma suyla dolap döner mi? Küçücük bir tel kopsa, lamba yanar mı? İman bir bütün... Bir kısmına inanıp da, bir kısmına inanmamak olur mu? Diyelim ki oldu. Sadece inanmakla şehit olunur mu? Bunun başka şartları yok mu? Kafam allak bullak olmuştu. Biraz da kızmıştım. Bütün bunları sonraya bırakarak, kendisine şöyle dedim:

– Sen Fatma'ya niçin kavuşmak istiyordun? Bu dertten kurtulup mutlu olmak için değil mi?.. Öyleyse korkmana hiç lüzum yok! Eğer dediğin gibi "Yokluğa" düşersen, ortada ne dert kalır, ne saadet... Ne hicran kalır, ne hasret... Yok olacağın için acı da çekmezsin. Daha yolun başındayız. Bu yarım imanla senin şehit olacağın şüpheli... Şehit olmadıkça da sevgiline kavuşamazsın. İstersen vazgeç bu sevdadan. Geri dön. Belki bu senin için daha hayırlı olur. Toprağın altında bin sene yatmaktansa... Üstünde bir saat yaşamak daha iyidir. Çünkü ölüler, yeni şeyler öğrenmezler. Onların imana da ihtiyaçları yok... Sen belki bir şeyler öğrenir de, bu şüphelerinden kurtulursun...

– Seni böyle bilmiyordum. Ne kadar zalimsin! Bu sözlerinle yıllardır tuttuğum son dalı da kırdığının ve bugüne kadar beni ayakta tutan son ümit ışığımı söndürdüğünün farkında mısın?

Yine filozofluğu tutmuştu. Tahsili yoktu. Ama güzel konuşuyordu. Çünkü çile mektebinden yetişmişti.

– Sus dedim, sus! Hepimiz aciz kullarız. Her soruya cevap bulmak haddimiz değil... Huzura ermek için Allah'a tam teslimiyetten başka bir çare yok. Eğer ölümü yok edebileceksek, akıl atına binip düşüncenin uçurumlarla dolu dünyasına dolu dizgin gidelim. İman görmediğine inanmaktır. Şeksiz, şüphesiz inananın da delile, karineye, kanıta ihtiyacı yoktur. Tecellileri, hikmetleri düşünürsün, o başka... Yat, şimdi yat! Uyumaya çalış. Yolumuz çok uzun ve çetin. Şaka değil... Ölüme gidiyoruz. Emaneti sahibine iade edeceksin. Sen daha basit bir aşktan kopamamışsın. Canından nasıl geçeceksin? Bu halinle de şehitlik umuyorsun. Candan geçmeden canana varılır mı?

Bu söz ağzımdan çıkar çıkmaz, içim cızzz etti. Baktım ki bu sözlerin muhatabı, ondan ziyade benim. Asıl ben senden kopamamıştım. Öbür dünyada, ebediyyen seninle olmak için ölüme gidiyordum. Böyle şehitlik olur muydu? Yarabbi sana sığınıyorum!

Ali'nin susmaya niyeti yoktu.

– Şeksiz şüphesiz imandan bahsediyorsun. O da başımıza başka bir dert açmıyor mu, dedi. Nedir günah? Allah'ın yasaklarını çiğnemek değil mi? "Allah'a görür gibi inanacaksın. Zira sen O'nu görmesen de o seni görüyor" demezler mi? Pekiii... Allah'a, görür gibi inanan bir mümin günah işleyebilir mi? Bile bile O'nun emirlerini çiğner mi? Ben kendimden şüphe ediyorum. Çünkü bile bile günahlar işledim. Belki de kendi kendisini bile aldatan müthiş bir yalancıyım.

– Sana kaç defa söyledim. Peygamberler hariç, her insan günah işler. Günahın kullar için bir anlamı vardır. Her şeyi yaratan için ne önemi olabilir?.. Biz hak ederiz. O halkeder amma... İsterse engel olur. O'nun için hiçbir zorluk yoktur. Sözü ve sünneti öyledir. Bazı şeyleri irademize bırakmıştır. Mükâfat da, mücazat da, ancak hür irade sonucunda oluşabilir. İşte bu yüzden insanoğlu meleklerden üstün, hayvanlardan aşağı olabilir. Bu hür ve cüz'i iradesiyle kendi seçimine bağlıdır. Günah müminler içindir. Allah tövbe edenleri sever, rahmeti de her şeyi geçer... Neden beni bilmediğim bir konuda, konuşmaya zorluyorsun? Sen (hâşâ) sahabeden üstün müsün? Onlar bile günah işlemekten kurtulamadılar. Biz kimiz ki kurtulalım? Şimdi uyumak istiyorum. Sen de artık sus ve uyu!..

Başımı şilteleşmiş bir yastığa gömdüm. Tekrar seni düşünmeye koyuldum. Hayalin, gerçeğinden daha tatlı... Ne yapmanı istiyorsam, onu yapıyorsun... Ne söylemeni bekliyorsam, onu söylüyorsun. Nefesinin sıcaklığını yanağımda hissediyorum.

"Seni seviyorum, çok seviyorum! Sonsuza kadar da seveceğim!" diyorsun. İpek gibi ellerinle saçlarımı okşuyorsun. Tepeleri çoktan açılmış, ihtiyar bir dağın, eteklerinde, yaşlı bir orman kuşağı gibi kalan, zavallı ak saçlarımı... Bu hayallerle dalıp gitmişim. Rüyamda seni gördüm.

Beyaz bir gelinlik giymişsin. Telli duvaklı gelin olmuşsun. Bir nehrin karşı kıyısında duruyorsun. Ben de beri taraftaymışım. Ağaçlar çiçeklerle donanmış. Mevsim güya ilkbaharmış.

Tabiat, hayat fışkırıyor. Her taraf kıpır kıpır canlılık kaynıyor. Rengarenk çiçekler... Uçuşan kelebekler... Yemyeşil çimenler... Cıvıl cıvıl kuşlar... Ve güneşin altın ışınlarıyla oynaşan pırıl pırıl sular... Öyle bir ahenk, öyle bir güzellik ki... Sanki ilâhi bir şiir...

Yakınlarda, bir sürü otluyor. Bembeyaz, alacalı, simsiyah kuzular hoplayıp zıplıyorlar. Kimi annesinin karnına kafasını vura vura, iştahla meme emiyor. Kimi mahzun, melül meleyerek annesini arıyor.

Bir koyun henüz yavrulamış... Yeni doğan kuzusunu şefkatle öpüp, koklayıp yalıyor.

Bu güzellikler içinde yalnızız. Seninle benden başka insan yok... Sanki cennetteyiz. Bana karşıdan bir şeyler söylüyorsun.

Uğul uğul rüzgârlar... Şırıl şırıl sular... Ağaçlar, kuşlar, otlar, yapraklar...

Ne dediğini duyamıyorum. Ellerinle birtakım işaretler yapıyorsun. Galiba bana: "Bu tarafa gel!" diyorsun. Güya yüzme bilmiyormuşum. İki elimi ağzıma siper ederek, "Gelemeeem!.." diye bağırıyorum.

Yüzünden bir hüzün bulutu geçiyor. Hava da birden kararıyor. Ve hafiften bir yağmur başlıyor. Ilık tatlı bir rüzgâr, saçlarının kokusu bana kadar getiriyor.

Ellerini göklere açıyorsun. Herhalde "yağmasın" diye dua ediyorsun. Gökler sana cevap vermiş gibi oluyor. Biraz sonra yağmur diniyor. Pamuk gibi, yığın yığın bulutlar, ufuklara doğru dağılıyor.

Güneş açıyor... Delice bir rüzgâr esiyor. Gelinliğin kanat olup havalara uçuyor. Yavaş yavaş ayakların yerden kesiliyor. Tatlı bir hayal gibi yükselmeye başlıyorsun. Rüzgâr seni bana getiriyor. Hasretle kucaklaşıyoruz. Yedi renkli bir gökkuşağı ufukları kucaklıyor. Bana onu gösteriyorsun. "Şu yarım dairenin altından geçenin, ne muradı varsa olurmuş" diyorsun. Gelinliğini iki yana açıyorsun. Beni kucaklıyorsun. Beyaz kanatların altında ikimiz birden oraya doğru uçuyoruz.

Biz yaklaştıkça, o bizden kaçıyor. Aradaki mesafeyi bir türlü kapatamıyoruz. "Artık hiç ayrılmayacağız" diyoruz. Sonsuza kadar beraber olacağımıza yeminler ediyoruz. Bağrımızı rüzgârlara açarak, mutluluk şarkıları söylüyoruz. Büyük bir sevinç içinde, ufuklardan ufuklara uçuyoruz. Ve geçtiğimiz yerlere altın tozlarından izler bırakıyoruz.

Uçarak uyandım. Heyhat ki yanımda sen yoktun. Şilte yastığı, senmişsin gibi kucaklamıştım. Ali duymasın diye hıçkırıklarımı gırtlağımda boğmaya çalıştım.

Gizli gizli ağladım...

Sanki içimdeki son ihtiras kırıntılarını, gözyaşı sellerimle yıkamaya çalışıyordum. Yüreğimden kopup gelen gözyaşı sellerimle... Gözyaşları...

Allah'ın insanlara verdiği en büyük nimetlerden biri... Onlar olmasaydı, insanların hayvanlardan ne farkı kalırdı? Hasretler, hicranlar nasıl hafiflerdi? Ve insanoğlu bu kadar acılara nasıl tahammül ederdi?

Bilmem felsefeye hiç ilgi duydun mu? Mesela Sokrates gibi sofistler: "Bilgilerimiz doğuştan vardır" derler. Spencer gibi Ampristler (yani deneyciler) de, "İnsanın bilgiyi tecrübeyle edindiğini" söylerler. İki taraf da çok kuvvetli deliller gösterirler. Akıl birbirine zıt bu iki görüşü de kabul etmek mecburiyetinde kalır. O bir köçek gibidir. Her havaya göre ayak uydurmaya çalışır. Akıllı insan ise aklın aczini idrak edendir. Vahye teslim olandır. Geçmişi düşünmeyen, gelecekten endişe etmeyen, anı en güzel şekilde yaşayandır.

Geçmişi düşünmemek, ondan ders çıkarmamak anlamında değildir. İnsan yaşlandıkça hatıralarla yaşamaya mecbur kalır... Çoğunu irademizle oluşturduğumuz, artık hiç değiştiremeyeceğimiz, acı-tatlı hatıralarla...

Hayatın ebediliğine inanan insan, istese de şu fani dünyaya dört elle sarılamıyor. Gurbete çıkmış bir yolcu gibiydim. Sılama döneceğim günü adeta özlemle bekliyordum. Keşke duygular da bedenle birlikte yaşlansaydı. Belki o zaman yaşlılığa tahammül etmek daha kolaylaşırdı. Halbuki öyle olmuyor. Yıllar geçtikçe beden harabeye dönüyor. Duygularsa harabede açan güller gibi taptaze kalıyor. Bu çelişkiye alışabilmek ne kadar zor! Acaba bir yaştan sonra, insan bunasa da her şeyi unutsa... Ve bütün gençliği kirli bir kara tahta gibi tertemiz silinse daha mı iyi olur? Gençliğinin henüz ilkbaharında, her şeyi göze almışsın. Bir anda benliğinin ve günahlarının üzerine yükselebilmişsin (ya da öyle zannetmişsin). Düşman bildiğin birini, bir gece karanlığında takır takır vurmuşsun. Delik deşik ederek yerlere sermişsin. Şimdi de bir gazetenin köşesine oturmuşsun. Çenesi düşük kocakarılar gibi gevezelik edip duruyorsun. Gerçekten bir adammışsın gibi de aleme nizamat veriyorsun. O günkü asil başkaldırıya, bugünkü, uysallık ve sünepelik yakışıyor mu? O kadar çile, ümit, hayal ve idealden sonra bu iş mi yani?.. Şurada kaç günlük ömrüm kaldı? Ecel bana gelmeden, ben ona koşsam olmaz mı?.. Kafkasya'ya gideceğim! Muazzez ve mukaddes davamız uğruna çarpışacağım. Ölümü göze alacağım! Belki Rabbim bana da şehitlik nasip eder. İşte tam buna karar vermiştim, sen çıktın karşıma...

Ah, güzeller güzelim! Bırak beni kendi halime!.. Gönlünün o ipek yumağıyla beni sarıp sarmalama!.. Kollarımı bağlama!.. Kanatlarımı kırma!.. Bırak ne olursun bırak!.. Beni sevmediğini söyle... Söyle ki, kendi derdime ben yalnız ağlayayım! Şu günah bataklıklarından kurtulmak için çırpınayım! Ümitsiz bir hüsran içinde, kanadı kırık bir kuş gibi rahmetlere doğru uçmaya çalışayım!

Bu satırlar Gülnihal için bir "Abı hayat" oldu.

Sevdiğinin feryatları hoşuna gidiyordu. Okudukça kendisine yaşama gücü veriyordu.

Daha önceleri kaç defa, "Ahh, bir kerecik beni sevdiğini söyleseydi" diye az mı gözyaşı dökmüş, az mı yanmıştı? İşte onun çağıl çağıl akan kaleminden, aşkı kana kana içiyordu. Dünyası birden bire aydınlanmıştı.

İntihara teşebbüs ettiği günden şu ana kadar, ilk defa ölmediğine seviniyordu. Kendi içinden: "Meğer yaşamak ne kadar güzelmiş" diyordu.

Vakit bir hayli geçmişti. Tanyeri ağarmak üzereydi. Murat'ın hayali gözlerinden gitmiyordu. Çok acı çekiyor, feryat ediyordu. Hayret!.. O bundan garip bir mutluluk duyuyordu. Onun hâlâ hayatta olup olmadığını bile merak etmiyordu.

Artık kalbi "Mutmain" olmuştu. Sevenler ölmezdi. Bu dünyada değilse bile, öbür dünyada mutlulukla kavuşurlardı. Ölüm uzun bir yolculuğa çıkmaktı. Ölmüş olsa bile, Murat karşı sahilde kendisini bekleyecekti. Onun hasretiyle yanıp tutuşacaktı. Sabah-akşam ufukları gözleyecekti.

Omuzlarda taşınan bir tabut gördüğü zaman sevdiğini getiriyorlar sanacaktı. Cenaze alayını gözyaşlarıyla selamlayacaktı. O "Sessiz Gemi'yi, bir hasret kavuşturan gibi bekleyecekti.

Ahh, inanmak ne güzeldi? Bunu şimdiye kadar nasıl fark etmemişti? Ve aşk ne büyük mucizeydi?

Gülnihal bir gecede, başka bir insan olmuştu. Hayatla ölüm arasındaki kalın perde artık kalkmıştı. Karanlıklar ve sisler dağılmıştı. İlerisi apaydınlık ve şeffaftı. Ömrü, beşikle mezar arasına sıkışıp kalmaktan kurtulmuştu. Önünde sonsuz ufuklar açılmıştı. Ve musalla taşı o zorlu geçişin, sıçrama tahtasıydı.

Hazreti Mevlânâ'nın ölümü neden "Vuslat Gecesi" saydığını... Ve niçin neylerle, kudümlerle, bir düğün havası içinde gömülmeyi istediğini şimdi daha iyi anlıyordu.

Hayat, dünyadan ebediyete akan bir nehir değil miydi?.. Bütün nehirler okyanusta birleşmez miydi?.. "Her nefis ölümü tadacaktı." Ve dönüşümüz O'naydı.

Bunda korkulacak ne vardı?

Bu tarafta bize adaletsizlik gibi görünen bazı çarpıklıklar da önemini kaybediyordu. Muhakkak ki o tarafta her'şey düzelecekti. Ve bu dayanılmaz acılar, ızdıraplar, hicranlar, hüsranlar, artık sona erecekti. İmtihanı iyi verenler, çektiklerini unutacaklardı. Ayrıca da mükafat görecekleri. Ölüm, ne büyük ibret ve teselliydi.

Gece boyu ışığının yandığını gören suratsız hademeler, ikide bir de kapısını açıyorlar ve: "Hâlâ neden zıbarıp da yatmıyorsun?" der gibi yüzüne ters ters bakıyorlardı. Aldırmıyordu.

Ruhunda ilâhi bir rahatlık vardı. Hiçbir kabalık neşesini bozamazdı.

Bir harikulade güzel sabahın serin, ılık, tatlı aydınlığını, hayatta ilk defa olarak, kendi içindeki aydınlıktan daha sönük buluyordu. Sanki kainat, kendisinin küçücük bir parçası olan insanın içindeydi. İnsan mutlu olursa, onun sevinci bütün varlıkları kucaklıyordu.

Uzaklardan horoz sesleri gelmeye başladı. Biraz sonra ezanlar okunacaktı. Defterin bir gecede bitmesini istemiyordu. Tıpkı bir aşk ve macera filmi gibi saatlerce sürsün istiyordu. Bir çırpıda okuyup bitirmeye kıyamıyordu. "Bir kısmı da yarına kalsın" diyordu. Halbuki ortada "yarın" mı kalmıştı? "Dün"le "Bugün" karışmıştı.

Artık yatması gerekiyordu. Saadetini yudumlamaya sonra devam etmeliydi.

Öyle yaptı. Defteri yastığının altına sakladı. Pikeyi başına çekti. Gözlerini yumdu.

Murat'ın yazdıklarını kelime kelime düşünerek uyumaya çalışacaktı. Mademki hayat ebediydi.

Öyleyse sonuç ne olursa olsun, artık mutlu olmalıydı.

Bugün değilse, 10 sene, 20 sene, 30 sene sonra... Bir gün mutlaka... Elbet Murat'ına kavuşacaktı.

Sonu saadete çıkan böylesi bir yolda insan mutsuz olur muydu? O'nu ebediyyen kaybettiği zamanda, ebediyyen bulmuştu.

Bundan daha büyük saadet olur mu?

İşte bu düşünceler içinde, hayatının en huzurlu uykusunu uyudu. Rüyasında Murat'ı gördü. Kimbilir kaç asır beraber olacaklardı!.. Allah zaman içinde zaman halkederdi. Bin asrı, bir saniyeye sığdırırdı.

Biraz sonra gürültüler başladı. Kahvaltı getirmişlerdi. Başlarına çalınsın yemekler!.. Rüyasını bile yarıda biçtiler.

– Almayacağım! Uyumak istiyorum, dedi.

Pikeyi tekrar başına çekti. Yeniden uyumaya çalışacaktı. Yarım kalan rüyasını kaldığı yerden yakalamak istiyordu.

Hayat da rüya gibi değil miydi? Bu sefer de bu tür düşüncelerle uykuya daldı. Ablası ziyaretine geldiği saatte hâlâ uyuyordu. Uyandırmaya kıyamadı. O'nu Murat'ının yazdıklarıyla baş başa bırakarak kapıyı çekip çıktı.

Biraz sonra vizite başladı. Bu insanlardan rahat yoktu. Uyanır-uyanmaz defteri yokladı. Çok şükür yerindeydi.

Hoca: "Nasıl olduğu"nu sordu.

– Gördüğünüz gibi çok iyiyim, dedi.

Hasta kağıdına baktılar.

Aralarında bir şeyler konuştular.

– Artık çıkabilirsin, dediler.

– Bir gece daha kalsam olmaz mı?

– Niçin?..

– Bilmiyorum, içimden öyle geldi.

Genç doktor da oradaydı. Olmadık ümitlere kapıldı. Acaba kendisi için mi kalıyordu? Hoca mânâlı mânâlı Gülnihal'e baktı. Belki de hastahaneden çıkmak istemeyen bir hastaya ilk defa rastlıyordu. Bunun gizli bir sebebi olmalıydı. Tabii ona hayat veren defterden haberi yoktu. Tıpkı birçok doktor gibi, şifayı kendinden biliyordu. Ve bundan da gizli bir gurur duyuyordu.

– Peki... Bir gün daha kalabilirsin, dedi.

Çıktılar.

Onlar çıkar çıkmaz, Gülnihal defteri aldı.

Kaldığı yerden okumaya başladı.

IX

Hal ile mazi nasılda iç içe giriyor? Nerede kalmıştık?

Alt katı ahır olan bir handa değil mi?

Öğleden sonra bir haber geldi. Çeçenistan yolculuğu yarına kalmış. Şafak vakti yola çıkacağız inşaallah. "Neden" diye soramazdık. Sorsak da söylemezlerdi. Düğüne gitmiyorduk ki... Ölüme gidiyorduk. Belki onlar da bilmezdi. Her şey herkese söylenir mi? "Su uyur, düşman uyumaz" dı. Yerin kulağı vardı.

Bu haber hiç hoşumuza gitmemişti. "Acaba bir engel mi çıktı?" diye üzülüyorduk. Çaresi yok... Şafak vaktini bekleyecektik. Derin bir sessizliğe gömüldük. Ben yine senin hayalini yakalamak üzereydim ki, Ali sessizliği bozdu. "Bana günahkâr sahabeyi anlatacaktın" diyordu.

– Hz. Ebu Mihcen... diye başladım. Bir büyük sahabe ve bir Allah yolu delisi... Her deli gibi o da kabına sığamıyor. Haddi aşan bazı taşkınlıkları var. Birisi de işte bu anlatacağım olay...

Tarihin en büyük savaşı Kadisiye...

Bu savaşta kisraların tahtları yıkılacak. Paha biçilmez taçlar, çocuk oyuncağı gibi elden ele dolaşacak... En sadık adamlarının pis leşleri, ayaklar altında kalacak... Binlerce yıldır sönmeyen kadim Zerduş Ateşi'nin tezek ateşi kadar hükmü kalmayacak... Ve Yüce İslam, İran'ı aşarak bütün kıtaya yayılacak... O savaşta Araplar, Cündullah... Allah'ın askerleri... Ve tevhid erleri... Ecdadımız Türklerin bu ilahi lütufa erişmelerine daha üç asırdan fazla zaman var. Onlar 10. asırda Allah'ın dinine girecekler. Ve mukaddes dinin hizmetkârı ve bayraktarı olacaklar. Bu kutsal görevleri bin sene devam edecek...

Tevhid erlerinin herbiri bir kumandan... Hz. Saad Bin Ebi Vakkas Başkumandan... Kızgın çölün ortasında çadırlar kurmuşlar. Savaş planları yapıyorlur. Bir haber geliyor:

– Ebu Mihcen şarap içti, diyorlar.

Bu konuda kesin emir var. Ceza belli. Yoruma kapılar kapalı... Şartlar ne olursa olsun, had mutlaka uygulanmalı. Ve ilahi yasakları çiğneyen sahabe de olsa, hak ettiği cezaya çarpılmalı... Allah'ın kanunlarında taviz yok...

Ancak durum çok gergin. Savaş başladı, başlayacak. Şahsi günahlarla uğraşacak zaman değil... Kuvvetler de denk değil. Müslümanların sadece yalın kılıçları... Yanan yürekleri... Göklere açılan elleri... Ve şehitlikleri dışında, bir şeyleri yok... Karşılarında ise tarihin en muazzam ordularından biri var. Zırhlarla kaplanmış elbiseleri... On binlerce yaya ve süvarileri... Göz kamaştıran ihtişamları... Ve görülmemiş heybetleri... Savaş düzenine girmişler. Hücum emri bekliyorlar. Bir komut verilse, iş tamam. Müslümanların üzerinden silindir gibi geçeceklerine inanıyorlar. Gurur ve kibir akıllarını dumura uğratmış. Allah'ın mazlumlara yardım edeceğini hiç hesaba katmıyorlar. Masallara konu olan ünlü Zaloğlu Rüstem bile aralarında... Öylesine mağrurlar ki, buna "Savaş" demeye bile dilleri varmıyor. Kendilerince, bir: "Hurraaa!" diye saldıracaklar. Ve şu bir avuç, baldırı çıplak çöl bedevisini yeryüzünden silip süpürecekler. Müminlerin Allah'tan başka güvendikleri yok... Kadisiye'de madde ile mânâ, küfürle iman çarpışacak...

İşte Saad Bin Ebi Vakkas, etrafındaki komutanlara bu çetin savaşın planlarını yapmakla meşgul...

– Ebu Mihcen içki içti, diye tekrarlıyorlar.

Başkumandan, üzerine çizgiler çizdiği, işaretler koyduğu, taarruz edilecek cenahları gösterdiği yerdeki kumlardan başını kaldırıyor.

– Şimdi sırası mı bunun, diyor. Onu bir yere kapatın. Savaştan sonra sorguya çekeriz...

Koca sahra... Ufuklara kadar uzayan bir kum denizi... Bir tek kapalı yer yok... Ancak ta gerilerde harap olmuş bir kale var. Sadece üç beş yıkık duvarı ayakta... Belki orada bir yer bulabilirler. Ebu Mihcen'i oraya götürüyorlar. Etrafı araştırıyorlar. Kapalı bir yer bulamıyorlar. Bir de bakıyorlar ki, taşlar arasından paslı bir zincir sarkıyor. İşte bu işlerine yarayacak. Hz. Ebu Mihcen'in ellerini arkasından bağlıyorlar. Ayaklarına da zincir vuruyorlar. Bırakıp gidiyorlar. Bir anda borular çalınıyor. Davullar vuruluyor. İran Ordusu hücuma geçiyor. Ufuklara kadar her taraf asker dolu... Başak tutmuş buğday tarlaları gibi, blok halinde ilerliyorlar. Sivri uçlu mızraklar, buğdayların başakları sanki... Gökler yıkılsa mızraklarıyla tutacak gibiler. Bu kudretlerine inanıyorlar. Yeryüzündeki bütün insanların onlara göre karınca sürüleri kadar bile hükmü yok... Kisraları cepheye gitmez. Askerlerinin başında savaşlara katılmaya tenezzül etmez. Dünyada onlara kafa tutacak güç mü var ki?.. Zafer kendileri için, suyun akışı, şimşeklerin çakışı kadar tabii bir olay... Müslümanlar onların karşısında küçücük öbekler halinde ak noktalar gibi kalıyorlar. Ak güvercinlerle, leş kargaları çarpışacaklar. Bir güvercine, bin karga... Taraflar birbirlerine giriyor. Elleri ulaşanlar, müminlere vuruyor. Ulaşamayanlar da bulundukları yerde yerleri tepiyor. Yalınkılıçlar şimşekleşmiş. Kalkanlar, gürzler, topuzlar, mızraklar fayda etmiyor. Müminler cennetlere uçuyor. Atlar kişneyerek şaha kalkıyor. Kimse kimseyi tanımıyor. Kılıç şakırtılarından ve çıkan kıvılcımlardan atlar ürküyor. Savaşanlar yere yuvarlanıyor. Cennetinde cehenneminde kapıları ardına kadar açık... İki taraftan da oralara ruhlar uçuyor. Müslümanlar zayıf... Müslümanlar mazlum. Yalınkılıç, yalınayak çarpışıyorlar. Kefenleri sırtlarında... Başları göklerde... Durmadan kılıç çalıyorlar. Kimi atların ayakları altında eziliyor. Kiminin göğsüne birkaç mızrak birden saplanıyor. Tekbir ve tehlil seslerinden ufuklar inliyor. Al kanlara bulanan beyaz kefenleri onlara kanat oluyor. Dillerinde kelime-i şehadetlerle cennetlere uçuyorlar. Bu akıl almaz şevk, heyecan ve iman karşısında kâfirler şaşkına dönüyor. İçlerine bir korku giriyor. Orduları bozulma alametleri gösteriyor. Hz. Ebu Mihcen bulunduğu yerden bütün bunları görüyor. Elleri bağlı, ayakları zincirli. Ne yapabilir? Fiili dua imkanı elinden alınmış. Geriye sadece kavli dua kalmış. Böyle bir günde hangi müslüman, sadece sözlü dua ile yetinebilir? Hele büyük bir sahabe nasıl ölüme koşmadan durabilir? Ağlıyor, sızlıyor, çırpınıyor. Fakat ne fayda?.. Şu paslı zincirlerden mutlaka kurtulması lazım. Ama nasıl? Cephe gerisinde kumandan hanımları var. Yaraları sarıyorlar. Azık hazırlıyorlar. Kanlı elbiseleri yıkayıp kurutuyorlar. Son nefeslerini verenlere yardım ediyorlar. Saad Bin Ebi Vakkas'ın hanımı Selma da onlar arasında... Ebu Mihcen ona haber salıyor:

– Beni burak! Bu savaşa katılayım! Ölürsem zaten öbür tarafta cezamı çekerim! Şayet sağ kalırsam, tekrar buraya dönerim! Kendi elimle kendimi bu kaleye zincirlerim! Ve cezamı çekmeyi beklerim! Böylece Allah'ın hükmü yerine gelmiş olur, diyor. Sözünde duracağına dair de Allah ve Resûlü üzerine yeminler ediyor.

Sahabe mahkûm...

Selma Hanım mahzun...

Emr-i ilâhi çiğnenmiş... Kimsenin yapabileceği bir şey yok. Devlet Reisi bile hükmü değiştiremez. Ne yapsın zavallı kadıncağız?

– Yapamam! Seni bırakamam! Bu hengame içinde zevcime haber de salamam! Onun izni olmadan da bir tek adım atamam! Bağışla beni kardeşim, diye haber gönderiyor.

Ebu Mihcen günahkâr... Ebu Mihcen çaresiz. Savaşı yukardan seyrediyor. Müminlerin aldığı her yaranın acısını yüreğinde hissediyor. Onların cennetlere uçtuğunu hayal ediyor. Elleri bağlı, ayakları zincirli... Tıpkı kâbus dolu bir rüyada gibi... Bağırıyor sesini duyuramıyor. Bu kötü rüyadan uyanmak istiyor. Uyanamıyor. İnsanoğlu halden anlamıyor. Allah'a yalvarmaya yüzü yok. Öfkesi zincirleri kıramıyor. Yüreğinin ateşi şu paslı demirleri eritemiyor. Selma Hanım'a tekrar haber salıyor:

– Hiç olmazsa ellerimi çözün! Bana bir kâğıt kalem gönderin! Gördüklerimi yazayım! Derdimi kâğıtlara dökeyim! Tarihe not düşeyim! Yüreğimi ferahlatayım, diyor.

Selma Hanım kendisine acıyor. Bir kâğıt kalem getiriyorlar. Gözyaşları içinde yazmaya başlıyor.

Ebu Mihcen şair...

Ebu Mihcen son nefesini verdiği an, gözünü öbür tarafa açacağından mutlak şekilde emin... Dünya hayatı onun için geçici ve aldatıcı bir oyuncak... Nasıl oldu da şeytana uydu? Bu kadar pişmanlık, ızdırap, gözyaşı ve günah hissine can dayanır mı? Bu denli hassasiyet, en duygusuz insanları bile şair yapmaz mı? En güzel çiçekler bataklıklarda açmaz mı? En değerli defineler, harabelerde aranmaz mı? Ve sonuçta dertli söyleyen olmaz mı? Kalemini kalbinden sızan kan çanağına batırarak, yazmaya başlıyor Ebu Mihcen... Yazdıkları şiir değil. Gözyaşı tufanı... Pişmanlık destanı... Bir ananın ağıtı... Bir mahkumun maruzatı... Mektup, Selma Hanım'a yazılıyor amma... Hitap kendine...

"Ey pis nefsim" diye başlıyor.

"Neler ettin sen bana!..

Beni ne hallere düşürdün!

Cennet kapılarının ardına kadar açıldığı bu mukaddes günde, sen benim kanatlarımı kırdın!

Gözlerimde perde, kollarımda kelepçe, ayaklarımda zincir oldun!

Beni yerlerde süründürdün! Esfeli safiline düşürdün! Dünya karardı! Ümitler yıkıldı! Tek sığınağım Allah'ın rahmeti kaldı!

Ey sultanlar sultanı Rabbim!

Ummanlardan daha coşkun, şefkat ve merhametini benim gibi bir günahkâra gösteremeyeceksin de, kimler için saklayacaksın? Bu dünyaya benden daha rezil bir kulun mu gelecek?.. Günahkârlar olmasaydı, Rahmetin ne işe yarayacaktı?

Ve senin merhametlilerin en merhametlisi olduğunu kim bilecekti?

Sevgili Resûl'ün, "Pişmanlıkla dökülen bir damla gözyaşının söndüremeyeceği biç bir cehennem ateşi yoktur" demedi mi?

Onun mübarek iki dudağı arasından, senin murat etmediğin tek bir kelime çıkar mı?

Çektiğim acı sana malum!.. Gözyaşlarım sel haline geldi. Çektiklerim cehennem azabını geçti.

Müminler takım takım güvercin sürüleri gibi cennetlere uçarken... Ben bu kaleye çakılı kaldım! Hazreti Peygamber kollarını açmış bizleri beklerken... Azgın bir hayvan gibi zincirlere vuruldum!

Ey Selma kardeşim!

Hani o analık şefkatin? Nerde kadınca merhametin? Hayatında hiç mi hata yapmadın? Niçin öyle hissiz bir heykel gibi duruyorsun? Niye halimden anlamıyorsun? Kocandan korktuğun kadar Allah'tan korkmaz mısın?..

Evet suçluyum! Rezilim, mahcubum, günahkârım! Dünyada günah işlemeyen bir tek insan var mı? Bana niçin merhamet etmiyorsun? Senin hiç mi günahın yok? Affeden, affedilir! Bunu bilmiyor musun? Niçin beni, bırakmıyorsun?

Bırak beni Allah rızası için bırak!.. Hayatta en büyük günahın bu merhametin olsun! Bırak Allah aşkına, bıraakkk!.."

Böylesi ateşli mısralarla Ebu Mihcen Selma Hanım'ı iknaya çalışıyor. Hz. Selma şiiri okuyunca artık dayanamıyor.

Ne olursa olsun, Ebu Mihcen'i çözmeleri için, görevlilere emir veriyor.

Saad İbni Ebi Vakkas'ın Belka adında, meşhur bir atı var. Namı bütün Arabistan'a yayılmış. Süvarisini bulduğu zaman rüzgârlarla yarışıyor. Bir koşmaya başladı mı, asla zaptedilemeyen... Kendisi de istese duramayan eşsiz bir hayvan... Mübarek bir küheylan... Bir defa uçmaya başladı mı, durabilmek için dişleriyle, kendi bacaklarını parçalıyor, yırtılan damarlardan oluk oluk kan akıttıktan sonra ancak durabiliyor. İşte o hayvan da, aynı kalenin bir başka duvarında, zincirlerle bağlı... Eşiniyor, kişniyor. Savaş maydanındaki nal seslerini duydukça çılgına dönüyor, duvarları tekmeliyor, şaha kalkıyor, yanına kimseyi yaklaştırmıyor. Güzel gözleri asıl süvarisini arıyor. Sanki o da Ebu Mihcen gibi mahkum ve savaşa katılma şerefinden mahrum...

Nal sesleri, at kişnemeleri, kılıç kalkan şakırtıları, "Allah Allah!" nidaları, toprağa düşenlerin iniltileri, cennete uçanların "Allah'tan başka ilâh yoktur!" haykırışları... Bütün bunlar kale duvarlarında yankılanıyor. Belka da savaş hasreti içinde... Tepiniyor, kişniyor, çıldırıyor. Yazık ki yıkılmıyor duvarlar... Kırılmıyor zincirler... Bırakmıyor insanlar... Takır takır gemini geviyor. Güzel başını duvardan duvara vuruyor. Çalınıyor, çırpınıyor. Faydasız... Bir türlü kurtulamıyor. Köpük köpük ter içinde kalıyor. İşte tam o sırada, Ebu Mihcen geliyor. Ebu Mihcen... Onu en iyi anlayan adam... Peygamberin büyük sahabesi... Allah'ın günahkâr velisi... Ve mukaddes davanın akıllanmaz delisi... Gizlice Belka'ya sokuluyor. Belka birden sakinleşiyor. Gerdek yatağında damadı bekleyen taze gelin uysallığıyla, süvarisine teslim oluyor. Büyük sahabe onu zincirlerinden kurtarıyor. Üzerine atladığı gibi, düşman saflarına dalıyor. Öyle ki, bir baştan giriyor. Öbür baştan çıkıyor. Dönüp tekrar dalıyor. Aralarında zikzaklar yapıyor. Şimşekleşmiş kılıcı... Rüzgârlaşan Belka'nın sırtında... Vuruyor vuruyor... Ekin biçer gibi durmadan kılıç çalıyor.

Geçtiği yerlerde başsız gövdelerden izler kalıyor. Müminler hayret ve hayranlık içindelerdir.

Başkumandan soruyor:

– Kim bu büyük mücahit?

– Ebu Mihcen, diyorlar.

Şu sarhoş, şu günahkâr, şu harap insan...

Allah dilerse neler olmaz?..

Harabat ehline hor bakmak haddimize mi?..

En kıymetli defineler, viranelerde aranmaz mı?

Bedir'de, Hendek'te, Uhud'da Allah Resûlü mübarek ellerini göklere açsaydı, neler olmazdı? Cennete yalnız dua ile gidilseydi, kılıç kuşanmalarına ne lüzum vardı? Allah yolunda her an can vermeye hazır olmak, en büyük ibadet değil miydi? Gerçekten inanan bir mümin işin ucuzuna ve kolayına kaçar mıydı? "Sen öl!.. Ben zafer kazanmış olayım. Ve tarihe geçeyim..." Yüce İslam (hâşâ) böylesi bedavacılara itibar eder miydi? Şan, şeref, üstünlük, itibar, her şey "takva"daydı. Herkes ameliyle haşrolurdu. Ve şehitler cennetlere, rütbesiz, nişansız uçarlardı.

Belka da uçuyordu.

Üzerinde Ebu Mihcen, kılıcındaki kanları, güneşin altın ışıklarıyla yıkıyordu. Güneş varken şimşek çakar mıydı? Çakıyordu işte... Gökler yıkılsa tutacak kadar olan mızraklar, başaksız saplara dönmüştü. Hz. Ebu Mihcen'in geçtiği yerlerde bu s-ap yığınlarından yol yol izler kalıyordu. Batmakta olan yaşlı güneş, kimbilir kaçıncı kez, bir küfrün ihtişamının daha çöktüğüne şahit oluyordu. Artık zafer kazanılmıştı. Tekbir sesleri kâfir iniltilerini bastırıyordu. Sıradan bir müslüman, dünyanın en güçlü adamı, Zaloğlu Rüstem'in kanlı başını, Saad İbni Ebi Vakkas'ın ayakları dibine attı. Onu bir bataklıkta gizlenip, kaçmaya çalışırken yakalamıştı. Ve "Allaahhh!" diyerek, bir vuruşta işini bitirmişti. Eliyle kum sahrasının bittiği karşı tepelerin eteklerini gösteriyordu. "Orada yemyeşil ağaçlar, tertemiz sular var" diyordu. Artık Orta Asya kapıları müslümanlara açılmış ve Kadisiye onların "Kılıç Hakkı" olmuştu. Toplu halde önce oraya gittiler. Bir şükür namazı kıldılar. Sonra şehitleri toplayıp usulüne göre gömdüler. Hak gelmiş batıl zail olmuştu. Tahtı, tacı mağrur Kisra'nın başına yıkılmıştı. Artık İran "diyar-ı İslâm"dı. Ve oradan cennetin kendilerine hasret çektiği üç sahabeden biri olan, Hz. Selmanı Farisi çıkmıştı. Ve Allah Resû-lü'nün en yakınlarına fısıldadığı, ilahi sırları sonradan gelecek olan ümmete aktaran "Altın Silsile"nin en başlarındaydı.

İran tamamdı.

Şimdi sıra Bizans'taydı. Kayzer de tahtından yuvarlanmalıydı.

Ebu Mihcen mutluydu. Belka huzurluydu. Tıpkı dağlardan aşağılara doğru büyük gürültüyle akarken... Denize ulaşınca sessizleşen çılgın seller gibi... İkisi de sakinleşmişti.

Hz. Ebu Mihcen sözünü yerine getirdi. Kaleye çıkıp kendini zincire vurdurdu. Hakkındaki cezanın uygulanmasını bekleyecekti. Suçu birken, iki olmuştu. Önce şarap içmişti. Sonra da Başkumandan'ın atını çalmıştı. Gerçi sonunda iade etmişti ama...

Muazzez Şeriat'ta elbet bu suç için de bir hüküm vardı. Zafer müyesser olmuştu ya... Gerisi önemli değildi. Beden Allah'ın bir emanetiydi. Her inanan gibi, o da emaneti sahibine iade etmeye her an hazırdı. Rahmet kapıları da günahkârlara her zaman açıktı.

Başkumandan cezayı uygulamakta tereddüt etti. Cezanın infazını... Ya da suçlunun affını... Müminlerin emiri yüce Halife'ye soracaktı. Halife, adalet ve şecaat timsali Hz. Ömer'di.

Zafer müjdesini en hızlı bir biçimde Medine'ye ulaştırmak gerekiyordu.

Kadisiye oraya çok uzaktı. Atlar o kadar yola dayanamazdı. Çok hızlı koşabilen bir deve buldular. Develer, tahammüllü hayvanlardı. Açlığa, susuzluğa uzun süre dayanırlardı. Kum çöllerinde, atlardan daha hızlı yol alırlardı. Mahir bir süvari buldular. Devenin sırtına bindirip yola vurdular.

"Çabuk zaferimizi Halife'ye bildir!" dediler.

Ebu Mihcen'in durumunu da Hz. Ömer'e sormasını söylediler.

Sordular mı, sormadılar mı? Sordularsa, yüce Halife ne dedi? Bu husus bilinmiyor. Çünkü tarihler yazmıyor. Bir taraftan devesini mahmuzluyordu. Bir taraftan helallik diliyordu. Rüzgâr hızıyla yola koyuldu.

Mukaddes haberi bir an önce Medine'ye ulaştıracaktı.

Dağları aştı. Bataklıkları dolaştı. Bağ bahçelik yerlerden geçti. Uçsuz bucaksız çöllere ulaştı. Yolculuk günlerce sürmüştü. Müslümanlar haber bekliyordu. Savaşa gidenler, kalanlardan daha mutluydu. Sonları ya şehitlik, ya gazilikti. Yara alsalar da, ölseler de, içleri rahattı. Halbuki geride kalanlar öyle miydi? Gece-gündüz dua etmek yeter miydi?

Dua yetseydi, Allah Resûlü, kılıç kuşanıp savaşır mıydı? Mübarek ellerini göklere açsa, neler olmazdı?

Onlara göre, bin canları olsa, Allah yolunda hepsini vermek bile azdı. Her ne sebeple olursa olsun, cihattan geri kaldılar mı sabahlara kadar uyuyamazlardı. Bedenler rahattı belki ama... Ruhları alev alev yanardı.

Kâh İran'da, kâh Turan'da, kâh Çin'de... Kılıç yarası almadan, al kanlar içinde... Deve tüyü çullar altında kıvranıp dururlardı.

Müminlere vurulan her darbenin acısını, ta şuralarında duyarlardı. Hasret dolu sineleri, kılıç, mızrak, ok yaralarından delik deşik olurdu. Günler hafta, haftalar ay, aylar yıl kadar uzadı.

Yoksa serap, ya da hayal mi?.. Elini gözüne siper etti. Tekrar tekrar, iyice baktı. Toz bulutunun içinde nokta gibi bir karartı vardı. Ana rahmindeki bir yavru gibi... İnsana ümit, mutluluk ve heyecan veriyordu. Yaklaştı bulut... Deve sırtında bir adam belirdi. O adama, adam O'na doğru koşuyordu.

Dimdik duran başının üzerinde, sanki o müjdeli haberi taşıyordu.

Yaklaştı yaklaştı... Aralarında elli, yüz metre mesafe kalmıştı. Hz. Ömer gözlerini oğuşturdu. Adamın yüzünü seçemiyordu.

Gözlerini Medine ufuklarına dikmiş, yorgun devesini son bir gayretle mahmuzluyordu.

Bir an, Hz. Ömer'le göz göze geldiler. Adam rüzgâr gibi geçip gitti. Deve kan ter içinde kalmıştı. Ağzından köpükler saçılıyordu. Kendisi ise sırtında bir heykel gibiydi. Hz. Ömer peşlerinden gitti.

Koşup ulaşmaya çalışıyordu.

– Kimsin? Nereden geliyorsun? Allah rızası için söyle!.. Cepheden bir haber var mı? diye bağırıyordu.

Mübarek ağzına toz toprak doluyordu.

– Söyle Allah rızası için söyle!.. Savaşın sonu ne oldu?..

O tüy gibi hafif, ipek gibi ince, zemzem kadar temiz kalpler böyle bir yalvarmaya dayanabilir miydi?

Adam insafa geldi.

Bir ara:

– Bırak be ihtiyar! Beni yolumdan koyma!.. Kaybedecek zamanım yok!.. Halife haber bekliyor, dedi.

Dertli Ömer "Halife benim!" diyemedi.

Haberci de bir ipucu vermedi. Adeta uçarak gitti. Hz. Ömer toz bulutu içinde kalmıştı. Yepyeni bir ümitle koşar adım onu takip etti.

İçine bir güneş doğmuştu. Bazı şeyler, söylemeden de anlaşılır.

Şu süvarinin bir sır gibi sakladığı, zafer haberinden başka ne olabilirdi? İnsan bir kara haberi ulaştırmak için bu kadar acele eder miydi? Hz. Ömer her şeyi anladı. Nefes nefeseydi. Sevinçten dili tutuldu. Arkasından bağırıp da: "Halife benim!" diyemiyordu. Tozu dumanı yuta yuta, arkalarından koşuyordu.

Haberci Hz. Ömer'den çok evvel Medine'ye varmıştı. Onun geldiği dilden dile bütün şehre yayıldı. Bu bile gönülleri ferahlatmaya yetmemişti.

Tıpkı göçmen kuşların bir yere gidişlerinin oraya iyi havaların geleceğine alamet sayıldığı gibi... Haberci henüz kimseye bir şey söylememişti. Aldığı emre göre, haberi bizzat Halife'ye verecekti.

– Bana Emir el-Müminin'i bulun, dedi.

Sağa-sola baktırdılar.

Büyük Halife ortalarda görünmüyordu.

Haberci sır vermese de, müslümanlar durumu anlamışlardı.

Gönülleri, bir sevinç ve heyecan dalgası sardı. Kötü haber olsaydı, acele etmeye ne lüzum vardı? Hatta onu yerine ulaştıracak adam bile bulamazlardı. Süvarinin, "Cepheden geliyorum" demesi her şeye yetmişti. Hayırlı haber, Medine'ye şimşek hızıyla yayıldı. Fakat Emir el-Müminin neredeydi? Neden sonra, onu yoğunluğu gittikçe azalan toz bulutu içinde gördüler. Müminler tekbir getiriyordu. Bu, kendisine en büyük müjde oldu. Yönünü kıbleye döndü. Secdeye kapandı. Ağlıyor ağlıyor ağlıyordu. Hıçkırıklar içinde Allah'a şükrediyordu. Gözyaşları tozu toprağı çamurlaştırdı. Çamurlar mübarek sakalına bulaştı. Kollarından tutup yerden kaldırdılar. Tekbirler getirerek, hep birlikte camiye girdiler. Haberci büyük bir mahcubiyet içinde, Hz. Ömer'in ellerine uzandı.

– Seni tanıyamadım, kusurumu bağışla, ya Emir el-Müminin, dedi.

Verilen görevi öylesine titizlikle yerine getiren insanda kusur mu olurdu? Halife onun gönlünü aldı. Artık bir şey söylemesine lüzum yoktu. Allah müjdeyi gönüllere yağmur gibi yağdırmıştı. Kimi kuşluk namazı, kimi şükür namazı kıldılar. Haberciyi kürsüye çıkardılar. Ve müslümanların Kadisiye'de, yazdıkları tarihin en büyük destanını, sevinç gözyaşları dökerek, birinci ağızdan dinlemeye koyuldular.

Ne nutuk, ne yalan, ne abartma, ne palavra... Ne bando takımları vardı, ne davul zurna... Yaygarasız, şamatasız... Sade, temiz, duygulu... Dua, şükür ve gözyaşı dolu... Tıpkı küffara çaldıkları yalınkılıçlar gibi... Pırıl pırıl bir törenle, tarihte yepyeni bir sayfa açtılar. Öyle muhteşem bir sayfa ki... Asırlar sonra bile, kâfirleri kıskançlıktan çatlatacak...

Ona önce, "İlkellik... Gericilik... Bağnazlık... İrtica..." diye saldıracaklar. Aya, yıldızlara gitmeyi bir hüner ve üstünlük sayacaklar. Aklın kulu, bilimin kölesi, teknolojinin kurbanı olacaklar. Yeryüzünde ne sır, ne mahremiyet, ne huzur bırakacaklar.

"İnsanı insanın kurdu" yapacaklar. Ve nihayet vahşi hayvanlar gibi birbirlerini parçalayacaklar. Sonunda bir gün "Taş Devri"ndeki insanlar kadar bile mutlu olamadıklarının acı acı farkına varacaklar. Ve en sonunda (Kimbilir kaç yüzyıl sonra) İslam'ın parlayan muazzam ihtişamında dize gelip yerlere kapanacaklar.

Sözlerimi bitirdiğim zaman, Ali adeta bulunduğu yerde yığılıp kalmıştı. Bağdaş kurmuş oturuyordu. Dirseklerini dizlerine dayamıştı. Başını avuçları arasına almıştı. Sessiz sessiz ağlıyordu.

Gözyaşı...

Ben aşkını, her zaman yüreğimden zincirlere vuran... Kuru bir yaprak misali sellerine kaptıran... Bazen günaha bile sürükleyen... "Merhametten maraz doğabileceğini" daima unutturan... Allah'ın bir kudret pınarı...

Gözyaşının korkaklıktan, kıskançlıktan, kinden, öfkeden, inançsızlıktan da dökülebileceğini bir türlü kabullenemezdim.

"Temiz kaynaktan, temiz sular akar. Ancak içinde aktığı kanallar onu kirletir" derdim. Yine öyle düşünüyordum. Ali'nin gözyaşları bana çok dokunmuştu. Boynuna sarıldım. Ben de onunla birlikte ağladım. Bu gözyaşları bizi bütün günahlarımızdan temizleyecekti. Bizim için yanan cehennem ateşlerini söndürecekti. Bunu Ali'ye de söyledim.

– Bu aşkla canını verirsen, inşaallah şehit olursun. Ve bütün sevdiklerine kavuşursun, dedim.

– Benim bir tek sevdiğim var. O da Fatma'm, demesin mi?..

Sanki bütün Karadeniz dağlarının karları üzerime yığıldı. Yüreğim bir çelik mengeneyle sıkılıyor gibiydi. Sabretmeye çalıştım. Dayanamadım...

Patladım:

– Sen bu kafayla mı şehitlik umuyorsun? Söylemek bana düşmez ama... Sen şehit filan olamazsın. Herhalde nasipsizin birisin. Var git işine... Dön geriye... Şimdiye kadar nasıl yaşadınsa, aynı şekilde yaşamaya devam et... Boşu boşuna kimseye ayak bağı olma, dedim.

Benden bu sözleri beklemiyordu. Boynuma sarılmak istedi. Gafletinin farkında bile değildi. Bana ne yaptığını soruyordu.

– Daha ne yapacaksın dedim. Bu kadar acı, dert ve çileden sonra... Asıl sevilmesi gerekeni düşünmüyorsun da... Hâlâ eli kanlı bir karının hayali peşinden koşuyorsun. Ah keşke bin canım olsaydı da hepsini bir anda, Allah Resûlü uğruna verseydim. Ve onun mübarek ayağını bastığı yerdeki, küçücük bir kum zerresine, bin sevgilimi kurban etseydim. Dön sen dön!.. Bu kafayla şehit olunmaz. Ne kendini kandır, ne de başkalarını... Haydi yolun açık olsun!..

Arkamı döndüm, gidiyordum.

Boynuma sarıldı. Çocuk gibi hıçkırıyordu:

– Zayıf yaratılmam benim suçum mu?..

Beni de ağlattı.

İki eski dost gibi ayrıldık.

İkimiz de ağlıyorduk.

Ben onun o perişan haline ve kırılan son ümitlerine ağlıyordum. O da herhalde tam inanamayışına ağlıyordu.

İçimde gizli bir sızı vardı.

Belki de haksızlık yapmıştım.

Can alırcasına, can verircesine inanabilmek herkesin elinde miydi?

Her insanın nasibi aynı olsaydı, Hz. Vahşi ile Hz. Ebubekir bir tutulmaz mıydı? Ve mübarek cennetler, şehitler, arifler, veliler, alimler yerine, mecburen inananlarla dolmaz mıydı?

Yarabbi, bizleri, verdiğin emaneti sana iade etmekten çekinen korkak ve gafil kullarından eyleme!.. Kanlı gömlekleriyle, sana uçmak için yanıp tutuşan âşık kullarının ilâhi kervanına dahil eyle!..

Gülnihal'im!.. Selvi boylum!.. Görüyor musun şaşkınlığımı?.. Sana güya aşkımı itiraf edip, çektiklerimi yazacaktım. Senden kaçmamın sebeplerini anlatacaktım. Coştu yine deli gönül... Bak, nerelere gittim. İşte ben her zaman böyleyim.

Bedenim burada, kafam, kalbim, ruhum kimbilir nerelerde?.. Benim gibi bir çılgınla nasıl, mesud olacaktın? Ben, seni sana karşı koruyorum. Yaratıldığımdan başka türlü olamıyorum. Ne yapayım, elimde değil... İçimden nasıl geliyorsa, öyle yaşıyorum. Yaşadığım gibi de yazmaya çalışıyorum.

Asırlık bir çınarı, küçücük bir saksıya sığdırmak mümkün mü? İşte sen bunun için çırpınıyorsun. "Muhal"i, "Mümkün" yapmaya çalışıyorsun. Olur mu? Halbuki ben, o çınarın kökleri gibi çok derinlere giden inanç ve tutkularımı, geçmişimden söküp atamıyorum. Benliğimden sıyrılıp, istediğin gibi olamıyorum. Olmak da istemiyorum.

Göklere açılan ihtiyar kollarımla seni manen kucaklamak istiyorum. Sen bununla yetinmiyorsun. "İlle de evlenelim" diyorsun. Nefis ve şeytanla iş birliği yapıyorsun. Hiç acımadan beni günah yatağına sürüklüyorsun.

Mukaddes İslâm davasının köpeği bile olamayacağım halde... Düşmanlar beni o davanın temsilcisi gibi görüyorlar. Beni ben olarak görselerdi, belki arzularına ram olurdum. Ama şimdi, nasıl olur? Aramızda bu kadar yaş farkı varken, aşkımıza kim inanır? Evlenmemizi kim kabullenebilir? Dini alet ederek seni kandırdığımı söylemezler miydi? Kudurmuş köpekler gibi üzerimize gelmezler miydi? Bütün münafıklar, sûreti haktan görünerek, düşmana yardım etmezler miydi? Feci şekilde dile düşmez miydik? Davamız bundan zarar görmez miydi? Mukaddes İslâm'ın muhteşem güzelliğine, (küçücük de olsa) bizden bir gölge düşmez miydi?..

O zaman benim için yaşamanın bir anlamı kalır mıydı?.. O dayanılmaz sevginle beni ölüme sürüklediğinin farkında değil misin? Bir saniye bile sensiz olmanın benim için ah ne büyük felaket olduğunu niçin düşünmüyorsun? Hasbel kader, bu davanın saflarında görünmeseydim... Bir laikçi, bir çağdaş olsaydım... Ya da senin gibi, hislerime boyun eğip gönlüme uysaydım... Sana canımı vermez miydim?

Korktuğum cehennem de değil... Küfür köpeklerinin benim yüzümden İslâm'a saldırmasından korkuyorum. Bu hayatın bir de öbür tarafı var. Asıl mutluluklar orada... Hem de sonsuza kadar...

Buna neden razı olamıyorsun, mahzun bakışlım? İşte ben şimdiden o tarafa gitmek istiyorum. Orada seni bekleyeceğim. Bakalım Rabbimiz ne gösterecek?.. Şimdilik hakkını helâl et!..

Belki yine yazarım...

X

..., kendi gönlüyle, bile bile ölüme gitmek nasıl bir duyguydu? Bunu çok merak ediyordum. Dağ yollarından Batum'a giderken, içimde tek bir korku vardı. "Ya Ruslar bizi yakalarsa... Daha Çeçenistan'a gidemeden öldürürler" diyordum. O zaman gözlerim açık giderdi. Kerem'in Aslı için yanması... Ferhad'ın dağları delmesi neyse, benim Çeçenistan'a ulaşabilmem de öyleydi.

Rehberimle gece-gündüz yol alıyorduk.

– Daha ne kadar sürecek, bu yolculuk? dedim.

– Allah izin verirse, yarın şafakla Gürcistan hududuna varmış olacağız. Bizi gelip oradan alacaklar...

Leyla'sına kavuşmak için tutuşan Mecnun gibiydim. Yorgunluktan bitkin durumdaydık. Bizi alacakları yere gelmiştik. Dağın yamacındaki bir ormana saklandık. Oradan bize işaret vereceklerdi. Sahile inip gidecektik. Karnımız da açtı. Buna rağmen öyle tatlı bir uyku bastırdı ki... Göz kapaklarıma tonlarla ağırlık asılmıştı sanki... Kapanıyordu gözlerim.

Abdullah: (Rehberim)

– Aman uyuma donarsın diyordu.

Beni ara sıra dürtükleyerek, uyumama engel olmaya çalışıyordu. Bir taraftan da mânâsız birtakım sorular soruyordu. Konuşturmak istiyordu ki, uyumayayım.

Bacaklarım ağırlaşmış, ayaklarım keçe gibi olmuştu. Üşüdüklerini hissedemiyordum. Acaba donuyor muydum? Dişim şişmiş gibiydi. Ağzıma sığmıyordu. Konuşmakta güçlük çekiyordum. Parmak uçlarım sızlıyordu. Ellerimi hohlayarak ısıtmaya çalışıyordum. Bütün bunlar bana korku yerine, garip bir huzur veriyordu. İçimde pişmanlığın zerresi yoktu. Emaneti sahibine iade etmeye hazırdım. Gerisi onun takdirindeydi. Kendimi Rabbime teslim etmiştim.

Abdullah endişeli görünüyordu.

– Ayaklarım keçe gibi hissizleşti. Acaba dondu mu, dedim.

– Oynat bakalım, dedi.

Oynattım...

– Donsalardı oynatamazdın...

– Çok şükür Allah'a...

Gece epeyce ilerlemişti.

Neredeyse şafak sökmek üzereydi.

Abdullah:

– Şimdi gelirler, diyordu.

Sabretmekten başka çare yoktu. Donmamak için olduğumuz yerde hareket ediyorduk. Gündüz güneşle yumuşayan karlar, hava ayaza çekince buz tutmuştu. Yerler takır takırdı.

Hava gittikçe soğuyordu. Gökyüzünde el kadar bulut yoktu. Yıldızlar sanki daha iriydi. Dolunay gümüş tepsi gibi parlıyordu. Ayazın keskin soğuğu, kulaklarımızı biçiyordu.

Her şeye rağmen gece güzeldi. Muhteşemdi... Biraz sonra birtakım sesler geldi.

Abdullah:

– İşte bu çok kötü, diyordu.

İlerideki vadide, kurtlar uluyordu. Belki de bize doğru geliyorlardı. Omzumuzda otomatik silahlar vardı. İndirdik onları... Şarjörleri taktık. Namlulara mermi sürdük. Emniyete aldık.

Abdullah:

– İnşaallah kokumuzu almamışlardır, diyordu.

Eğer almışlarsa, kolay kolay peşimizden ayrılmayacaklarını söylüyordu.

– Gelirlerse gelsinler... Silahlarımız ne güne duruyor?

Bilgisizliğime güldü.

– Kurt sürülerine karşı silah hiçbir işe yaramaz diyordu. Birden etrafımızı sarıp da... Arka ayaklarıyla üzerimize kar fırlatmaya başladılar mı... Bir anda her taraf beyaz bir karanlığa gömülür. Göz gözü görmez olur. Nereye ateş edeceğimizi bile bilemeyiz...

Kaldı ki ateş etmek de çok tehlikeliymiş. Sesten çığ düşermiş. O da bizim sonumuz olurmuş.

Ateş etsek çığ düşecek... Etmesek kurtlar yiyecek... İki arada, bir derede kalmıştık. Yarabbi sen bize yardım et!..

– Karlar takır takır buz tutmuş. Yine çığ düşer mi?

– Allah saklasın, öyle bir düşer ki... Üzerimize kaya parçaları yağıyor zannederiz...

– Kıyıdan çok mu uzaktayız?..

– Hayır ama, yakın olsak ne olacak? Kurtlar oraya gelemezler mi?

– Yine de bu dağdan düze inelim...

– İnemeyiz... İnersek bizi bulamazlar. Bu sahilde üç dört koy var. Motorun, hangisine yanaşacağını bilmiyoruz. Yüksekte beklemeliyiz ki verecekleri işareti görelim... Belirli bir sürede, burada olduğumuzu belli etmezsek, dönüp giderler.

– Peki aşağıya inip de bir ağaca filan çıksak ve motoru öyle beklesek olmaz mı? O daha tehlikeli olur. Kurtlar bir defa bizi gördüler mi, bir daha ağacın dibinden ayrılmazlar.

Sana sığındık Yarabbi!..

Ulumalar gittikçe yaklaşıyordu. Kaçmaktan başka çare yoktu. Kâh düşerek... Kâh yuvarlanarak... Kâh kayarak... Aşağıya doğru koşuyorduk. Ah, motorun ışıklarını bir görebilseydik!..

Abdullah:

– Burunları çok hassastır. Allah vere de kokumuzu almamış olalar... Yoksa canımızı kurtaramayız, diyordu.

Balığın karnında Yunus'u yaşatan Rabbim!.. Halimiz sana malum...

Tam bu sırada, denizden bir ışık görünmesin mi?..

– Acaba onlar mı? dedim.

Abdullah temkinliydi.

– Dur bakalım, dedi. Rus Sahil Koruma Gemisi olabilir. İşareti bekleyelim...

Çok parlak bir ışık, ard arda, birkaç defa yanıp yanıp söndü.

Abdullah:

– Elhamdülillah!.. Tamam!.. Bunlar bizimkiler, dedi.

Adımlarımızı sıklaştırdık.

Bitki örtüsü, çalılar, çukurlar, üzerleri buz tutmuş sular, işimizi zorlaştırıyordu. Bazen bir çukura yuvarlanıyor, bazen de kenarları buz tutmuş bir dereye düşüyorduk. Belimizden aşağısı, sırılsıklam olmuştu. Kurtları, çığı, ayazı, soğuğu unutmuştuk. Can derdine düşmüştük. Bağırsak bizi duymazlardı. Cebimizde kibrit ıslanmıştı. Islanmamış olsa da, yine işaret veremezdik. Çünkü sabaha karşı korkunç bir rüzgâr çıkmıştı. Belki de bunun, için kurtlar peşimizi bırakmıştı. İnsan soğuktan terler mi?.. Şakır şakır terliyorduk. Kan ter içinde kalmıştık. Motordakiler görmediğimizi zannederek, ikide bir de işaret veriyorlardı. Hem bizi bırakıp gitmelerinden, hem de işaretleri Rus gemilerinin görmesinden korkuyorduk. Canımızı motora bir atsaydık da, Ruslar'la çarpışsaydık. Nasıl olsa, ölünceye kadar savaşmaya ahdimiz yok muydu? Bu o kadar önemli değildi. Ha Çeçenistan'da öldürmüş, ya da ölmüşüz... Ha buralarda... Ne fark ederdi?

Tam sahile inmiştik ki bir ses duyduk.

Abdullah:

– Eyvahhh!.. Yakalandık, dedi.

Rusca bize, "durun!" diye bağırıyorlarmış.

– Şimdi ne yapacağız?

– Ölünceye kadar çarpışacağız! Başka yolu var mı?

Silahıma davrandım.

– Aman, sakın ha! Şimdi sırası değil!.. Bekle yaklaşsınlar.

Sert bir ihtar daha geldi.

– Eller yukarı!..

Ellerimizi havaya kaldırdık.

Ay ışığı her tarafı aydınlatıyordu.

Adamlar, ağaçların gölgesinde gizlenerek geliyorlardı. Kaç kişi olduklarını bilemiyorduk. Motordan da bir işaret gelmiyordu. Işıkları kararmıştı. Herhalde onu da ele geçirmiş olacaklardı. Demek ki buraya kadarmış... Allah'ın takdiri... Elden ne gelir?

Kendi aralarında bir şeyler konuşuyorlardı. Seslerinden çok yaklaştıklarını anlıyorduk.

Abdullah:

– On kişi kadarlar. Etrafımızı saracaklar. Neyimiz varsa alacaklar. Sonra da bizi öldürüp gidecekler. Öyle konuşuyorlar. Sakın telaşlanma!.. Yaklaşsınlar. Silahlarımızı teslim ediyor gibi yapıp, ikimiz birden ateş edeceğiz. Ben "Allahüekber" der demez, tetiğe basacağız, diye fısıldıyordu.

İçimizden dualar okuyarak, yaklaşmalarını bekliyorduk.

Ölümle burun burunaydık fakat. İçimde korkunun zerresi yoktu. Bir deniz kazasında, ıssız ve vahşi bir adaya düşmüş, tek başına orada yıllarca yaşamış, hiç umudunu kaybetmemiş bir kazazede gibiydim. Ellerindeki soğuk yüzlü, çelik pırıltılarıyla bize yaklaşan şu can düşmanlarımız da sanki bizi kurtarmaya gelen bir geminin hayırsever tayfalarıydı. Elimden tutacaklar ve beni çile ve meşakkat dolu bu korkunç adadan kurtaracaklardı. Birkaç saniye içinde, şu yalan dünyaya elveda edip, ebedi hayata kavuşacaktım. Garip bir vecd içindeydim. Şehitlerin kanlı gömlekleriyle uçuştukları o ilâhi iklime yaklaşmış gibiydim. Sonsuz bir güzelliğin, erişilmez saadetin, anlatılmaz bir hazzın heyecanı içinde yaşıyordum. Demek ki Allah yolunda can vermek böyle olurmuş... Şehitlikte bu çıldırtıcı güzellikler olmasaydı, kıyamete kadar bunca insan o yolda can vermek için öylesine yanıp tutuşur muydu? Bence bile bile ölüme gitmenin derin sırrı artık çözülmüştü. Şehitlik bir anlamda, "Emaneti hoş gönülle sahibine iade etmek" değil miydi? Ona dünyada gerekli ihtimamı göstermemiş olsak bile... Durum değişmezdi. Kul kısmı günahsız olur muydu? Bir büyük şairimizin dediği gibi: "Nur topu günlerimin kanına girdim... İlahi emaneti, yedim bitirdim..." O emaneti bir enkaz haline getirmiş olsam da... Huzurdayım! İşte Yarabbi emanetin!.. Artık ulaşsın sonsuz Rahmetin, diyordum.

Ruslar on adım öteden bizi çembere almışlardı. Ellerinde namluları bize çevrilmiş kalaşnikoflar vardı. Bir subay Rusça bir şeyler söylüyordu. "Dilimizi biliyor musunuz?" diyormuş. Abdullah hiç oralı olmuyordu. Anlamıyormuş gibi davranıyordu. Hepsi elleri tetikte, on kadar askerdi.

Subay bize; işaretle: "Silahlarınızı yavaşça indirin! Ve yere atın!" diyordu. Öyle yapacaktık. Silahları omzumuzdan çıkarır çıkarmaz. Abdullah birden: "Allahü Ekber!" diye bağırdı. Aniden sırt sırta verdik ve tetiğe bastık. Bir saniyede etrafı taramıştık. Ruslar neye uğradıklarını bilemediler. Oldukları yerlere düştüler. Ben ateş etmeye devam ediyordum. Abdullah: "Yeter! Bunların daha arkası vardır! Mermilerini boşa harcama!.." dedi. İleriden "Tekbir sesleri" yükseldi. Sahildekiler, Rus gemisinin yaklaştığını görünce, ışıkları söndürmüşler ve karaya çıkmışlardı. Rusların peşlerinden, gizli gizli yakınımıza kadar gelmişlerdi. Kurşunlar bize isabet eder diye ateş edememişler. Hep bir ağızdan tekbir getirmeye başladılar:

– Allahü Ekber!.. Allahü Ekber!..

La İlahe İllallah!.. Allahü Ekber! Allahü Ekber!

Ve lillahil Hamd!..

Evet... Allah büyüktür, Allah büyüktür!

O'ndan başka ilâh yoktur!..

Allah büyüktür, Allah büyüktür!

Övmek ve övülmek yalnız O'na mahsustur!..

Kurtların sesi duyulmuyordu. Dağlarla aramızda koskoca bir orman vardı. Çığ tehlikesi de ortadan kalkmıştı. Nelere kadirsin Yarabbi!.. Motordakiler 20 kişi kadarlarmış. Hepsinin ellerinde kaleşnikoflar vardı. Rusların da silah ve mermilerini aldılar. Kardeşlerimizle teker teker kucaklaştık...

Gümüş yüzlü ayın parlak gülüşü yavaş yavaş sönüyordu. Çünkü artık sabah oluyordu. Ancak tehlike henüz geçmemişti. Denizde koskoca bir sahil koruma gemisi bekliyordu.

Hem hız, hem de silah bakımından bizden mutlaka üstünlerdi. Kimbilir içinde kaç asker vardı? Onlardan nasıl kurtulacaktık? Basit bir motorla kurtulabilir miydik?

Birbirimize söylemiyorduk ama, hepimiz aynı şeyi düşünüyorduk. Onları karada beklemeliydik. Nasıl olsa gelecеklerdi.

Laz kaptan:

– Acaba gördiler mi bizim motorimizi? diyordu.

Abdullah:

– Hiç görmezler mi? Onların radarı vardır, dedi.

– Ha gitmeyelum motora da... Onlarla çarpişalum ha burada...

Demek ki hepimiz aynı fikirdeydik.

Zaten Ruslar'ın bir kısmını öldürmüştük. Komutanları da ölenler arasındaydı. Bir gemide iki komutan olmazdı. Demek ki bellerini kırmıştık. Kalanları burada bekleyecektik. Arslanlar gibi çarpışacaktık. Allah ya bize verecekti, ya onlara... Ben tam bunları söyleyecektim ki, düşman gemisinden silah sesleri geldi. Önce bize ateş ediyorlar zannettik. Ağaçları kendimize siper ettik. İşin sonunu bekleyecektik. Acaba karaya mı çıkacaklardı? Yoksa arkadaşlarını burada bırakıp kaçacaklar mıydı? Bu zayıf bir ihtimaldi. Açıkta demirlemiş olan Rus gemisinden bir süre hiç ses çıkmadı. Gemi hareket de etmiyordu. Neyin nesi olduğunu anlamaya çalışıyorduk. Biraz sonra gemiden bir ezan sesi yükseldi. Kulaklarımıza inanamıyorduk. Bir mucizeyle mi karşı karşıyaydık? Bir ezan ki, yeni iman etmiş bir müminin ilk gözyaşları ve kalp atışları kadar sıcak, samimi ve berrak... Ne olduğunu anlayamamıştık. Biraz sonra denize bir karartı düştü. Sanki güverteden atmışlardı. Karartı kulaç atarak bize doğru geliyordu. İki kişiyi sahile koşturduk. Her ihtimale karşı tedbiri elden bırakmıyorduk. Ağaçları siper almış, bekliyorduk. Gelen bir Rus askeriymiş. Arkadaşlar yardım ettiler. Kollarından tutup karaya çektiler. Sahil Güvenlik'te görevli bir müslüman gürcüymüş. Olanları bize anlatacaktı. Öncelikle gemide kaç kişi ve kaç silah olduğunu anlatmalıydı. Bir tuzak olabileceğini düşünüyorduk. Gürcü üzüldü. Boynunu büktü. "Gemide silah var, ama hiç asker yok..." diyordu. Hepsi 13 kişilermiş. On kişi komutanla birlikte karaya çıkmışlar. Kendisiyle beraber üç askeri gemide bırakmışlar. Gürcü asker "Silah seslerinden sonra, tekbir seslerini duyunca Ruslar'ın cehennemi boyladıklarını anladım. Birden gözyaşlarına boğuldu. Bir taraftan hıçkırıyor, bir taraftan da anlatıyordu:

– Ben sizin kardeşinizim. Bırakın sorgulamayı sizinle kucaklaşmak için yanıp tutuşuyorum! Hani müminlik ferasetiniz?.. Beni niçin kucaklamıyorsunuz da soru yağmuruna tutuyorsunuz? Nerede "Yaradanın nuruyla nazar eden müminler" diyerek bizi adeta paylıyordu. Sözleri hepimizi üzmüştü. Bir anda "Allahü Ekber!.." sesleriyle gökler inledi. Fiili ifade galip gelmişti. "Kal"e, lüzum yoktu. İşte "Hal" ortadaydı. Gürcü kardeşimizi teker teker bağrımıza bastık. Hep birlikte motora çıktık. Elbiselerini değiştirdik. Çay suyu koyduk. Ve onu dinlemeye koyulduk. Dalgalar teknemizi salıncak gibi sallıyor, çay suyu lıkır lıkır kaynıyor, Gürcü kardeşimiz yarım yamalak Türkçe'siyle sanki tarihin en tatlı destanını anlatıyordu:

– Motoru çok önceden gördüler diyordu. Sizi gizlice buraya kadar takip ettiler. Işıkla işaret verildiğini görünce, sahilde birilerinin bulunduğunu anladılar. Sizi önce kaçakçı sandılar. Kıstırıp pay alma hevesine kapıldılar. İki Rusla beni gemide bıraktılar. Öbürleri yüzbaşının komutasında karaya çıktılar. "Motoru nasıl olsa hallederiz. O bizden kaçamaz" diyorlardı. Bekleyenlerin sizler olduğunuzu bilselerdi, belki de görmezlikten gelirlerdi. Ruslar mücahitlerden çok korkuyorlar. Onlarla asla karşılaşmak istemiyorlar. Ruslar karaya çıktıktan yarım saat sonra silah seslerini duyduk. Arkasından da tekbir sesleri yükselince iki Rus: "Gemiyi alıp kaçalım" dediler. Ben kendilerine fırsat vermedim. Ve onları öldürdüm. Sizin hangi milletten olduğunuzu bilmiyordum. Size İslam'ın ortak diliyle seslenmeyi uygun buldum. Ve ezan okudum... Bundan daha güzel kardeşlik mesajı olur mu?" diyordu...

Güneş doğmak üzereydi. Tekrar karlı bir düzlükte cemaatla namaz kıldık. Sonra Ruslar'ın kanlı elbiselerini üzerlerinden çıkardık. Onları temizleyip kendimiz giyecektik. O kılıkla Rusya'nın içlerine kadar sızmak çok daha kolay olacaktı.

Rus leşlerini bir çukura attık. Üzerlerini karla karışık toprakla kapattık. Motora döndük. Orada ne kadar silah, mühimmat, erzak, kap, kacak, işe yarar eşya varsa, hepsini Rus gemisine taşıdık. Direğe ay yıldızlı bayrağı çektik. Laz kaptan sevinçten uçuyordu:

– Ha bu gemiyi oyle boyayacağum ki, Yeltsin'in Deniz Kuvvetleri Komutani tanimayacak oni, diyordu.

Karadeniz ufuklarında doğan pırıl pırıl bir sabah güneşi, İslam'ın küçük çapta bir zaferine daha şahit oluyordu. Ve yavaş yavaş gökleri kaplayan pamuk yığını bulutlar, sanki başarımızı selamlıyordu.

Ben:

– Mutlaka Şamil Basayev'in yanına gideceğim. Ve onunla omuz omuza Rus kâfirlerine karşı çarpışacağım! diyordum. Bunun zor olacağını söylüyorlardı. Israr ediyordum.

Abdullah:

– Şamil Basayev kartal gibidir. Hangi göklerde uçacağı, düşmanı nerede kıstıracağı neresinden vuracağı hiç belli olmaz. Nerede olacağını da önceden kimse bilemez. Onu nasıl bulacaksın, diyordu.

Dinlemiyordum.

– Allah nasip etmişse bulurum, diyordum.

Gündüz yolculuğu tehlikeli olabilirdi. Rus gemisini gizli bir koya çektiler. Kendi motorumuzu olduğu yerde batırdılar. Güneşin batmasını bekleyeceklerdi.

Ben sabırsızlanıyordum. Namazlar kıldık... Sohbetler ettik... Zikirler çektik... Geçmişi andık... Hatıralar anlattık... İstikbale ait hayallerimiz yoktu. Yolun sonuna geldiğimizi hepimiz anlıyorduk...

Yarı hüzün, yarı heyecan içinde karanlığın çökmesini bekledik. Bütün gece yol aldık. Ertesi sabah Gürcistan sahillerine varmıştık. Burada ikişer, üçer kişilik guruplara ayrılacaktık.

Her ne kadar, Gürcü Hükümeti, Çeçen savaşçılara sıcak baksa da yine de tedbiri elden bırakmamak gerekiyordu.

Artık rahattık.

Kimimiz dağlardan, kimimiz de gizli bir tünelden geçerek Çeçenistan'a ulaşacaktık. Tünel kilometrelerce uzunluktaymış. Karanlık, ıslak, soğuk ve oldukça darmış. Gürcistan- Çeçenistan sınırındaki bir dağın altından geçiyormuş. "Çileli Çeçenler, kadın, çocuk, yaşlı demeden, belki de yıllarca çalışarak, bu tüneli adeta tırnaklarıyla kazdılar" deniyordu. Bu tünel onların dünyaya açılan nefes borusuymuş... Böylesine, inançlı, tedbirli, gayretli, hürriyet âşığı, kahraman bir kavim dünya yıkılsa, tarihten silinir miydi? Rus kâfirlerine karşı başlattıkları büyük cihat, 400 yıldır devam ediyordu. Mukaddes topraklarında tek bir Rus askeri kalmayıncaya kadar da devam edecekti.

Ben soğuğa dayanamazdım. Tünelden gitmek daha güvenli olsa da, biz dağ yolunu seçtik.

Ne kadar tedbirli davransak, Allah'ın murat ettiği yerde ölecektik.

Ne fark ederdi?

Artık uzatmayım?

Yol ayrımına gelmiştik. Kardeşlerimizle birer birer kucaklaştık. Gözyaşlarımızı içimize gömerek ayrıldık. Bize: "Haydi uğurlar ola!.." dediler. Dualar ettiler. Karşı dağın yamacını aşıncaya kadar, mendil salladılar. Gürcü kardeşim, Çeçen'ce biliyordu.

– Yolumuz epeyce uzun ve yorucu, diyordu.

İnşaallah bir problem çıkmazdı. İçerilere daldıkça, iklim gibi, manevi hava da değişiyordu. Bereket ki kardeşim yolları iyi biliyordu.

Dağlardan, vadilerden, nehirlerden, cennet gibi bağlık bahçelik yerlerden geçiyorduk. Küçük ihtiyaçlarımız için Kafkas dağlarının eteklerine serpilmiş, müslüman köylere uğruyorduk. Üniformaları bir torbaya koymuştuk. Gerektiği zaman kullanacaktık. Her gittiğimiz köylerde izzet ikram görüyorduk. Müslüman köylüler, bizi nasıl ağırlayacaklarını bilemiyorlardı. Kafkasya'da misafirperverlik dillere destandı. Her köyde yer sofraları kuruyorlar, neleri varsa önümüze koyuyorlardı. Bizi cepheye giden kendi evlatları gibi bağırlarına basıp uğurluyorlardı. İman ne güzel bir bağdı? Kur'an'da bahsedilen gerçek kardeşliği, insan bu gurbetlerde canlı olarak yaşıyordu. Kafkasya'da konuşulan sayısız diller vardı. Bunların çoğunu Gürcü kardeşim de biliyordu. Müslüman köyleri, birer şehadet parmağı gibi göklere uzanan minarelerden anlıyorduk. Dillerini bilip konuşmamıza hiç lüzum yoktu. Gözlerimizle anlaşıyorduk. Kelimesiz muhabbet ediyor, birlikte namazlar kılıyorduk.

Bir diyara vardık ki... Tabiatı da, insanları da farklıydı. Dağların zirveleri, bulutlar arasında kayboluyordu. Kayalar bıçakla kesilmiş gibi keskin, sert ve yalçındı. Bakışlar haşin ve hırçındı. Bir Allah'ın selamını verdiniz mi, bütün bu sertlikleri ipek gibi yumuşuyordu. Dağıstan'mış orası... Hz. Şeyh Şamil'in mukaddes ülkesi... Öğlen vakti girmiştik o vadiye... Yamaçlarda sağlı sollu köyler vardı. Bahçeler içine serpili taştan evler, birer kartal yuvasıydı sanki... Halı gibi yemyeşil çay kenarlarında, koyunlar, kuzular otluyordu. Harman yerine benzeyen bir düzlükte, genç kızlar ve erkekler, halka olup oturmuşlardı. Anlamadığımız bir dilden hareketli şarkılar söylüyorlardı. Bir taraftan da el çırpıyorlardı. Orta yerde bir genç kızla bir delikanlı, kafkas oyunları oynuyordu. Genç kız kumrular misali, seke seke dönüyor, delikanlı kanat açmış kartallar gibi onu takip ediyordu. Biraz ileride, birkaç delikanlı yarış yapıyorlardı. Eyersiz atlar, sanki kanatlanmış uçuyordu. Beride iki genç güreş tutuyordu. Az sonra ezanlar okunmaya başladı. Yarışanlar durdu. Şarkılar, alkışlar sustu. Şelalelerin gürültüsünden ezan seslerinin ne taraftan geldiği anlaşılmıyordu. Sanki müezzinler birbirleriyle yarışıyordu. Bütün vadi ezan sesleriyle dolmuştu. Sesler, dağlar arasında yankılar yapıyordu. Ve ilâhi davetler birbirine karışıyordu. Sanki yeryüzündeki tüm canlılar, gökyüzünün görünmeyen sakinleriyle kucaklaşıyordu. Kainat vahdet halindeydi. Zerrelerden kürrelere kadar ne varsa... Hepsi Allah'ı zikrediyordu. İşte o mukaddes diyarda böylesine İlâhi bir hava vardı. Bazı gençler aceleyle dere boyuna iniyorlardı. Abdest alıp namaz kılacaklardı. Biz de aynı derede abdest aldık. Binbir renkli çiçeklerle bezeli yemyeşil bir çimenlikte, namaz kıldık. Namazdan sonra etrafımıza toplandılar. Dillerini bilmiyorduk. "Çeçenistan" dedik. "Cihat"tan bahsettik. Anladılar. Bazı gençler kalkıp boynumuza sarıldılar. Süt sağdırdılar. Sofra kurdurdular. Bize izzet ikramda bulundular. İçine ekmek, peynir, yağ koydukları bir çıkını elimize tutuşturup bizi dualarla yola vurdular. Tek tek hepsiyle kucaklaştık. Güvercin bakışlı güzel kızlar da bize dua ediyorlardı. Bunu kıpır kıpır dudaklarından anlıyorduk. Delikanlılar ilerideki bir tepeye kadar bizimle geldiler. Elleriyle, kollarıyla işaretler yaparak, bize gideceğimiz yolları tarif ettiler. Çeçenistan'a savaşmak için gittiğimizi anlamışlardı. Gözlerinde Kafkas dağları büyüklüğünde savaşma azmi vardı. Bu azim ve inanç oldukça mukaddes Kafkasya bir gün mutlaka kurtulacaktı. Yarı gıpta, yarı hüzün, yarı hayranlıkla, biz yamacı aşıncaya kadar arkamızdan baktılar. Sanki: "Keşke biz de sizinle birlikte gelebilseydik" diyorlardı. Tüm Kafkasya halkları gibi onlar da ufacık bir kıvılcım bekliyordu. Uyanacaktı mukaddes Kafkasya, mutlaka uyanacaktı. Dört asırlık esaret zincirlerini çatır çatır kıracaktı. Böylesine hürriyet aşkına dağlar dayanamazdı. Uyanacak ve İslam alemine örnek olacaktı. Bir uçtan bir uca... Yeryüzündeki bütün müminler, tek bir kalp halinde birleşecekti. Ve İslâm'ın o mukaddes meşalesi, Kafkas dağlarının tepelerinde sonsuza kadar insanlığa ışık saçmaya devam edecekti. İşte ancak o zaman, büyük ve eşsiz mücahit, Hz. Şeyh Şamil, bu yiğit evlatlarına hakkını helâl ederdi. Şeyh Şamil... Evet, Allah Resûlü ve yakınlarından sonra en çok sevdiğim Hz. Şeyh Şamil...

Senden önce gelen o büyük aşkımı, sana anlatmalıyım ki, bu sevdaya nasıl düştüğümü daha iyi anlayasın selvi boylu, güzel Gülnihal'im!..

XI

Hz. Şeyh Şamil...

Kuzey Kafkasya'nın kartal bakışlı imamı...

Öyle bizdeki gibi, dilleri ipotekli, ilimleri kelepçeli... Ellerine tutuşturulan hutbeleri minberlerde mecburen okuyan... Ve fakat içleri kan ağlayan, yarı köle, zavallı imamlardan değil. Allah Resûlü'nün çılgın fedaisi... Belki velisi... Ama hiç şüphesiz, o yolun en büyük delisi... Daha önce "Yaşlılar Meclisi"nin kararıyla, Kafkasya müslümanlarına Başbuğ seçilen eşsiz lider... Allah Resûlü'nün işaretleriyle, İslâm'da ilk gerilla teşkilatını kuran ve Mekke Müşrik Devleti'ne, kısa zamanda kan kusturan, büyük Sahabe Ebu Basir'in izindeki en büyük insan.. Korkusuz yiğit, gerçek mücahit, dünya gerillasının örnek lideri ve İslâm'ın 19. yüzyıldaki büyük önderi, Hz. Şeyh Şamil... Bir avuç insanla, zamınının süper gücü, koca Rus Çarlık ordularına, tam 25 sene kan kusturan, dünya tarihinin eşini az gördüğü büyük komutan... Mecbur kalmadıkça, meydan savaşlarına girmiyor. Çünkü bire karşı bin, on bin fazla güçlerle cephe savaşlarında başarı sağlanamayacağını herkesten iyi biliyor. Bazen tek başına, bazen de, yanında üç, beş, en çok da yedi bahadırla, beyaz atının üzerinde, Rus birliklerinin içlerine deli bir rüzgâr gibi dalıyor ve onları darmadağın ederek dağlara çekiliyor. Çarlık Ordusu gece-gündüz peşindedir. İnsanlar ona karşı, korkunç bir dehşetin yanında, gizli ve derin bir sevgi duymaktan da kendilerini alamazlar. Hele de Rus kadınları... Kafkas kartalı Şamil, onların hayalinde bir efsane kahramandır. Her kesim için onun canlı yakalanması en büyük gayedir. Çar, komutanlarına emir verir:

– Şamil'i canlı istiyorum!..

Kimse diyemez ki: Deprem önlenir mi? Kasırga ele gelir mi? Rüzgâr yakalanır mı? Şimşeği tutmak mümkün olur mu?..

Aylar süren aramalardan sonra bir gün...

Şeyh Şamil'in tek başına, bir dağa doğru gittiğini haber alırlar. O güne kadar o dağa tırmanan bir insan, ne görülmüş, ne duyulmuştur. Efsaneye göre orası tekin değildir. Tıpkı kardinal şapkası gibi boz ve kesif bir bulut, tâ yukarılarda etrafını çepeçevre sarmıştır. Zirvesi sadece Allah'a açık, insanlara kapalıdır. En güneşli günlerde bile, kimse o dağın tepesini çıplak gözle görememiştir. Oraya tırmanmaya kalkışacak olanların da çarpılacağına inanılır. Koni biçiminde bir dağdır. Bir tarafından bombeli sırtlardan zirveye tırmanmak mümkün olsa bile... Öbür taraftan buna asla imkan yoktur. Kefereler ne bilsinlerdi ki, başı göklerde dağlar, peygamberler durağıdır, evliyalar yatağıdır. İnsanoğlu oralarda huzur bulur, ilhamlar alır, vahye muhatap olur. Allah Resûlü, muazzam ve muhteşem Risalet görevine başlamadan, mukaddes Hıra Dağı'nın ıssız mağarasında az mı düşüncelere dalmıştı? Ve Mekke Çölleri'nden, insanlığın kurtuluş ümitlerinin odaklaştığı Münevver Medine Şehri'ne Hicret ederken, en sadık dostuyla, ana kucağı kadar sıcak ve huzur dolu Sevr Mağarası'na sığınmamış mıydı?.. Hz. Şeyh Şamil'di bu... O da ilhamını Allah'tan alandı. Onun için kuş uçmaz, kervan geçmez, ıssız dağlardan daha elverişli bir yalvarma, tefekküre dalma, Rabbi'ne yönelme ve göklere yükselme yeri olabilir miydi? Şamil'in bu iç dünyasını bilemeseler bile... Ruslar onun tek başına o dağa tırmandığına, gözleriyle görmüşcesine inandılar.

Şimdi anlatacaklarımı, o harekatta görev alan bir Rus Generali hatıralarında yazdı. Şöyle diyordu General:

– Üç alayı o dağın eteklerine yığdık. Yanaşık düzen içinde, dağın tepesine doğru tırmanma emri verdim. Saflarımız arasından kuş olsa bir adamın kaçıp kurtulması mümkün değildi. Dağ zirveden eteklere doğru dikine kesik bir koni biçimindeydi. Askerimiz zirveye yaklaştıkça, saflarımız daha fazla sıklaşıyordu. Öbür tarafı zaten duvar gibi dimdik bir uçurumdu. Artık Şamil'i elimizde sayıyorduk. Bunu telsizle haşmetli Çar'ımıza da bildirdik. Bizce devletimizin başındaki, büyük gaile artık sona ermişti. Şamil'i yakalama şerefini almak için, subaylarımız adeta birbirleriyle yarışıyorlardı. En cesur ve becerikli bir yüzbaşıyı Şamil'i yakalamaya memur ettim. Yüzbaşı yanına beş on asker alarak, bulutların içine daldı. Askerimiz blok halinde ilerliyordu. Zirveye çok yaklaşmıştık. Kesif bir sis vardı. On adım ilerisini göremiyorduk. Birden yüzbaşının çığlığını duyduk:

– İşte Şeyh Şamil!.. Şeyh Şamil!.. Aman Tanrım!.. Göklerde Şeyh Şamil!.. Uçuyor uçuyor, Şeyh Şamil!.. diye...

Çılgınca bağırıyordu. Yüzbaşının çıldırdığına hükmettik. Birbirimizi çiğneyerek zirveye koşuştuk. Hakikaten uçuyordu. Olağanüstü bir olayla karşı karşıyaydık. Olamazdı böyle bir şey!.. Gözlerimize inanamıyorduk! Yanlış görmüyorduk. Gerçekten uçuyordu!

Beyaz atının üzerindeydi. Siyah pelerini ona kanat olmuştu! Siyah-beyaz bir kartal gibiydi! Gümüş gibi parlayan bulut yığınları arasından aşağılara doğru süzülüyordu.

Sonradan anladık ki, yakalanacağını hissedince, atını uçurumdan aşağıya sürmüş, kahramanca ölümü, zillet ve esaret içinde yaşamaya tercih etmişti. Yiğitliği karşısında hepimiz donup kalmıştık. Ona hayran olmaktan kendimizi alamıyorduk. Açıktan söylemesek de... "Bağımsızlık böylesine kahraman evlatları olan bir milletin hakkıdır" diyorduk. O uçurumdan atlayıp da sağ kalmak mümkün değildi. Şamil'in kat'i olarak öldüğü kanaatindeydik. Haşmetli Çar'ımıza: "Onu canlı yakalamanın mümkün olmadığını" bildirdik. Ancak emirleri olursa, ölüsünü Petersburg'a getirerek, halka teşhir edebileceğimizi söyledik. Yüce Çar'ımız önerimizi kabul buyurdular. Biz dağın öbür yakasına gidebilmek için iniş hazırlıklarına başladık. Bu mutlu haber kısa zamanda Rusya'nın her yanına duyurulmuştu. Kilise çanları durmadan çalıyordu. Halk bayram ediyordu. Dağdan aşağıya inmemiz zirveye tırmanmamızdan daha zor oldu. Birinin ayağı kaydı mı yüzlerce askerimiz domino taşları gibi üst üste yığılıyordu. Saatler sonra düzlüğe inebildik. Artık hava kararmıştı. Şamil'in ölüsünü almayı ertesi güne bıraktık. Belki de aylardır ilk defa olarak rahat bir uyku çektik. Şamil ölmüş, efsane bitmişti. O ıssız dağlarda kim gelip de birliğimize baskın yapacaktı? Yine de etrafa nöbetçiler dikmeyi ihmal etmedik. Bu dağ adamları, dağ rüzgârları gibiydi. Ne yandan esecekleri, nasıl vuracakları hiç belli olmazdı. Sanki içlerinde hiç sönmeyen bir ateş vardı. Kırıldıkça çoğalıyorlardı.

Şamil'in ölüsünü almak için, saatler süren bir yürüyüşten sonra dağın öbür tarafına gittik. Şamil'in cesedi ortalarda yoktu. Uçurumun dibinde sadece atının ölüsünü bulduk. Hayvan parça parça olmuştu. Şamil'in ayak izlerini teşhis ettik. İnce bir kan şeridi ne tarafa gittiğini gösteriyordu. "Belki bir yerde düşüp kalmıştır" diyerek izleri epeyce takip ettik. İzden anlayanlarımız: "Bu adam yaralanmış ama... Yarası ölümcül değil..."

dediler. Sanki dünya başımıza yıkıldı. Biz şimdi haşmetli Çar'ımıza ne cevap verecektik? Aleme rezil olmuştuk. Şamil yine bir zafer kazanmıştı. İleride bir kayanın mermer gibi tertemiz ve dümdüz alnına, kendi kanıyla şu sözleri yazmıştı: "Allah'tan başka İlâh yoktur! O büyükler büyüğüdür! Ve merhametlilerin en merhametlisidir!"

Yerdeki kan izleri ilerideki bir Çeçen köyüne kadar gidiyordu. Gittik. Köylüleri sorguya çekecektik. Hepsi büyülenmiş gibilerdi.

– Şamil yaralı olarak buraya geldi. Bir bacağı kırılmıştı. Üstü başı kan içindeydi. Elbiselerini değiştirdik. Kırık bacağını ağaç kabuklarıyla sardık. Bizden bir at satın aldı. Ve şu tarafa doğru uçup gitti, dediler.

İşte Kafkas Kartalı Hz. Şeyh Şamil buydu.

Bir gün bir emirname çıkardı:

– Kim "Ruslarla barış yapalım" derse... Köy meydanında sırtına 80 deynek vurulacaktır, diyordu.

Bir kadın bu emri çiğnedi.

O kadın Şamil'in annesiydi.

Bir şey değişmezdi. İslâm'ın adaleti eşit uygulanırdı. Kimse Şamil'e: "Ne yapalım?" diye sormadı. Adalet çarkı kendiliğinden işledi. Görevli heyet, kadını sorguya çekti. Yasak suçu işlemişti. Sırtına 80 deynek vurulacaktı. Şamil gibi bir yiğidi doğuran ana, hiç perva eder mi?.. "İşte sırtım, adaleti yerine getirin!" diyordu. Üstelik yaptığına pişman da değildi.

– Ben anneyim! Ruslar bizden binlerce kat kuvvetli... Sonucu önceden belli olan bir savaştı, fidan gibi delikanlılarımız, ölüp gidiyorlar! Bu acıya dayanamıyorum! Allah hiçbir kavme çekebileceğinden fazla yük yüklemez! Bütün bağrı yanan annelere tercüman olarak diyorum ki: Barış yapılsın! Bu ümitsiz savaş sona ersin! Allah'ın bize zafer kazanacak kadar kuvvet nasip edeceği güne kadar bekleyelim!..

Annesinin savunmasını Şeyh Şamil'e anlattılar.

Şeyh, anasının yanına gitti.

Boynuna sarıldı. Ellerini öptü.

– Anacığım dedi, sen ki beni 9 ay karnında taşıdın. Mağaralarda doğurdun. Helâl sütle emzirdin. Helâl lokmayla büyüttün. Beşiğimi sallarken: "Ya şehit ol!.. Ya gazi!.." ninnileri söyledin! Cennete girmenin, orada Hz. Peygamber'in yanında olmanın, onun mübarek ayaklarına kapanmanın ne büyük şeref olduğunu öğrettin! Bu dünyadaki her şeyin geçici olduğunu söylerdin! Elbette ki, geçici bir özgürlük için değil... Biz ebedi saadet ve özgürlüğümüz için savaşıyoruz. Bu uğurda seve seve can vermeye değmez mi?.. Bu, Allah'ın verdiği canı O'nun Yoluna feda etmek değil mi? Zayıf ve güçsüz olduğumuza gelince... Allah Resûlü de, kendilerinden kat kat üstün olan kuvvetlerle çarpışmadı mı?.. Ve Allah her savaşta onlara zafer müyesser etmedi mi?.. "Özgürlükten daha büyük bir şeref ve şehitlikten daha üstün bir mertebe yoktur" diyen sen değil miydin? Beni kartallar kadar hür ve korkusuz yetiştirdin. Şimdi bu ne hal?.. (Hâşâ) Kâfirler Allah'tan da mı güçlüler ki sen: "Onlarla barış yapalım" diyorsun?..

Annesi bu ağır ve acı sözlere dayanamadı.

– Yeter Şamil'im!.. Yeter benim arslan oğlum, yeter, diye inledi. Haklı da olsan anneni kırma!.. Allah'a asi olma!.. Anababaya saygılı olmayı da ben sana öğretmedim mi?.. Sorgu sual gününde müşkil duruma düşmene dayanamam! İşte sırtım! Kırbaçlat beni!.. Adalet yerine gelsin!

Arslanın anası da arslan olmaz mıydı?..

Hz. Şeyh Şamil görevlilere döndü:

– Ben anamın mirascısıyım! Onun maddi varlığı nasıl bana intikal ediyorsa manevi sorumluluğu da bana ait olmalıdır, dedi. Sırtını açarak kırbacı elinde tutan görevliye emretti:

– 80 kırbacı bana vur!..

Adalet elbet yerine gelecekti.

Kırbaç cezasını Şamil'e uyguladılar.

Bu infazı bütün Kafkasya halkları duydular. Zahirde "Özgürlük"den, esasında "Allah'ın nizamını dünyaya hakim kılmak inancından" daha şerefli bir yol olamayacağını anladılar. Ve değersiz bir oyuncakla oynarcasına, bugüne kadar hayatlarıyla oynamaya devam ettiler. Onlar için şerefli bir ölüm, şerefsiz bir hayattan bin defa üstündür. Buna bütün kalpleriyle inanacaklardı. Tevhid bayrağı altında, kitleler halinde can veren yiğitlerin ardı arkası gelmeyecekti. Nice isimsiz kahramanlar kanlı gömlekleriyle cennetlere uçacaktı. Orada Allah Resûlü'nün mübarek ayaklarını öpeceklerdi. İşte bu yüzden bütün küfür dünyası, onların karşısında dize geldi. Bu azim, irade ve iman karşısında pes etmeyecek hangi kuvvet vardı?..

Ortadoğu'nun Jandarması Ruslar, asırlardır, diğer hristiyan mezhepleriyle, zulümde yarış halindeler. Ne kadar müslüman kanı dökerlerse, haçlılar aleminde o kadar itibar sahibi olacaklar. Önce Kafkasya Barajı'nı yıkacaklar. Sonra sıcak denizlere inecekler. Türklerden Doğu Roma'nın intikamını alacaklar. Ayasofya'yı tekrar kilise yapacaklar. Böylece bütün Haçlılar'ın kalplerinde taht kuracaklar. Ve dünyaya hakim olacaklar. Bugün de aynı amacı güdüyor, o domuzlar.

Kafkasya'da, dinleri bir, dilleri ve ırkları ayrı çok sayıda kavimler var. Ruslar'a göre orası. Cihan hakimiyetine giden, açılması nisbeten kolay bir kapı... Çünkü Batılılar için din, "Kitleleri uyutma aracı..." tek başına din birliği "Özgürlük ateşlerini" tutuşturamaz. İşte bu düşünceyle Rus ayısı, asırlardır Kafkasya kapısına musallat... Başta Türkiye olmak üzere... Bütün dünyaya, Kafkasya'nın kendi "arka bahçesi" olduğunu kabul ettirmiş. Asıyor, kesiyor, öldürüyor, eziyor. Oluk gibi kan akıtıyor. Bu korkunç facialar karşısında kimsenin sesi çıkmıyor. Buna

İslâm alemi de seyirci kalıyor. Çünkü "Mümin kardeşliği"ni çoktan unutmuşlar. "Bana dokunmayan yılan bin yaşasın" felsefesine teslim olmuşlar. Kafkas müslümanlarını, o zaman da tıpkı bugünkü gibi yalnız bırakmışlardı. Büyük Osmanlı'dan da kendilerine bir hayır yoktu. O kendi başının derdine düşmüştü. Bir zamanlar, halife sultanların ellerini, eteklerini öpen Batılılar koca imparatorluğumuzu içten yıkmaya çalışıyorlardı. Aramızda nice hainleri, kansızları satın almışlardı. Çoğu birbirlerinin dillerini dahi bilmeyen Kafkas müslümanları sahipsizdi, şaşkındı, kederliydi. Kahpece tuzaklar ve oyunlar karşısında çaresiz kalmışlardı. Çok geçmeden kutsal yurtları Ruslar tarafından işgal edildi.

O zamanki işgal kuvvetleri komutanı, General N. N. Raveyski, haçlılar dünyasına müjde verircesine korkunç bir itirafta bulunuyor! Ve aynen şöyle diyor: "Bizim Kafkasya'da yaptıklarımız, Avrupalı beyazların, Amerika yerlilerine uyguladıkları soykırım katliamlarından bin defa daha sonuç alınacak türdendir. Çok yakında bütün Hristiyan alemi görecektir ki, tüm Kafkasya'da, taş üzerinde taş, omuz üzerinde baş kalmayacaktır."

Vay domuz vayyy!..

Vay kâfir vay!

İnsanlıktan hiç mi nasibini almadın?..

Dökülen kanlardan oluşan göller, yavaş yavaş denizleşiyordu. Zalim moskof bir gün o denizde boğulacaktı.

Birbirilerinin dillerini dahi bilmeyen Kafkas müslümanlarının bir tek kitapları vardı: Kur'an-ı Kerim... Ve bir tek müşterek dilleri vardı: Kur'an'ın dili... O mukaddes kitap: "Savaş hoşunuza gitmese de size yazıldı! Şüphe yok ki üstün gelecek olanlar, Allah'ın taraftarlarıdır! Allah yolunda savaşıp şehit olanları siz ölü mü zannedersiniz? Onlar diridirler ama siz bilmezsiniz!" demiyor muydu? Ve Allah'ın Resûlü; "Şehitler cennette benimle birlikte olacaklardır" dememiş miydi? Bu ışıklar, Kafkasya'yı aydınlatmaya yetti.

– Öyleyse hâlâ ne bekliyoruz, dediler. Niçin harekete geçmiyoruz? Kimden korkuyoruz? Allah Hayy'dır ve mazlum müminlerle beraberdir! Bundan büyük şeref olur mu? Göklerin sonsuzluğuna alışık, özgür kartallara, solucanlar gibi yerlerde sürünmek yakışır mı?..

Bu ateş manevi bir kıvılcım gibi kalplerden kalplere sıçradı. Bütün ruhları tutuşturdu. Onlar için İslam son derece sade bir dindi. "Önce 'İnandım' de!.. Sonra dosdoğru ol!.." İşte bu kadardı.

Dosdoğru olmak, imanlarının gereğini yapmaktı.

Onlar da öyle yaptılar.

Yıl 1780... İslam güneşi Kafkasya ufuklarında yükselmeye başlıyor. Şeyh Mansur adında bir yiğit: "Ya Allaaahhh!.." diyerek, mücahitlerin başına geçiyor. Çar sarayında telaş içindedir. Bütün planları suya düşecektir. Yılanın başı küçücükken ezilmelidir. İç savaş için çok büyük sayılacak bir ordu hazırlatır. En şöhretli generallerin komutasında onu Kafkasya üzerine yürütür. Başarı elde edemezler. Gittikçe kuvvetlerini artırırlar. Fakat nafile... Savaşlar tam 10 yıl sürer. 1791'de tarihin emsalini az gördüğü büyük bir orduyla Kafkasya'yı işgal ederler. Korkunç bir katliam yaparlar. Bir gece yarısı Şeyh Mansur'u esir ederler. Slisselaüg Hapishanesi'ne gönderirler. Çok geçmeden ellerine ayaklarına zincirler vurarak, çarmıha gererler. Günlerce o vaziyette tavanda asılı kalır. Kendi isteğiyle Rusları tanıdığına dair ona bir belge imzalatmak isterler. Şeyh Mansur bunu şiddetle reddeder ve kendisine bu teklifi yapan Rus generalinin suratına tükürür. Bunun üzerine "Yahudilerin Hz. İsa'ya yaptıklarının" bin misli işkence ederler. Yeryüzüne meleklerin saf saf indiği bir şafak vakti... İslâm aleminin diğer ülkelerinde, sabah ezanları ufukları sararken, Şeyh Mansur'u hunharca şehit ederler.

Şehitler toprağa düşen tohumlar gibidir. Bir ölür, bin dirilirler. Onların mübarek kanları, yağmur bekleyen bereketli topraklara düşen rahmettir. Nice ruhları tutuştururlar. Nice çölleri dalga dalga yeşertirler. Allah'ın sünneti değişmedi. Yine öyle oldu.

Şeyh Mansur'un yerine Gazi Muhammed geçti. Rusların tam "Bitti" dedikleri anda savaş yeniden bütün şiddetiyle başladı. Ve yıllarca sürdü. Ruslar kendilerine umut bağlayan Haçlılara karşı rezil olmuşlardı. Artık canlarını dişlerine takmalı ve Haç'ın karşısında Hilâl'i yükselten şu çapulcu(!) kalabalığa tarihin unutamayacağı bir ders vermelilerdi. Ancak bir türlü üstünlük sağlayamıyorlardı. Kaleyi içten fethetmek kurnazlığına başvurdular. Kendisi ve büyük bir kahraman olan Hacı Murat'ı benlik davasına düşürdüler. "Sen Kafkas müslümanlarına daha iyi hizmet edersin..." diyerek kandırdılar. İslâmi Vahdet'i parçaladılar. Büyük askeri güçlerle Hacı Murat'a yardım ettiler. Gimri önlerinde tarihin en büyük savaşlarından biri oldu. Gazi Muhammed Şehit düştü. Onunla aynı safta çarpışan, ilerinin büyük imamı Şamil ağır yaralandı. Hacı Murat, maalesef henüz uyanamamıştı. Bir türlü birliğe yanaşmıyordu. Ah nefis ahhh!.. Gazi Muhammed'in şehadetinden sonra, bayrak İmam Hamzat'a emanet edildi. Hacı Murat nasihatleri dinlemiyordu. "Benim" diyerek burnunun doğrusuna gidiyordu. Rus Generali Voronosof'un teşvikiyle, iki yıl sonra (1834'te) İmam Hamzat'ı camide şehit etti.

Artık sıra tarihin gördüğü en büyük kahramanlardan, Kafkas Kartalı, şanlı imam Hz. Şeyh Şamil'e gelmişti. Bir müslüman için kardeş kanı dökmekten daha feci ne olabilirdi? İmam Şamil geçmişi unutmak istedi. Hacı Murat'a haber saldı. Ona dostluk elini uzattı. Sırt sırta verdiler. Aşilta'da, Ahulgo'da,

Tilitl'de, bire karşı bin üstünlükteki Rus ordularını darma dağın ettiler. Ruslar yıllarca toparlanma fırsatı bile bulamadılar. Sanki Kafkaslar'dan bir çığ kopmuştu. Mütemadiyen üzerlerine doğru geliyordu. Şamil zamanında Çeçenler, düzenli ordulara karşı, gerilla savaşlarının en unutulmaz örneklerini verdiler. Kafkasya'da İslâmi bir düzen kurdular. Yalnız insan haklarını değil, hayvan haklarını bile kutsallaştırdılar. Anayasaları Kur'an'dı. Gayeleri insandı. İnsanları "Kula Kul" olmaktan kurtarmaya çalışıyorlardı. Tam 25 yıl, gece-gündüz demeden Ruslara kan kusturdular. Artık Batılılar da ayakları üzerinde duramayan, aciz dindaşlarını bırakmışlardı. İngilizlerle Fransızlar (tarihte ilk defa olarak) Kırım Savaşı'nda Osmanlı'nın yanında yer aldılar. Rusya yenildi. Bunun asıl sebebi Kafkaslar ve Şeyh Şamil'di. Maalesef Osmanlı bundan istifade edemedi. Kafkasya'ya el uzatmadı. Birkaç yıl sonra yenilginin acısını çıkartmak için, 160 bin kişilik muazzam bir ordu hazırladılar. Baş Komutanlığa Prens Baryatinskiy'i getirdiler. Hz. Şeyh Şamil ve bir avuç mücahidin bulunduğu Vedeno Kalesi'ni kuşattılar. Hz. Şeyh Şamil yanındaki 400 yiğitle, son barınağı olan Gunip'e çekildi. Yakınlarını bir kalede topladılar. Kurtların koyun sürüsüne daldıkları gibi Rus saflarına saldırdılar. Bire karşı dörtyüz olan Ruslara karşı amansız bir savaşa girdiler. Artık ümitleri kalmamıştı. Cennetlere uçup, Hz. Peygamber'in ayaklarına kapanma şerefine erişmek aşkıyla arslanlar gibi çarpışıyorlardı. Çoğu teker teker şehitlik şerbetini içtiler. Büyük imamın yanında topu topu 100 bahadır kalmıştı. Gece bastırdı. Korkunç savaş şafakla birlikte yeniden başlayacaktı.

O gece Hz. Şeyh'in gözüne uyku girmedi.

Şu bir avuç insan da ölürse... Kafkasya'da müslümanların kökü kurutulmuş olacaktı. Ve bu kutsal yurtları küffarın eline düşecekti. Belki de ebediyyen onların hakimiyetleri altında kalacaktı. Sabahlara kadar namazlar kıldı. Tesbihler çekti. Nakşibendi kolunun altın silsilesine rabıta yaptı. Ellerini açıp

Allah'a yalvardı. "Bana bir yol göster Ya Rabbi" diyordu. Kimbilir ne kadar niyazda bulundu. Ne kadar gözyaşı döktü. Artık tanyeri ağarıyordu. Ezan okuttu. Cemaatle sabah namazı kıldılar. Sırtında sütbeyaz bir cüppe vardı. Göğsündeki çapraz fişekliği, kaması, kılıcı, tabancası ve başındaki kalpağıyla bir masal kahramanına benziyordu. Dağlar gibi bir heybetle yerinden doğruldu. Ve arkadaşlarına şunları söyledi:

– Bugün belki de dünyadaki son günümüzdür! Aranızda helâlleşin! Haklarını birbirinize helal edin! Ölürsem sırtımdaki şu cüppe benim kefenim olacaktır! Allah sizinledir! Hz. Peygamber, cennette kollarını açmış bizi bekliyor! Bana da hakkınızı helâl edin!..

Yüz mücahit birbirleriyle kucaklaşıp helâlleştiler. Şamil'e de haklarını helâl ettiler. Kalplerinde şehitlik ateşi, içlerinde peygamber aşkı ve cennet hayalleriyle, son yolculuğa çıkmaya hazırlardı.

O sırada bir haber geldi. Yaşlılar Meclisi toplanmıştı. Şeyh Şamil'i çağırıyorlardı.

Göklere set çeken bir dağın yamacında küçük bir kale vardı. Savaşlarda canlarını kurtarabilen bir avuç, kadın, çocuk, yaşlı, hasta müslüman oraya sığınmışlardı. Dev gibi bir Rus ordusu, kaleyi dört bir yanından sarmıştı. Etraf ufuklara kadar asker kaynıyordu. Güneş bir mızrak boyu yükselmişti. Şeyh Şamil'i bekliyorlardı. Şamil beyaz atının üzerinde rüzgâr gibi geldi. O kadar askerin arasından nasıl geçmişti? Allah dilerse kâfirlerin kalplerini mühürler, kulaklarını sağır eder, gözlerinin üzerine de bir perde çekerdi.

Şamil huzura girdi.

Yaşlılardan biri meclisin kararını ona kısaca bildirdi; ve aynen şöyle dedi:

– Allah görüyor ki hiç gücümüz kalmadı. Eli silah tutan bütün yiğitlerimiz şehit oldular. Geride ihtiyarlardan, kadınlardan, çocuklardan başka kimsemiz yok... Senin yanındaki bir avuç bahadır, şu muazzam küffar ordusu karşısında birkaç saatten fazla dayanamaz. Savaşmaya devam edersek kâfirler Kafkasya'yı cehenneme çevirirler. Taş taş üzerinde bırakmazlar. Kundaktaki çocuklarımızı bile yaşatmazlar. İffet timsali kadınlarımızın karınlarını yararlar. Ana rahmindeki ceninleri çıkartıp parça parça ederler. Bu durumda yapılacak hiçbir şey kalmadı. Sen görevini fazlasıyla yaptın. 25 yıldır ehl-i imanı yere baktırmadın. Sesimizi bütün dünyaya duyurdun! Buna yarın mahşer gününde, Allah katında hepimiz şahitlik ederiz. Görülüyor ki Ruslar'la barış yapmaktan başka hiçbir çaremiz kalmadı. Siz teslim olursanız, kılımıza dokunmayacaklar. İslâm'ın Kafkasya'da devam etmesi, sizin kararınıza bağlı gibi görünüyor. Elbette ki takdir Allah'ındır. Bağrımıza taş basarak, size yaptığımız bu teklif, bütün Kafkasya müslümanlarının arzusudur! Karar senin, takdir Allah'ındır. Biz böyle düşünüyoruz. Son söz yine de senindir. Biz sana biat ettik. Kararın karşısında boynumuz kıldan incedir...

Bu sözler karşısında Hz. Şeyh Şamil, yaralı bir arslan gibi kükredi:

– Muhterem büyüklerim! Kararınız başım üzerine amma... Görüyorsunuz ki benim elim hâlâ kılıç tutuyor. Kaldı ki son kalan insan da ben değilim. Günib Kalesi'nde daha 100 bahadırımız var. Tek başıma da kalsam, ben şahsen ölünceye kadar savaşmak kararındayım. Bırakın savaşayım. Ben öldükten sonra, siz barış yaparsınız!

– Hayır Şamil!.. dediler. Siz lidersiniz. Lidersiz kalan bir toplum, koyun sürüsünden farksız olur. Bir kurbağa sesinden bile ürküp dağılabilir. Sürüyü çobansız bırakmaya hakkımız yok!.. Sen sağ kalacaksın! Ciğerimiz yanarak şunu söylemeye mecburuz ki: Ruslara teslim olacaksın, 100 sene, 1000 sene sonra gelecek olan, Kafkasya halkları adına onlarla barış şartlarını konuşacaksın. İnsanın nefsine ağır gelen, mutlaka hakkında hayırlı olandır. Sen Hz. Ömer'den daha mı onurlusun? O Hudeybiye Anlaşması'nı anında içine sindiremediği için, bütün ömrü boyunca az mı pişmanlık gözyaşları döktü?.. Kötü bir barış, bazen umutsuz bir savaştan daha hayırlı olabilir? Fahr-i Kainat Efendimiz, mübarek ellerini göklere açıp yalvarsaydı, neler olmazdı? Bunları neden düşünmüyorsun, Şamil?..

Büyük imamın gözlerinden sicim gibi yaş akmaya başladı.

– Allah'ın bütün müminlere, çok basit şartlarla vadettiği cenneti benden niçin esirgiyorsunuz? Ondan aldığımız bu canı, onun yoluna vermek çok mu zor? Nice yiğitlerimizin uçarak gittikleri cennetlere ben elbette ki lâyık değilim! Zayıf bir ümit de olsa, o yolda can verme saadetinden beni nasıl alıkoyarsınız? Bu kadar savaşlardan sonra, çaresiz kocakarılar gibi aksıra tıksıra rahat döşeklerde mi öleceğim? Ya Rabbi!.. Sen de bu bedbahtlığı, bu günahkâr kuluna reva görecek misin?..

Daha fazla konuşamadı. Sözleri boğazında düğümlendi. Hıçkırıklardan boğulacak gibi oluyordu. Heyet de, onları dinleyenler de ağlıyordu. O zamana kadar hiç konuşmayan ak sakallı bir zat ayağa kalktı:

– Şamil sen ölürsen bir tekimizi sağ bırakmazlar. Milletimizin istikbali ve çocuklarımızın hayatta kalması için sen esareti sineye çekmelisin! Bir mümin için esaret ölümden bin beterdir. Bunu hepimiz biliyoruz. İşte bu yüzden, senden zor olanı istiyoruz. (Etraftakileri göstererek) Şu zavallı insanlarımızın, şu gencecik fidanlarımızın hayatta kalabilmeleri sana bağlı Şamil!.. Allah rızası için teklifimizi kabul et!..

O sırada gözcüler bir haber getirdi:

– Bir Rus heyeti geliyor!.. dediler.

Ellerinde beyaz bayraklarla bir gurup düşman, kale duvarlarının dibine kadar yaklaştılar. Bir general içerdekilere seslendi:

– Haşmetmeap yüce Çar'ımızın fermanıdır. Şeyh Şamil bizim misafirimiz olmayı kabul ederse, kimsenin kılına dokunulmayacaktır! İstediğiniz şartlarla da barış yapılacaktır! Bu karardan bütün yabancı devlet sefirleri de haberdar edilmiştir! Sözümüzde duracağımızı bütün dünya karşısında, yeminle teyid ediyoruz!..

Yapılacak bir şey yoktu.

Büyük Şamil, herkesle tek tek kucaklaşıp helalleşti. İki çocuğunu yanına aldı. Çünkü Ruslar bunu da şart koşmuşlardı. Kale kapısını açtırdı. Atının huysuzlanıp şahlanmasına, bir adım ileriye gitmek istememesine rağmen ilk defa elinde şimşek gibi kılıcı olmadan Rus saflarına doğru yaklaştı. Bu zillete kendini alıştırmaya çalışıyordu. İçinden gizli gizli dua ediyordu. Kendi kendine, "Müminler her olanda bir hayır umarlar. İnşaallah bunda da bir hayır vardır" diyordu.

Ruslar gözlerine inanamıyordu.

Gerçekten bu gelen Şeyh Şamil miydi?

Tıpkı bir dağ gibi üzerlerine yürüyordu.

Elinde beyaz bir bez parçası vardı.

Bütün ömrünce Tevhid bayrağı taşıyan, büyük Şamil'in eline bu teslim bayrağı hiç yakışmıyordu. Bu ne büyük bir imtihandı? İçinden: "Ya Rabbi bana dayanma gücü ver!" diye yalvarıyordu. Bu hali düşmanları bile ona yakıştıramıyordu. Ama kaderdi bu... İlerisini Allah'tan başka kim bilebilirdi? Biraz önceki general:

– Lütfen elinizdeki bayrağı bırakın! dedi. Siz bize esir değil, misafirsiniz!

Bu, toprağa atılan acı bir tohum gibiydi. Tam bir buçuk asır sonra yeşermeye başladı. 20. asrın sonlarında, o Şamil'in yerini başka bir Şamil aldı: Rusların korkulu rüyası, Şamil Basayev...

O da Çeçenistan-Dağıstan Federasyonu'nu kuracaktı. Her dilden, her ırktan Kafkasya Halkları'nı bir bayrak altında toplamaya çalışacaktı. Ve İslâm milletinin 21. asırdaki yeni imamı olacaktı. Bu millet zemzem suyu gibiydi. Az ve durgun görünürdü amma içildikçe çoğalırdı. Bin dört yüz küsur yıldır, tüketile tüketile, ne azaldı, ne bitti.

Selam size, kutsal Kafkasya'nın bahadır evlatları!..

Mazlum müminlerin gönül fatihleri!..

İslâm aleminin göz bebekleri!..

Onların sönmek üzere olan iman ateşlerini inşaallah siz yeniden tutuşturacaksınız! Bu dünyayı kâfirlerin ve onların yerli uşaklarının başlarına zindan edeceksiniz!

Şeyh Şamil'in teslim olduğu her tarafa yayıldı. Sanki İslam ufuklarında uğursuz şimşekler çakıyordu. Onu Petesburg'a götüreceklerdi. Haşmetmeap 2. Çar Aleksandr öyle istemişti. Şamil'in gönlünü Kafkasya'nın tapusu gibi görüyordu. Bütün maharetini kullanarak, onu kazanmaya çalışacaktı. Baştan başa Rusya ayaktaydı. Kiliseler durmadan çan çalıyordu.

Kadın, erkek, genç, ihtiyar, herkes akın akın başkente akıyordu. Hele sarı saçlı, mavi gözlü Rus güzelleri, hayallerindeki efsane kahramanı çıplak gözle görebilmek için yanıp tutuşuyorlardı.

Önde bir bölük asker... Arkada bir bölük asker... İki yanda generaller... Arkada babaları kadar mağrur iki oğlu... İkisi de vahşi kartallar kadar soylu...

Ve şaha kalktıkça kişnemeleriyle ortalığı çınlatan, nal sesleriyle etrafa kıvılcımlar saçan soylu atı üzerinde Hz. Şeyh Şamil...

Eğilmez başı göklerde... Sanki esir değil de muzaffer bir kumandan... Rus sürülerine tepeden bakıyor.

Ve onunla tesadüfen bir an göz göze gelen genç kızların içine kan akıyor. Kartal ve iki yavrusu...

Göğüslerinde çapraz atılmış fişeklikleri... Bellerinde, kamaları, kılıçları, tabancalarıyla...

Kavmini ilâhların gazabından kurtarmak için, seve seve ölüme giden mitoloji kahramanları gibilerdi. Kılıçları sallandıkça soylu atların sağrısına değiyor.

Rüzgârlarla yarışmaya alışık bu mübarek hayvanlar, son derece huzursuz oluyorlardı. Belki de at nesli, sırtında o güne kadar böylesine korkusuz kahramanları taşımamıştı. Hz. Peygamberi miraca götüren, mübarek burağın soyundan bu mübarek hayvanların içine sanki ayrılık acısı çökmüştü. Bu eşsiz kahramanları, kendi ayaklarıyla düşmana teslim edemezlerdi. İçlerinde şimşekler çakıyordu. Kadere isyan edercesine başlarını havaya dikiyor, gemlerini geviyor, yerlerinde duramıyor, kanatlanıp uçmak için sanki bir emir bekliyorlardı. Şamil dizgini çektikçe, atı kişneyerek şaha kalkıyor, ayaklarıyla taşları oyuyor, etrafa kıvılcımlar saçıyordu. Öbür iki at da öyleydi. Hemcinsleri Rus atları sanki zulme hizmet ettiklerinin farkındalardı. Onların yanında mahcup, yavaş, suçlu, uyuz eşşeklere dönmüşlerdi. Genç kızlar yalnız Şamil'e değil, atına da hayran olmuşlardı.

Konvoy saraya yaklaşıyordu. Önce borular çalındı. Sonra kilise çanları çalmaya başladı.

Ruslar kendi usullerine göre, Hz. Şeyh Şamil'in saraya yaklaşmakta olduğunu ilan ediyorlardı. Meydan ufuklarına kadar dalga dalga insanlarla dolmuştu. Petersburg başkent olalı böyle bir kalabalık görmemişti. Çar Aleksandr sarayın kapısında göründü. Müthiş bir alkış koptu. Askerler ve subaylar atlarından indiler. Kartal ve iki yavrusu son derece mağrurlardı. Sanki içlerinden: "Ya Rabbi!.. Beni benim gözümde küçült düşmanın gözünde büyüt" diye yalvarıyorlardı. Doru at, daha fazla hırçınlaşmıştı. Huzursuzluktan ne yapacağını bilemiyordu. Şaha kalkıyor, kişniyor, tepiniyor, çelik nallarıyla, mermer döşeli yerleri dövüyor ve etrafa kıvılcımlar saçıyordu. Bir süvari yüzbaşı, dizginlerinden tutmaya çalıştı. Şamil'in inmesine yardım etmek istiyordu. Kaş yaparken göz çıkarıyordu. Bunun hiç farkında değildi. Cevabını doru küheylandan aldı. Mübarek hayvan öylesine bir şaha kalkdı ki... Az kalsın subayı çiğniyordu. Sanki ona: "Sen kimsin ki, at sırtında dünyaya gelen bu büyük insana yardım edesin!" diyordu. Yüzbaşı kendini kenara attı. Şeyh Şamil'in vefalı atı, sanki küffara ders veriyordu. Kimseyi yanına yaklaştırmıyordu. Onlar yaklaşmaya çalıştıkça daha fazla hırçınlaşıp kuduruyordu. Çar epeyce beklemek zorunda kaldı. Sonunda Hz. Şeyh mübarek eliyle atının yelesini okşadı. Hayvan birden bire sakinleşti. Süvarisi indi. Güzel yanaklarını okşadı. Kara gözlerini öptü. Hal diliyle sanki onunla vedalaşıyordu. Mübarek hayvan iki damla gözyaşını kimseden saklayamadı.

Çar görgülü ve terbiyeli adamdı. Giriş kapısındaki yüksek sahanlıktan merdiven dibine kadar indi. Büyük misafirini, büyük bir nezaketle karşıladı. "Hoş geldiniz" diyerek elini sıktı. "Önden buyur" ederek, şeref kapısına yöneltti. Kartal içeriye girmeden, aşağıdaki mahşeri kalabalığa son bir defa baktı. İnsan denizinden bir uğultu yükseldi. Ne dedikleri anlaşılmıyordu. Alkışlar uğultulara, uğultular "Yaşaaa!.." seslerine karıştı. Hayranlık kimeydi? Alkışlar kimin içindi? Pek belli olmuyordu. Çılgın doru çaresizdi. Sahibinin arkasından taze bir gelin gibi bakıyordu. Ve güzel gözlerinden sicim gibi yaşlar akıyordu.

Büyük Şamil...

İki metre, 5 santim boyunda...

Allah'tan başka kimsenin önünde eğilmeyen, efsane kahraman...

Mitolojik ilâhlara taş çıkartacak kadar yakışıklı ve heybetli...

Beyaz sakalı iman dolu göğsünden aşağıya doğru tıpkı bir şelale gibi akıyor.

İleri yaşlarda bir yiğit ki, hayal edilenden daha mükemmel...

Genç kızların hayallerini süsleyen beyaz atlı prensler ona seyislik yapamaz.

İleri gelen devlet adamları ve general karıları, onu Çar kulu, uyuz kocalarıyla kıyaslıyorlar. Olmadık hülyalara dalıyorlar. Ve prenslerin kolundaki genç kızlar, sık sık iç geçirmekten kendilerini alamıyorlar. Rus büyükleri çocuklarına: "Bu tabloyu unutmayın! Şu anda tarihi bir efsanenin çöküşüne şahit oluyorsunuz! Bu sizin en güzel anınız olacaktır. İleride siz de çocuklarınıza 'Biz bu gözlerle Kafkas Kartalı Şamil'in yıkılışını gördük' diyeceksiniz. "Şeyh Şamil'in bize teslim oluşu, bin yıldır devam eden Haçlı Savaşları'nın en büyük zaferidir!" diyorlardı.

Büyük imama, esir muamelesi değil, gerçekten şerefli bir misafir muamelesi yapılıyordu. Kendisine çok iltifatlar ediyor, gönül alıcı sözler söylüyordu. Şamil onu hiç dinlemiyordu. Başı Kafkas dağlarının başları kadar dumanlıydı. Kalbi zikirle meşguldü. İstese de duyamazdı. Çar'ın sözleri Kafkas dağlarının eteklerinde yuvarlanan boş bir teneke tıngırtısı gibi kalıyordu. Şamil'in bulunduğu zirveye bir türlü ulaşamıyordu. Çar Şamil'in yanında cicili bicili kart salon soytarısı durumuna düşmüştü. Oradaki bütün Ruslar, İslami bir şahsiyetin karşısında, pırlanta, elmas ve yakut taşlarıyla süslü altın madalyaların, ne kadar değersiz şeyler olduğunu anlıyorlardı.

Birkaç gün sonra Çar'ın oğlunun düğünü vardı. Avrupa'nın ve dünyanın en ünlü, kralları, kraliçeleri, dükleri, düşesleri, baronları, baronesleri, prensleri, prensesleri davetliydi. Süslü üniformalar içinde bir protokol subayı Çar'a yaklaştı. Saygıyla kulağına eğildi. Ve ona bir şeyler fısıldadı. Çar ayağa kalktı.

Orta yere uzun bir sofra kurulmuştu. Etrafında göz kamaştıran altın yaldızlı koltuklar vardı. Protokol sırasına göre herkesin yeri önceden belirlenmişti. Misafirler kendilerine ayrılan yerlere oturmuşlardı. Duvarlar, tavanlar, sütunlar her taraf pırıl pırıldı. Sofranın tam ortasına yukarıdan muhteşem bir avize sarkıyordu. Çar davetlilerden özür dileyerek söze başladı:

– Haşmetli Krallar, saygıdeğer konuklarım! Biraz sonra tarihi bir şahsiyeti tanıyacaksınız! Kafkasya'nın efsanevi lideri Şeyh Şamil burada olacaktır! Ancak onurlu bir insandır. Bildiğiniz gibi hırçın bir dağlıdır! Protokol ve teşrifat işlerini bilmez! Kendisine bizzat ben refakat etmezsem, sofraya gelmeyebilir. Onun için müsaade ederseniz, ben kendilerini karşılamaya gidiyorum, dedi.

Bir merak ve heyecan dalgası sofrayı sardı.

Kraliçeler, baronesler, düşesler, prensesler heyecanlarını gizlemeye çalışıyorlardı. Biraz sonra altın kaplamalı kapılar açıldı. Mitoloji efsanesi, vakur adımlarla içeriye süzüldü.

Dışarıda büyük bir uğultu vardı. Şeyh Şamil'in de düğüne davetli olduğunu duyan halk, onu bir daha görebilmek için saray meydanını tıklım tıklım doldurmuştu. Kalabalığın uğultusu, yalı duvarlarına vuran engin bir denizin dalgaları gibi saray duvarlarını dövüyordu.

Biraz sonra salon kapıları açıldı.

Çarla, İmam koridorda göründüler.

Şamil önde yürüyordu.

Çar geride kalmıştı.

Ona yetişebilmek için adeta koşar adım yürüyordu. Şeyh'in bir adımına karşılık, o iki adım atmak zorunda kalıyordu. Kafkasların mağrur kartalına: "Biraz yavaş ol" diyecek insan da henüz yeryüzünde yoktu. Davetliler ayağa kalktılar. Bir alkış koptu. Bu alkışların da kimin için olduğu belli değildi. Başı göklerdeki yiğit insanı mı alkışlıyorlardı? Yoksa onun mağrur eteklerinde, süslü bir palyaço durumuna düşen şu basit Çar'ı mı?.. Çar ve generalleri bütün saygınlıklarını kaybetmişlerdi. Cıngıl cıngıl üniformaları içinde, gülünç durumda görünüyorlardı. Bunun kendileri de farkındalardı.

Böylesi törenlerde, herkesin elini sıkmak, en basit bir kibarlık gereğiydi. Yalçın kayalar kadar sert mizaçlı şu dağ adamı, kibarlığı şu salon züppelerinden mi öğrenecekti? Kimsenin elini sıkmadı. Onunla bir kerecik olsun, tokalaşmak için yanıp tutuşan soylu kadınlar, hayal kırıklığına uğramışlardı. Hz. Şeyh hiç oralı olmadı. Geçip kendine ayrılan koltuğa oturdu. Bir asalet ve şahsiyet abidesi gibiydi. Ömürleri boyunca cariyelik kurumundan nefret eden, şevketli ve asaletli şu soylu dişiler, onun cariyesi olmaya çoktan razılardı. Gönüllü kölelik, zoraki leydilikten daha üstün değil miydi? Onların hangisi, yalnız kocalarıyla yetiniyordu? Herbirinde biraz Anna Karenina'lık yok muydu? Kocaları da aynı durumda değiller miydi? Ömür boyu birbirlerini, bir yük gibi sırtlarında taşımayacaklar mıydı? Böyle mutluluk olur muydu? Bu hayat çekilir miydi? Keşke İslâm'a inansalardı da... Böylesi yiğitlerin ikinci, üçüncü, dördüncü karıları olsalardı. Yaradılışa uygun olan yüce İslâm, günah çıkarmaktan artık kararan kalplerini bir anda, bir sihir gibi hasretle doldurmuştu. Zapt edemedikleri saklı arzuları, namus lekesi gibi birbirlerinden gizliyorlardı.

Ev sahibi haşmetli Çar'ın bir konuşma yapması gerekiyordu.

Kadınların gözünde, birden bire, süslü birer kukla, ya da cıngıllı palyaçolar durumuna düşen Avrupa büyüklerinin en kudretlisi, Çar 2. Aleksandr Hazretleri (!) kalktı. Kürsüye ilk defa çıkan, bir ilkokul talebesinin heyecanı içindeydi. Konuşurken kekeliyor, şaşırıyor, nasıl duracağını, kime bakacağını, hele ellerini nereye koyacağını bilemiyordu. Bütün misafirlerine tek tek iltifat etmeye çalıştı. Sıra Şeyh Şamil için bir şeyler söylemeye gelmişti. Ne demeliydi? "Muzaffer bir kumandan" mı?.. "Mert bir düşman" mı?.. Yoksa basit bir esir mi?.. Birinci söyleyeceği kendisini küçültürdü. Sonuncusu haşmetli misafirlerine hakaret olurdu? Öyle ya... Onların sıradan basit bir esirle aynı sofraya oturtulmuş olmaları hiç yakışık alır mıydı? En doğrusu, Şamil'i mert ve şerefli bir düşman olarak takdim etmesi olacaktı. O da öyle yapmaya çalıştı. Epeyce tereddüt ve huzursuzluktan sonra mahcup bir çocuk gibi, sofrasının öbür başında kendisinin tam karşısında oturan Hz. Şeyh Şamil'den gözlerini kaçırmaya çalışarak ancak şunları söyleyebildi:

– Özellikle Kafkas kartalı İmam Şeyh Şamil Hazretlerinin Petersburg'da benim misafirim olmasından büyük bir şeref duyuyorum!..

Bütün gözler İmam'a çevrildi. Acaba bu son derece nazik iltifat karşısında, bu dağ adamının tutumu ne olacaktı? Çar'a aynı üslup ve incelikte bir cevap verebilecek miydi? Tahminlerin aksine Hazreti Şeyh bu nazik sözlerden alınmıştı. Kafkas dağlarının dumanlı tepelerinden yeni kıpırdamaya başlayan bir çığ sessizliğiyle ayağa kalktı. Ve tek cümle halinde Çar'a şöyle cevap verdi:

– Bununla beraber Çar Hazretleri, siz Kafkasya'da benim misafirim olsaydınız, ben daha büyük bir şeref duyardım!..

Ortalığa derin bir sesssizlik çöktü.

Kimse ne yapacağını, ne söyleyeceğini, bu çığın altından nasıl kurtulacağını bilemiyordu. Sanki Şamil orada sıradan bir esir değildi de Haçlılardan bütün mazlum müslümanların intikamını alan bir büyük cihangirdi. Allah'ın nasip ettiği iman, bir müminde, cesaret, şecaat, belagat, fesahat ve takva ile birleşince, işte böyle olurdu. O mümini, kendi gözünde küçültür, düşmanın gözünde büyütürdü.

Ya Rabbi!.. Bizleri düşman karşısında şiddetli, kendi aramızda merhametli olan kullarından eyle!..

Şamil'le iki oğlunu, Moskova yakınındaki Kalusa'ya götürdüler. Kartallar ancak kendi yuvalarında mutlu olurlardı. Burası ne kadar konforlu olsa da... "Bülbülün altın kafesi'nden farksızdı. Açıktan söylemeselerde kalpleri: "Ah vatanım, ahhh!.." diye çarpıyordu. Rüyada kendilerini hep Kafkaslar'da görürlerdi. Gündüzleri de, ara sıra esen rüzgârlar, onları hayalen alıp Kafkas Dağları'na götürürdü. Cesaretleri Rusya'da, ruhları Kafkasya'da gibiydi.

Çar Aleksandr, Kafkas halklarının güvenlerini kazanmak için elinden geleni yapıyordu. Hz. Şeyh Şamil'i sık sık Petersburg'a davet ederek, onun şerefine ziyafetler veriyordu. Bir gün yine böyle bir ziyafettelerdi. Alışıla geldiği gibi, protokol masasının bir başında Çar, öbür başında Şeyh Şamil oturuyordu. Birkaç koltuk ilerisinde bir Rus Generali vardı. Çiçek bozuğu, nursuz, çirkin suratıyla, tıpkı bir domuza benziyordu. Bir savaşta çok üstün kuvvetlerle Hz. Şeyh'in karşısına çıkmış ve kahpece bir planla onlara büyük zayiat verdirmişti. Bu kalleşliğini bir kahramanlık gibi gösteriyor, olayı etrafındaki soylu kadınlara bire bin katarak anlatıyordu. Tabii ki o kahpe generalin, hemen yakınında oturan bu adam olduğunu Hz. İmam bilmiyordu. Fakat bu adi adamın kendisi hakkında da iyi şeyler söylemediğini, kadınların kaçamak bakışlarından ve kıs kıs gülüşlerinden anlıyordu.

General domuz gibi fısırdayarak yanındakilere şöyle dedi:

– Şeyh Hazretleri kim olduğumu bilse, beni çiğçiğ yer...

Saraylı güzel bir kadın (Sırf insanı arzudan çıldırtan bu hoyrat dağlıyla bir iki kelime konuşmuş olmak için) gözlerini süzdürerek, generalin bu sözlerini Hz. İmam'a tercüme etti. Şamil'in buna cevabı, Kafkas dağlarından kopup gelen ve karşısına dev çıksa, sinek gibi ezip geçecek olan granit bir kaya sertliğinde oldu:

– Hanımefendi, söyleyiniz o düzenbaz herife!.. Onu çiğ çiğ yemek şöyle dursun pişirterek dahi yemezdim! Çünkü ben müslümanım! Benim dinimde domuz eti yemek haramdır!

Kadın bu sözleri Rusça'ya çevirince, sofrada bir kahkaha koptu. Domuz suratlı general, omuzundaki gazoz kapağı rütbeleri, göğsündeki eşşek nalı madalyalarıyla güya şan ve şerefini korumak için ayağa kalktı. Onu ezen sözler, Çar'ını da yamyassı etmişti. Şamil'e aynı ağırlıkta bir yanıt vermesi gerekiyordu. Birden hatırladı ki, bütün bu rütbe ve nişanlar, asla kendisinin hakkı değildi. Onları harp meydanlarından ziyade kokteyl salonlarından almıştı. Bunda nefes kesecek kadar güzel olan, cömert karısının da büyük payı vardı. Karısı eteğinden tutup çekti. "Otur yerine!.. Yanıt verme!.." demek istiyordu. Ormanlar kralı arslandan müthiş bir pençe yiyen, yaralı bir domuz gibi defolup gitti.

Çar Aleksandr, bu olaydan sonra, Kafkasya'nın vahşi kartalını, mümkün olduğu kadar kendinden uzak tutmaya çalışacaktı. Öyle yaptı. Ancak saygıda kusur etmiyordu. Şamil'in hemen her istediğini yerine getiriyordu.

Fakat ona eskisi kadar da yaklaşamıyordu.

Bir süre sonra Hz. Şeyh kendisinden bir talepte bulundu:

– Bu sene Haccül Ekber'dir. Kâbe'ye gitmek istiyorum.

Çar hiç ikilemedi:

– Olur Şeyh Hazretleri... Şu anda emir veriyorum. Yolculuğunuzun rahat geçmesi için ne lazımsa yapsınlar. Ancak artık yaşlandınız. Kâbe çok uzaktır. Yollar meşakkatlidir. Korkarız ki çok yorucu olur. İki mahdumunuz, Rusya'da bizim misafirimiz olarak kalmaya devam etsinler. Siz sağlıcakla gidip gelin... Yeriniz her zaman başımız üstündedir, dedi.

Hz. Şeyh ne demek istediğini derhal anlamıştı. Çar iki oğlunu rehin tutmak niyetindeydi. Hiç tartışmaya girmeden kabul etti. Ne kadar ahmaktı şu haçlılar?.. Her müminin kendini

Allah yoluna adamış olacağını ne zaman anlayacaklardı? Hz. Şeyh Şamil, bütün ortodoksların koruyucusu ve Avrupa'nın Asya'daki jandarması olan bu azgın Ruslarla savaşma imkanı bulacaktı da sırf "Oğullarım ellerinde esir" diye harekete geçmeyecekti, öyle mi?..

Onun daha büyük bir umudu ve düşüncesi vardı.

Birkaç yıl önce Osmanlılar, Kırım Savaşı'nda Rusları yenmişlerdi. Avrupa'nın en güçlü devleti olan İngiltere ve Fransa ile yaptıkları iş birliği anlaşması da henüz yürürlükteydi. Siyasi ortam son derece müsaitti. Osmanlı Rus'a vurursa, bütün Kafkasya ayaklanırdı. Rusya kendi kabuğuna çekilmek zorunda kalırdı. Bu, Batılıların da işine gelirdi. Allah'ın izniyle o zaman kutsal Kafkasya'da Tevhid bayrağı dalgalanırdı. Çar, Hz. İmam'ın kafasından geçenleri bilseydi. Hacca gitmesine hiç izin verir miydi? Onun da kendine göre bir umudu vardı. Aklı sıra Şeyh Şamil'le Halife Sultan'ı karşı karşıya getirmeye çalışıyordu. Ona göre Şamil'in cihanşumül şöhreti, Osmanlı sultanını korkutacaktı. Sultan bu korkuyla hatalar yapacak ve bu onurlu insanı kıracaktı. Böylece Kafkas halklarıyla Osmanlı karşı karşıya gelmiş olacaklardı.

Hazırlıklar kısa zamanda tamamlandı. Şeyh Hazretleri yola çıkmak üzereydi. Hac'ca İstanbul üzerinden gidecekti.

Çocuklarını çağırdı. Dizinin dibine oturttu. Onlara son vasiyetini yaptı:

– Hiçbir baba evladına karşı Allah'tan daha merhametli değildir. Anneniz sizi şehit olasınız diye doğurdu. Bunu hiçbir zaman unutmayın. Kur'an ve sünnet yolundan sapmayın! Müminler cennete ne kadar hasret çekerlerse... Cennet de onlara o kadar hasret çeker. Bilesiniz ki Fahr-i Kainat Efendimiz, orada kollarını açmış şehitleri bekliyor. Onun şefkat dolu kucağına atılmanın, mübarek ayaklarına kapanmanın tek yolu, İlayı kelimetullluh uğrunda can vermektir. Yani şehit olmaktır.

Bunu da hiçbir zaman unutmayın. Belki bir daha görüşemeyiz. Bu günahkâr babanıza hakkınızı helâl edin. Sizi, merhametlilerin en merhametlisi olan, Yüce Rabbibizin sonsuz Rahmetine emanet ediyorum...

Bunları söyledi ve Hz. Yakup'un Yusuf'una duyduğu muhabbetle, onları bağrına bastı. Başak sarısı saçlarını okşadı. Ellerini öptürdü. Yanaklarını öptü. Babalık hakkını helal etti. Ve gözyaşlarını içine akıtarak, mukaddes yolculuğuna çıktı.

İstanbul'a karadeniz yoluyla gidecekti. Bu haber Osmanlı Ülkesi'nde duyuldu. Yıldırım hızıyla bütün İslam Alemi'ne yayıldı. Asya'nın, müslüman Avrupa'nın, siyah Afrika'nın her tarafından, yürekleri Allah aşkıyla tutuşan nice mücahitler, Şeyh Şamil'le aynı zamanda hac yapmak için o sene Kâbe'ye aktılar. Aralarında Kuzey Afrika kahramanı Abdülkadir Hazretleri de vardı.

Suya hasret kupkuru topraklar, rahmeti nasıl beklerse... İstanbul halkı da Hazreti Şeyh Şamil'i öyle bekliyordu. Bütün müslümanların gözünde o, ilmi, ameli, cihad aşkı ve takvasıyla Allah Resûlü'nün gerçek varislerindendi. Çoktandır zafer ümidini kaybetmiş, müslüman halkın yüreğine, Kafkas Dağları'ndan zafer rüzgarları estiren insandı. Allah yoluna canını, cananını, evlad-ü iyalini, varını, yoğunu adamış büyük bir kahramandı.

Geleceği günün şafak vakti, İstanbul için görülmemiş bir bayram oldu. Bütün halk, çatanalar, motorlar, küçük- büyük kayıklarla Marmara Denizi'ne doluşmuşlardı. Hemen herkesin elinde bir gemici feneri vardı. Onları Karadeniz Boğazı'na doğru sallıyorlardı. Hz. Şeyh'in gelişini kutluyorlardı. Gece karanlığında on binlerce fener, ateş böcekleri gibi uçuşarak koyu mavi sulara yansıyordu. Marmara Denizi sanki tutuşmuş yanıyordu. Ve güzel İstanbul, sabaha kadar göklere yükselen tevhid, tekbir ve salavat sesleriyle inliyordu.

Şafak sökerken, büyük İmamı getiren Rus gemisi, ufukta göründü. Mavi Marmara birden mahşer yerine döndü. Tekbir ve tehlil sedaları yeri- göğü sarsıyordu. Sultan Abdülaziz yatağından kalktı. Sarayburnundaki sarayından dışarıya baktı. Aman Allah'ım, o ne mahşerdi? Denizin üzeri insan kaynıyordu. Deniz avuç kadar bile görünmüyordu. Ufukta görünen gemi çok büyük bir güçlükle yol alabiliyordu. İstanbul'un minareleri, mahyalarla donatılmıştı. Gökyüzü de Marmara gibi, pırıl pırıldı.

Sabah ezanları okunmaya başladı. Yanık sesli müezzinler, her zamanki gibi, ezanın sonunda: "Namaz uykudan hayırlıdır!" diyorlardı. Fakat bu sabah başkaydı. Müminler bu sözleri: "Cihad, fani hayattan hayırlıdır!" şeklinde algılıyorlardı.

Bu, sanki müslümanlara ilahi bir ihtardı. Bu ihtar, camilerden camilere zincirleme ulaşıyor, kıyılarda dalgalanıp, tepelerde yankılar yaptıktan sonra... Ilık sabah rüzgârlarına karışıyor ve gittikçe hız kazanarak bütün İslâm Alemi'ne yayılıyordu.

Sultan Abdülaziz, mümtaz misafirlerini, büyük bir nezaketle karşıladı. Onunla konuştukça gösterdiği bütün yolların doğru olduğuna da inandı. Yazık ki imparatorluğun içi, bir cadı kazanı gibi kaynıyordu. Fitne her tarafı sarmıştı. Genç zabitler, Frenk hayranıydı. Kart paşalar devletin kaderiyle oynuyordu. Fesat, hiyanet, entrika almış yürümüştü. Halife Sultan'ın yapabileceği pek bir şey yoktu. Kendi hayatı dahi, emniyette değildi. Nitekim çok geçmeden, kâfirlerin yerli uşakları, Halife Hazretlerini şehit ettiler. Ölümüne de intihar süsü verdiler.

Şehit Padişah, Şeyh Şamil'in bütün söylediklerini, yüzünde tatlı bir tebessümle ve tasvip ifadesiyle, sonuna kadar dinlemişti. Bunlar her ne kadar, arz ve istirham üslubu içinde söylenmiş olsalar da Halife Hazretleri, o doğru sözleri, bir çeşit tehdit gibi algılamaktan bir türlü kendini kurtaramıyordu. Çünkü sabahtan akşamlara akşamlardan sabahlara kadar halk, Sarayburnundan ayrılmıyordu. Hz. Şeyh Şamil'i dünya gözüyle bir defa görmek istiyorlardı. Büyük İmam sık sık sarayın balkonuna çıkmak zorunda kalıyordu... Bu yoğun alaka ve hayranlık, Halife Hazretlerini huzursuz ediyordu. Onun için tek çare, bu büyük mücahidi, bir an önce İstanbul'dan göndermekti. O da öyle yaptı.

– Hac hazırlığı yapılsın, diye ferman buyurdu.

Bunu bütün İstanbul halkına duyurdu. Böylece Hz. Şeyh Şamil'i bir oldu bitti karşısında bırakmış oluyordu.

Birlikte kıldıkları bir cuma namazından sonra, Şeyh Şamil'e niyetini açıkldı:

– Şeyh Hazretleri, Hac zamanı geçmek üzeredir. Bütün hazırlıklar tamamlandı. Maiyetinize verdiğimiz görevliler, hareket emrinizi bekliyorlar, dedi.

Şeyh Şamil'e "Emir Padişahımızındır" demekten başka ne kalıyordu?

Sultan onun bir an önce İstanbul'u terk etmesini istiyordu. Hac bahanesiydi. Kafkaslar'ın korkusuz kartalı, bunu acı acı anladı. Ne yapabilirdi? Kanatları kırk yerden kırıktı. Kadere karşı çıkmaya imkan var mıydı? Söylenene boyun eğdi. Yine gözyaşlarını içine akıtarak saray erkanı ve İslam Halifesiyle helalleşti. Ve mukaddes topraklara ulaşmak duası ve aşkıyla yollara düştü.

O sene Haccül Ekber'di.

Dünya nüfusunun bugünkünün onda biri kadar bile olmadığı o günlerde, Kabe-i Muazzama'da, bir milyona yakın hacı vardı. Herkes Hz. Şeyh Şamil'i görmek istiyordu. Kâbe'nin damına çıkmadan onu herkes göremezdi. Bu sözlerin söylenmesi bile büyük İmamı ürpertiyordu. "Ben bu toprakların küçücük bir zerresi bile olamam... Kâbe'nin damına nasıl çıkarım?" diye... Kendisine bu teklifi yapanları, kırıp döküyordu.

Bir ilim şurası toplandı.

Hz. Şeyh'in Kâbe'nin damına çıkmasında... Çıkıp orada müslümanları selamlamasında... Bir mahzur olup olmadığını tartıştılar.

Beytullah (Allah'ın Evi) Sidretül Münteha'daki "Beyti Mamur"un dünyadaki benzeriydi. Bir insan Kâbe'nin damına çıkmakla, ondan yükseğe çıkmış olamazdı. Hiçbir mahluk, Kâbe'nin sonsuza uzanan ucundan daha yükseğe erişemezdi. Her meselede rehberimiz Hz. Peygamber ve onun mükerrem sahabeleriydi. Mekke'nin Fethi'nde Hz. Bilâl Habeşi de Kâbe'nin damına çıkmamış mıydı? Bu kararı Hz. Şamil'e bildirdiler. İkna etmek için çok çalıştılar. İmam onlardan mühlet istedi. O gece istihareye yattı. Kimbilir emri nereden aldı ki ertesi günü teklifi kabul etti. Böylece Hz. Bilâl'den sonra, Mukaddes ve Muazzam Kâbe'nin damına çıkan ikinci insan oldu. Harem-i Şerif ve etrafı mahşer gibiydi. Gökleri inleten: "Lebbeyk!.. Allahümme Lebbeyk!.." coşkularıyla sanki yer gök inliyordu. Dünyanın dört bucağından gelen günahkâr kullar, tıpkı Kalü Belâ'daki gibi Allah'a ikrar veriyorlardı. Yeniden: "Kabul ettim Allah'ım!.. Kabul ettim!.. Senin şerikin ve benzerin yoktur! Övmek ve övülmek ancak sana mahsustur! Mülk senindir! Ortaksız olan, yalnız sensin sen!.." diyorlardı.

Büyük bir insan denizi dalga dalga ufuklara kadar uzanıyordu. Büyük Şeyh Şamil, kendisini şu müminlerin ayakları altındaki bir kum tanesi kadar bile göremiyordu. Kollarını açarak bütün müslümanları selamladı. Kafkaslar'a doğru döndü. İçinden kısa bir dua yaptı. Artık bu mukaddes topraklardan ayrılamazdı. Her taraftan Allah Resûlü'nün kokuları geliyordu. Onun ve gökteki yıldızlar gibi olan sahabelerinin ipek tabanlarını öpen bu mübarek yerlerden ayrılmak kolay mıydı? Kalbi Kafkasya'da gönlü cennette, ruhu ve cesedi bu mukaddes topraklarda kalarak öbür tarafa göçecekti.

– Elveda Kafkasya!.. Benim kutsal yurdum elveda!.. diyerek...

Gözyaşları içinde Kâbe'nin damından indi. Hac bitti. Hasret bitmedi. İçinde bir ateş vardı, Şamil'in...

Ravza-i Mutahhara'ya, (Yani Hazreti Peygamber'in mübarek kabrine) gitmeden sönmeyecekti bu ateş... Hac farizesini yerine getirir, getirmez, Medine-i Münevvere'ye yöneldi.

Yolculuk çok yorucuydu. Günlerce sürdü. Kafkas dağlarının, yazın bile erimeyen karları vardı. Zirvelerden eteklere doğru, kol kol, yol yol uzanırlardı. Her mevsimde, her tarafta, hayat fışkırırdı. Oraların püfür püfür esen soğuk ve sağlam rüzgârlarına alışık olan eşsiz kartal... Kavurucu sıcaklara dayanamıyordu. O, yorgunluk denen miskinliği, kılıç şakırtılarıyla üzerinden atmaya alışmıştı. Şimşekler ona kırbaç, rüzgârlar kanat olurdu. Soylu atının sırtında, ufuklardan ufuklara uçardı. Kâh başı dumanlı dağların, göklerle kucaklaştığı zirvelerinde görünürdü. Kâh yemyeşil vadilerde, pırıl pırıl akan çay kenarlarında olurdu. Namazlarını ıslak çayırlar üzerinde kılardı. Halbuki bu çöller başkaydı. Buralarda Allah'a duyulan inançtan ve O'nun aşkıyla dolu olmaktan başka bir güzellik yoktu. Bu ıssız bucaksız çöllerde, aşk ve iman adeta zorunluydu. Bu sonsuzluk ve sonsuz boşluk içinde iman en büyük ihtiyaçtı. İnsanı buralarda aldatıcı şeylere meylettirecek hiçbir güzellik yoktu. O korkunç yalnızlıktan kendinizi Allah'a daha yakın hissediyordunuz. Yorgun, sabırlı, yavaş ve hantal develerin sırtında... Git git, yollar bitmiyordu. Şamil belki de hayatında ilk defa olarak, yorgunluğun farkına varıyordu.

İçinde ateş, dışında ateş vardı.

Hz. Peygamber'in mübarek kabrine bir an önce kavuşabilmenin alevleri içinde yanıyordu. Bu ateşin yanında, çoluk çocuğuna ve kutsal yurduna duyduğu hasret ateşi çok sönük kalırdı. Ne kadar sabırsızlansa, kervan temposunu değiştirmiyor, develer adımlarını sıklaştırmıyordu. Kader onu dünyadan koparmıştı. Kuru bir yaprak gibi meçhul bir sona doğru sürüklüyordu. Herkesin vahalar hayal ettiği, seraplar gördüğü, çöl sahrasında, ne zaman geleceği bilinmeyen ölüm meleğinin ipek kanatlarını özlüyordu. Bu gidişin dönüşü yoktu. Bu yolların sonu, ebedi saadetler ülkesine çıkardı. Ak ak olan sakalından aşağıya doğru süzülen gözyaşlarını, yanındakilerden gizlemeye çalışıyordu. İkide bir de çaresiz kocakarılar gibi ağlamak hiç hoşuna gitmiyordu. Yazık ki buna engel olmak elinde değildi. Savaş onun için fiili duaydı. Şimdi onu bırakmış, nice miskinler gibi sadece kavli duaya sarılmıştı. Durmadan yalvarıyordu. Allah'tan kendisine şehitlik nasip etmesini istiyordu. İçinden derinden derine bir ukte vardı. Allah'ın kılıcı ünvanlı büyük sahabe, Hz. Halit, ölümünden birkaç saniye önce hıçkıra hıçkıra Allah'a şöyle yalvarmıştı:

– Ya Rabbi!.. Senin yolunda her savaşa katıldım! Vücudumda kılıç yarası olmayan, el kadar bir yer kalmadı. Bana şehitliği nasip etseydin, yüce şanından bir zerre mi eksilirdi? Gelinlik kız gibi beyaz kefenlerle huzuruna geleceğime kanlı gömleklerimle gelmeyi isterdim, demiş ve ruhunu teslim etmişti.

Kendisi de mi öyle olacaktı?

Bu kadar mücadeleden sonra yatalak kocakarılar gibi rahat döşeklerde mi ölecekti? Bunları düşündükçe gözyaşları sel olup akıyordu.

Dünyada geçmeyen zaman mı vardı? İşte bu yolculuk da sona ermek üzereydi. Bir şafak vakti... Tanyeri ağarırken... Medine-i Münevvere'ye girdiler.

Yürekler hafifledi... Yüzler aydınlandı... Yorgunluklar bir anda unutuldu. Ruhlar kanatlanmış gibi oldu. Mukaddes Medine, bir nur deryası içinde yüzüyordu.

Rehberlerden biri, Hz. Şeyh Şamil'e, biraz ötedeki nur kaynağını gösterdi:

– İşte Ravza-i Mutahhara!..

Şamil devenin sırtından bir yay gibi aşağıya atladı. Gözyaşları içinde yerlere kapandı. Düştü sandılar. Kollarından tutup kaldırmak istediler. Bir silkindi. Herkes bir yana devrildi. Tekrar yere kapandı. Ak sakalını, yerlere sürüyordu.

"Kimbilir, belki de bu kum tanelerinin arasında, vaktiyle Allah Resûlü'nün ipek topuklarını öpen bir toz zerresi vardır" diye düşünüyordu.

Bu aşkla kupkuru yerleri kucaklıyor, kumları avuç avuç yüzüne gözüne sürüyor, sanki o kızgın çölleri gözyaşı selleriyle sulamaya çalışıyordu.

Deli olduğuna hükmetmişlerdi. Elbette öyleydi. O Allah yolunun en büyük delilerinden biriydi. Yerden güçlükle kaldırdılar.

Ravza-i Mutahhara'ya yaklaşmışlardı ama daha epeyce yol vardı. O sıcakta, oraya kadar yaya gitmek, oldukça zordu. Deveye bindirmek istediler. Allah Resûlü'nün huzuruna hayvan sırtında gitmek... Bu ne büyük gaflet, ne küstahlıktı!

Mümkün olsaydı, boynuna bir kölelik zinciri takardı.

Ve o mübarek kapıya, diz kapakları kan içinde kalıncaya kadar iki dizi üzerinde sürüne sürüne giderdi.

Yine öyle yaptı.

Ancak kölelik zincirini manen nefsinin boynuna takmıştı.

Kafkas dağlarının dumanlı başları kadar yüce olan mağrur ve tertemiz ruhunu, terbiyeli bir köpek gibi arkasından sürükleyerek... İki büklüm vaziyette... Ve gözyaşları içinde... Fahr-i Kainat'ın kapısına gitti. Mübarek türbenin eşiklerine kapandı. Yerleri öpüyor öpüyor ve Allah Resûlü'nün türbesine döşenen taşları, gözyaşlarıyla tertemiz yıkamaya çalışıyordu. Kendisi de Hz. Peygamber'in kabrinden fışkıran bir nur şelalesi içinde yıkanıyordu. Göklere doğru bir sütun halinde yükselen nur, sonsuzluklar içinde bir yerde, havai fişekler gibi patlıyordu. O patlamadan oluşan binbir renkli ışıklar, yeryüzüne gürül gürül yağıyordu. Ve günahkâr Şamil'in gözyaşı selleri, Arabistan çöllerinin kavrulan kumlarına ulaşamadan, buharlaşarak, o rahmetlere karışıyordu.

Türbedar, eşiklerde hıçkıran bu garip adamı tanıdı. Kolundan tutarak kaldırmaya çalıştı. Cılız bir adam, koca bir dağı nasıl yerinden oynatabilirdi? Başaramadı. Şamil kendinden geçmişti. Mukaddes türbenin, mübarek girişini sıradağlar gibi kapatmıştı. Ne çekiliyor, ne susuyordu. Ağlıyor ağlıyor ağlıyor hıçkırıyordu.

Türbedar, türbenin kapısını açtı.

– Kalk artık! Gir içeriye!.. Allah Resûlü seni bekliyor! Bu şeref kimseye nasip olmamıştır, dedi.

O da ağlıyordu.

Bu sözler, Kafkas dağlarının bulutlar içindeki zirvelerini bir an için aydınlatan şimşekler gibi... Şeyh Şamil'in içini aydınlattı ve onu kendine getirdi. Kalkıp doğruldu. Üstüne başına çeki düzen verdi.

Elleri önünde bağlı...

Gözleri yine yaşlı...

Başı eğik...

Boynu bükük...

Mahcubiyeti büyük...

İki büklüm içeriye girdi.

– Esselamüaleyküm, Ya Resûlallah!.. (ve devam etti) Beni affet!.. Ancak bu kadarını yapabildim! Kaderin karşısında bir kürdan kadar gücü olmayan kılıcımı, senin yüce huzurunda bırakıyorum! Affet beni affet!.. Ey merhametlilerin en merhametlisi olan Allah'ın en büyük sevgilisi affet!..

Tekrar hıçkırıklara boğuldu.

O anda, fırtına, tayfun, deprem, gök gürültüsü gibi birtakım haller oldu. Sanki kabirden fildişi güzelliğinde bir el uzandı.

– Sadıksın ya Şeyh!.. Hoşgeldin, dedi.

Tam o eli tutup öpecekti ki... Türbe birden yok oldu. Gök kapıları açıldı. Kainat binbir renkli tayflarla doldu. Sonsuz boşlukta ışık vücutlu, insan kılığında melekler uçuşuyordu. Bunlar cennetten gelen günahsız ruhlar olmalıydı. Şamil kendini onların arasında buldu. Sağ, sol, aşağı, yukarı, yoktu. Sanki zaman durmuştu. Ve cihetler kaybolmuştu. İlâhi bir musiki eşliğinde, bir saadet meltemi, ışık bedenli ruhları ufuklardan ufuklara uçuruyordu. Yerler, gökler, aylar, yıldızlar, samanyolları, galaksiler... Zerrelerden kürrelere kadar her şey... Büyük bir ahenk içinde sema dönüyordu.

Hüzünler, hicranlar, ayrılıklar, hasretler... Bunlar da yok olmuştu.

Herkes sevdiğiyle beraberdi. İlâhiler söyleniyordu. Bütün Kainat:

– Lebbeyk!.. Allahümme Lebbeyk, sesleriyle çınlıyordu.

Şamil bu seslerle kendine geldi.

Türbenin içinde bayılıp kalmıştı.

Uzun süre çıkmayınca türbedar içeriye girmiş ve onu baygın vaziyette bulmuştu.

O da dışarıdaki seslere uyarak: "Lebbeyk!.. Allahümme Lebbeyk!.." diyerek geri geri türbeden çıktı.

Göreceğini görmüştü.

Kimseye bir şey söylemedi.

İyi-kötü, günah-sevap...

Hepsi birbirine karışmıştı.

Kainatta bir tek hakikat vardı.

Allah neye "Güzel" demişse o güzeldi.

Neye "Kötü" demişse o kötüydü.

Sıratı müstakim, "Emri bil maruf, nehyi anil münker"den başka bir şey değildi.

Yani Allah'ın "Yap" dediğini yapmak, "Yapma" dediğinden kaçınmaktı.

Gerisi boştu. Hiçbir şeyin önemi kalmamıştı. Önemli olan tek şey, gerçekten "Kul" olabilmekti.

Özgürlük savaşları... Allah için cihatlar, tebliğler... Hatta ibadet ve taatlar... Allah öyle istediği için kutsaldı. Bütün bunları yerine getirmek, insanı Allah indinde hak sahibi yapmazdı. Bize düşen, sonucunu hiç dert edinmeden, kulluk görevimizi yapmaktı. Yani "Emrolunduğumuz gibi olabilmek"ti. Gerisi Kadiri Mutlak olan o Zatı Zülcelal'e aitti. Cenneti de, cehennemi de haktı. Her yapılan O'na ayandı. Gaybı bilen yalnız Allah'tı. Kul kısmı kaderini bilemezdi. Bize düşen en doğru yoldan (Sıratı Müstakim'den) ayrılmamaya çalışmaktı. Ve Allah'tan gayrısından korkmamaktı.

Şamil, zorluklardan yılmamıştı.

Her türlü eza ve cefaya göğüs germişti.

Cihatlara çıkmıştı.

Vurmuştu, vurulmuştu.

Allah'ın inayetiyle, her imtihandan yüzünün akıyla çıkmıştı.

Şimdi ümitvar olmak onun hakkıydı.

Boynu eğri, gözü yaşlı, günahkâr, mahcup, Allah Resû-lü'nün huzuruna gelmişti. Belki de bir saniyenin milyonda biri kadar kısa bir zaman içinde, kimbilir neler neler görüp öğrenmişti? Bu harika tecelliler, onun için bir müjde değil miydi?.. İşin en güzel yanı, içindeki dünyevi endişelerden en ufak bir eser kalmamıştı. Gözünde kendisinin de önemi sıfıra düşmüştü. Allah dilerse, bin Şamil gücünde bir sivrisinek yaratmaz mıydı? "Ol" derse her şey olmaz mıydı? Moskof'a, Nemrut'a, Firavun'a, dünyadaki bütün zalimlere bir anda haddini bildirmez miydi? O güne kadar bunu bildiğini, amma bunda kendi kabiliyetine de çok küçük de olsa belli belirsiz bir pay ayırdığını acı acı anlamıştı. Önce "Tövbe" sonra, "Şükr" etti. Kutsal Kafkasya'nın artık kendisine ihtiyacı olmadığını belki de o anda idrak edebildi. Ah zalim nefis! İnsana ne hatalar yaptırıyordu. Kendisini kurtaran Allah'a döne döne şükürler etti. Ömrünün son günleri şu mukaddes topraklarda geçecekti. Bu, içine çoktan doğmuştu. Yolun sonu öyle görünüyordu. Bir defa daha Kafkaslar'a doğru döndü ve son olarak: "Elveda, benim güzel, sahipsiz, kutsal yurdum! Seni kainatın yegane sahibine teslim ve havale ediyorum!" dedi.

Aradan 2 sene geçti.

Yıl 1871'di.

Artık 74 yaşına gelmişti.

Bir an önce, ebedi yurduna kavuşmak en büyük dileğiydi.

Bir şafak vakti... Ezanlar okunurken, son namazını kıldı. Asıl yurduna dönmek üzere olan, garip bir gurbetçi gibiydi. Müminler için bir gurbet olan, şu fani dünyadan tamamen kopmuştu. Sanki birkaç dakika sonra ruhunu teslim edeceği içine doğmuştu. Durmadan dua ediyor ve artık feri sönmeye başlayan o kartal bakışlı gözlerinden inci gibi yaşlar döküyordu. Niyazdan ziyade, naz halindeydi. Tıpkı Hz. Halit gibi o da:

– Ya Rabbi!.. O kadar savaşlar yaptım! Vücudumda kılıç yarası olmayan bir parmaklık yer kalmadı! Ne olurdu, bana da şehitliği nasip etseydin, diyordu.

Bunları söyler söylemez, gaiplerden bir ses duyar gibi oldu. O ses kendisine şöyle diyordu:

– Kendine gel ya Şeyh! Kiminle pazarlık yapıyorsun? Allah'ın izni olmadan, bir sinek kanadını oynatabilir mi?.. Peygamber torunu kadar mı yara aldın? Sen ondan aziz misin? Hüseyin'den üstün müsün?.. Ne hakla halinden şikayet ediyorsun? Sahabe Halit kadar da savaşlara katılmadın! Buna rağmen onun yolundasın! Sahabeler yıldızlar gibi değiller mi?

Peşlerinde olanları doğru yola iletmezler mi? Bu sana yetmiyor mu? Daha ne istiyorsun? O büyük sahabeye bile şehitlik nasip olmamışken... Onun yanında sen kim oluyorsun?..

Birden kendine geldi. Yataktan kalktı. Kıbleye döndü. Secdeye kapandı. Allah'tan af ve mağfiret dileyerek... Adeta kendi gönlüyle, mübarek ruhunu ölüm meleğine teslim etti.

Onu secdede ve güzel yüzünü de tatlı bir tebessüm içinde buldular.

Sanki: "Ben sonsuz bir huzur içindeyim!.. Kalanlara selam olsun!.." diyordu.

Bir tarih de işte böyle kapandı.

Şüphesiz her nefis ölümü tadacaktır!

Muhakkak ki dönüşümüz Allah'adır.

Artık yolun sonuna geldik. Üzerimde Rus üniforması var. Askerler bana bol bol selam veriyorlar. Harpte yaralanmışım da konuşma yeteneğimi kaybetmişim gibi davranıyorum. Gürcü asker emirerim rolünde... Benim yerime o konuşuyor. Bizden şüphe etmek kimsenin aklına gelmiyor. Bu durumda Kremlin Sarayı'na kadar rahatça gidebiliriz. Çeçenistan hudutlarından epeyce içerlerdeyiz. Şamil Basayev ve arkadaşları bir hastahaneye baskın yapmışlar. Ruslar, üzerlerine koskoca bir kolordu kaldırmış. Silah üstünlüğü de onlarda... Kardeşlerimiz hastahanede mahsur kalmışlar. Biz onlara yardıma gidiyoruz. Dünya gözüyle seni bir daha göremeyeceğim, doğuyor içime... Senin havana girdim. Hayalinle dopdoluyum. İnşaallah son nefesimi verirken de seninle olurum. Kardeşlerimizin etrafındaki çember gittikçe daralıyor. Ruslar kendi vatandaşlarını gözden çıkarmışlar. Hastahaneyi tümüyle havaya uçuracaklarmış. Zaman yok... Ölümle aramızda bir nefeslik mesafe kaldı. Seni bütün kalbimle kucaklıyorum. Artık bu gidişin dönüşü yok... Bir saniye zamanım da yok. İnşaallah mahşerde kavuşuruz. Hakkını helâl et meleğim!..

– Haydi Gürcü kardeşim!.. Ya Allaaahhh!..

XII

Bir gün bütün dünya ajansları şöyle bir haber geçtiler: "Şamil Basayev önderliğinde bir avuç Çeçen Savaşçı, Buddennovsk'da bir hastahaneye baskın yaptılar. 2000 Rus'u rehin aldılar. Çatışmalar devam ediyor..."

Zifiri karanlıkta nasıl aniden bir şimşek çakarsa... Ortalık nasıl birden bire göz kamaştıran bir ışığa boğulursa... İşte ezilen bütün müslümanların kalpleri de öylesine aydınlandı.

"Muhakkak ki bütün müminler kardeş"ti. Ayrı ayrı İslâm ülkelerindeki uzaktan kumandalı iktidarlar bu kardeşliğe engel oluyorlardı. Mesela Mısır, burnunun dibinde boğazlanan Filistinliler'e sahip çıkmıyordu. Kerkük'teki müslüman Türklere köle muamelesi yapan Saddam'a Türkiye "Dur!" diyemiyordu. Afganistan meselesinde İran'la Pakistan karşı karşıya geliyordu. Ne Kıbrıs, ne Keşmir ortak meselemiz olabiliyordu. Böyle kardeşlik olur muydu?

Yiğit Çeçenler haber almışlardı. Buddennovsk Hastahanesi'nde 2000 Rus vardı. Çoğu hasta değildi. Omon komandolarıydı. Orayı gizli bir üs gibi kullanıyorlardı. Çeçen topraklarına oradan saldırıyorlardı. En hunhar Rus pilotları, orada gizleniyordu. Birden bir baskın oldu. Çeçenler hastahaneyi ele geçirdiler. Ruslar'ın kanı dondu. Bu hiç beklemedikleri bir baskındı. Bu adamlar yüzlerce kilometre yolu, nasıl tanınmadan geçip de, buraya kadar gelmişlerdi? Rus Pilotlar şaşkına döndüler. Ne yapacaklarını bilemiyorlardı. Her şeyden önce kendilerine sahte birer kimlik uydurdular. Kollarını, bacaklarını başlarını, gözlerini alelacele sardırdılar. Bellerini, boyunlarını alçıya aldırdılar. Damarlarına serum taktırdılar. Çeçenlerin mertliğini, müslümanın merhametini çok iyi bilirlerdi. Onlara hasta görünürlerse, hayatları kurtulurdu. Şunu da biliyorlardı ki suçsuzlara hiçbir şey olmazdı. Ama suçlulardı. Nice mazlum kanına girmişlerdi. Silahsız halkın tepesine bombalar yağdırmışlardı. Bu korku kalplerini titretiyor, döktükleri kanlar yüzlerine vuruyor, suçları vicdanlarını burkuyordu. Hain bakışlarında, kan çanağı gözlerinde, tıkanan nefeslerinde suçluluk akıyordu. İlâhi bir seziş, kendilerini tek tek ele veriyordu. Mücahitler onları elleriyle koymuş gibi buluyorlardı.

Sargıları söküldü... Alçıları alındı... Serumları çıkartıldı... Dipdiri domuzlar gibi, cascavlak ortaya çıktılar. Kimlikleri tesbit edildi...

Suçlarını bülbül gibi sayıp döktüler...

"Ama emir kuluyuz! Yapmasaydık bizi kurşuna dizerlerdi" dediler.

Çeçenler son derece asil ve mert düşmanlardı. Kendilerini adil bir mahkemede yargılayacaklarını ve asla işkence yapmayacaklarını söylediler.

Hemen oracıkta bir Şeri Mahkeme kurdular.

Suçlular can derdine düştüler.

Bu korkuyla daha başkalarını ele vermekle kalmadılar. Bilinmeyen nice facialar anlattılar. Mahzenlere, sığınaklara, saklanan askerlerin, subayların yerlerini gösterdiler. Dilleri tamamen çözülmüştü. Bu konuda adeta birbirleriyle yarış yapıyorlardı. Sanki suçlu çoğalırsa, kendi suçları azalacaktı. Ve ölüm acısı paylaşılacaktı. Allah söyletiyordu. Bütün yaptıklarını anlattılar. Birbirleri aleyhinde şahitlik yaptılar. Her şey ortaya çıkmıştı.

O arada baskını haber alan Ruslar, hastahaneyi dört bir yandan sarmışlardı. Tanklar, toplar, makinalı tüfekler, hastahaneye çevrildi. Bir emirle hepsi birden ölüm kusmaya başladı. Camlar kırılıyor, duvarlar yıkılıyor, insanlar ölüyor, şurada, burada bombalar patlıyordu. "Çeçenleri öldüreceğiz" bahanesiyle Ruslar kendi kanlarından olanları da öldürüyorlardı. Onlar için insan hayatının ne önemi vardı? Sibirya steplerinin dili olsa da, konuşsaydı. Kimbilir o topraklarda nice masum insanlar sessiz sedasız ölüp gitmişlerdi. Bu işin içinde dünyaya rezil olmak vardı. Çeçenler Rusya içlerine kadar nasıl gelmişlerdi? Bunun ortaya çıkması tam bir skandal olurdu. Bu yüzden hastahanedeki bütün Rusları öldürüp, suçu Çeçenlerin üzerine yıkmak istiyorlardı. Hastalar, kadınlar, yaşlılar, çocuklar korkudan feryadu figan ediyordu. Bazıları camlara tırmanıp: "Ateş etmeyin!.. Biz Rusuz!.." diye bağıracak oldular. Daha ağızlarını açamadan, makineli tüfek ateşleriyle delik deşik edildiler. Kimisinin cesetleri, seslerini duyurabilmek için yarı bellerine kadar eğildikleri pencerelerde asılı kaldı.

Sivil Ruslardan çok ölen oldu. Servisler, odalar yaralılarla dolmuştu. Birçokları can çekişiyordu. Hıçkıra hıçkıra ağlayan küçücük bir çocuk, emmek için ölü annesinin çoktan soğuyan memelerini bulmaya çalışıyordu. Yazık ki bulamıyordu. Masmavi gözlerle etrafına ümitsizce bakıyor ve gözyaşları içinde kendisine yardım edecek birisini arıyordu. Tombul beyaz elleri, altın sarısı saçları, vıcık vıcık kana bulanmıştı. Bir Çeçen mücahit onu kucağına aldı. Şefkatle bağrına basarak hızla oradan uzaklaştırdı. Kendi dilinde bir şeyler söyleyerek, onu susturup avutmaya çalışıyordu. Koşarak iç taraftaki bir koridora götürdü. Oraya mermi isabet etmezdi. Parkasını çıkardı. Yere serdi. Çocuğu üzerine oturttu. Erzak çantasındaki belki de son lokma ekmeğini, onun tombul avuçlarına tutuşturdu. Sonra birkaç boş kovan ve şarjör buldu. Oynasın ve oyalansın diye onları da önüne koydu. Zavallı yavru, henüz çıkmaya başlayan süt dişleriyle o kupkuru ekmek parçasını kemirerek yemeye çalışıyordu. Çeçen onun gül gibi pembe yanaklarını okşayarak, silahını eline aldı. Ve barut dumanlarında göz gözü görmeyen odalardan birine daldı. Pencereyi siper etti. Ve dışarıya ateş etmeye başladı. Ağlamalar... İnlemeler... Çığlıklar... Kan ve barut kokuları... Silah sesleri... Hastahane bir cehennemdi. Gözü dönmüş Ruslarla bir rehine pazarlığı olacak gibi görünmüyordu. Canavarlar kararlıydı. Bu hastahaneden tek canlı çıkmasına müsaade etmeyeceklerdi.

Kahraman Çeçenler ölümü çoktan kanıksamışlardı. İç dünyalarında sadece cennet hayali vardı. Kendilerini hiç düşünmüyorlardı. Ancak şu zavallı insanlar n'olacaktı? Bir anlamda onları zamansız ölüme sürükleyen kendileri değil miydi? Bu baskını yapmasalar kimbilir onlar daha kaç yıl yaşardı? İşte bu düşüncelerle hasta sivilleri kanlarının son damlasına kadar Rus askerine karşı savunacaklardı. Allah Resûlü'nün huzuruna vicdan azabıyla ve kul hakkıyla gitmek istemiyorlardı. Şeyh Şamil'in torunları!.. Dünyanın en mert insanları!.. Gaiplerden bir emir almışcasına... Bir anda hep bir ağızdan: "Allahü Ekber!.. Lailahe illallah!" diye bağırarak iman tazelediler. Sağa-sola koşuşarak, duvarları, pencereleri, münasip yerleri siper alarak... Ellerindeki basit silahlarla, en modern toplara ve tanklara karşı koydular. Asil yüreklerinde korkunun zerresi yoktu. Bir bombayla vücudunun yarısı parçalanıp duvarlara yapışan bir kahraman son nefesinde şehadet getiriyordu. Bir gül bahçesine girercesine Cennete gidiyordu. Arkadaşları bir taraftan savaşıyor, bir taraftan yarı üzüntü, yarı hasret, yarı gıpta ile ona veda ediyorlardı. Birden her tarafta tekbirler yükseldi. Ve bir ılık hava esti. Sanki melekler ipek kanatlarıyla yüzlerini okşuyordu. Kahraman Çeçenler gözlerini kırpmadan cennete uçuyorlardı. Orada mübarek kollarını açmış, kendilerini bekleyen yüce Peygamber'in huzur, saadet, şefkat ve merhamet dolu kucağına koşuyorlardı. Ne mutlu!.. Kumandan Şamil Basayev kendi dilinde dua ediyordu: "Ya Rabbi!.. Yıllardır beklediğim o mesud an işte geldi. Fakat şu mazlumları bırakıp nereye gideyim? Şehitlik için olsa bile... Mazlumları sahipsiz bırakmak şanımıza yakışır mı?.. Bize yardım et!.. Zafer nasip et Yarabbi!.." diye yalvarıyordu.

İşte bu imanla, Rus kanından olan acizleri, kendi askerlerine karşı kahramanca korudular. Olay başlayalı saatler olmuştu. Facia bütün dünyada duyuldu. Medya Buddennovsk'a koştu. Kameralar bu korkunç faciayı canlı yayınlarla tüm insanlığa duyuruyordu. Dünya müslümanları Çeçen kardeşlerine dua ediyordu. Sıkıştı Rus domuzları... Uygarlık görüntüsü neredeyse elden kaçıyordu. Kızılordu bunu göze alamadı. "Rehineleri bırakın! Sizin Çeçenistan'a gitmenize imkan tanıyalım!" dediler. "Olanakçılara inanmak, olası mıydı?.. Yine de şehitlik hasretiyle tutuşan, yiğit Çeçenler buna razı oldular. Fakat 2000'e yakın rehine bu teklife karşı çıktı. Ruslar kalleşti. Onlara asla güvenilmezdi. Kendileri de Çeçenistan hudutlarına kadar, Çeçenler'le birlikte gideceklerdi. Mücahitler hastaları, yaşlıları, yaralıları, çocukları, kadınları bıraktılar. Hepsiyle teker teker helalleştiler. Her müslüman Allah yolunda şehid olmak aşk ve idealiyle yaşardı. İyi niyetli gavurcuklar, bunu nereden bileceklerdi. Aslında Çeçenler'in en büyük saadetlerine engel olmuşlardı. Huzur içinde onlarla vedalaştılar.

Geride kalan rehineler, "Önce biz çıkalım" dediler.

Çeçenler mağrurdu. Onların gölgesine sığınmak istemediler. Elleri tetikte... Gönülleri şehitlikte... Başları göklerde... Korkusuz adımlarla dışarıya çıktılar. Gönüllü rehineler onlardan çabuk davrandı. Ellerinde Rus bayrakları dışarıya fırladılar. Çeçenler'in etrafında siper oldular. Ve Rusça olarak, karşıdaki zalimlere şöyle haykırdılar: "Biz de onlarla birlikte gideceğiz! Canımızı bu yiğit insanlara siper edeceğiz! Hepimizi öldürmeden onlara dokunamayacaksınız!" dediler. Kızılordunun, kızıl yakalı bir üst düzey komutan köpeği, tam bu hainlere "Ateeşşş!" emri verecekti ki... Birden korkunç bir patlama oldu. Ruslar'ın mühimmat taşıyan araçları bin parça olmuştu. Sanki yer yerinden oynadı. Gökler yıkıldı. Çelik tanklar, tahtadan oyuncaklar gibi, alev alev yanıyordu. Göklerden kafa, kol, bacak parçaları yağıyordu. Kesif dumanlar içinde imdat isteyenlerin feryadları arşa çıkıyordu.

Yüksek rütbeli domuzlar ne yapacaklarını şaşırdılar. Bir süre hareketsiz kaldılar. Sanki kan tutmuştu. Ne tarafa kaçacaklarını kestiremiyorlardı. Ortalık cehenneme dönmüştü. Askerler darmadağın olmuştu. Herkes bir tarafa kaçıyordu. Bereket ki Çeçenler anlaşmaya sadık kalmışlardı. Bu fırsattan istifadeye kalkışmadılar. Bütün dünyanın bir daha takdirini kazandılar. Ruslar can derdine düşmüşlerdi. Kameralar kendi işlerine bakıyordu. Yüksek rütbeli bir Rus, şaşkınlıktan ne olduğunu onlara soruyordu. "Bizim cephaneliği kim patlattı" diyordu. Şaşkın olduğu kadar da kararsızdı. Karşılarında Çeçenler sıra dağlar gibiydi. Azrail başlarında dolaşıyordu. Arkalarında ise nasıl olduğu bilinmeyen bir cehennem alev alev yanıyordu. Patlamalar devam ediyordu. Sanki felaket otomatiğe bağlanmıştı. Kimse ne olduğunu bilmiyordu. Cehennemin ortasında subay üniformalı bir yaralı bir şeyler söylüyordu. Bu bir rus subayı olmalıydı. Fakat Ruslar da dilini anlamıyordu. Ellerini göklere açtı. Ve son sözleri: "Lailahe İllallah!.." oldu. Dünya televizyonları bu olayı görüntüledi. Bütün insanlık bu muhteşem tabloyu ekranlardan canlı olarak izledi. Ölenin kim olduğunu, hiçbir zaman kimse bilemeycekti.

Yer yer devam eden patlamalar sustu. Bir asker saklandığı siperden fırladı. Elinde bir bomba vardı. Nereye koştuğunu kimse anlamadı. Biraz önce şehit düşen yabancıya doğru koşuyordu. Ruslar sabotajcı olduğunu anladılar. Çapraz ateş altına aldılar. Asker ellerini göklere kaldırdı. Kendi dilinde çılgınca bağırıyordu: Şahit ol Yaraaabbb!.. Şu bombadan başka cephanem kalmadı! Artık sana geliyorum!" Ruslar Gürcü olduğunu anladılar. Sağ koluna bir kurşun isabet etti. Bomba elinden düştü. Sol eliyle onu aldı. Dişleriyle pimini çekti. Kızıl domuzların üzerine fırlattı. Biraz önce şehit olan kardeşinin üzerine kapandı. Kendisi de cennetlere uçtu. Attığı bombadan en az 10 Rus askeri ölmüştü. Üzerine kol, bacak parçaları yağıyordu. Bu sahneyi gören Çeçenler'den "Allahü Ekber" diye bir ses yükseldi. Genç adam bir an kendine geldi. Ve kardeşlerine İslam'ın ortak diliyle cevap verdi: "Lailahe İllallah!.." Gavurlar bile bu sözün ne anlama geldiğini bilirlerdi. Ancak kalpleri putlara dönük kâfirler bilemezdi. Onlara göre "İman" gerilikti, irticaydı. Kızıl Rusya'nın içlerinden doğru gelen sihirli bir rüzgâr, karar arefesindeki kahraman Çeçenlerin mübarek yüzlerini şefkatle okşayarak bu ilâhi sözleri Kafkas dağlarının sır dolu karlı zirvelerine taşıdı. Bir gün o sihirli nefesle bütün Kafkas halkları uyanacaklar ve mukaddes ata yurdumuzu bu domuzlardan kurtaracaklardı. Bu kaderin kendilerine yüklediği kutsal bir görevdi.

Çeçenler coşmuştu. Onlar böylesine kendilerinden geçince neler olmazdı? Ruslar bunu çok iyi bilirlerdi. Korkuya kapılıp kuşkuya düştüler. Yeni bir çarpışma mı başlayacaktı? Ölümle burun buruna gelmişlerdi. Cesur görünmeye çalışıyorlardı. Ama tir tir titriyorlardı. Onlara göre bu dünyanın ötesi yoktu... Ölüm sonsuz bir karanlıktı. Ebediyen yok olup gideceklerdi. Ellerindeki basit silahlarla, dünyanın en güçlü ordusuna dehşet salan şu sıradan insanlar... Sanki tepelerinde kanat çırpan ölüm kartallarıydı. Teknolojik üstünlük, iman karşısında iflas etmişti. Nasıl korkup titremesinlerdi?

Askeri araçlar hastahane kapısında bekliyordu. Çeçenler önce rehineleri bindirdiler. Onlar kendiliklerinden cam kenarındaki yerlere oturarak, Çeçenlere siper oldular. İç kısımları onlara bıraktılar. Tekbir ve tehlil sesleriyle yer gök inliyordu.

Bir emir verildi. Araçlar hareket etti, Ruslar ondan sonra kendine geldi. Yavaş yavaş toparlanmaya başladılar. Bir kısmı ölülerin başında kaldı. Diğerleri konvoyla gittiler. Çeçenleri yurtlarına bırakıp, rehineleri geri getireceklerdi.

Mühimmat aracının patladığı yerde kocaman bir çukur açılmıştı.

Etrafta parçalanmış yüzlerce ceset vardı. Buddennovsk Hastahanesi Ruslara cehennem olmuştu. Cehennemin kıyısından geçen subaylardan biri komutanına bağırdı: "Sabotajcının üzerinde Rus üniforması var!" diyordu. Birden konvoy durdu. Şamil Basayev aşağıya atladı. Birkaç yiğit onu takip ettiler. Meçhul şehidin başına gittiler. Önce Fatiha okudular. Sonra mübarek naşını aldılar. Bir aracı boşaltıp oraya koydular. Onun üzerine kapanarak can veren şehidi de yanıbaşına uzattılar. Başlarında Kur'an okuyarak yollarına devam ettiler. İki Çeçen yiğidi, gözyaşları içinde Rus üniformalı olanın üzerini soydular. Biri pis üniformayı pencereden atacaktı. Öbürü bırakmadı. Çünkü üzerinde şehidin kanı vardı. Ve zaten bu üniforma bir kamuflajdı. Onu giyinmese, cephane aracına kadar gidemezdi. Hem büyük lider Cehar Dudayev de eski bir general değil miydi? Üstünde taşıdığı Rus üniforması onun cihadına engel olabildi mi? Bir mütefekkir: "Domuza binerim! (Yaklaşabildiğim kadar) Kâbe'ye giderim!.." dememiş miydi? Harp hile değil miydi? O şatafatlar, brövöler, rütbeler, madalyalar neye yarardı? "Bed asl'a necabet mi verirdi hiç üniforma?.. Zer-duz semer vursan eşek yine eşekti..."

Omuza gazoz kapağı dizmekle adam mı olunurdu?.. Görünüş de gavurlara benzemek, (Eğer gönülden benimsemiyorsa) insanı gavur etmezdi. Efsanevi kahraman Malatyalı Battal Gazi, Papaz elbisesi giyerek... Boynuna Haç'lar takarak... Bizans içlerine sızmaz mıydı? Orada cihad yapmaz mıydı?.. Hepsinden önemlisi... Kainatın Efendisi: "Harp hiledir" buyurmamış mıydı?..

Önce Rus üniformasının apoletlerini söktüler. Sonra ceplerini boşalttılar. Meçhûl şehidin kimliğini araştırıyorlardı. Hiçbir şey bulamadılar. İslâm milletinden olmak ona yetiyormuş... Hiç olmazsa hangi kavimden olduğunu merak ediyorlardı. Onun için de bir belge yoktu. Şu fani dünyaya isimsiz gelmiş, isimsiz gitmişti. "İlayı Kelimetullah" her mümin için mukaddes bir görevdi... Fakat şu mübarek buralara kadar nasıl gelmişti? Hiçbir ipucu bulamadılar.

Ancak boynunda bir meşin çanta asılıydı. Onu açtılar. İçinde Türk Bayrağı'na sarılı bir Kur'an-ı Kerim çıktı. Arka kapağının iç tarafında birkaç satırlık bir yazı vardı: "Türkiye'liyim... Anam Kürt, babam Türk... Şöhretim, şanım, namım, nişanım yok... Sıradan basit bir müminim. Allah'ın günahkâr bir kuluyum. Herkes gibi ben de şu yalan dünyada konup göçen bir yolcuyum... Cesedimi bulanlar kimliğimi araştırmasınlar. Şayet bir parçam kalmışsa, beni dualarla gömsünler. Ve defterimi şu (...) adrese göndersinler."

Defter mi?..

Defter yoktu. Sağını, solunu araştırdılar. Acaba şehid olduğu yerde mi kalmıştı? Bir yiğit farkına vardı. Şehit sağ elini göğsüne bastırmıştı. Elinde kalınca bir paket vardı. Tam kalbinin üzerinde tutuyordu. Ceset donup katılaşmıştı. İncitmeden kollarını açtılar. Paketi aldılar. İçinden bir defter çıktı. İlk sayfası, İslam yazısıyla "Bismillâh" diye başlıyordu. Öbür sayfaları latin harflerle yazılmıştı.

Mesele az çok aydınlanmıştı. Bu şehit Rus üniforması giyerek onların içine sızan bir kahramandı. Ya öbürü kimdi? O da bir müslümandı. Ölmeden önce kollarını göklere kaldırmış bir şeyler söylemişti. O anda makineli tüfekler ortalığı birbirine katmıştı. Ne dediğini anlamamışlardı. Bu iki kahraman ne yapmışlarsa, yapmışlar... Önce cephane aracını patlatmışlar... Birkaç tankı imha etmişler... Yüzlerce kâfiri cehenneme yollamışlar... Sonra da kendileri cennete uçmuşlardı. İsimleri Allah'ın defterinde yazılıydı. Kim oldukları sonsuza kadar bilinmeyecekti. Tıpkı milyonlarca benzerleri gibi...

Türkiye'de iktidarlar başka, halk başka düşünüyordu.

İktidardakiler, "Çeçenistan Rusya'nın arka bahçesidir. Biz onların iç işlerine karışmayız" diyordu. Halbuki halk, Çeçenlerle özbe öz kardeş olduğunu biliyordu. Bir söz vardır: "Kardeş mecburi arkadaştır. Arkadaş seçilmiş kardeştir" derler. Allah indinde seçilmiş kardeşlerimizdi bizim, yiğit Çeçenler...

Tasavvuf kitaplarında şöyle bir menkıbe vardır.

Zamanın kutbu, bir Allah dostuna nasıl ölüneceğini soruyor. Allah dostu: "İşte böyle..." diyerek... "Ya Haaak!.." deyip gidiyor. Bu harikulade olay karşısında kutbu zaman şaşırıyor. Hemen torbasından defterini çıkarıyor. "Acaba bu hangi Veliydi? Allah'ın hangi sevgili kuluydu?" diyerek... Sayfaları çeviriyor. O bölgede, öyle bir veliye raslamıyor. Hayretler içinde derin düşüncelere dalacakken gaiplerden bir ses geliyor: "Eyyy zamanın kutbu olan kulum!.. Onun ismi senin defterinde değil... Bizim defterimizde yazılı!.." diyor. (Elbette ki Allah, kullarıyla kitapları ve peygamberleri aracılığıyla konuşur. Onun için bu tür menkıbelere inanmak zorunda değiliz. Ama o dilerse neler olmaz?..)

Çeçenleri asırlarca dimdik ayakta tutan iki tarikattı: Nakşilik ve Kadirilik... Birincisi Hazreti Ebubekir yoluyla, ikincisi de Hazreti Ali yoluyla Allah Resûlü'ne ulaşan iki "Altın Silsile..."

Günah müminler için... Öyle olmasaydı, Kur'an'da hüküm gelmezdi. Kâfirlerle müşriklere günah yoktur. Onlar sonsuza kadar cehennemde kalacaktır. Allah isterse affetmez mi?.. Amenna ve saddakna!.. Fakat o ayrı mesele...

Peygamberler hariç... Her mümin günah işler. Aslolan günahta ısrar etmemektir. Ve tövbekâr olup doğru yola dönmektir.

Şehit "Günahsız" denir mi?..

Ben size sorayım: Halinden memnun olan kolay kolay canını verir mi? Allah yolunda can vermek, bir bakıma cenneti garanti edemeyen günahkârların işidir. En azından ben böyle düşünüyorum. Şehitlik, can pahasına cenneti satın almaktır. Tabii ki bu da Allah'ın nasip etmesiyle olur. Kainatta hiçbir şey O'nun iradesi dışında değildir. Günahların bile kendine göre bir hikmeti vardır. Büyük çılgınlar, korkusuz kahramanlar, hayatı bir pula satanlar... Genellikle günahkârlar arasından çıkar. Günahları onları bir tramplen gibi Allah'a doğru fırlatır. Ölüme koşmaları, pisliklerden kurtulma arzusundandır. Şehitlik, bir türlü dizginleyemedikleri azgın nefislerine karşı kazandıkları müthiş bir zaferdir. Kötülüklerden sıyrılıp kurtulmak, bütün günahların üzerine çıkmak için... Canlarını ortaya koyarlar. Canana varmak için, candan geçerler. "Ferhat bugün ben oldum! Varlık Dağı'nı deldim! Şirinime varmaya, her tarafım yol oldu" sırrına ererler. Aşk bir can pazarıdır. Ancak can vererek, o pazardan kârlı çıkılır. Yaa... İşte böyle...

Çeçenler'in bunları düşünecek zamanları yoktu. Esasen buna ihtiyaçları da yoktu. Üzerlerindeki elbiseler kendilerine kefen olacaktı. Söylem değil, eylem içindelerdi. Kanatlanmış küheylanlar gibi... Allah Resûlü'nün şefkat ve merhamet dolu kucağına koşuyorlardı. Ne güzeldi. O'na koşmak... Ve ipekten temiz ayaklarına kapanmak...

Çeçenistan hududuna yaklaşmışlardı. Girişte yüksek bir tepe vardı. Orada nöbet tutarlardı. Şehidi arabadan aldılar. Omuzlar üzerinde o tepeye çıkardılar. Bir mezar kazdılar. Çıkan her toprağı gözyaşlarıyla suladılar. Mübarek naaşı içine indirdiler. Başında Kur'an okudular. Konvoya döndüler. İçlerinde büyük bir huzur vardı. Artık o tepede nöbet tutmayacaklardı. Nöbeti şehide devretmişlerdi. Dünya durdukça o, orada Rusları gözetleyecekti.

Hududu geçtiler. Konvoy durdu. Rehinelerle kucaklaştılar. Dillerinde tekbirlerle... Yine... Elleri tetikte... Gönülleri şehitlikte... Başları göklerde... Kahpe düşmanın gözleri önünde... Kendileri için bekletilen beyaz atlara bindiler... Kanatlanmış kartallar gibi...

İlâhi Çeçen yurdunun, sır dolu ufuklarında kaybolup gittiler.

Milli marşlarının her kıtası "Kelime-i Tevhid"le bitiyordu. Onda bile hayatla ölüm kucak kucağaydı.

Hayat onlar için destanlaşmaktı.

Ölüm ise sonsuz saadetlere ulaşmaktı.

Ve şu fani dünya basit bir oyuncaktı.

Kurtlardan, kuşlardan, çağıl çağıl akan sulardan, uçsuz bucaksız ufuklardan ilham alırlardı.

Sonunda İslam'ın ortak diliyle Allah'ın birliğini bütün kainata haykırırlardı: "Lailahe İllallah!.."

Yine öyle yaptılar. Marşlarıyla ortalığı çınlattılar.

Kendi dilleriyle söyledikleri marşın hayat dolu sözlerini deli rüzgârlar, dünyanın dört bucağına taşıdılar. Ve hür kartallar gökyüzüne kanatlarıyla yazdılar...

"Gece kurt yavrularken geldik dünyaya!..
Sabah arslanlar kükrerken ismimiz kondu!
Lailahe İllallah!..
Kartal yuvalarında emzirdi bizi analarımız!

Eyer üstünde savaşmayı öğretti babalarımız!
Lailahe İllallah!..
Halk için, vatan için helâl süt emdik!
Onlar tehlikeye düştüğü an, birer arslan kesildik!
Lailahe İllallah!..
Yırtıcı şahinler misali, kanat çırparak dağlarda hür yetiştik!
Zorluklardan, bozgunlardan alnımızın akıyla ve gururla çıktık!
Lailahe İllallah!..
Tunçtan dağlar kurşun gibi erise... Yine yılmayız ateşten kandan!
Gururla, şerefle koşarız ölüme... Vazgeçeriz bu candan!..
Lailahe İllallah!..
Ey kara toprak!..
Çatlasa da ateşten ve buzdan her zerren!..
Yine şerefsiz bir biçimde dönmeyecektir kimse sana bizlerden!..
Lailahe İllallah!..
Hiçbir zaman, hiç kimseye pes etmedik biz!..
Ya istikbal, ya ölümdür, tek tercihimiz!..
Lailahe İllallah!..
Yaralarımızı ağıtlarla sararken bacılarımız!..
Kutsal bir huzurla dolar içimiz, diner acılarımız!..
Laihale İllallah!..
Açlıktan kıvrandığımız zaman dağlarda kök yeriz!
Susuzluktan yakarsa bağrımızı, taşları sıkıp suyunu içeriz!
Lailahe İllallah!..
Gece kurt yavrularken, geldik dünyaya biz!..
Allah, millet, vatan yolunda, düğüne gidercesine ölüme gideriz!
Lailahe İllallah!..

XIII

Yüreği şefkat dolu fedakâr abla, o gece sabaha kadar uyuyamadı. Neden hastahaneye kadar gitmişken güzel kardeşini uyandırıp da konuşmamıştı. Şimdi merak ediyordu. İçinde anlatılmaz bir endişe vardı. Bunu annesine belli etmek istemiyordu. Sabahleyin her zamanki saatte kalktı. Neşeli görünmeye çalışıyordu. Kahvaltıya oturdu. Lokmalar boğazına diziliyordu. Bir bardak çay içti. İştahsızlığı annesinin gözünden kaçmamıştı.

– Niye yemiyorsun kızım?

– Son günlerde kilo almaya başladım da... Biraz rejim yapmak istiyorum.

Bu masum yalanına, kendisinin de inanmasını ne kadar isterdi! İçinde acayip bir sıkıntı vardı. Hayırdır inşaallah... Bir an önce hastaneye gitmek istiyordu.

Her zamanki gibi, çileli annesini yanaklarından öptü. Bu sıkıntı kötüye çıkabilirdi. Gözlerine doluşan yaşları, annesinden gizlemeye çalışarak:

– İşe geç kaldım. Allaha ısmarladık, dedi. Ve aceleyle evden çıktı.

Bir gün önceden patronundan izin almıştı. Bir taksiye atladı. Doğru hastahaneye gitti. Epeyce geç kalmıştı. Bu saatte doktorlar viziteye çıkarlardı. Gerçi bunun pek önemi yoktu. Gide gele, personelle içli dışlı olmuştu. Nasıl olsa kardeşini görebilirdi. Hele o uzun boylu doktor, her seferinde kendisine yardımcı oluyordu. Çok defa kardeşinin yattığı odaya birlikte giriyorlardı. Gülnihal'i görünce zavallı adamın eli, ayağı dolaşıyordu. Bu hali ablanın gözünden kaçmıyordu. Ona göre kardeşini tam mutlu edecek adamdı. Gerçi renk vermemeye çalışıyordu ama, beceremiyordu. Abla her şeyin farkındaydı. Kardeşinin adı geçtikçe, adamın düştüğü haller onun hoşuna gidiyordu. Gülnihal hiç oralı değildi. Zavallı onun dikkatini çekmek için neler yapmıyordu? Sudan bahanelerle, ikide birde odasına giriyor, her seferinde de, ümitleri biraz daha kırılmış olarak çıkıyordu. Aptal kardeşi, evli barklı o yaşlı adamda ne bulmuştu? Şu yakışıklı doktorun sevgisine karşılık verse, olmaz mıydı? Neyse şimdi bunları düşünmenin sırası değildi.

Doktor sanki kendisini bekliyordu.

Karşıdan görünce, hemen yanına gitti.

– Kardeşiniz bu gece, sabaha kadar gözlerini kırpmadan kitap okumuş. Kah ağlıyor, kah gülüyormuş. Hemşirenin aklı karışmış. Psikolojik bir bunalım geçiriyor zannetmiş. Sabaha doğru gelip beni uyandırdı. Koşarak gittim. Her zamankinin aksine, çok iyi görünüyordu. Okuduğu her neyse, benden gizledi. Tedavisinden sorumlu olduğum halde, soramadım. Şimdi uyuyor. İsterseniz benim odamda biraz dinlenin. Birlikte bir çay içeriz. Sonra yanına gidersiniz, dedi.

Abla ferahlamıştı. Demek ki durum korktuğu gibi değildi. Doktoru kırmadı. Odasına gittiler. Çay suyu hazır kaynıyormuş.

Zavallı adam, iki de birde dilinin ucuna gelen bir itirafı, hangi saçma bahaneler altında gizleyeceğini bilemiyordu. "Çayı beğendiniz mi?.. Bir bardak daha içmez misiniz?" gibi sözlerle bocalayıp duruyordu. Bir türlü mertçe açılmayı beceremiyordu. Acaba bunun pısırıklığına karşılık, öbürünün o kaya gibi ezici kişiliği mi, kardeşini etkilemişti? Aşk böyleydi işte... Kiminin yüzüne güler, kimini de ölüme sürüklerdi. Zavallı doktoru da çılgına çevirmişti. Acıyordu ona... Eğer ruh hali müsaitse... Bugün kardeşiyle konuşacaktı. "Çivi çiviyi söker" derler. Şayet kardeşi bu mahcup ve kibar adamı sevecek olursa belki o yaşlı kartalın amansız pençesinden de kurtulabilirdi. Çektiklerini unutur, mutlu olurdu. Bu derdin başka çaresi yoktu. Kardeşi mutlaka kurtulmalıydı o heriften... Bu aşkın sonu felaketti.

– Vizite başlamadan kardeşimle görüşeyim, dedi.

Doktor, onunla yalnız görüşmek istediğini anladı. Bu sefer yanına takılmadı. Ablanın kendi halini anladığını seziyordu. İçine küçücük de olsa, bir ümit ışığı düşmüştü. Kimbilir belki de kardeşine kendisinden söz edecekti. Peki ama, ne biliyordu ki, ne söylesin? Ama öyle duygular vardır ki, söylemeden de anlaşılırdı. İyi şeyler düşünmeye çalışıyordu. İçindeki bu küçücük ümit ışığını da anlamsız vehimlerle söndürmeyi göze alamıyordu. Kendi kendini epeyce zorlayarak: (İçinden) "Bu kız benden yana, benden yana..." diyordu. Ve kendini buna inandırmaya çalışıyordu.

Onu odanın kapısına kadar götürdü.

Gülnihal'in solgun yüzüne göz atmaktan kendini alamadı. "Herhalde uyuyor" diyerek, kapıdan döndü. Ablaya: "Uyandırma" demek istiyordu. Bu seferlik iki kardeşi, baş başa bırakmayı uygun bulmuştu. Demiştik ya... Çok zayıf da olsa, içinde bir umut vardı. Belki kendisini de konuşurlardı.

Abla ayaklarının ucuna basarak yatağa yaklaştı. Kardeşi uyuyordu. Güzel yüzünde, hüzünle karışık, garip bir mutluluk vardı. Biraz sonra vizite başlayacaktı. Nasıl olsa uyandıracaklardı. Saçları darmadağın ve perişandı. Yanaklarında gözyaşlarından yol yol izler kalmıştı. Abla da neredeyse ağlayacaktı. Şefkatle üzerine eğildi. Solgun yanağına hafifçe bir öpücük kondurdu. İpek saçlarını okşadı. Kardeşi uyandı. Birden bire ablasının boynuna sarıldı. Sarsıla sarsıla ağlamaya başladı.

– Mutluyum ablacığım, çok mutluyum!.. Aynı zamanda da bedbahtım, diyordu. Murat'ım da beni çılgınlar gibi seviyormuş. Bütün duygularını şu sayfalara dökmüş. Yazık ki, şimdi artık yaşamıyor. Öbür tarafta kollarını açmış, beni bekliyor. Ah zalim, ah... Bunu hayattayken söylesen olmaz mıydı? Öbür dünyada, herkesin 33 yaşında olacağı ve sevenlerin sevdiklerine kavuşacağı doğru mu ablacığım? Onsuz bu dünya bana artık bir zindan... Ama ahdettim, yaşayacağım! Onun şu yüreğimde tutuşturup gittiği, bu mukaddes ateşle, bütün çilelere göğüs gereceğim. İşkencelere dayanacağım. Vaktinden önce öbür tarafa gitmeyeceğim. Ecelimin dolacağı güne kadar bekleyeceğim. Ben de onu öbür tarafta bekleteceğim. Kendini büyük Mesih Jezüs'e hazırlayan, umut ve hayal dolu bir rahibe gibi, ruhumun manastırına kapanacağım. Ve ona kavuşacağım güne kadar, tertemiz bir "Kutsal Bakire" olarak kalacağım. Hiçbir günah, duygularımın yüceliğine erişemeyecek... Bir gün ve kimbilir ne zaman ve kaç yıl sonra... Ecel fermanımı getiren ölüm meleğinin, ipek kanatları arasında, onun kollarına uçacağım.

Bunları söylüyor söylüyor, hıçkırıyordu. Abla da kendini tutamadı. Gözlerinden aşağıya sicim gibi yaş akıyordu. Bir taraftan da zavallı doktora acıyordu. Onun için en ufak bir ümit yoktu. Ne diyeceğini bilemiyordu. Kardeşini teselli edecek bir söz bulamıyordu. Kelimeler aciz, lügatlar cüce kalıyordu.

Acıklı bir dizi film gibi başlayan bu garip aşk hikâyesinin birinci bölümü işte böyle bitti. İkinci bölüme ahirette başlanacaktı. Onun nasıl olacağını, Allah'dan ve kendilerinden başka kimse bilemeyecekti. Zavallı Gülnihal, talihsiz kardeşi... Cehennem azaplarını daha bu dünyada çekmişti. Firak (ayrılık) dayanılmaz bir ızdıraptı. "Azabün Elim..." İşte şimdi onu çekiyordu. Vuslat şimdilik hayaldi. Allah dostları: "Firak cehennemdir. Vuslat cennet..." demezler miydi? İşte kardeşinin bugüne kadar çektikleri, cehennemde yanmaktan başka bir şey miydi? Ölünceye kadar da yanacaktı. Bir de öbür taraftaki umutları boşa çıkarsa... Allah saklasın! İmandan güzel ne vardı? Vuslat umudu olmasaydı, kardeşi nasıl yaşardı?

Gözyaşı pınarları birden kurumuş, hıçkırıkları durmuştu. Belki de gelmek üzere olan doktorlardan utanıyordu. Az çok toparlandı. Gitti; yüzünü yıkayıp geldi. Ablasının yanına oturdu. Viziteye gelenleri beklemeye koyuldu. Biraz sonra doktorlar geldiler. Aralarında o genç doktor yoktu. Sevenlerin kalp gözü açık olurdu. Mıknatısla çekilen demir tozları gibi, sevdiklerinin cazibesine kapılıp, ellerinde olmadan ona doğru, sürüklenirlerdi. Doktorda böyle bir hal olmuyordu. Yanıp yanıp tutuşuyor, kendini o manyetik alan içinde bulamıyordu. Çünkü onunki, tek taraflı umutsuz bir aşktı. Verici anteninden çekici sinyaller gelmiyordu. Yüreği bir televizyon ekranı gibi karardı. Israr etmenin bir anlamı yoktu. Zorla güzellik olmazdı. Demek ki kaderi böyleydi. Onun karşısında durulmazdı. O günden itibaren Gülnihal'i unutmaya çalışacaktı. Belki o da bir ömür boyu, için için yanacaktı.

Ne garipti şu dünya?..

Sevilen sevmiyor, sevenin kıymeti bilinmiyordu. İmanı olan öbür dünyada sevdiğiyle beraber olma umuduyla yaşıyordu. Öbürleri bu kadarcık teselliden bile yoksundu. Bir gün bir çıra gibi sönüvermek ve toza toprağa karışıp yok olup gitmek... Böyle bir sona inanmak ne korkunçtu? İnsan inançsız nasıl yaşardı? Yaşasa da hayvandan ne farkı kalırdı? Siz hiç "mutluyum" diyen bir hayvana rastladınız mı?

Doktorlar Gülnihal'i bir daha muayene ettiler. Hayretler içinde kaldılar. Sanki ölümden dönen genç kız bu değildi. O gitmiş, yerine başkası gelmişti. Psikiyatri hocasını çağırttılar. Bir defa da o muayene etti. Hastanın hiçbir şeyi yoktu. Allah bir mucize halk etmişti.

Tekrar:

– Artık çıkabilirsin, dediler.

Abla sevinçten uçuyordu.

Telefonla annesini aradı. Ona müjdeyi verdi.

– Kardeşim çok iyi... Taburcu ettiler. Geliyoruz. Gecikirsek merak etme, diyordu.

Doktorlara teşekkür ettiler. Asıl sorumlu doktor ortalarda yoktu. Ablanın gözü onu aradı. Kardeşi o zavallının varlığını bile çoktan unutmuştu. El ele tutuştular. Bir taksi çevirdiler. Evin yolunu tuttular.

"Bir şey haddini aşınca, zıddına inkılâp ederdi..."

Gülnihal'in hali de şu anda öyleydi.

Acısı o kadar çoğalmıştı ki, hiç acı duymuyor gibiydi. Ancak elindeki defteri ara sıra gizlice öpüyor ve kalbinin üzerine bastırıyordu. Eve yaklaştıkları zaman ablasına garip bir soru sordu:

– Abla, ileride bir gün Çeçenistan'a gidebilir miyiz, dedi.

– Kimbilir belki gideriz amma... Dünyada bu kadar güzel yerler varken, niçin haritada dahi yerini bilmediğimiz Çeçenistan'a gidelim?..

Kardeşi buna cevap vermedi.

"Çünkü benim umudum, hayalim, saadetim, cennetim, Sevgili Murat'ım, oradaki başı dumanlı bir dağın ıssız eteklerinde gömülü de onun için..." diyemedi. Bu acıyı da diğer bütün acılar gibi içine gömdü.

Zaman geçtikçe derdi onun dermanı olacaktı. Çektiği acılardan garip bir zevk alacaktı. Ve bir gün o defter de kapanacaktı. Kahpe dünya bugüne kadar kime yar olmuştu ki, ona da olsun?.. Hayatın boşluğu mezar taşlarında, ne güzel ifadesini bulurdu. Mesela şöyle yazarlardı: "Şu tarihte doğdu. Şu tarihte öldü. Ruhuna Fatiha..." İşte hepsi o kadar değil miydi? Dünya üzülmeye değer mi?..